Les libraires en parlent !

« Un thriller psychologique de haute voltige ! »

Isabelle Courteix,
Librairie Lamartine, Paris

« J'ai adoré ! Un grand Thilliez qui encore une fois nous retourne à la fin. »

Cathy Renault,
Maison de la Presse, Clermont-Ferrand

« Ne vous fiez pas aux femmes de ce roman, elles pourraient vous faire perdre la tête. »

Véronique Roche,
La Grand Librairie, Arras

« Franck Thilliez dissèque avec une acuité exceptionnelle les noirceurs de l'âme humaine. *Labyrinthes* est tout simplement MAGISTRAL !!! »

Delphine Dausque,
Maison de la Presse La Touquettoise

« On pense avoir tout lu en matière de thriller, et *Labyrinthes* arrive… »

Benoît Minville,
Fnac, La Défense

« Affolant, effrayant, déroutant, et pourtant… »

Marc Filipson,
Librairie Filigranes, Bruxelles

LABYRINTHES

BIOGRAPHIE DE L'AUTEUR

Franck Thilliez est l'auteur d'une vingtaine de romans, dont *Pandemia*, *Le Manuscrit inachevé*, *Luca*, *Il était deux fois*, et *1991*. Comptant parmi les trois auteurs les plus lus en France, il s'affirme comme la référence du thriller français et continue d'alterner one shots et enquêtes menées par son couple phare Lucie Henebelle/Franck Sharko.

Ses livres sont traduits dans le monde entier. *Le Syndrome E*, roman déjà repris en bande dessinée, est aujourd'hui en cours d'adaptation pour une minisérie sur TF1.

Franck Thilliez est aussi scénariste. Il a créé, avec Niko Tackian, la série *Alex Hugo*.

DU MÊME AUTEUR

ROMANS

La Chambre des morts, Pocket, 2006
La Forêt des ombres, Pocket, 2007
Train d'enfer pour ange rouge, Pocket, 2007
Deuils de miel, Pocket, 2008
La Mémoire fantôme, Pocket, 2008
L'Anneau de Moebius, Pocket, 2009
Fractures, Pocket, 2010
Le Syndrome E, Fleuve Éditions, 2010 ; Pocket, 2011
GATACA, Fleuve Éditions, 2011 ; Pocket, 2012
Vertige, Fleuve Éditions, 2011 ; Pocket, 2012
Atomka, Fleuve Éditions, 2012 ; Pocket, 2013
Puzzle, Fleuve Éditions, 2013 ; Pocket, 2014
Angor, Fleuve Éditions, 2014 ; Pocket, 2015
Pandemia, Fleuve Éditions, 2015 ; Pocket, 2016
REVƎЯ, Fleuve Éditions, 2016 ; Pocket, 2017
Sharko, Fleuve Éditions, 2017 ; Pocket, 2018
Le Manuscrit inachevé, Fleuve Éditions, 2018 ; Pocket, 2019
Luca, Fleuve Éditions, 2019 ; Pocket, 2020
Il était deux fois, Fleuve Éditions, 2020 ; Pocket, 2021
1991, Fleuve Éditions, 2021 ; Pocket, 2022

NOUVELLES

Au-delà de l'horizon et autres nouvelles, Pocket, 2020

ESSAI

Le plaisir de la peur, coll. « Secrets d'écriture », Le Robert/Fleuve Éditions, 2022

JEUNESSE

La Brigade des cauchemars, vol. 1-5, avec Yomgui Dumont, Jungle, 2017-2021

FRANCK THILLIEZ

LABYRINTHES

fleuvenoir

ISBN : 978-2-265-15555-8

Dépôt légal : mai 2022

« Lorsque vous avez éliminé l'impossible, ce qui reste, si improbable soit-il, est nécessairement la vérité. »

Arthur Conan Doyle

« L'unique différence entre un fou et moi, c'est que moi je ne suis pas fou. »

Salvador Dalí

« Ainsi Dédale confond tous les sentiers du labyrinthe. À peine lui-même il peut en retrouver l'issue, tant est grande la tromperie de l'édifice. »

Ovide, *Les Métamorphoses*

1

— Comment va-t-elle, docteur ?

Camille Nijinski avait ôté ses gants fourrés et se massait doucement les mains. La chaleur infernale qui régnait dans l'hôpital contrastait avec les températures à pierre fendre de l'extérieur et tiraillait les crevasses encore à vif sur ses doigts. D'un geste, le docteur Fibonacci lui intima de ne pas s'avancer davantage dans la chambre. Face à eux, la patiente dormait ; le bip lent de l'électrocardiogramme indiquait un sommeil paisible qu'il n'était pas question de perturber.

— D'après ses médecins, physiquement, il n'y a pas de risques. Les analyses biologiques révèlent des carences, mais rien de grave. Quant à ses engelures, même si certaines sont assez profondes, elles ne laisseront pas de séquelles. Psychologiquement, en revanche, c'est une autre histoire. Je vais faire au plus simple : tout a disparu de sa mémoire.

— Quand vous dites tout…

— L'intégralité de sa vie d'avant. Elle ne se souvient de rien. Une page blanche.

La flic contempla sa suspecte. Des cheveux en bataille encadraient un visage qui, bien qu'abîmé par le froid, paraissait apaisé au milieu du grand oreiller blanc. Elle tira de sa poche un stylo et un carnet.

— Il va falloir que vous m'expliquiez, docteur. Je ne vois pas comment elle a pu « oublier » soudain toute sa vie, alors qu'elle est allongée sur un lit d'hôpital et que vous m'affirmez que, physiquement, elle n'a rien de grave. Cette femme a été retrouvée couverte de sang, dans les bois, à proximité d'un cadavre, elle n'a pas prononcé un seul mot depuis, et maintenant vous m'annoncez qu'elle ne se rappelle rien ?

Elle ouvrit son carnet, visiblement encore vierge de toute annotation, d'un geste sec.

— On n'a rien ! Ni sur elle, ni sur la victime, ni sur les circonstances de cet horrible drame. Personne ne connaît cette femme, personne ne l'a jamais vue. On ignore d'où elle sort. Se réfugier derrière une amnésie est peut-être un moyen de nous dissimuler qui elle est, ou de fuir ses responsabilités.

— Croyez-moi, elle ne simule pas.

— Dans ce cas, expliquez-moi, convainquez-moi, afin que je puisse moi-même convaincre mes supérieurs. Ils vont avoir besoin de réponses.

Fibonacci l'invita à rejoindre le couloir, referma la porte et pointa du doigt les deux hommes qui patientaient un peu plus loin.

— Lequel est votre supérieur ?

— Aucun. Ce ne sont que mes coéquipiers et ils sont assez hermétiques aux affaires compliquées. Tous les deux n'attendent que la retraite. Et puis, pour tout vous avouer, on n'a pas vraiment l'habitude de ce genre de trucs, dans notre patelin. Alors, qu'est-ce qu'on fait ? On met la nouvelle sur le coup. Une sorte de test, vous comprenez ?

Les deux hommes ne les lâchaient pas des yeux, les traits tendus.

— Je vais nous chercher des cafés, répondit simplement Fibonacci. Noir et très sucré ?

— Vous savez lire dans les pensées.

— C'est un peu mon métier. En attendant, installez-vous dans la chambre à côté, la 21, nous serons au calme pour discuter.

Camille l'observa échanger quelques mots avec ses collègues. Puis elle se reconcentra sur sa suspecte. Elle n'avait aucune notion en psychiatrie ou en psychologie, mais elle peinait à croire à la version du toubib. Qu'est-ce qui aurait pu provoquer pareil cataclysme sous son crâne ? Et en quoi consistait cette amnésie, au juste ? La femme était-elle encore capable de compter, par exemple ? Connaissait-elle au moins son prénom, son identité ?

Elle entra finalement dans la chambre voisine sommairement meublée : un lit dans le coin, deux chaises, une commode, une salle d'eau ridicule. Elle s'approcha de la fenêtre. Le givre s'accrochait aux vitres, donnant l'impression que le verre allait exploser. Deux étages en contrebas, elle distingua sa voiture vert bouteille, entre deux ambulances. Le parking était bondé. Les hôpitaux, comme les cimetières, ne désemplissaient jamais.

Camille ôta sa parka fourrée, fit le tour des lieux pour chasser sa nervosité et jeta un œil à son reflet dans le miroir au-dessus du lavabo. Elle avait une sale tête. *Trop de travail, et cette enquête ne risque pas d'arranger les choses*, songea-t-elle en soupirant. Elle avait l'impression d'avoir vieilli de cinq ans. Sans doute à cause de ses yeux, d'ordinaire si bleus, qui paraissaient éteints, et de la morsure du froid qui malmenait sa peau. Elle tira sur sa lèvre inférieure pleine de gerçures, frôla l'arête de son nez du bout de l'index. *Tu es trop maigre, ma grande. Beaucoup trop maigre*... Puis elle rajusta le col de son chemisier crème et boutonna le bas de sa veste assortie dans laquelle elle flottait afin de se redonner de la prestance. Elle n'aurait su dire pourquoi mais, depuis son arrivée, le psychiatre la mettait mal à l'aise. Sûrement ce profil d'aigle, et ces pupilles d'un noir intense qui semblaient pénétrer au plus profond de l'âme.

Marc Fibonacci entra avec deux gobelets fumants et repoussa la porte du talon.

— Asseyez-vous, mademoiselle Nijinski, je vous en prie. J'espère que vous avez du temps. Ce que je vais vous raconter, c'est comme ouvrir un roman à suspense particulièrement sombre et en prendre pour cinq cents pages de montagnes russes.

— J'ai tout le temps qu'il faudra. Il est important que nous établissions la vérité sur cette affaire.

— Ah, la vérité…

Fibonacci marcha jusqu'à la fenêtre où elle se trouvait quelques minutes plus tôt. Il garda un instant le silence, son gobelet au bord des lèvres. Puis il se tourna vers elle.

— Le cerveau humain peut déployer les plus incroyables stratagèmes pour protéger l'esprit. Il s'adapte sans cesse, se reconstruit sur ses ruines… Il est même capable de se piéger lui-même. De faire passer des souvenirs inventés pour réels. De nous persuader, par exemple, que nous avons été agressés à la cantine quand nous étions collégiens, même si cela ne s'est jamais produit. Savez-vous comment on appelle ce phénomène ?

— Absolument pas, je ne suis que policière…

— La paramnésie de certitude. La conviction du déjà-vu, du déjà-vécu… Une pure invention de l'esprit. Alors où se situe la vérité, là-dedans, à partir du moment où vous croyez que le passé que vous avez en mémoire est le vrai passé ?

Il s'installa en face d'elle après avoir pioché un objet dans sa poche.

— Vous jouez aux échecs, mademoiselle Nijinski ?

— J'en connais les règles, tout au plus...

— Elle portait ceci sur elle. Un fou du camp noir.

Camille manipula la pièce en bois, haute de cinq centimètres.

— Où ça, sur elle ? Nous n'avons rien trouvé et...

— Elle m'a parlé, l'interrompit Fibonacci d'un air grave. Avant d'oublier, la patiente m'a expliqué ce qui s'est passé, de A à Z.

Camille manifesta sa stupéfaction. Pourquoi Fibonacci ne les avait-il pas avisés plus tôt de cette information capitale ?

— Elle a avoué le meurtre ?

— C'est... plus compliqué que ça. Je dois vous confier que, au cours de ma carrière, je n'ai jamais été confronté à un cas pareil. J'en ai pourtant croisé, des patients. Mais elle, elle est hors du commun.

Il reprit la pièce d'échecs et désigna le carnet que son interlocutrice venait de poser sur ses genoux.

— Vous avez raison, écrivez, écrivez tout ce que vous pourrez, même si l'histoire que je vais vous raconter est longue et complexe. Elle est certainement la plus extraordinaire que vous entendrez de toute votre vie. De celles qu'on ne lit que dans les romans. Et encore.

Camille rouvrit son carnet vierge. Première page.

— Au fait, petite parenthèse, ajouta Fibonacci, j'aime beaucoup l'opéra et la musique classique, et votre nom de famille m'intrigue depuis notre rencontre. Ôtez-moi d'un doute : aucun lien avec Vaslav Nijinski, le célèbre danseur russe du siècle dernier qui fut atteint de schizophrénie ?

— Mon arrière-grand-père venait de Slovaquie. Il était ouvrier. Pas grand-chose à voir avec l'opéra. Enfin, je pense que je l'aurais su, si ce danseur figurait parmi mes ancêtres.

— Si ça vous intéresse, je serais ravi de vous parler de Nijinski, un de ces jours...

Est-ce qu'il la draguait dans de pareilles circonstances ? Ce type était vraiment déroutant et Camille se contenta de hocher la tête.

— Revenons à notre affaire, continua-t-il comme si de rien n'était. Vous devez savoir qu'il y a cinq protagonistes dans le récit que je vais partager avec vous. Toutes des femmes. Écrivez, c'est important pour la suite : « la journaliste », « la psychiatre », « la kidnappée », « la romancière »...

Elle inscrivit scrupuleusement, les unes sous les autres, les identités. Et se demanda si l'une de ces femmes était celle alitée de l'autre côté de la cloison. Probablement, mais laquelle ? La journaliste ? La kidnappée, peut-être ? Dans ce cas, avait-elle été la proie de l'individu au visage réduit en bouillie à coups de tisonnier ? Était-il question de vengeance ? Il y avait eu un tel acharnement... *De la pure folie.* Camille voyait encore tout ce rouge dans le chalet, jusqu'au plafond. Un véritable théâtre d'horreur.

Lorsqu'elle releva les yeux, Marc Fibonacci la fixait avec le regard froid et indéchiffrable qu'ont parfois les psys. Une carapace nécessaire, sans doute, lorsqu'on explore à longueur de journée des psychismes déréglés.

— La journaliste, la psychiatre, la kidnappée, la romancière, répéta-t-elle en relisant ses notes. Il me manque la cinquième personne...

Le médecin se cala au fond de sa chaise dans une longue inspiration. Son interlocutrice ne sut estimer s'il s'agissait là de lassitude, ou d'une façon de lui montrer qu'elle était beaucoup trop impatiente.

— Elle n'apparaît que plus tard, elle est la clé de tout, répondit-il. Son identité ne pourra vous être révélée qu'à la fin de mon récit. À présent, écoutez jusqu'au bout ce que j'ai à vous raconter…

Il brandit le fou noir devant lui.

— Et concentrez-vous, parce que cette histoire est un vrai labyrinthe où tout s'entremêle. Quant à cette cinquième personne, elle est le fil dans le dédale qui, j'en suis sûr, apportera les réponses à toutes vos questions.

2

À la lueur de sa lampe de bureau, Lysine termina son article sur le passage à niveau défectueux d'Oissel, responsable d'une collision entre un train de marchandises et un tracteur bloqué par les barrières. Un accident spectaculaire qui n'avait heureusement pas fait de victimes : l'agriculteur avait eu le temps de s'échapper de sa cabine et l'engin avait été percuté par l'arrière, ce qui avait limité le choc avec la locomotive. À peine l'eut-elle relu que la journaliste déposa son travail sur le serveur de la rédaction du *Courrier normand* et appela son chef pour vérifier que tout était en ordre avant le bouclage.

— Pas de la grande littérature, mais le papier fonctionne tel quel, fit-il. Le témoignage du conducteur du tracteur est bien, t'as su faire ressortir la peur du type, c'est le principal. Manque juste la raison pour laquelle la barrière s'est abaissée brutalement. Dommage !

— On en saura plus demain. Grégory va prendre le relais, je lui ai transmis les coordonnées de mon contact à la SNCF.

— OK. En attendant, on publie en l'état et on verra pour la suite. Et concernant ton gros dossier sur les électrosensibles, tu pourras me le rendre dans quinze jours ?

Tous les mois, *Le Courrier normand* proposait des « dossiers spéciaux » d'une dizaine de feuillets. Pour le prochain, Lysine s'était intéressée à un homme de Mont-Saint-Aignan qui vivait barricadé chez lui, dans une sorte de cage de Faraday, parce qu'il ne supportait plus les ondes et était désormais incapable de mener une vie normale. Elle avait découvert un peu par hasard l'existence des HES, les hyper-électrosensibles, et s'était mise à creuser le sujet.

— Pas de problème, tu l'auras dans les temps.

— Parfait. Dans ce cas, je ne te retiens pas plus longtemps. Et je te souhaite bon courage pour les jours à venir.

Lysine le remercia, raccrocha et alla préparer une valise pour son voyage du lendemain. Depuis son installation à Rouen, elle n'était pas encore retournée dans sa maison du Mesnil-Amelot, à deux heures de route, au nord de Paris. Le cambriolage avait été un tel choc qu'elle avait préféré quitter la région, enterrant du même coup sa courte carrière de journaliste indépendante. Elle avait en effet tenté de bosser à son compte, mais s'était aperçue de la difficulté de vendre des sujets. Les commandes se faisaient rares, faute de budget dans les rédactions et aussi parce que, aujourd'hui, l'information devait se consommer sur-le-champ, être vite présentée et spectaculaire. Faire le buzz avant tout.

Alors, après l'effraction de son domicile, elle s'était résignée, avait tout plaqué et avait déniché un job plus serein à Rouen : *Le Courrier normand* recherchait un reporter tout-terrain pour couvrir les événements locaux. Traduction : une volontaire pour la rubrique des chiens écrasés. Pas la grande gloire, mais couvrir les faits divers lui assurait un salaire et, surtout, ça l'éloignait du Mesnil. Désormais, elle louait un appartement meublé en périphérie de Rouen. Et elle s'y sentait bien. Aussi, un peu moins de trois mois après son déménagement, il était temps de laisser une bonne fois pour toutes sa vie d'avant derrière elle. De tout réordonner dans la bâtisse qu'elle avait héritée de ses parents, de faire le ménage et de contacter des agences immobilières pour la mettre en vente.

Elle arriva tôt sur place le lendemain. La petite ville du Mesnil était agréable, bien que trop proche de l'aéroport Charles-de-Gaulle : ici, on se réveillait et se couchait au rythme des avions qui décollaient. La maison était isolée, sans voisin et entourée de cyprès, derrière un stade de foot dont l'herbe avait blanchi sous les gelées matinales. Elle gara son cabriolet dans l'allée, vida la boîte aux lettres pleine à ras bord et ressentit une appréhension lorsqu'elle enfonça la clé dans la serrure. Le cambriolage s'était produit un soir, pendant qu'elle faisait son footing. Les intrus s'étaient faufilés par l'arrière, avaient tout retourné, du sous-sol au grenier. Tout ça pour ne dérober, selon toute apparence, que son ordinateur portable, son portefeuille et son téléphone.

Un film de poussière recouvrait déjà le carrelage des pièces. Certains meubles étaient encore en travers ou renversés. Les malfaiteurs avaient même cassé les verres et la porcelaine du vaisselier. Quelques jours après la venue de la police, Lysine avait fait remplacer la fenêtre par laquelle ils s'étaient introduits et était partie pour sa nouvelle vie, laissant tout en plan.

Désormais, l'endroit lui fichait la chair de poule. Plus jamais elle ne pourrait vivre ici. Pourtant, cette demeure était une des dernières choses qui la rattachaient à ses parents depuis le terrible drame qui avait fauché leur vie cinq ans plus tôt. Parfois, il y avait des tracteurs bloqués sur des voies de chemin de fer ; d'autres fois, c'étaient des bus bondés dont les freins lâchaient qui finissaient leur course au fond d'un ravin. Son père et sa mère étaient parmi les malheureux voyageurs morts sur le coup. Deux faits divers aussi invraisemblables l'un que l'autre et qui, pourtant, remplissaient chaque jour les colonnes des journaux. Lysine était bien placée pour le savoir.

La maison était glaciale. Elle alla relancer la chaudière et poser son sac dans sa chambre, à l'étage. Ici aussi, les inconnus avaient tout fouillé. Dressing, lit, salle de bains attenante... Même le miroir avait été brisé. La jeune femme y fixa son reflet. Elle vit un visage en morceaux, un œil bleu plus haut que l'autre, un nez improbable, une bouche tordue. Un faciès de cauchemar qui, dès qu'elle bougea, commença à se déformer, jusqu'à ce que ses lèvres se retroussent et dévoilent ses gencives. Elle eut une soudaine sensation d'oppression au fond de la gorge, comme si une main remontait de ses entrailles pour l'étouffer. Elle poussa un cri et recula, terrifiée. Redescendit à vive allure, alluma la télé. Chaîne musicale. Son à fond. Elle avait besoin de bruit. Le monstre surgi des abysses, cette impression de main qui sortait de sa bouche, l'asphyxie... Ça n'était pas la première fois que ça lui arrivait. Et puis il y avait aussi sa mémoire des événements passés qui devenait de plus en plus imprécise. Lysine devait en permanence se concentrer pour se rappeler certaines choses, certains noms...

Le temps que la maison se réchauffe, elle alla faire quelques courses à la supérette du coin – un panier de plats en sauce surgelés qui, comme ses hanches et ses joues arrondies, témoignaient d'une addiction à la malbouffe. Puis, à son retour, elle avisa la pile de courrier. De la paperasse, des factures, des avis de passage pour des recommandés. Elle s'étonna du contenu d'une des enveloppes : on lui suggérait de renouveler un abonnement trimestriel dans une poste d'Amiens, qui expirait une semaine plus tard. Il s'agissait d'une boîte postale.

« BP144, Lysine Bahrt, Amiens ». Elle n'avait pourtant jamais rien ouvert de tel.

Après s'être fait un café adouci de deux sucres, elle passa un coup de fil au bureau de poste en question. L'employé avec qui elle discuta lui confirma que l'emplacement était réservé à son nom depuis bientôt trois mois. Lysine pensa à un homonyme mais, d'après son interlocuteur, l'adresse indiquée sur le contrat était bien la sienne, au Mesnil. Quand elle raccrocha, elle était déboussolée. Elle n'avait jamais fichu les pieds à Amiens. Il y avait forcément un malentendu…

Sans tarder, elle se rendit à l'agence locale du Mesnil pour récupérer ses recommandés – parmi lesquels son nouveau permis de conduire et sa carte grise qu'elle avait déclarés volés à la suite du cambriolage –, fit un détour par la mairie de Goussainville pour y retirer sa carte d'identité définitive et, après avoir avalé un sandwich, prit la route en direction d'Amiens. Il fallait régler cette histoire de boîte postale.

Sur place, elle demanda à s'entretenir avec le fonctionnaire joint plus tôt au téléphone. Il lui présenta le contrat qu'elle avait prétendument rempli et signé. Lysine essaya de garder son sang-froid : ce n'était ni son écriture ni sa signature. De toute évidence, quelqu'un s'était fait passer pour elle.

— Je suis confuse, ça m'était complètement sorti de la tête, mentit-elle en lui rendant le document. Et bien sûr, je ne retrouve plus la clé. Je pourrais quand même accéder à ma boîte ?

Il l'observa d'un drôle d'air, jeta un coup d'œil à la pièce d'identité qu'elle lui tendait, puis fouilla dans un tiroir.

— La clé perdue vous sera facturée, maugréa-t-il.

Il l'emmena jusqu'au mur de boîtes aux lettres, déverrouilla la numéro 144 et retourna derrière son guichet. Lysine découvrit, dans le petit compartiment, une enveloppe marron. Épaisse. Sans timbre. On l'avait simplement déposée là. Dans un coin en haut, griffonnée à la va-vite, une adresse : « 34, quai de l'Industrie, Athis-Mons ».

Le guichetier remarqua son trouble lorsqu'elle revint vers lui, le paquet entre les mains. Elle demanda de nouveau à voir le contrat, en fit une photocopie, régla les dix euros réclamés pour la clé et signifia qu'elle ne renouvelait pas l'abonnement. Puis elle rejoignit sa voiture. Elle avait besoin d'un peu de calme.

Aucun doute, la personne qui avait souscrit à ce service en s'appropriant son identité était aussi celle qui avait noté l'adresse sur le papier kraft et qui, logiquement, avait glissé l'enveloppe au fond de la boîte postale. Mais quand ? Et surtout, pourquoi ? Lysine parcourut les pages du contrat : règlement en liquide, cadre correspondant au numéro de portable vide. Autrement dit, elle n'avait aucun moyen de remonter à son usurpatrice.

Elle déchira l'enveloppe et en tira une clé de petite taille ainsi qu'un boîtier circulaire, en plastique noir, sur lequel était scotchée une étiquette avec un numéro de téléphone. Dessus, toujours la même écriture : « Film H. C. »

Avec appréhension, elle en souleva le couvercle.

À l'intérieur, une bobine de pellicule.

Un film 8 mm.

3

Jadis, le hameau du Bout du Croc, perdu au fin fond du parc naturel régional des Vosges du Nord, avait abrité quatre-vingt-neuf âmes. On y avait fabriqué le pain et travaillé le bois. L'endroit était un cul-de-sac. On y entrait et sortait par une unique route qui slalomait à travers une forêt dense et sauvage et permettait d'atteindre une petite ville plantée à quinze kilomètres de là. Au cœur du hameau, quelle que fût la direction où l'on regardait, on ne distinguait que des arbres à perte de vue, ce qui donnait la sensation vertigineuse d'être l'un des derniers habitants de la Terre.

Quelques années après les ravages de la Seconde Guerre mondiale, cette zone reculée, abritant une population vieillissante, s'était progressivement dépeuplée, livrant les bâtisses aux morsures du temps. Aujourd'hui, seules subsistaient des ruines qu'une association, « Zéro onde », financée en majorité par le conseil régional du Grand Est, avait entrepris de réhabiliter.

Emmitouflée dans son épaisse écharpe en laine, sa chapka kaki enfoncée jusqu'aux oreilles, Véra Clétorne regagnait la base que les membres de l'association, dont elle faisait partie, avaient aménagée dans ce qui avait autrefois tenu lieu de boulangerie. Des ouvriers avaient confectionné une toiture temporaire, faite de planches et de bâches en plastique, et reconstruit les murs entourant l'ancien four. Il faisait aussi froid dedans que dehors, mais, au moins, on était au sec et protégé du vent. Là, on avait installé un point de ravitaillement en eau potable ainsi qu'une cuve pleine de fuel, offrant ainsi la possibilité à chacun de boire, de se laver, d'alimenter son générateur d'électricité ou de se chauffer.

La jeune femme ôta ses gants marron avec ses dents, plaça son jerricane de dix litres sous le robinet de la cuve et, accroupie sur le béton, fit couler le carburant. Son regard fut alors attiré par une surbrillance, légèrement sur sa droite. Des emballages de chips et de biscuits traînaient au sol, entre les traces de neige fondue laissées par des semelles. Il y avait aussi trois mouchoirs usagés, roulés en boule, ainsi qu'une bouteille d'eau vide.

Au milieu des déchets, elle ramassa un livre. Il s'agissait d'un roman, *La Fille venue de l'ombre*, d'une romancière dont elle n'avait jamais entendu parler : Sophie Enrichz. La couverture, sombre, représentait un visage féminin fissuré comme de la faïence ancienne, au crâne éclaté en pièces de puzzle, avec des yeux bleus qui semblaient de verre, des lèvres de pierre et des cheveux blonds. Elle retourna l'ouvrage pour en lire le résumé. Une histoire d'enfermement, un face-à-face entre un bourreau et sa victime kidnappée.

Le jerricane était presque plein. Véra frotta le livre pour en chasser l'eau et la boue, le glissa sous sa doudoune et coupa l'arrivée de carburant. Elle ignorait à qui appartenait ce bouquin et ce que ces détritus faisaient là, mais elle se réjouissait d'avoir de la lecture, en espérant que l'histoire en vaudrait le coup.

La piqûre d'un vent glacial la cueillit lorsqu'elle se risqua à mettre de nouveau le nez dehors. Son haleine forma des nuages de buée quand, alourdie par sa réserve de fuel, elle remonta la route, ses après-ski s'enfonçant à moitié dans une neige cassante. Des centaines d'empreintes de pas s'éparpillaient dans diverses directions et disparaissaient dans la forêt noire comme la nuit. Les vestiges de visiteurs venus se réapprovisionner en combustible, comme elle. Depuis que les jours avaient raccourci, elle croisait de moins en moins les autres naufragés. Les sorties se limitaient au strict minimum, chacun restant enfermé dans ses quelques mètres carrés et se débrouillant pour survivre du mieux possible à ces mois les plus rigoureux de l'année.

Avant de regagner le sentier, elle longea les murs en reconstruction du hameau, les échafaudages, les palettes de matériaux bâchées, puis se dirigea vers sa voiture, garée non loin. Elle la débarrassa de l'épaisse couche de flocons dont elle était couverte, versa un bouchon de fuel sur la serrure de la portière pour la dégivrer, puis s'installa au volant. Le véhicule démarra au premier essai. Elle fit tourner le moteur dix bonnes minutes, comme à son habitude. Sa Ford était le bien le plus précieux qui lui restait de son ancienne vie. Sans elle, il était inenvisageable de se rendre en ville et d'y faire ses achats de première nécessité, à moins d'avoir le courage de se farcir trente bornes à pied aller-retour, ou de demander de l'aide aux autres, ce qu'elle préférait éviter. Elle les savait ouverts et solidaires, mais elle ne voulait rien leur devoir. Chacun avait ses propres problèmes à régler.

Dans l'habitacle, assise au creux du siège-baquet, elle profita de la ventilation pour se réchauffer les mains. Coup d'œil dans le rétroviseur. Son visage long était fatigué, son nez irrité gouttait en permanence, et ses cheveux blonds, qui tombaient désormais sur ses épaules, auraient mérité une petite égalisation. Elle refusait de se laisser aller davantage. Demain, elle irait se les faire couper.

Elle soupira. Dans cet endroit, seule sa respiration brisait le fantastique silence – ce vide abyssal qui finissait par lui taper sur les nerfs. À travers le pare-brise, elle distinguait des colonnes de fumée s'élevant au-delà des cimes. *Les autres.* Trente-quatre personnes occupaient des caravanes, des fourgons ou des Algeco autour du hameau abandonné. Des hyper-électrosensibles, ou HES, comme elle. Des individus dont l'organisme ne tolérait plus les ondes hyperfréquences liées au wifi ou encore aux téléphones portables. Les symptômes étaient terribles : acouphènes permanents, psoriasis à répétition, impossibilité de trouver le sommeil, mais surtout migraines abominables qu'aucun médicament ni traitement ne parvenait à apaiser.

Certains d'entre eux, avant de s'échouer dans ce *no man's land*, avaient tenté d'isoler leur ancienne habitation avec des composés spéciaux ou de porter un casque intégral fabriqué avec une résine censée protéger le cerveau des rayonnements invisibles. Ils avaient tout essayé, pourvu que les martèlements cessent. Mais aucun de ces subterfuges ne fonctionnait. De toutes les études menées par l'OMS sur l'hyper-électrosensibilité, nulle n'avait permis de mettre les ondes en cause. Il n'existait pas de thérapie, quasiment pas de recherches, et même se réfugier dans les rares zones blanches de France ne résolvait pas le problème : le gouvernement ayant décrété le « zéro ZB », des antennes-relais s'élevaient jusqu'aux endroits les plus reculés du pays et les réseaux satellitaires grignotaient chaque mètre carré de territoire jusque-là épargné. Un enfer pour ces laissés-pour-compte, à bout de forces et sans solution, qu'on appelait les « naufragés des ondes ».

Heureusement, une poignée d'organisations et d'associations se battaient pour eux, dont celle-ci,

« Zéro onde », qui s'était donné comme objectif de réhabiliter le hameau situé dans un désert électromagnétique – grâce au relief et à l'absence totale d'activité humaine à moins de quinze kilomètres à la ronde – et d'en faire, sur le long terme, un écovillage viable pour une centaine de HES. Il était même prévu de développer une économie autour de « chambres d'hôtes vertes », pour des vacanciers stressés et décidés, l'espace de quelques jours, à se couper de toute forme de communication avec le reste du monde.

Véra faisait partie des petites mains qui, du début du printemps à la moitié de l'automne, aidaient les ouvriers à la reconstruction, contre un toit temporaire et une rémunération. Un semblant de vie sociale et professionnelle qui durait le temps des beaux jours. Mais l'hiver, la vie du chantier retombait au point mort, comme aspirée par les ténèbres, et les HES – d'anciens cadres, instituteurs, banquiers à la vie familiale détruite… – se terraient dans leurs habitats sommaires parce qu'ils n'avaient nulle part où aller.

La forêt était leur espace de liberté.

Et la plus effroyable des prisons.

4

L'obscurité. Profonde, immuable. Qu'elle ouvre ou qu'elle ferme les yeux. À chaque clignement de paupières, Julie percevait une résistance, un froissement de tissu. Elle avait l'impression de flotter quelque part dans l'ailleurs, loin du monde des humains. Pleinement connectée à son intérieur, à cet univers d'oxygène qui circule, de cœur qui pulse, de globules qui heurtent les parois des artères.

En vie. Cette toute première pensée la frappa au moment où les réflexes redonnent leur place à la conscience. Dans la brume, Julie sut qu'il lui était arrivé quelque chose de grave, et tout se bouscula dans sa tête. Le ronflement d'un moteur, une sensation de vitesse, cette odeur de produit d'hôpital autour d'elle. Et ce truc qui l'empêchait de déglutir. Un respirateur. Intubée. Une chute sévère. Un accident, peut-être. État critique en tout cas. Vite, il fallait aller vite. Fendre la route, sirènes hurlantes. Les urgences, le bloc, une anesthésie, on opère.

À peine germée, l'idée fut rejetée par son cerveau. Et puis, ce n'était pas un tube qui lui asséchait la gorge, mais un tissu infect. Enfoncé dans sa bouche. Un goût de graisse et de gasoil. Un mal de crâne, des vapeurs nauséeuses qui revenaient, tel un ressac. Elle se sentit repartir dans les limbes, comme sous une croûte de glace, avant de remonter péniblement à la surface, en manque d'air. Les sons qu'elle tenta d'émettre vibrèrent dans ses narines et franchirent à peine la barrière de ses lèvres.

Julie comprit alors. Elle était entravée, les mains dans le dos, les pieds serrés. Ses poignets lui brûlaient, ses chevilles étaient douloureuses d'avoir trop frotté l'une contre l'autre. Elle essaya de crier, s'étouffa. Recommença, encore et encore, se mit à remuer comme elle pouvait. Elle se cogna contre des parois, de toutes parts. Puis, au milieu de cette agitation, un son lointain, en sourdine, capta son attention. De la musique. Un coffre. On l'avait enfermée dans un coffre de voiture.

L'orage de questions se déchaîna. Où ? Comment ? Pourquoi ? Sa mémoire se réfugiait derrière un rideau noir qu'elle ne réussissait pas à franchir. La tête lui tournait, on avait dû lui injecter quelque chose, ou la taper jusqu'à ce qu'elle perde connaissance. Seuls des flashs, des bribes de souvenirs incohérents lui parvenaient. Elle, sur un vélo. Une pente, des rochers. Une salle de classe. Elle rit. Elle mange une pizza avec sa copine. Elle danse. Un torrent lui barre le chemin. Puis rien d'autre qu'un long, long tunnel d'obscurité.

Son rythme cardiaque s'était accéléré, comme pendant un sprint. Ça ne pouvait pas lui arriver. Pas à elle. Ces trucs-là se passaient ailleurs, dans les grandes villes ou dans les séries télévisées, mais pas à elle, une lycéenne de dix-sept ans, une ado lambda, ni plus riche ni plus pauvre qu'une autre, un peu jolie avec ses yeux bleus, ses cheveux d'un beau blond foncé et son corps athlétique, mais pas un canon non plus. Il y avait mieux, cent fois mieux qu'elle. Et pourtant…

Kidnappée. Le mot la percuta comme une fulgurance. Ça ne pouvait pas être autre chose. Elle allait se faire violer. Mourir. On ne la relâcherait pas. Pourquoi on prendrait la peine de l'emmener dans un véhicule pour la libérer ensuite ? Non, il n'y avait aucun doute, on retrouverait son corps nu, souillé, frappé de coups de couteau dans un champ ou au fond d'une décharge.

Et cette musique, là, tout près d'elle, allait la rendre folle. Le responsable de son malheur écoutait tranquillement la radio. Un conducteur ordinaire, attentif à sa route, à cette différence près qu'il retenait une fille dans son coffre.

Nouvelles ruades. Les chocs provoquaient des décharges dans ses membres. Pourtant, il fallait qu'elle fiche le camp d'ici. Quitte à se jeter sur la chaussée, quitte à se faire mal. Ils faisaient ça, dans les films, ils sautaient même des trains. Et ils s'en sortaient toujours.

Un brusque coup de freins la plaqua contre la cloison qui la séparait de l'habitacle. Le véhicule s'arrêta, mais le moteur continua de tourner. Elle perçut des bruits rapides de pas, s'immobilisa quand l'air glacé lui agressa le visage. Une fraction de seconde s'écoula avant qu'une main ne gifle violemment sa joue. Douleur jusqu'aux tempes. Puis elle sentit la piqûre d'une pointe au niveau de sa pomme d'Adam.

— Recommence ça, et je te tranche la gorge. T'as pigé ?

Les larmes de Julie se perdaient dans son bandeau. Elle acquiesça en reniflant, se recroquevillant comme une bête prise au piège.

— Si t'étouffes, respire par le nez. Et garde ta salive, parce que t'auras pas une goutte d'eau. Salope.

Un claquement sec. L'instant d'après, la voiture redémarrait. Et la torture mentale reprenait. Car elle avait remarqué quelque chose. Un accent. L'homme parlait avec un accent des pays de l'Est. Justement ceux où on enlève des filles pour les séquestrer dans des caves, les martyriser, les dresser et les revendre comme prostituées à l'étranger. *Salope.* Elle regardait souvent des reportages. Elle le savait, c'était ça, ou mourir. Ça, et mourir…

Se calmer, à tout prix. *Si t'étouffes, respire par le nez.* Comme si elle avait le choix ! Inspirer, temporiser, expirer. Encore. Inspirer, temporiser, expirer. *Ouverture espagnole. Pion e4, pion e5. Cavalier f3, cavalier f6.* Malgré le feu sur sa joue, elle visualisa les pièces, l'échiquier, imagina les deux camps, récita les premiers coups, jusqu'au début des variantes. *Cavalier a5, défense Pollock. Pion b6, défense Owen…* Les battements de son cœur ralentirent enfin, elle retrouva son souffle. Peut-être que tout cela n'était qu'un cauchemar, qu'elle allait se réveiller, et que tout redeviendrait comme avant.

Si seulement tout ça pouvait ne pas être réel… Allongée sur le côté, elle remonta les genoux contre son torse pour se réchauffer. Elle n'était pas nue. Qu'est-ce qu'elle portait ? Baskets, cuissardes d'hiver, veste thermique. Oui, c'était ça. Sa tenue habituelle quand elle faisait du vélo. Mais, elle avait beau se concentrer, les derniers souvenirs ne revenaient pas pour autant. L'information qui se fraya un chemin jusqu'à son cerveau la rassura cependant : il l'avait laissée habillée. C'était bien, c'était très bien même, peut-être qu'il ne lui ferait pas de mal, après tout. Il allait finir par avoir des remords et l'abandonner au bord de la route. Elle n'avait pas vu son visage, elle ne le regarderait jamais. Dès qu'elle pourrait, elle le supplierait de la relâcher, jurerait qu'elle ne dirait rien, expliquerait qu'elle n'avait aucun moyen de connaître son identité. *Petit roque, cavalier d4. Pion b4…*

Les minutes qui s'égrenaient étaient un enfer. Parce que chacune d'elles l'éloignait un peu plus de sa maison, de sa famille, l'entraînant peut-être vers une terre étrangère où même son père ne la rechercherait pas. Combien d'affaires d'enlèvements résolvait-on ? Dans combien de cas les victimes étaient-elles ramenées vivantes chez elles ? Alors que ces questions la rongeaient, les heures succédèrent aux minutes. Trois ? Cinq ? Huit ? Faisait-il nuit, dehors ? Combien de temps était-elle restée inconsciente ? Elle se mit à aspirer son bâillon pour récupérer un peu de salive. Sa gorge était si sèche ! Et le comble, c'était que, bientôt, elle ne pourrait plus se retenir : elle allait se faire pipi dessus.

Le régime moteur commença à varier plus souvent. Désormais, on rétrogradait, on accélérait. Elle entendait le tic-tac du clignotant, ressentait la force centrifuge sur les ronds-points. Le véhicule s'arrêtait, redémarrait. Ils se trouvaient en ville. Ça signifiait une présence humaine à proximité. Peut-être juste là, à quelques mètres. Si elle se remettait à cogner contre la tôle et à hurler, elle se donnerait une chance qu'on lui vienne en aide. Elle réprima vite cette idée stupide et dangereuse. Si elle échouait, ce malade la tuerait, sans hésiter.

Il s'écoula encore du temps avant que la voiture ne roule au ralenti. Dans son monde de ténèbres, Julie percevait des crépitements sur la carrosserie. La grêle. Elle entendait aussi des bourrasques, si puissantes à présent qu'elles s'infiltraient par les interstices de sa prison mobile. Le véhicule bringuebalait, la chaussée était minée de nids-de-poule et de bosses. Alors, elle comprit : on l'emmenait dans un endroit isolé, parce qu'il était l'heure. L'heure d'en finir avec elle.

Pour la première fois, le moteur se coupa. Le bref soulagement que le silence lui procura laissa place à la terreur. Elle s'était plaquée avec tant de force contre le fond du coffre qu'elle en sentait la moindre aspérité dans son dos. Elle pleurait. Elle ne voulait plus sortir de là. Un claquement de portière. Un déclic, l'ouverture. Elle se rendit compte que ce qu'elle avait pris pour de la grêle était en fait du sable. Du sable soulevé par le vent et qui s'engouffrait dans son espace vital.

Une douleur fulgurante lui paralysa l'épaule. Puis une brûlure se répandit dans ses muscles. Comme une ramification en feu qui gagna son bras, son torse, sa mâchoire. Une anesthésie. La dernière chose que Julie perçut avant de sombrer, ce furent ces mots, les mots d'un autre homme, sans accent cette fois, et murmurés dans le creux de son oreille.

— Tu te croyais immortelle ?

5

Lysine évoluait dans son grenier. Ici aussi, les intrus avaient semé le désordre, mais elle se souvenait d'un vieux projecteur de films 8 mm qui avait appartenu à son père. Elle se mit à scruter les recoins de cet immense espace encombré de bibelots, d'outils rouillés, de services de table, avec l'étrange impression d'avoir pénétré en terre inconnue. Pourquoi n'arrivait-elle à rattacher aucun événement du passé à ces objets entassés par ses parents ? Pas une image, aucune odeur ne lui revenait. Enfin, si, il y avait quand même ce vieux bol orné de son prénom et tapissé de poussière. Elle le prit entre ses mains, pensive, se revit y boire ses chocolats chauds dans la cuisine baignée de soleil, en bas, tandis que sa mère marmonnait les dernières chansons à la mode. Mais elle se rendait bien compte qu'elle avait très peu de souvenirs de son enfance. Sa mémoire flanchait, et de tels troubles n'étaient pas normaux, à son âge. Il faudrait qu'elle fasse des examens, qu'elle consulte un spécialiste. Car, si elle était sans doute trop jeune pour Alzheimer, peut-être un ver invisible lui rongeait-il le cerveau.

Tout en fouillant, elle essayait de comprendre, de démêler le fil de ses récentes découvertes. D'abord, une femme s'était fait passer pour elle, environ trois mois plus tôt. Rien de plus simple : cette personne était entrée dans le bureau de poste d'Amiens, à plus de cent kilomètres de là, et avait ouvert une boîte postale à son nom. Avec Internet, il n'était pas compliqué de se procurer de faux papiers qui, même bourrés de défauts, faisaient illusion dans la plupart des cas. Puis l'usurpatrice y avait dissimulé une enveloppe renfermant une énigmatique bobine de film.

Finalement, Lysine trouva le projecteur au pied d'une pile de chaises. Renversé, mais apparemment intact. Tout autour, les cartons avaient été vidés de leur contenu. Des pellicules s'entremêlaient. Les boîtiers jetés au sol indiquaient : « Premier anniversaire de Lysine », « Communion de Lysine », « Vacances à La Grande-Motte », « L'Alpe d'Huez »… Elle ne savait même pas que ces enregistrements existaient. Jamais elle n'avait visionné ces souvenirs, parce que jamais elle n'avait pris la peine de faire le tri dans ce qui était entreposé là depuis toujours. Les cambrioleurs, eux, l'avaient fait. Ils avaient retourné chaque carton, vérifié chaque film. Méticuleusement. Lysine s'immobilisa, en pleine réflexion. Et si c'était cette bobine-là que le ou les malfaiteurs avaient recherchée ? Mais comment avaient-ils pu savoir que… ?

L'idée qui la saisit lui donna le vertige. L'abonnement à la boîte postale était sur le point d'expirer, ce qui impliquait que, sans renouvellement, Lysine serait contactée par la poste, puis qu'elle finirait par découvrir le colis – c'était d'ailleurs exactement ce qui venait de se passer. Et si son usurpatrice avait précisément eu pour objectif de faire atterrir la bobine entre ses mains ? Et si, d'une façon ou d'une autre, les cambrioleurs avaient été au courant de son existence ? Mais alors, qu'est-ce que cela signifiait ? Qu'il était arrivé malheur à l'inconnue ? Peut-être celle-ci s'était-elle indirectement adressée à elle parce qu'elle était journaliste…

Seule au milieu du grenier poussiéreux, la jeune femme eut soudain très froid. On avait voulu l'entraîner dans cette histoire malgré elle. Mais elle pouvait encore rebrousser chemin. Une petite voix dans sa tête lui intimait de se débarrasser rapidement du paquet. D'oublier l'adresse griffonnée, le numéro de téléphone, et de ne surtout pas visionner la bobine. Tout brûler dans la cheminée et faire comme si de rien n'était.

Mais c'était impossible. Car, à présent, Lysine n'avait qu'une envie : savoir. Elle redescendit avec prudence l'escalier raide et se rendit au salon. D'abord, elle ferma tous les volets et vérifia que les verrous de la porte d'entrée étaient bien mis. Puis elle positionna l'objectif en face d'un mur blanc.

Elle ignorait comment le projecteur fonctionnait, mais par chance il s'alluma : le ronflement de la ventilation vint combler le silence, et un rectangle lumineux éclaira la surface plane. À l'aide de son portable, Lysine tapa la référence du modèle sur un moteur de recherche et dénicha un tutoriel.

Avant de glisser la fameuse bobine dans son emplacement, elle tira sur la pellicule. Elle fut surprise de découvrir qu'il s'agissait en réalité d'un assemblage de segments méticuleusement découpés puis collés les uns à la suite des autres. Certains d'entre eux étaient abîmés et paraissaient rayés par une pointe de couteau. Ce qu'elle avait entre les mains était un montage. Cela signifiait que le film était unique.

Elle suivit les étapes expliquées dans le tuto et finit par obtenir, après moult tâtonnements, une première image fixe : un numéro d'amorce à partir duquel elle régla la mise au point et le cadre. Tout était en place. Elle éteignit les lumières et « tourna le sélecteur du commutateur sur marche avant », comme expliqué. 3… 2… 1… Lysine plissa les paupières. Les plans étaient en couleurs, mais très sombres. Ils se succédaient à un rythme presque stroboscopique. Elle ne parvenait pas à les distinguer individuellement, mais l'ensemble qui défilait sous ses yeux lui donnait une impression de peau blanche, de coulées rouges, de traînées gluantes, noirâtres, sur des chairs. Qu'est-ce que ce foutoir représentait ?

Pêle-mêle, dans un chaos d'images entrechoquées, Lysine discerna des gants de boxe, des ciseaux, un dé à coudre, un plumeau… Puis un ventre, une carcasse immense, verticale et ouverte. Celle d'un bœuf ou d'un porc suspendu devant un mur orné d'un grand dessin de labyrinthe. Un mur maculé de sang séché, de graisse. Souillé.

Impossible de réfléchir. À peine une pensée jaillissait-elle qu'elle se retrouvait balayée par d'autres flashs.

Un visage. Des cheveux collés par un liquide poisseux. Une bouche qui hurle. Une femme ? Encore des objets posés sur une sorte de drap rouge. Un fer à cheval, un séchoir, un archet de violon, une brosse à dents, une pièce d'échecs.

Tout s'enchaînait trop vite.

Des masques de porc. Des groins. Des silhouettes… Ils sont plusieurs. Ils regardent le spectacle. Ça luit, il fait noir, ça dégouline. Les fluides, les chairs… Un homme avec une tête de taureau, vêtu d'un costume blanc, s'accroche à la carcasse animale et se balance. Des paquets de clous tombent comme de la neige et s'entassent sur une poitrine féminine mouillée. Une salle vide. Propre. Le labyrinthe peint sur le mur, la fille habillée, la carcasse intacte, une bâche sur le sol. Rien n'existe, rien n'a commencé.

C'est le début du film, songea Lysine. Le début du film en plein milieu. Elle était perdue.

Puis une plaie, soudain. Béante, comme une bouche. Le rouge, le sang, encore.

Lysine détourna les yeux de dégoût. Autour d'elle, les variations de lumière créaient une danse fantomatique. Elle fixa le projecteur, son objectif qui crachait ces horreurs, se dit que quelqu'un avait filmé ça et découpé la bande pour créer ce désordre le plus absolu. Un esprit malade. Et le flux d'images entremêlées qui ne s'interrompait pas. Des rayures blanches apparaissaient parfois en travers de l'écran, comme des traînées de lucioles. Une lampe, un plafond, de nouveau le labyrinthe. L'homme avec sa grosse tête de taureau plus vraie que nature, cramponné à la carcasse… Encore et encore, des centaines de séquences dénuées de sens. Ça dura deux, peut-être trois minutes supplémentaires, avant que le mur du salon ne redevienne blanc et que l'extrémité de la pellicule ne claque dans le vide à chaque rotation de la bobine. C'était fini.

En apnée, Lysine débrancha l'appareil en tirant d'un coup sec sur le câble électrique. Le silence et l'obscurité l'enveloppèrent. Elle resta là, immobile, sous le choc, avec le sentiment d'avoir assisté à une boucherie.

6

Véra reprit sa route en suivant les points de repère tracés à intervalles réguliers sur les troncs : des cercles de peinture rose fluorescent, situés à un mètre cinquante de haut. Deux interminables kilomètres l'attendaient à travers les pins sylvestres et les hêtres, un trajet durant lequel elle serait ralentie par la neige, le relief accidenté et le bidon de fuel de dix litres qu'elle portait. Quand la brûlure dans ses muscles devenait insupportable, elle changeait de main et poursuivait sa marche de forçat. Certains jours, elle jetait tout et poussait un grand cri, ou cognait contre les troncs de toutes ses forces. Les gens lui manquaient, le bruit lui manquait, les cinémas et les restaurants lui manquaient. Puis, une fois sa rage passée, elle repartait, armée de courage, s'enfonçant toujours plus dans les profondeurs des bois.

À son arrivée au début du printemps, avec pour seules possessions sa voiture et un sac de vêtements dans une valise à roulettes, on lui avait laissé le choix entre un Algeco à proximité du hameau ou un ancien chalet longtemps utilisé comme refuge par les chasseurs, mais beaucoup plus isolé, à une demi-heure de marche et à proximité d'une rivière. On lui avait expliqué que l'occupant précédent, un psychiatre hypersensible lui aussi, avait dû regagner la ville à cause d'un cancer. Véra avait visité un Algeco et ressenti une lourde angoisse à l'idée de vivre dans un bloc en tôle. Les murs en métal blanc, la fenêtre ridicule... Elle était vite sortie pour respirer et avait opté pour le chalet. Elle était jeune et en forme. Quelques kilomètres quotidiens ne la tueraient pas. Et puis, elle y avait également vu un incroyable signe du destin, puisqu'elle-même était psychiatre.

Elle passa devant un embranchement qui partait sur la gauche en direction du chalet de son ami André, à environ deux heures de là. Enfin parvenue à destination, elle vida le contenu de son jerricane dans la cuve de son générateur et entra se mettre au chaud dans la vieille demeure en bois. Les rondins des parois s'essoufflaient, des lattes dépassaient du plancher, l'isolation des vitres était loin d'être optimale, mais l'occupant précédent avait retapé au mieux l'intérieur et avait su le rendre moins lugubre. Il avait d'ailleurs tout laissé sur place. Un fauteuil en cuir abîmé, mais confortable, un tapis de type kilim, des animaux de la forêt sculptés, une bibliothèque garnie de polars, de classiques et d'ouvrages de psychiatrie : le *DSM-5* – le livre référence des maladies mentales –, des études de cas cliniques, des manuels, des récits autobiographiques... Tout un programme.

Dans son chalet, Véra disposait également de l'électricité grâce au générateur situé à une dizaine de mètres à l'extérieur, d'un poêle à bois pour le chauffage et la cuisson, ainsi que d'une pompe qui descendait jusqu'à la nappe phréatique et qui, à la différence de ce qu'offraient les Algeco, assurait ses besoins en eau. Une source d'autant plus précieuse qu'un filtre la rendait potable.

Elle posa sur la table le roman qu'elle avait glissé sous sa doudoune, enfourna une bûche dans le poêle et s'installa devant la radio CB léguée, elle aussi, par son prédécesseur. Un vestige des années 1980 à l'antenne rafistolée, mais qui fonctionnait encore. Et qui, surtout, avait l'avantage d'utiliser une bande de fréquences radio autour des 27 mégahertz, épargnant à la jeune femme les hyperfréquences qu'elle ne supportait pas. Elle alluma le poste qui émit son sifflement caractéristique, empoigna le micro et enfonça le bouton latéral.

— Véra au Vieil Ours...

Une voix grave lui parvint en retour. André Lambert alignait soixante-dix bougies. Ancien garde forestier de cette partie du parc régional, il vivait dans un chalet à peine plus confortable que le sien et tout autant isolé. Elle n'était allée chez lui que deux fois. Excellent marcheur, c'était toujours lui qui se déplaçait, soit parce qu'il chassait dans le coin, soit parce qu'il venait chercher ou rapporter les livres qu'il lui empruntait. Mais, depuis l'automne, elle ne l'avait plus vu. Désormais, le seul lien qui subsistait entre eux, c'étaient ces communications.

— Ouais, gamine, j'suis là. Bien le bonjour, en ce 13 février, jour des Héloïse, en l'honneur de la bienheureuse Héloïse, ermite bénédictine morte je ne sais plus quand.

Véra sourit et arracha la feuille de son éphéméride. C'était André qui le lui avait donné.

— Tu m'as mis dans une position délicate avec ton pion, tu sais ? continua-t-il. J'ai cherché une parade la moitié de la journée, et je tiens quelque chose : fou en e7. J'aimerais tellement être en face de toi pour voir ta tête. Pour fêter ça, je me sers un verre. Tu m'accompagnes ?

— Trop tôt pour moi.

— « L'alcool tue lentement, mais on s'en fout, on n'est pas pressés », disait un certain Courteline. Je t'ai raconté que mon médecin – un vieux grincheux de la ville – m'a dit qu'à cause de mes problèmes de cœur, je risquais de crever avec une bouteille à la main ? Mais je fais quoi, moi, si je ne bois plus ?

— Et moi, si t'es plus là pour me tenir compagnie ?

— Je n'ai pas encore tiré ma révérence, va encore falloir que tu me supportes un bout de temps. Allez, santé quand même, gamine...

Elle entendit un claquement, André avait dû trinquer contre sa table en bois. La jeune femme déplaça le fou noir qu'il lui avait indiqué. Il ne s'agissait pas de la pièce d'origine – Véra avait dû la faire tomber un jour entre deux lattes de plancher, car elle était introuvable –, mais d'un bouchon de bouteille de vin taillé au couteau et noirci à la cendre. Elle sourit. Son adversaire pensait avoir joué un bon coup, pourtant elle tenait déjà son prochain mouvement qui mettrait avec certitude la défense opposée en difficulté. Quand il lui demanda ce qu'elle jouait, elle fit malgré tout mine d'être ennuyée :

— Il faut que je réfléchisse, là.

— OK... Mais ça serait bien que je gagne, cette fois. Je te rappelle que Hemingway a écrit : « L'homme n'est pas fait pour la défaite. L'homme peut être détruit... »

— « ... mais pas vaincu », finit-elle, amusée.

Le Vieil Homme et la Mer était l'un des livres de la bibliothèque dans laquelle piochait André, lorsqu'il passait chez elle. Et il avait la manie de citer ses auteurs favoris dès que l'occasion se présentait. Véra alla récupérer sa découverte du matin sur la table et reprit place.

— Au fait, Sophie Enrichz, tu connais ?

— Enrichz ? Ça sonne régional, ça. Mais non, jamais entendu parler. Une nouvelle naufragée ? Sexy, au moins ?

— Une romancière. Je suis tombée sur son bouquin, *La Fille venue de l'ombre*, dans l'ancienne boulangerie, à côté du four à pain. Il y avait aussi des mouchoirs et des emballages de nourriture. Comme si quelqu'un s'était réfugié là-bas cette nuit.

Des grésillements lui répondirent d'abord, puis la voix du Vieil Ours s'éleva de nouveau :

— Ça raconte quoi ?

— Vu le résumé, c'est le genre thriller, un truc de séquestration. Ce que je ne comprends pas, c'est ce qu'il faisait là. Je veux dire, aucun naufragé ne se serait mis dans un coin de la boulangerie par moins huit degrés pour grignoter et lire à même le sol. Plus j'y réfléchis, plus je me dis que c'est bizarre.

— Tu sais, parfois, la solitude, ça rend fou. Tu ne vas sans doute pas me croire, mais j'ai croisé un chasseur de baleines, un jour, qui…

Non, elle ne le croyait pas, mais elle resta là, la joue dans une main, captivée, à écouter ses anecdotes qu'il créait de toutes pièces, même s'il les certifiait exactes. Comment un homme qui avait passé toute sa vie dans cette forêt aurait-il pu rencontrer un chasseur de baleines ou un capitaine de sous-marin ayant écumé les océans ? La psychiatre qu'elle avait été l'aurait classé dans la catégorie des mythomanes : André aimait vivre les histoires des autres, celles de Melville, celles de Jules Verne, celles de bien d'autres encore. Pourtant, la femme qu'elle était désormais appréciait sa voix et sa capacité à l'embarquer dans son monde. Après tout, seuls les récits et son imagination pouvaient à présent l'emmener loin d'ici.

Après une bonne heure, elle coupa la communication. Son regard s'obscurcit lorsqu'il se posa sur la photo de la fillette blonde collée sur une face de la radio CB. Emily lui souriait, comme toujours, et Véra lui rendit son sourire. Mais un sourire d'une tristesse infinie.

— On ne se laisse pas abattre, on ne se laisse pas abattre, répéta-t-elle tout haut pour elle-même en se versant finalement un fond de vodka.

Elle fit chauffer de l'eau pour sa toilette sur une plaque en fonte, et une boîte de salsifis accompagnés de boulettes de viande sur une autre. La jeune femme ne mangeait qu'un gros repas par jour et, depuis son arrivée, avec la marche, les bidons à transporter, les dures journées au chantier, elle avait dû perdre dix kilos. Un vrai sac d'os. Elle ne savait même plus à quoi elle ressemblait avant que sa vie ne s'écroule comme un château de cartes.

Il était presque 21 heures quand, après avoir alimenté le poêle pour la nuit, elle se couvrit chaudement et osa une dernière sortie : les toilettes trônaient dans un cabanon dehors, attenant à l'abri à bûches. Entre quatre planches de bois et un toit sommaire, elle urina en veillant à ne pas s'asseoir sur la cuvette glaciale. Ensuite, elle se hâta de rentrer et se coucha dans la chambre, enroulée dans une épaisse couverture en laine. La pièce se résumait à cinq malheureux mètres carrés, mais, au moins, ça lui évitait de dormir de l'autre côté de la cloison, dans l'espace qui faisait déjà office de salon, de salle à manger et de cuisine. Et puis, le lit était confortable. Elle avait seulement plaqué un carton devant le hublot qui donnait sur l'extérieur. Bien sûr, il n'y avait pas même un oiseau pour la voir, mais la simple idée qu'on pût l'observer par la fenêtre, alors qu'elle dormait, l'angoissait.

Comme chaque soir, elle remonta sa montre mécanique et la posa sur la table de nuit, à côté du miroir sur pied. L'horloge accrochée au mur ne fonctionnait plus, faute de piles chargées. À quoi bon, dans le fond ? Le temps avait tellement peu d'importance, ici. Il aurait pu s'étirer ou se contracter qu'elle n'aurait même pas vu la différence. En ces lieux reculés, les repères temporels avaient, en définitive, si peu de sens… C'était pour cette raison, d'ailleurs, que seule son éphéméride la laissait connectée aux journées qui passaient.

Dans le ventre de cette forêt où il n'y avait pas âme qui vive à des kilomètres à la ronde, Véra ouvrit *La Fille venue de l'ombre* et en entama la lecture.

7

Quitter un cauchemar pour se réveiller dans un autre, pire encore… Tout tourbillonnait autour d'elle lorsque Julie tenta de se redresser. C'était comme dans un manège infernal, un bateau pirate de foire qui tournait autour d'un axe et vous maintenait la tête à l'envers durant d'interminables secondes. La nausée l'envahit, mais elle n'avait rien à régurgiter. Elle s'appuya de ses deux mains sur le sol, essaya de se lever. Le poids de son corps l'attira inexorablement vers le bas et elle se retrouva affalée sur une espèce de linoléum tendre. Elle luttait pour que ses paupières restent ouvertes. *Ne capitule pas. S'il te plaît… Pas à terre comme un chien.*

Un grain de sable grinça entre ses molaires. Elle le chassa du bout de la langue, mais son craquement persistait, elle l'entendait jusqu'au fond de son cerveau. Elle se souvenait des bourrasques à l'ouverture du coffre. Quand était-ce ? Où était-elle ? Quelque part sur un chantier ? Proche d'un désert ? D'une plage ? Elle se rappelait cette deuxième voix d'homme, avant qu'elle ne sombre. Ce murmure à son oreille. *Tu te croyais immortelle ?*

Julie rassembla ses forces, trouva un mur – une sorte de mousse épaisse –, s'y cramponna et se hissa. Ses os pesaient des tonnes. Elle parvint cependant à se tenir debout, à longer la paroi jusqu'à se réfugier dans un coin, où elle put se caler. Ses jambes flageolaient, elle voyait encore flou, pourtant elle ne renonça pas. Elle n'en avait pas le droit. Les larmes coulèrent sur ses joues. Simple réaction organique. Il fallait que ce fichu produit qu'on lui avait injecté dans les veines se dissipe.

Elle se focalisa sur un point lumineux, plus loin, qui oscillait et se dédoublait. Se concentra pour faire la mise au point, sans flancher, sans fermer les yeux. Au bout de quelques minutes, elle y parvint, c'était une ampoule. Julie observa alors ses pieds nus, ses jambes, son buste. On l'avait habillée d'un survêtement noir et propre. Elle glissa une main dans son pantalon et éprouva un infini soulagement lorsqu'elle constata qu'elle portait toujours sa culotte. Elle ne ressentait pas de douleur. On ne l'avait pas violée. *Pas encore.*

Une mousse noire alvéolée recouvrait les murs. Comme dans les studios d'enregistrement. *Insonorisation.* À côté d'elle, il y avait une porte. Sans poignée, et elle aussi tapissée de mousse. Elle s'y rua, la frappa de ses petits poings impuissants. Pas de trou de serrure, pas d'interstices par lesquels jeter un œil ou faufiler ses doigts. Sur le sol, elle remarqua un rectangle dessiné à la peinture, d'environ cinquante centimètres sur trente. Dessus était écrit : *plateau/linge.*

Elle se déplaça avec prudence. Découvrit une pièce perpendiculaire au couloir dans lequel elle s'était réveillée. La partie droite aurait pu accueillir une table, une cuisine, une famille complète, mais elle était vide, hormis un tableau sur pied, de ceux qu'on trouve dans les bureaux. Elle s'en approcha. Une grande feuille blanche y était accrochée, au centre de laquelle avait été tracé, au marqueur bleu, un autre rectangle, d'à peu près dix centimètres sur cinq. En son centre était inscrit, en lettres majuscules : RÉCOMPENSE. Dans la rigole du tableau, un stick de colle d'écolier tout neuf.

— Laissez-moi sortir d'ici !

De nouveau les larmes, de vraies grosses larmes cette fois, venues du cœur. Elle pensait à ses parents, à ses amis, à tous ces visages qui lui souriaient et qu'elle ne reverrait peut-être plus. Elle s'en voulait de pleurer, mais peut-être que ça toucherait son tortionnaire. Peut-être se dirait-il qu'il n'était pas trop tard pour faire marche arrière, et qu'il la relâcherait. Ou peut-être que ça le faisait jouir… Oui, la voir chialer, supplier, l'excitait.

— Va te faire foutre ! hurla-t-elle.

Elle essuya ses larmes avec la manche de son survêtement et renversa le tableau d'un violent coup de pied. Puis, perdant le contrôle, elle le ramassa et le fracassa contre le mur en mousse tout en s'époumonant. La feuille se déchira, le support se brisa en deux.

Quelques instants plus tard, une pointe se planta dans son dos. Elle s'arqua dans un cri.

Noir.

*

* *

Du plomb dans les jambes. Une terrible envie de vomir. La danse lancinante du spot lorsqu'elle rouvrit les yeux, une joue plaquée au sol. Le combat pour se lever. La ronde désorganisée des souvenirs. Le couloir dans lequel elle se traîna tel un zombie. L'autre pièce. À droite, le même tableau, le même rectangle dessiné sur la feuille, avec le mot RÉCOMPENSE au centre, le même stick de colle jaune. Neufs.

Elle se revoyait hurler, casser le tableau. Ensuite, le trou noir… Elle se figea et observa. De là où elle était, elle distinguait l'autre côté de la pièce, à six ou sept mètres sur la gauche. Au plafond, une unique source de lumière pendait : une ampoule protégée par une grille. Plus loin, un lit, un lavabo ainsi que des toilettes. Là-bas, les murs n'étaient pas recouverts de mousse, mais, *a priori*, de papier.

Elle attendit dans son refuge illusoire, les yeux rivés à la porte. Allait-on encore venir l'agresser ? On avait dû la punir pour son coup de sang et, maintenant, elle crevait de soif. Avec toutes les peines du monde, elle atteignit le lavabo. Fit couler l'eau, but à grandes gorgées, s'aspergea le visage. Elle testa la chasse d'eau. Ça fonctionnait. L'eau froide, l'eau chaude, l'électricité... Sur une tablette en plastique, une serviette, un gant, du savon, une brosse à dents et du dentifrice, des cotons-tiges et deux autres survêtements, identiques à celui qu'elle avait sur le dos, étaient alignés. Elle découvrit également un paquet de serviettes hygiéniques à côté d'un sac-poubelle.

Au-dessus, une bouche d'aération avait été installée. Où était-elle ? L'émail de la cuvette, la robinetterie, l'odeur du linoléum immaculé... Tout était neuf. Peut-être la retenait-on dans un sous-sol ou une cave aménagée. Un lieu construit, en tout cas, pour y enfermer quelqu'un. Alors qu'elle réfléchissait à toute vitesse, son ventre émit un gargouillis. Après la soif, l'étau de la faim. Elle avait l'estomac vide, noué. À quand remontait son dernier repas ?

Elle s'approcha de l'une des parois. Constata qu'il ne s'agissait pas de papier peint comme elle l'avait pensé, mais de coupures d'articles de journaux punaisées sur d'immenses panneaux de bois posés devant le mur en alvéoles. Des milliers d'articles découpés, enchevêtrés en un gigantesque pêle-mêle. Et c'était aussi le cas au plafond, sur la partie surplombant le lit.

« Moustiers-Sainte-Marie : un vacancier meurt d'hydrocution dans le lac de Sainte-Croix », « Toulon :

6 tonnes de cannabis saisies sur une vedette en provenance d'Algérie », « Avignon : un déséquilibré attaque les passants au couteau »… Des faits divers. Des drames, des meurtres, des accidents partout autour d'elle. Une grotte abominable creusée dans les malheurs du monde. Pourquoi lui faire subir un tel supplice ? Cette fois, ce ne fut pas un cri qui lui échappa. Juste un murmure de désespoir :

— Qu'est-ce que vous voulez ?

Elle était faible, elle le savait, faible et larmoyante, mais elle ne voulait pas encore se réveiller avec ce goût de produit d'hôpital dans la bouche, alors elle garda son calme. Elle alla s'asseoir sur le lit – une lourde structure verte en métal qui semblait tout droit sortie d'une caserne militaire. Se prit la tête entre les mains. Arrêter ce battement abominable sous son crâne. Espérer qu'on vienne. Prier pour qu'on ne vienne pas.

Défense sicilienne. 1. e4 c5. 2. Cavalier f3, cavalier c6. Elle s'allongea en position fœtale, les poings sous le menton. Les visages, les voitures broyées, les maisons inondées tout autour d'elle… *Putain, c'est quoi, ce délire ?*

— J'ai faim. S'il vous plaît…

Rien. Les minutes, les heures passaient, toutes semblables. Elle n'avait plus aucune notion du temps. Allait-on la laisser mourir ici ? Les produits de toilette, les changes… Le pire, c'était ces serviettes hygiéniques : ça supposait qu'il avait pensé à tout et qu'elle resterait enfermée dans cet endroit plusieurs jours.

Elle but de nouveau pour se remplir l'estomac. Fut incapable de se retenir d'uriner, alors elle se résigna, se dirigea vers la cuvette, baissa sa culotte et se soulagea. À ce moment, elle se rendit compte qu'on lui avait pris sa montre. *Je vais te crever. Dès que tu entreras ici, je vais te crever.*

Fallait-il qu'elle le provoque encore pour qu'il rapplique ? *Non... tout sauf ça.* De toute façon, elle n'en avait plus l'énergie. Elle s'approcha du tableau. RÉCOMPENSE. Manipula le bâton de colle, l'ouvrit, le renifla. Pourquoi cet objet ? Ça avait forcément un lien avec le rectangle dessiné. Qu'était-elle censée faire ?

Alors, Julie comprit. Un jeu. Il jouait avec elle. Pour obtenir une récompense, elle devait résoudre l'énigme qu'il lui proposait. *Une énigme*... Un tourbillon dans sa tête l'obligea à s'appuyer au mur. Elle tituba. Était-il possible que... ?

Non, non, non... Ça ne pouvait pas être ça. *Tu te croyais immortelle ?* Immortelle... Comme l'Immortelle de Kasparov, l'une des plus célèbres parties d'échecs jamais disputées. Combien de fois lui avait-*il* répété ce mot par le passé ? *Immortelle.* Et puis tous ces faits divers qui constituaient une sorte de puzzle maléfique. *Il* le lui avait souvent expliqué : ces drames étaient la matière noire des écrivains de romans policiers, ils s'en inspiraient sans cesse. Et *lui*, plus particulièrement.

Elle lâcha, du bout des lèvres, un prénom qu'elle n'aurait jamais plus pensé prononcer :

— Caleb ?!

8

Lysine était sonnée. Le noir absolu aurait dû s'abattre sur la pièce, et pourtant le film semblait encore défiler sous ses yeux. Le carré luminescent imprégnait ses rétines.

Elle alluma les lumières et alla boire un verre d'eau. Impossible de se calmer. Cette chose immonde lui donnait envie de vomir. Mais il fallait qu'elle la revoie, au moins une fois. Pour s'assurer que… Que quoi, en réalité ? Qu'une femme était bien morte, mutilée par une horde de… de monstres cachés derrière des masques de porc ? Elle réfléchit. Ne valait-il mieux pas appeler la police ? Se débarrasser de cette horreur et leur parler du lien probable avec son cambriolage ? Elle se souvint alors des deux flics venus faire les constatations. Des types usés jusqu'à la corde qui n'en avaient eu rien à cirer de ce qui s'était passé ici…

Après avoir rembobiné et réenclenché l'amorce, elle regarda de nouveau, en flux continu, parce que ce vieil engin ne permettait pas de mettre sur pause ou de diffuser au ralenti. Elle capta, tout aussi furtivement que la première fois, les instants où des chairs étaient entaillées, où le visage de la femme filmé en très gros plan se tordait de souffrance, où le corps nu paraissait inerte, couvert de sang. Progressivement, elle découvrit de nouvelles images, d'autres plans confus, sombres, incompréhensibles.

L'extrémité de la bande claqua dans le vide. Lysine consulta sa montre : le court-métrage durait à peine plus de cinq minutes, elle avait pourtant eu l'impression qu'il était interminable. Elle décrocha la bobine du projecteur et la renferma vite dans sa boîte noire, comme si ce simple geste pouvait suffire à lui faire oublier définitivement le cauchemar qu'elle venait de visionner. Ses yeux s'attardèrent sur l'étiquette blanche, positionnée au beau milieu du couvercle : *Film H. C.*

Hors de question, se morigéna-t-elle. Elle n'avait rien à voir avec tout ça. Peut-être cette mise en scène était-elle juste le délire d'une bande de timbrés, qu'il n'y avait eu ni meurtre ni tortures, que c'était de la pure fiction. Des trucages. De toute façon, le travail l'attendait, et elle avait déjà perdu presque une journée à cause de cette histoire. C'était décidé : elle allait remettre cette maison en ordre, appeler une agence immobilière et rentrer à Rouen. Point barre.

Elle entreprit de commencer par le bas. Redressa des meubles, balaya des morceaux d'objets brisés, rassembla de la paperasse éparpillée. Durant son rangement, elle tomba sur un cadre cassé, en ôta la photo de ses parents, la considéra longuement et la posa sur un meuble. Mais elle fut incapable de jeter le film. Une petite voix, au fond d'elle, le lui interdisait. Elle le laissa sur la table. Et finit, épuisée, par avaler un plat surgelé dans la cuisine, à peu près épargnée par les malfrats.

En plein repas, elle alla chercher l'enveloppe kraft, ainsi que la clé découverte à l'intérieur. Elle l'observa avec attention, nerveuse. Puis entra dans une application de son smartphone l'adresse griffonnée sur le papier. « 34, quai de l'Industrie, Athis-Mons ». Le plan la renvoyait à une vingtaine de kilomètres au sud de Paris, sur des bâtiments ou des entrepôts, dans une zone coincée entre les rails de la gare de Juvisy et les bords de Seine. La clé avait peut-être un lien avec cet endroit.

Lysine n'arrivait plus à se sortir ça de la tête. Elle se réfugia pourtant dans son lit aux alentours de 1 heure du matin, enfouie jusqu'au nez sous les couvertures. La chaleur faisait craquer les boiseries et la tuyauterie. Malgré la fatigue, elle ouvrit son ordinateur portable, son cahier de notes et travailla un moment son sujet sur les hyper-électrosensibles. Le malade de Mont-Saint-Aignan qu'elle avait interviewé était au fond du gouffre. Sa femme était partie, il avait dû quitter son emploi, et personne ne trouvait de solution à son problème médical. Il ne lui restait plus qu'une option : tout plaquer pour aller vivre dans l'un des rares déserts électromagnétiques, quelque part dans les Vosges. Un choix extrême, consistant à rompre tout lien avec le monde et à accepter de survivre plutôt que de vivre. Lysine approfondit ses recherches, imprima de la documentation et tria les informations pertinentes. D'après Internet, il existait effectivement un hameau abandonné dans la grande forêt de l'Est, le hameau du Bout du Croc, en cours de réhabilitation, où habitaient déjà quelques HES. Un voyage éclair sur place pourrait être intéressant, histoire d'interroger quelques-uns de ces « naufragés » et d'épaissir son dossier.

Après avoir tapé quelques paragraphes, elle éteignit la lumière mais peina à s'endormir, pas rassurée du tout par les bruits de la maison, au point qu'elle redescendit vérifier les verrous des portes. C'était plus fort qu'elle, même si, elle le savait, ces sécurités n'avaient pas empêché les cambrioleurs d'entrer. De violer son intimité. Et si elle avait été présente ? Et s'ils décidaient de revenir et de s'en prendre à elle ? Et puis elle repensa à l'adresse sur l'enveloppe. Après tout, que risquait-elle à aller y jeter un coup d'œil ? Juste passer en voiture devant, discrètement, pour essayer de comprendre. Au moindre problème, elle pourrait toujours aviser les flics et tout leur expliquer. Pour le numéro de téléphone inscrit sur le boîtier, en revanche, elle allait devoir prendre quelques précautions…

Elle s'y attela d'ailleurs dès le lendemain matin. Elle acheta un jetable prépayé dans une boutique spécialisée proche de l'aéroport. Batterie chargée à bloc, trois heures de communication utilisables dans les trente jours. Aucun moyen de remonter à elle. Elle composa le numéro, tomba sur une messagerie automatique qui ne lui offrit pas la moindre information. Après le bip, Lysine sortit un mensonge : « Bonjour, j'ai trouvé vos coordonnées dans un de mes carnets, mais je n'ai pas noté votre nom à côté. Pourriez-vous me rappeler à ce numéro, s'il vous plaît, ou me renvoyer un message en me précisant qui vous êtes ? »

Elle-même ne laissa pas son identité, espérant attiser la curiosité de son interlocuteur. Et pour se protéger, évidemment. En raccrochant, elle sentit une pointe d'excitation qu'elle regretta aussitôt. Tout cela n'était pas un jeu.

Dans la foulée, elle prit la route et arriva à Athis-Mons avant midi. Une cité de banlieue morose, au nord du département de l'Essonne. Guidée par son GPS, elle passa devant une déchetterie et s'engagea sur le quai de l'Industrie, situé à l'écart de la ville. Là, la Seine s'étirait, ses eaux rendues gris saumâtre par le ciel bas et menaçant. Sur l'autre rive, les arbres en rangs serrés se dressaient en une funeste forteresse. Son cabriolet parcourut la voie déserte. L'endroit ressemblait davantage à une immense friche qu'à une zone d'activité. Des herbes hautes poussaient entre les entrepôts, dont certains avaient brûlé. La plupart des bâtiments paraissaient abandonnés et Lysine ne remarqua que quelques voitures ou camions essaimés çà et là.

Prudente, elle passa une première fois devant l'adresse sans s'arrêter. Sa destination était un vaste terrain vague au fond duquel elle distingua, entre la végétation, des constructions inaccessibles en voiture. Rien de particulier ne l'alerta. Aussi fit-elle demi-tour et se gara-t-elle à une centaine de mètres. Puis elle revint à pied et entreprit de slalomer entre les arbustes et les ronces qui avaient éventré le bitume, avec en ligne de mire des bâtiments de plain-pied qui se succédaient sur plus de cinquante mètres. Il s'agissait sans doute d'anciens bureaux ou de petits ateliers de production.

À une extrémité, elle aperçut une maison, ou plutôt un vilain bloc qui possédait un étage. Un ronflement lointain d'usine perturbait à peine le silence environnant. Pas un chien ne traînait dans les parages, ce qui était à la fois rassurant et effrayant. Lysine repéra une fenêtre, mais elle était trop haute pour qu'elle espère s'introduire par là. Une grille à barreaux protégeait quant à elle la porte d'entrée. La jeune femme inspecta le système de fermeture. Elle sortit de sa poche la clé trouvée dans l'enveloppe et la glissa dans la serrure. Au moment où elle perçut le déclic, la tension monta d'un cran. Ça fonctionnait. Elle tira la grille. Tourna la poignée de la porte.

C'était ouvert…

9

Au hameau, Véra essaya pour la quatrième fois de démarrer sa voiture. À chaque tentative, même topo : elle tournait la clé, entendait un léger bruit, observait les différents voyants qui s'allumaient comme d'ordinaire, sauf que rien ne se produisait. Elle claqua furieusement les mains sur le volant.

— Et merde !

Elle avait toujours redouté que ce genre de pépin n'arrive et, évidemment, ça lui tombait dessus au pire de l'hiver. Or, si elle pouvait se passer d'une petite coupe chez le coiffeur, ce n'était pas la même histoire avec la nourriture : il allait falloir qu'elle se réapprovisionne au plus vite. D'ici une semaine, en effet, ses stocks de conserves, de soupes en sachet et d'alcool seraient au plus bas. Mais, surtout, elle manquerait d'allumettes, indispensables pour faire fonctionner son poêle à bois.

Elle chercha le bouton pour déverrouiller le capot, eut du mal à l'ouvrir à cause du givre et comprit finalement que ses efforts ne serviraient pas à grand-chose : ses connaissances en mécanique frôlant le néant, elle se sentit complètement impuissante. Elle devait se rendre à l'évidence, elle ne rejoindrait pas la ville avant un bon bout de temps.

La jeune femme rabattit le capot et découvrit que la neige avait été chassée au niveau de sa plaque d'immatriculation avant. Elle se baissa, constata que quelqu'un avait bien frotté à cet endroit, comme si on avait voulu lire le numéro. Puisqu'elle avait beaucoup piétiné les alentours, elle ne put distinguer d'autres pas que les siens. Elle se précipita vers la plaque arrière où, cette fois, la neige demeurait… Tout cela était bien étrange.

Véra jeta un regard en direction du hameau : des ruines figées comme sur une peinture centenaire. Une impression de fin du monde s'en dégageait. Au loin, là-bas, une silhouette courbée sous le poids de jerricanes se détacha de l'ancienne boulangerie. L'homme s'arrêta au milieu de la route verglacée et posa son chargement pour lui faire signe. Véra reconnut Arnaud Lemaire. Il passait son deuxième hiver dans un Algeco et lui aussi avait tout perdu à cause de cette fichue maladie. Son métier de cadre commercial, sa femme, ses enfants…

Véra lui adressa un geste en retour et se dirigea vers lui. Ils se saluèrent, prirent de leurs nouvelles respectives. L'homme avait une cinquantaine d'années. Des glaçons pendaient au bout de sa longue barbe grise. Manque de chance, il n'avait aucune compétence pour lui apporter de l'aide.

— Je suis désolé. Mais il y aura bien quelqu'un qui pourra vous conduire à la ville. Sinon, on y va dans deux jours avec Gérard, l'ex-prof qui habite à deux Algeco du mien. On pourrait vous embarquer pour que vous contactiez un dépanneur.

— Merci, je retiens cette solution au cas où. Dites, à tout hasard, vous n'avez vu personne rôder autour de ma voiture ?

— Pourquoi quelqu'un ferait ça ?

— Vous avez raison. C'est stupide…

Elle prit congé de lui, regagna son sentier barré par de lourdes branches de sapin et s'enfonça dans la forêt, plus obscure que d'habitude en ce début d'après-midi. La buée épaisse qui s'échappait de sa bouche à chaque expiration lui voilait la vue, son visage lui paraissait dur comme de la pierre. Elle se frictionna le nez et les joues. Son sang aussi avait fui le froid et reflué vers les organes essentiels.

La jeune femme progressait à bon rythme. Il fallait avancer vite pour éviter un contact prolongé avec le sol glacé : même équipée de semelles épaisses et de deux paires de chaussettes, la morsure était là. Le vent avait forci. Des gifles cinglantes qui pétrifiaient tout sur leur passage et rendaient chaque tâche plus pénible : la marche, le bois à aller chercher dehors, le remplissage du réservoir du groupe électrogène…

Après avoir longé la rivière et dévalé la pente menant à son chalet, Véra se réfugia au chaud et replaça sans tarder son argent dans une boîte rangée parmi les livres, au bas de la bibliothèque. Depuis qu'elle n'avait plus accès au monde connecté, elle préférait conserver une bonne partie de ses économies avec elle, plutôt que de les savoir perdues sur un réseau informatique.

Ensuite, elle s'empressa de contacter André et lui parla de cette histoire de plaque et de panne. Il lui promit qu'il irait jeter un œil à sa voiture le lendemain matin. Instinctivement, il songeait à un problème d'alternateur. Soit quelques coups de clé à molette suffiraient, soit la pièce était morte et il faudrait aller en commander une autre en ville. Si c'était le cas, il s'y rendrait en 4 × 4.

Après qu'ils eurent coupé leur communication, Véra resta là, longtemps, la joue dans une main, face à la radio CB désormais muette. Que deviendrait-elle si l'appareil rendait l'âme, lui aussi ? Entendre la voix d'un autre habitant des bois, jouer aux échecs à distance et discuter avec lui de choses et d'autres l'empêchaient sans doute de perdre complètement les pédales.

La neige tombait avec mollesse lorsqu'elle s'assit dans son fauteuil avec un verre d'alcool, à côté du poêle à bois, pour reprendre sa lecture de *La Fille venue de l'ombre*. Elle en avait déjà lu une trentaine de pages, loin d'être originales. Une recette classique d'enlèvement, un truc qui promettait d'être sordide. Un roman dont le point de vue alternait entre celui de la jeune fille kidnappée et celui de son bourreau, qui la retenait dans une pièce aménagée et insonorisée. Véra se demanda si toute l'histoire se déroulerait en huis clos, entre elle et lui. Elle bâilla et se lova sous sa couverture en laine. Malgré tout, elle voulait découvrir la suite. Même si ce n'était pas de la grande littérature, force était de constater que cette Sophie Enrichz savait installer une ambiance pesante. Véra but un coup et s'immergea dans sa lecture…

Soudain, un énorme craquement résonna à l'extérieur. Puis un cri perçant qui sembla se propager jusqu'au cœur de la forêt. Véra s'extirpa de son fauteuil, les sens en alerte. Que se passait-il ? Elle chaussa à la hâte ses après-ski, enfila son gros blouson et s'empara de la lampe torche accrochée à droite de la porte d'entrée. De l'autre main, elle saisit le tisonnier posé près du poêle. Dehors, l'atmosphère chargée de minuscules cristaux de glace lui brûla les poumons. Elle dévala pourtant les trois marches et se précipita dans l'obscurité. D'où était venu le hurlement ? Il ne s'agissait pas d'un animal. Une femme était en danger, là, quelque part dans la nuit.

Véra n'avait pas mis ses raquettes. La neige alourdissait chacun de ses pas, lui donnant l'impression d'avancer au ralenti. Dans le cercle d'ambre que formait le faisceau de sa lumière, le sol luisait, les troncs se dressaient à l'infini, tous identiques, quelle que soit la direction. Sans ses repères habituels, Véra se sentait perdue. Elle se tourna vers le chalet pour s'orienter : elle s'était déjà beaucoup éloignée, et l'habitation se résumait désormais à une bulle de vie dans la nuit. Où chercher ? Elle écouta, sans déceler le moindre bruit.

— Il y a quelqu'un ? lança-t-elle.

Sa voix rebondit de loin en loin contre les arbres. Véra obliqua à droite, revint sur ses pas, s'aventura à gauche, de la neige jusqu'aux tibias. À intervalles réguliers, elle regroupait ses mains devant sa bouche pour souffler dessus, puis les tapotait avec vigueur contre sa poitrine pour faire circuler le sang. Elle entendit alors un murmure, comme si quelqu'un se tenait juste là, derrière elle. Ça chuchotait : « Le monstre est là. » Elle fit volte-face en brandissant son arme au-dessus de sa tête. Mais il n'y avait personne.

Le froid... Elle savait que le froid pouvait modifier ses perceptions. Sans gants ni bonnet, ses doigts et ses oreilles commençaient à devenir très douloureux. Elle reprit néanmoins sa progression, effrayée par toutes ces ténèbres qui l'environnaient, et gardant toujours la lueur de son foyer dans son champ de vision, histoire de se rassurer. Puis, après quelques pas éprouvants, elle s'arrêta net devant une mare qui se formait quand les eaux de la rivière gonflaient. Elle avait gelé. Véra en balaya la surface de sa torche et découvrit des fissures anormales en zigzag. Mais pas seulement... Un mètre devant elle, un gros trou se matérialisa dans la glace. Une chevelure blonde s'étalait comme une pieuvre juste au-dessus de l'eau noire. Une main blanche était crispée sur la branche d'un arbre qui avait cassé et était désormais couchée au sol.

Véra était sous le choc. La silhouette ne bougeait pas. Paniquée, elle se sentait incapable d'avancer – l'eau sombre la tétanisait. Il fallait qu'elle se fasse violence. Malgré sa peur, elle fit un petit pas, se pencha en avant avec prudence sans pour autant quitter la berge, les pieds ancrés dans la neige et se cramponnant à une lourde branche pour conserver son équilibre. Le corps gisait malheureusement trop loin pour qu'elle l'atteigne.

Elle appela à l'aide – un long et déchirant cri dans la nuit. Elle devait trouver une solution, agir, coûte que coûte. Elle s'approcha le plus possible du bord, toujours agrippée à la branche, et, avec l'extrémité de son tisonnier, accrocha la veste en nylon du corps qui flottait. Des craquements inquiétants se firent entendre, tout autour. Véra pria pour ne pas glisser. D'un geste précis, retenant son souffle, elle tira la masse inerte jusqu'à elle.

Le cadavre, car c'en était assurément un, portait une tenue de running noire. Des baskets. Alors qu'elle allait presque pouvoir le toucher, il pivota soudain, lui dévoilant des yeux bleu iceberg, grands ouverts, pupilles dilatées, les cils blanchis de givre, les lèvres d'un rose pâle. Une partie de son visage avait été arrachée. Non, pas arrachée, écorchée. Comme un masque qu'on aurait ôté au scalpel. De la matière grisâtre et épaisse sortait de sa bouche. De la vase.

Véra tomba à la renverse. Ce visage, c'était le sien.

10

L'habitation dans laquelle pénétra Lysine avait été laissée à l'abandon depuis un bon moment, vu la couche de poussière qu'elle nota au premier regard, et entièrement dépouillée. Plus un meuble, plus une ampoule. Juste un extincteur renversé contre une plinthe. Cela devait être, à l'époque, le logement d'un chef d'usine ou d'un contremaître quelconque. Lysine ne souhaitait pas s'attarder ici, alors, en s'éclairant grâce à la lampe torche de son téléphone, elle parcourut rapidement les pièces vides. Dans l'ancienne cuisine, elle tomba sur des sacs-poubelle remplis de déchets : boîtes de conserve entamées, assiettes en carton utilisées, mouchoirs usagés… Eux ne paraissaient pas être là depuis longtemps.

— Il y a quelqu'un ? osa-t-elle.

Elle était prête à déguerpir à la moindre alerte, mais elle n'obtint aucune réponse. Elle se décida à poursuivre son exploration, s'enfonçant dans la gueule obscure du hall. Au pied de l'escalier, elle s'arrêta net, hébétée. Sur les deux murs qui partaient vers l'étage, un gigantesque labyrinthe avait été dessiné. Un maillage inextricable et précis de couloirs, de culs-de-sac, de détours. Elle passa son index sur un trait : il s'agissait de peinture noire.

Quand elle les gravit, les marches craquèrent sous ses semelles. Elle avait la sensation d'être écrasée par cette fresque impressionnante. Le dessin s'étirait jusqu'au plafond et se prolongeait sur le palier, puis dans la salle de bains. Un robinet de fortune trônait là, sous lequel avaient été disposés une bassine remplie d'eau, une serviette en boule et un gant de toilette. Quelqu'un vivait ici ou y avait séjourné récemment.

Elle s'avança, pénétra dans l'unique chambre. Là aussi, le labyrinthe se déployait. Tel un champignon mérule géant, il avait colonisé chaque centimètre des murs de la pièce. Lysine se sentait de plus en plus oppressée malgré la lumière qui filtrait à travers la fenêtre crasseuse. Elle respirait trop vite, trop fort. Elle coupa la fonction lampe de son portable et vit à quel point ses doigts tremblaient. Elle inspira un bon coup pour calmer son angoisse, certaine maintenant que le film n'avait pas été tourné ici. Le lieu, dans le court-métrage, était beaucoup plus vaste, plus noble, même si elle se souvenait d'un labyrinthe semblable à celui qu'elle avait sous les yeux dans plusieurs séquences.

Au fond de la pièce s'accumulaient du matériel de peinture – des gouaches, des palettes, des dissolvants, des récipients – et des dizaines de toiles, stockées contre un mur. L'une d'elles reposait encore sur un chevalet et avait été à peine entamée : juste un aplat noir et bleu. Elle s'intéressa aux autres, n'y découvrit que des scènes monstrueuses – des diables dévorant des enfants, une femme écartelée par des ombres, une tête de taureau énorme sur un corps tout fin avec, à l'arrière-plan, toujours un labyrinthe. Des œuvres d'une violence inouïe. Lysine se pencha davantage. Au bas des tableaux, dans l'angle droit, la même signature partout : « Ariane ».

Elle se redressa, s'approcha d'un matelas et de couvertures qui traînaient dans un coin, à même le sol. À côté, des centaines de journaux. Ils provenaient d'un carton à présent vide et visiblement tiré d'un lot de cinq autres sur lesquels étaient marqués des mois et des années. Elle y jeta un coup d'œil : eux aussi débordaient de journaux. Plus loin, une valise ouverte, pleine de fringues, attira son attention. Elle fouilla : quelques vieux pulls en laine, des pantalons, des tee-shirts... Des vêtements féminins bon marché. Elle tomba également sur un réchaud à gaz, des couverts et des boîtes de conserve, intactes celles-ci.

Une femme avait vécu dans cette maison abandonnée, et dans des conditions précaires. Sans doute l'auteur des toiles et du gigantesque labyrinthe. Lysine l'imagina tracer son hallucinante œuvre. Ariane... La fille de Minos qui, dans la mythologie, avait aidé Thésée à échapper au Minotaure et sortir du labyrinthe grâce à son fameux fil. Où était-elle passée ? Quel était le rapport entre elle et le film ? Car il paraissait désormais évident qu'un lien existait. Ce dédale était si similaire à celui de la bobine ! Et puis, cette peinture affreuse de tête de taureau...

La journaliste se mit à photographier la pièce en rafales. Les tableaux, la signature, les murs... À cet instant, elle repéra une boulette de papier à proximité du matelas. Elle la déchiffonna et lut : *En cas de problème, ou si je ne reviens pas d'ici cinq jours, appelle le 06 16 74 59 10. Il saura t'aider. En attendant, je te le répète et te l'écris noir sur blanc :* TU NE BOUGES PAS DE CET ENDROIT !

Un nouveau numéro de téléphone. Et encore la même écriture, celle de son usurpatrice. Ce lieu était donc bel et bien une cachette. En tout cas, malgré les ordres, Ariane était vraisemblablement sortie, abandonnant ses affaires et prenant soin de refermer le cadenas de la grille derrière elle. Deux possibilités : ou Ariane n'avait pas respecté les instructions, ou il était arrivé malheur à l'usurpatrice.

Instinctivement, Lysine penchait plutôt pour la seconde hypothèse...

11

Véra sursauta en hurlant dans son fauteuil. Se redressa d'un coup, éjectant le livre de ses genoux. Tituba. Son cœur battait dans sa gorge.

— Vieil Ours à Véra !

Le chalet, le poêle, la radio qui grésillait derrière et la voix d'André, qui l'avait extirpée de son sommeil. Elle mit quelques secondes à retrouver ses esprits. Observa le verre vide, au pied de son siège, et ses bottes bien rangées sur le tapis devant la porte, sur lesquelles il n'y avait aucune trace récente de neige. Sa montre indiquait seulement 16 h 37.

Elle s'était endormie. Juste une demi-heure. Bon sang, ça avait été intense. Et beaucoup plus réaliste que d'habitude. Encore un de ces fichus cauchemars où elle se voyait cracher une substance étrange, prisonnière de quelque chose : une cage, une grotte, une maison en flammes… Cette fois, c'était de la glace. Elle ne pouvait pas ignorer le lien avec le milieu aquatique. *Noyade.*

— Vieil Ours à Véra, t'es là ? Réponds, s'il te plaît ! Il y a un problème ?

Noyade, noyade, noyade. Elle secoua la tête, se rendit compte que sa main tremblait lorsqu'elle ramassa le livre. Elle entendait encore les mots susurrés dans le noir. *Le monstre est là.* Toujours la même phrase. Qu'est-ce que ça signifiait ? À qui appartenait cette voix ? Il fallait qu'elle se calme. Il n'y avait pas de monstre, là, dans la forêt, qui se penchait au-dessus de son épaule pour murmurer à son oreille.

Elle jeta le bouquin dans le fauteuil et alla décrocher le micro.

— Véra à Vieil Ours. Excuse-moi, je... je m'étais assoupie...

— Eh bien, désolé d'interrompre ta sieste, mais tu vas avoir de la compagnie.

— De la compagnie ? De quoi tu me parles ?

— Une femme, habillée tout en rouge, de son bonnet jusqu'à ses bottes. D'après ce qu'elle m'a raconté, elle a pris au hasard un des sentiers balisés depuis le hameau et elle a atterri chez moi. Je ne sais pas d'où elle vient, elle voyage seulement avec un gros sac à dos. Mais c'est toi qu'elle cherche. Véra Clétorne, elle a dit. Y a combien de Véra Clétorne, ici ?

Micro en main, Véra s'approcha de la fenêtre. Il ne neigeait pas encore très fort, mais le vent faisait tournoyer les fins flocons comme des essaims d'abeilles.

— Et elle t'a dit comment elle s'appelait ?

— Non, mais je peux te la décrire : brune, yeux noirs, cheveux courts, trente ans max. Plutôt pas mal, d'ailleurs. Ça t'évoque quelque chose ?

— Comme ça, non.

Véra songea aux traces sur sa plaque d'immatriculation, et à ses découvertes de la veille dans l'ancienne boulangerie. Ces quelques déchets et le livre avaient-ils été abandonnés là par cette femme ? Dans ce cas, qu'avait-elle fait entre-temps ? Et par quel moyen était-elle parvenue jusqu'au hameau du Bout du Croc ?

— Elle va vraiment débarquer ce soir ? demanda-t-elle.

— J'en ai bien l'impression. Je lui ai proposé de rester, parce qu'on n'allait bientôt plus rien y voir et que c'est dangereux de s'aventurer dans la forêt par un froid pareil la nuit, surtout avec la méchante tempête qui s'annonce, mais elle a refusé. Je peux la comprendre, remarque, la petite. Camper avec un vieux grizzli dans sa tanière... Il peut s'en passer, des trucs, s'amusa-t-il.

Véra observa l'échiquier, pensive. Elle ne voyait pas qui pouvait bien vouloir lui rendre visite au point de braver tant de dangers.

— Je ne pouvais pas la retenir de force, continua André. Alors je lui ai expliqué : retourner sur ses pas puis, aux étangs, prendre le sentier balisé en orange, le suivre jusqu'au bout et rejoindre celui marqué en rose fluo, qui mène à ton chalet...

— Tu ne lui as pas indiqué le chemin le plus court, elle va se coltiner une demi-heure de marche en plus. Et tout ça dans le noir...

— Il fait nuit dans un quart d'heure, de toute façon. Ce trajet-là est préférable à celui par le pied des massifs. Elle se serait paumée et on aurait retrouvé son corps à la fonte des neiges. Tu ne m'en veux pas, j'espère ? Je me voyais pas l'envoyer promener. Elle tenait vraiment à te rencontrer et je me suis dit que, si elle avait fait tout ce chemin pour toi, c'est que c'était important.

— Tu as bien fait.

— Elle devrait arriver dans deux bonnes heures, du coup. Elle a une lampe, je crois qu'elle s'en sortira. Au fait, pour info, je lui ai précisé que tu étais électrosensible, mais elle était déjà au courant et elle n'a pas de téléphone sur elle.

— Elle était au courant ?

— Oui. Bon, je dois finir de renforcer mon abri à bois avant la tempête, je serai pas dispo. Je te contacte tout à l'heure pour m'assurer que tout va bien. Je m'en voudrais s'il lui arrivait quelque chose.

Véra le remercia de l'avoir prévenue et s'apprêtait à raccrocher quand la voix résonna de nouveau.

— Gamine, attends ! Tu ne m'as pas encore donné ton coup.

— Ah oui. Contrairement à ce que tu imaginais sûrement, je ne vais pas échanger ma tour. Je joue pion en h6. Échec.

— Merde…

— Dans trois coups, t'es mat. Je te laisse trouver la combinaison. Désolée.

Elle reposa le micro et se mit à parcourir la pièce en long et en large, incapable de s'occuper autrement. Cela faisait dix mois qu'elle survivait ici, dans le trou du cul du monde, sans réseau, sans aucun contact avec sa vie d'avant. Cette femme était forcément une connaissance puisqu'elle savait, pour son hypersensibilité. Véra en avait parlé à tout son entourage, mais qui aurait pris la peine de faire toute cette route ? André avait raison. Ça devait être d'une importance capitale.

Angoissée, elle fit du rangement, fourra dans un sac-poubelle les deux bouteilles vides de vodka qui traînaient dans un coin depuis des semaines et finit par s'asseoir devant la fenêtre, comme un chat aux aguets. Elle n'y voyait pourtant rien, hormis les flocons de plus en plus gros qui fouettaient la vitre. Quelle folie, de marcher dans un environnement aussi hostile avec une météo pareille… D'autant que Véra savait, par expérience, que le temps allait continuer à se dégrader au fil des heures.

Elle enchaîna les tasses de café. Cette intrusion dans son repaire l'angoissait. Elle aimait quand chaque chose était à sa place. Et la nouvelle d'André était comme un grain de sable qui, d'un coup, s'immisçait dans la mécanique bien huilée de son quotidien. Que lui voulait cette visiteuse ? Pourquoi venait-elle perturber son exil ?

Au fur et à mesure que les minutes défilèrent, le stress monta. Au bout de trois heures, toujours rien. Elle s'apprêtait à rappeler André quand, enfin, elle discerna un point lumineux qui oscillait dans la nuit, à travers les flocons. Elle se redressa. La lueur grandissait vite, à présent. La forme se détacha des ténèbres lorsqu'elle fut suffisamment proche de l'habitation. La gorge serrée, Véra n'entraperçut qu'une silhouette courbée qui disparut de son champ de vision quand elle gravit les marches de son perron.

Quelques instants plus tard, on frappait à la porte.

12

Julie avait rencontré Caleb Traskman l'été précédent. Le célèbre auteur de romans policiers et d'horreur était venu passer quelques semaines à Sagas, une ville encastrée au fond d'une vallée de Savoie. Et il s'était installé anonymement dans le petit hôtel où la jeune fille travaillait pendant une partie des grandes vacances. Elle lui avait servi ses repas, s'était occupée de sa chambre. Elle avait même vu le manuscrit en cours d'écriture sur son bureau.

Quand il lui avait révélé son identité, lui qui avait toujours entretenu le mystère en ne dévoilant pas son visage au public, elle avait eu l'impression de rêver. Elle adorait ses histoires effrayantes ! Désormais, elle était dans la confidence et elle devait être la seule à savoir qui il était. Il lui avait également expliqué qu'il n'était que de passage à l'hôtel : il comptait se replier dans un endroit isolé pour avancer sereinement sur son nouveau thriller. L'adolescente qu'elle était avait été flattée qu'il lui parle de tout ça à elle, une de ses plus grandes fans.

Après une dizaine de jours, Caleb Traskman avait donc quitté l'établissement pour un chalet bordant un lac d'altitude, sur les hauteurs de Sagas. Et avait invité Julie à le rejoindre dans la plus grande discrétion, si elle le voulait. Ils pourraient ainsi discuter de son œuvre. Elle lui poserait toutes les questions qu'elle souhaitait.

Bien sûr, qu'elle le voulait ! D'autant plus qu'elle était libre tout le mois d'août. Évidemment, personne ne devait être au courant, pas même ses parents. Jamais ils n'échangeraient le moindre message par téléphone. Pas de trace. C'était leur secret. Elle avait seize ans, lui quarante-neuf, et il lui avait fait comprendre qu'il courait au-devant de graves problèmes si elle commettait des erreurs...

*
* *

Dans sa prison insonorisée, rien n'avait changé. Son bourreau ne s'était pas manifesté. Julie était retournée sur le lit en fer, impuissante. Caleb Traskman... Elle ne pouvait pas y croire et, en même temps, elle savait cet homme assez dérangé pour faire ça. Pour avoir un aperçu de sa noirceur, il suffisait de lire ses livres, si crus et si sombres qu'on se demandait quel genre d'individu était capable d'imaginer des histoires pareilles.

Un pervers. Un malade. Voilà ce qu'il était. Six mois s'étaient écoulés depuis leur dernière rencontre... Six mois pendant lesquels il avait peut-être fait construire cette pièce, tapissé ces murs de mousse... Six mois pour penser aux moindres détails et mûrir sa vengeance...

Julie en percevait d'ailleurs déjà les vibrations, comme les prémices d'un tremblement de terre...

*
* *

Elle vivait un rêve éveillé. Elle connaissait l'un des plus illustres auteurs de thriller français. Mieux que ça, elle le côtoyait ! L'instant était empreint d'une telle magie qu'elle se dit qu'il fallait en garder une trace. Elle se mit alors à tenir un journal intime.

Elle racontait à ses parents qu'elle passait ses journées chez des copines. En réalité, le matin, elle prenait le bus jusqu'à l'arrêt Sapinière, en haut du col, longeait à pied le lac Noir et retrouvait Caleb Traskman dans le chalet qu'il louait. Il lui accordait du temps, lui, le célèbre romancier. Il lui ouvrait les portes de son univers, partageait avec elle ses astuces et ses idées. Ils disputaient des parties d'échecs qu'elle gagnait systématiquement, résolvaient des jeux de lettres où, cette fois, il était le plus fort. Caleb était fasciné par les palindromes, ces mots qu'on pouvait lire dans les deux sens, comme « Noyon », « Laval » ou « ressasser ».

Et puis un jour, il avait commencé à la caresser. Une fois l'appréhension surmontée, l'adolescente s'était laissée aller. Car, si elle n'aimait pas trop quand il la touchait, ce qu'elle vivait était tellement extraordinaire, intense, et interdit… Cet homme à l'épaisse barbe poivre et sel, au regard insondable, était plus âgé que son père, mais peu importait : elle était prête à tout pour lui.

*

* *

Julie était face à un prédateur de la pire espèce. Caleb Traskman fonctionnait comme un serpent. Il s'enroulait doucement autour de vous, avec ses belles paroles, ses gestes, ses promesses, puis il s'amusait, avant de serrer *crescendo*, jusqu'à ce que vous étouffiez. Il vous détruisait, vous anéantissait. Ce type était le diable incarné, aussi pervers dans la vraie vie que dans ses romans. La preuve : il l'avait kidnappée. Il avait franchi toutes les frontières.

Et elle, de son côté, avait si bien gardé le secret de leur relation que même sa meilleure copine, Louise, n'avait pas eu droit à ses confidences. Quant à son carnet intime, il pourrissait quelque part dans une forêt, dans une boîte qu'on ne retrouverait pas. Sans compter que, à l'époque, Traskman était venu à Sagas sous un faux nom, et qu'il avait loué le chalet au noir... Personne n'avait prêté attention à lui. Ça faisait six mois... Jamais, jamais on ne remonterait jusqu'à lui.

La jeune fille en était convaincue : si elle n'entrait pas dans son jeu, il la laisserait crever. Sans aucun remords. Parce qu'il était foncièrement mauvais. Parce que ses histoires n'étaient que ténèbres et qu'il était capable d'y décrire, sur des pages et des pages, les pires sévices ou la lente agonie de ses personnages. Il fallait qu'elle se donne au moins une chance, qu'elle résolve son énigme... Elle réfléchirait ensuite à un moyen de le tromper, de se tirer de cette prison à la première occasion.

Elle se traîna, encore, jusqu'au tableau. Un rectangle tracé sur une feuille, de la colle. Selon toute logique, il attendait d'elle qu'elle positionne quelque chose à l'intérieur de la figure géométrique pour lui offrir la récompense annoncée. Et qu'est-ce qu'il y avait, ici, de cette forme-là, hormis les morceaux de journaux qui tapissaient les murs ?

*

* *

Caleb ne voulait pas qu'on le photographie, mais il aimait dessiner et prendre des photos. Elle, nue, assise sur la table. Elle, les poignets attachés aux barreaux du lit. Dans ces moments-là, il ne la touchait pas. Elle était son modèle. Et, quelque part, ça lui plaisait. Comme quand il parcourait son journal intime, dont elle n'avait su lui cacher l'existence bien longtemps. Depuis, il se réservait le droit de le lire et lui avait simplement interdit de le nommer. Il devait rester « il ».

Dans le fond, rien de sexuel à proprement parler n'existait entre eux, mais c'était très bizarre. Une fois, il s'était mis à lui raconter la manière dont les cadavres se décomposaient. Une autre, il lui avait exposé ce qui, selon lui, serait la plus atroce façon de mourir, avait évoqué des autopsies, des scènes de crime, des procédures policières, mais également confié que, sans l'écriture, il aurait certainement commis des meurtres. Il avait même porté une main à sa gorge et serré, en douceur, sans lui faire mal. Elle avait failli s'évanouir. Julie détestait l'éclat lubrique qui animait son regard lorsqu'il agissait ainsi ou lorsque des mots comme « crime », « sévices » ou « perversion » sortaient de sa bouche. C'était comme si quelque chose l'habitait. Un truc vraiment pas normal.

Elle commença à prendre sérieusement peur. Régulièrement, elle se disait qu'elle n'irait plus le voir, qu'il allait beaucoup trop loin, mais elle y retournait toujours, se promettant que, si ça se reproduisait, ce serait fini. Le souci, c'était aussi ces moments où elle le sentait sincère. Ces jours durant lesquels il lui répétait que, sans elle, sa plume s'asséchait. Qu'en son absence, il ne pourrait plus créer et ne vaudrait plus rien...

Jusqu'à ce jour où il lui annonça qu'il devait partir, environ deux mois après son arrivée. Son livre, intitulé *Senones* – une ville imaginaire dans laquelle se déroulait son intrigue –, était bien avancé, et il avait des obligations. Caleb voulait qu'elle plaque tout et qu'elle vienne avec lui. Chez lui. Dans le nord de la France. Ils habiteraient ensemble dans sa villa au bord de la mer. Elle y serait libre et heureuse...

*

* *

Elle mémorisa la taille du rectangle et se dirigea vers l'un des murs. S'empara précautionneusement du premier morceau de journal dont les dimensions semblaient correspondre. Il rentrait à peu près dans le cadre. Il était juste un poil trop large, et pas assez long. Elle le colla néanmoins sur la feuille et se tourna vers le centre de la pièce. L'observait-il ?

— Tu veux savoir de quoi il est question ? s'écria-t-elle. D'une randonneuse qui a survécu huit jours au fond d'un ravin, dans des souffrances abominables, avant qu'on la retrouve. C'est ça que t'attends ? Qu'on discute de ces horreurs qui te nourrissent ?

*

* *

Elle n'avait pas osé lui avouer dans les yeux qu'elle ne le suivrait pas. Que ce n'était pas envisageable. Elle n'était pas revenue au chalet, tout simplement, passant la fin de l'été enfermée dans sa chambre, de peur de le croiser. Elle pleurait, seule, le soir dans son lit. C'était comme si elle prenait conscience de tout ce qu'il lui avait fait subir. De la façon dont il avait joué avec elle… Avec son corps… Comment avait-elle pu se laisser faire ? Comment pourrait-elle se projeter aux côtés d'un homme pareil ? Il avait trois fois son âge et, surtout, il lui avait bien fallu l'admettre : elle ne l'aimait pas.

Elle avait donc repris le chemin de l'école sans recevoir de ses nouvelles. Mais, chaque jour, elle avait imaginé sa colère. Au point que, pendant des semaines, elle avait cru qu'il la guetterait, caché au détour d'une rue ou à l'orée des bois, qu'il l'attraperait et lui ferait payer la lâcheté avec laquelle elle l'avait abandonné. Puis, au fil du temps, elle avait fini par ne plus y penser. Il était parti pour toujours...

*

* *

Encore une fois, rien ne se passa, et elle savait pourquoi : Caleb ne tolérait pas l'approximation. Il fallait que l'article s'insère exactement dans le cadre. Alors elle récupéra son morceau et s'en servit comme étalon.

Elle fit plusieurs tentatives qui ne donnèrent rien. Pourtant, les dimensions des différents papiers récoltés étaient parfaites. Elle aurait dû s'en douter : l'énigme ne pouvait pas être aussi triviale. Traskman évoluait à un tout autre niveau. Et il attendait d'elle beaucoup plus que de la simple logique géométrique. Il ne devait y avoir qu'une seule solution.

— Espèce de malade, murmura-t-elle. T'es profondément taré.

Elle ne comprenait pas... Si ce n'était pas qu'une question de taille, ça signifiait que le contenu importait tout autant. Mais que chercher ? Elle éprouva de nouveau l'envie de pleurer, mais contracta les muscles de son visage pour empêcher les larmes de couler. Il devait l'observer, en ce moment, par un moyen quelconque, sa main enfoncée dans sa grosse barbe. Et il jouissait du spectacle.

Elle rassembla ses dernières forces et reprit sa fouille sur le pan jouxtant le côté gauche du lit. Ne s'intéressa qu'aux articles dont la taille correspondait au modèle étalon qu'elle conservait précieusement. « Après avoir tué sa femme et ses enfants, il retourne l'arme contre lui »,

« Une femme de 89 ans rouée de coups pour 5 euros », « Licencié par son entreprise, il s'immole par le feu ». Rien de tout ça ne lui parlait. À quoi fallait-il prêter attention ? Au lieu ? À la date ?

Elle grimpa sur le matelas. Tendit le cou pour parcourir tout ce qui se situait au-dessus d'elle. Elle l'imaginait, ce détraqué d'écrivain, en train de tout découper et punaiser, y compris au plafond. Ça avait dû prendre des semaines, des mois. Il voulait qu'elle se réveille face à ces milliers d'histoires toutes plus tragiques les unes que les autres.

Elle se dressait au milieu du lit quand, soudain, son regard tomba sur un visage, tout sourire. L'impression qu'un gouffre s'ouvrait sous ses pieds. Elle avait trouvé. Du bout de ses doigts tremblants, elle préleva l'article. « Disparition inquiétante d'une jeune fille à Sagas ». Sur la photo, elle posait fièrement à côté de son vélo.

Elle tenait entre ses mains l'article relatant son propre drame. Cela supposait qu'elle avait été kidnappée plusieurs jours auparavant. Qu'on avait dû la droguer durant tout ce temps, parce qu'elle n'avait aucun souvenir. Le rapt s'était visiblement déroulé à un endroit qu'elle connaissait bien, au moment où elle quittait la forêt pour rejoindre la route…

Julie, 17 ans, domiciliée chez ses parents à Sagas, n'a plus donné de nouvelles depuis le 8 mars. Elle n'est jamais rentrée de sa randonnée à VTT et son vélo a été découvert au bord de la forêt, près d'un parking, dans la montée entre Sagas et Albion. Ses parents sont au comble de l'inquiétude. Son père lance un appel à toute personne qui l'aurait aperçue et serait susceptible de donner des informations. Parallèlement, une enquête a été ouverte à la brigade de gendarmerie.

Cela revenait quasiment à assister à son propre enterrement. Julie tomba à genoux, anéantie. Elle était comme tous les autres : une anonyme, une victime dont on parlait froidement dans un encart de journal. Un fait divers de plus, et il voulait le lui faire savoir. Ici, entre ces murs, elle n'était plus rien.

Elle pensa à ses parents, à son gendarme de père qui devait remuer ciel et terre pour la ramener à la maison. Elle imaginait leur état, leur désespoir. Ça ne pouvait pas se passer comme ça. Qu'est-ce que Traskman croyait ? Qu'elle allait être son pantin ? C'était hors de question. Et, pour le prouver, elle bondit au milieu de la pièce avant de déchirer le papier avec rage. Puis elle courut se réfugier près du lit, en chien de fusil, les yeux braqués sur le couloir. Viendrait-il ?

Elle perçut soudain comme un souffle, un feulement, avant d'être surprise par une pointe de douleur dans l'épaule gauche. Elle arracha aussi vite que possible la fléchette à l'extrémité plumée de rouge, ôta sa veste de survêtement et pressa la peau au niveau de la piqûre pour tenter d'en extraire le produit. Mais il était trop tard.

Quand elle se réveilla, couchée sur son matelas, un article identique à celui qu'elle avait déchiqueté avait été replacé sur le mur, intact, exactement au même endroit…

13

En cas de problème, ou si je ne reviens pas d'ici cinq jours, appelle le 06 16 74 59 10. Il saura t'aider. En attendant, je te le répète et te l'écris noir sur blanc : TU NE BOUGES PAS DE CET ENDROIT !

Assise à la table du salon du Mesnil, Lysine composa le numéro indiqué sur le bout de papier trouvé dans la baraque abandonnée d'Athis-Mons. Elle tomba sur un répondeur : « Cabinet du docteur Martin, je suis absent jusqu'au 9. Veuillez laisser un message. » Le 9… Dans trois jours. Après le bip, elle se lança : « Docteur Martin ? Pourriez-vous me recontacter à ce numéro dès que possible, s'il vous plaît ? C'est urgent… »

Elle hésita, et raccrocha en soupirant. Docteur Martin… Des médecins portant ce nom, il devait y en avoir des milliers en France…

Face à elle trônait un des cartons récupérés dans la vieille bâtisse : celui que l'occupante des lieux semblait être en train d'explorer avant de disparaître. Il contenait une centaine de journaux, des quotidiens régionaux divers et variés. Elle ne savait pas qui les avait stockés là, mais, *a priori*, il ne s'agissait pas juste de lecture pour occuper les journées de cette Ariane. En effet, elle se souvenait de la façon dont tous ces papiers jonchaient le sol. Comme si la prisonnière de la bicoque y recherchait quelque chose.

Elle entreprit alors de les parcourir en vitesse. En même temps, elle tentait de tirer des conclusions de ses récentes découvertes. La voleuse d'identité avait possédé un film qu'un ou plusieurs individus souhaitaient récupérer. Un court-métrage dangereux, unique, capable de menacer sa vie et celle d'Ariane. Raison pour laquelle, vraisemblablement, elle avait caché la bobine en lieu sûr et déniché une planque pour l'autre femme, l'exhortant à ne surtout pas en sortir. À l'évidence, il existait un lien entre Ariane et cette œuvre démente. Peut-être en savait-elle trop sur ce tournage ? En tout cas, une certitude : aujourd'hui, les deux femmes avaient disparu des écrans radars.

Lysine n'avait pas vu la journée passer. Ses yeux fatiguaient en ce début de soirée, tant il faisait déjà sombre. Elle alluma les lampes, se prépara un café, glissa une pizza dans le micro-ondes. Tout en dînant, elle continua son exploration des journaux. Sports, actualité, économie… Elle terminait son repas quand son regard se figea au milieu d'une édition du *Journal du Centre* remontant à environ neuf mois. À l'été dernier. Là, une page entière avait été arrachée dans la rubrique qu'elle connaissait le mieux : celle des faits divers. Y avait-il quelque chose à gratter de ce côté-là ? Ça valait le coup de vérifier.

Elle repoussa son assiette et se rendit sur le site Internet de ce quotidien qui couvrait la région Limousin. Fouilla en long et en large : malheureusement, rien ne permettait d'accéder aux archives. Elle réfléchit. L'ensemble de ses contacts étaient dans son ordinateur à la rédaction. Elle envoya un texto à son binôme, Patrick, pour savoir s'il pouvait lui obtenir l'édition qui l'intéressait. Il lui répondit dans les cinq minutes.

Je peux te demander pourquoi t'as besoin de ça ?

Juste un service à rendre à un vieil ami...

Il n'insista pas et lui promit de lui fournir au plus vite ce qu'elle réclamait. Lysine alla ensuite faire sa vaisselle, satisfaite. Cette histoire l'obnubilait de plus en plus et elle avait l'impression de bien progresser. C'est alors que la sonnerie stridente de son téléphone jetable rompit le silence de la maison, accélérant instantanément les battements de son cœur. Elle se précipita dans le salon. Le numéro affiché était celui inscrit sur la boîte contenant le film.

Elle hésita, prit une inspiration et décrocha sans parler.

— Allô ? C'est Henry. Vous m'avez laissé un message tout à l'heure. Mon numéro, sur l'un de vos carnets...

La voix était celle d'un homme, plutôt jeune et avenante. Lysine entendait des klaxons, un bourdonnement de circulation. Le type haletait, il était sans doute en train de marcher.

— Oui, bonsoir, répliqua Lysine. Je m'appelle Murielle Bolle. Je mettais de l'ordre dans ma paperasse, et j'ai retrouvé votre numéro. Vous êtes Henry... ?

— Henry Cobb. Je suis désolé, mais votre nom ne me dit rien.

Lysine nota l'identité de son interlocuteur.

— Pour être franche, le vôtre non plus. On s'est peut-être rencontrés à une soirée ? Ou dans le cadre professionnel ? C'était il y a plusieurs mois, je pense. Vous travaillez dans... ?

— Je suis étudiant en audiovisuel au campus 3iS. Peut-être à une soirée, oui, j'ai tendance à donner facilement mon numéro. Excusez-moi, je prends le métro dans deux minutes et...

— Un film 8 mm complètement délirant sur lequel on voit un malade se balancer sur une carcasse de viande. Une femme qui a l'air de se faire charcuter par une bande de dégénérés qui portent des masques de porc. Ça vous évoque quelque chose ?

Un long silence s'ensuivit, pendant lequel Lysine ne perçut plus qu'une lourde respiration. Puis un déclic. Il avait coupé la communication. Elle recomposa le numéro. Répondeur. Lança une recherche sur le Web. « Henry Cobb, étudiant en audiovisuel, campus 3iS ».

Elle n'eut pas à fouiner longtemps. Des dizaines de photos du type s'affichèrent, provenant de divers réseaux sociaux et de son école. Un Black d'une vingtaine d'années, créole à l'oreille gauche, cheveux presque rasés. Il était en troisième année de « cinéma & audiovisuel » à Élancourt, dans les Yvelines. Lysine sauvegarda tout ça sur son téléphone. Demain, elle se rendrait sur place et aviserait.

En attendant, elle posa des bûches dans la cheminée, fit un feu et s'allongea sur le canapé, enroulée dans un gros plaid. Elle aurait pu tout brûler, le film, les journaux, mais il était trop tard : son enquête l'avait ferrée. Le sommeil la cueillit sans qu'elle s'en rende compte et, quand elle ouvrit brusquement les yeux, au beau milieu de la nuit, il ne restait déjà plus que des braises dans l'âtre.

Elle avait été réveillée par un rêve, ou peut-être la force de son subconscient… Elle se redressa, trempée de sueur, avec une image en tête : un autobus au fond d'un ravin. Elle le sentait, son cerveau avait enregistré quelque chose qui avait échappé à son regard quand elle avait feuilleté les journaux du carton. Quelque chose qui, visiblement, faisait écho au terrible accident qui avait coûté la vie à ses parents.

Le drame avait eu lieu à la sortie de Laffrey, à une vingtaine de kilomètres de Grenoble, en Isère. Ses parents adoraient les voyages organisés. Cette fois-là, accompagnés d'autres passagers, ils se rendaient au Lavandou pour deux semaines. Malheureusement, ils n'avaient jamais atteint leur destination, tout ça à cause d'un fichu problème mécanique…

Lysine renversa pour la seconde fois le contenu du carton et mit de côté les éditions du quotidien qui couvraient la région qui l'intéressait : *Le Dauphiné libéré*. Cette tragédie qui avait frappé sa famille n'était qu'un événement parmi une infinité d'autres, et il lui parut soudain improbable qu'elle fût comme par hasard parmi cet échantillon devant elle. Il devait s'agir d'un mauvais tour que lui jouait son esprit. Elle était en train de devenir parano.

Elle s'en persuada si bien que, lorsqu'elle tomba, dans le deuxième journal qu'elle scruta, sur l'encart où l'on voyait une route de montagne au garde-fou défoncé, elle n'en crut pas ses yeux. Comment avait-elle pu louper ça ? De fatigue, sans doute avait-elle fini, plus tôt dans la soirée, par tourner les pages trop vite.

Terrible accident de car en Isère

Quarante-trois passagers et le chauffeur sont morts, samedi 13 juin, après la chute du véhicule qui devait les mener dans le Var. Ce dernier roulait sur la nationale 85, la célèbre route Napoléon, quand il a quitté la chaussée sur une portion considérée comme dangereuse. Après une chute de plusieurs dizaines de mètres, le car s'est écrasé en contrebas et s'est immédiatement embrasé. Les passagers, comme le chauffeur, n'ont eu aucune chance.

Les circonstances du drame sont encore inconnues, mais il pourrait être question, d'après les experts, d'un problème de surchauffe des freins. L'enquête est toujours en cours…

Lysine était en apnée, pas seulement à cause de la présence improbable de cet article dans un carton trouvé au fond d'une baraque abandonnée, mais aussi à cause de la date...

Ses parents étaient morts dans cet accident cinq ans plus tôt.

Pourtant, le journal entre ses mains datait d'il y avait dix ans.

14

Sur le pas de la porte du chalet de Véra, la femme était frigorifiée. Son souffle avait transformé ses cils et ses sourcils en poudre de glace. Des craquelures fendaient ses lèvres. Véra s'écarta pour la laisser entrer en même temps qu'une bourrasque de flocons, et referma vite derrière elle. La visiteuse claqua ses semelles sur le tapis, tira sur ses gants à l'aide de ses dents, ôta son bonnet trempé et souffla dans ses mains. Ses cheveux noirs comme l'ébène contrastaient avec un visage qui semblait vidé de son sang. Véra en était certaine : elle ne l'avait jamais croisée.

— J'ai bien cru que je n'y arriverais pas, finit par dire la voyageuse. Ce froid…

Elle se débarrassa de son sac à dos qu'elle posa par terre. Puis de son blouson.

— Heureusement que les arbres étaient bien marqués le long des sentiers et que la couleur se réfléchissait avec ma lampe. Cette forêt semble interminable, et il est très facile de s'y perdre !

Elle était petite, toute menue. On aurait pu à première vue la prendre pour une adolescente, mais, en y regardant de plus près, ses traits indiquaient un âge plus avancé. *André avait raison, pas loin de trente ans*, songea Véra en restant face à elle, comme pour faire rempart.

La femme, loin d'être déstabilisée, plongea ses yeux noirs dans les siens.

— Je crois que vous n'auriez pas pu trouver un endroit plus coupé du monde, mais je vous ai quand même retrouvée.

— Qui êtes-vous ?

L'inconnue ne cacha pas sa surprise, vite remplacée par une forme de déception.

— Vous ne me reconnaissez pas...

— Non, je suis désolée.

Elle soupira, visiblement perturbée par la réponse de Véra.

— Ça alors... Toute cette route, et elle ne me reconnaît pas.

Puis elle lorgna en direction du poêle rougeoyant.

— Vous permettez ? J'ai vraiment besoin de me réchauffer, ou je vais me casser en morceaux. Je dois l'avouer, j'ai été inconsciente de m'aventurer jusqu'ici avec cette météo.

Véra se décala lorsque la femme pénétra dans la pièce sans même attendre d'y être invitée. Elle tendit ses mains devant le poêle, approcha son visage, frotta ses cheveux, poussant des râles de soulagement. Véra avait beau fouiller dans sa mémoire, rien ne lui revenait. Cette étrange voyageuse était un véritable mystère.

Après quelques minutes, celle-ci stoppa ses gestes et alla chercher le roman à la couverture abîmée qui reposait sur le fauteuil.

— Alors c'est vous qui l'avez récupéré... Il était près de la cuve de fuel, j'imagine ? De toute façon, je ne vois pas où j'aurais pu le perdre ailleurs. Je suis du genre étourdie, j'ai tendance à tout perdre, les objets comme les papiers importants, ce qui me cause souvent des problèmes.

— C'est vrai que je me suis servie, j'en suis navrée. Mais il traînait sur le sol trempé, et il n'y avait personne…

— Aucun souci. À croire que le destin fait bien les choses, car il était pour vous.

— Je ne saisis pas.

— Sans ce livre, j'aurais eu beaucoup de difficultés à vous convaincre. Et je vois au marque-page que vous l'avez commencé. Tant mieux, ça nous fera gagner du temps.

— Du temps pour quoi ?

L'inconnue afficha un sourire timide.

— J'en suis l'auteure, fit-elle, non sans une certaine pudeur. Rassurez-moi : le début vous a plu ?

Véra n'y comprenait strictement rien. Ce qu'elle était en train de vivre était une aberration. D'où sortait cette femme ? Que lui voulait-elle ?

— Écoutez, répliqua Véra d'une voix calme. Vous êtes romancière, d'accord. Et douée pour raconter des histoires, d'après ce que j'ai pu constater. Mais vous n'êtes quand même pas venue jusqu'ici pour me demander mon avis sur votre œuvre, n'est-ce pas ? Je ne sais absolument pas qui vous êtes et je vous garantis que je n'avais jamais vu votre nom avant de tomber sur ce roman.

— Normal, c'est un pseudonyme. Je me doutais que les lecteurs lambda ne remarqueraient pas l'astuce, mais en tant que psychiatre, je pensais que ça vous sauterait aux yeux.

Véra se tenait sur ses gardes. Cette femme savait non seulement où la trouver, mais elle avait l'air d'en connaître un rayon sur elle.

— Ça remonte à quoi ? poursuivit-elle. Quatre ans ? Vous étiez toute jeune, vous débutiez. Fraîchement diplômée. C'est vrai que, depuis ce temps-là, vous avez dû en voir défiler, des visages, dans votre service. Des gens tous plus siphonnés les uns que les autres.

Une ancienne patiente, songea subitement Véra. Même si elle ne réussissait toujours pas à identifier son interlocutrice, les poils de ses bras se hérissèrent et un signal d'alarme retentit sous son crâne. Alors que l'autre détournait la tête, elle jeta un bref coup d'œil en direction du tisonnier, au cas où. Et tenta de garder son sang-froid. Si sa visiteuse présentait encore un quelconque trouble mental, un mot de travers pouvait faire dégénérer la situation en une fraction de seconde.

Et il n'y aurait personne pour lui porter secours.

15

Lysine n'avait pas fermé l'œil de la nuit. Depuis sa découverte nocturne dans le journal, elle avait peur. Peur de ce qui lui arrivait…

Des dizaines d'articles sur Internet attestaient que l'accident de car qu'elle croyait responsable de la mort de ses parents s'était déroulé dix ans plus tôt, et non cinq comme elle le croyait. Autre problème de taille : d'après ses recherches, Corinne et Grégoire Bahrt n'avaient pas fait partie des victimes du drame de Laffrey. Leurs identités ne figuraient pas sur la liste. Leurs visages n'apparaissaient pas aux côtés de ceux des autres passagers.

Pourtant, Lysine en avait la certitude : ils étaient décédés dans cet accident-là. Laffrey… Quarante-trois vies qui s'étaient arrêtées au fond d'un ravin… quarante-quatre avec le chauffeur… Les freins… Tout cela était net dans son esprit, elle se rappelait les cadavres calcinés sur des tables métalliques, elle était même allée pleurer toutes les larmes de son corps devant les garde-fous défoncés. Elle entendait encore les cloches de l'église sonner, revoyait le caveau recouvert de fleurs.

Mais qui était présent à l'enterrement ? Comment les dépouilles avaient-elles été rapatriées de l'Isère ? Elle avait beau fouiller sa mémoire, ces questions pourtant simples demeuraient sans réponse. Tant de choses lui échappaient… En effet, la période n'était pas seulement floue. De l'après-drame il ne lui restait pas le moindre souvenir. Peut-être à cause du choc émotionnel, mais ça n'expliquait pas toutes ces incohérences.

Elle sortit sa propre paperasse concernant l'accident mais ne dénicha rien qui pût l'éclairer. La boule au ventre, elle prit alors sa voiture et se rendit au cimetière à deux kilomètres de là : où ses parents reposaient-ils ? Même ça, elle ne le savait plus. Comment pouvait-on oublier une chose pareille ? Après de longues minutes à déambuler au milieu des tombes, elle retrouva enfin leur caveau. *Corinne et Grégoire Bahrt.* Ils étaient bien décédés depuis cinq ans, ce qui la rassura presque : elle n'était pas complètement barge. Mais *quid* de la cause de leur mort, s'ils n'avaient pas péri à Laffrey ? Était-ce dans un accident similaire qu'elle aurait pu confondre avec celui-ci ?

De nouveau, l'idée de la tumeur vint la harceler. Peut-être qu'une boule appuyait sur une zone particulière de son cerveau et y semait le trouble. Elle pensait à ses angoisses, à cette main qui remontait vers sa gorge pour l'étouffer. À ses oublis récurrents. À tous ces signaux qui n'avaient fait que s'amplifier depuis son retour au Mesnil, dans cette fichue baraque.

En quittant ce lieu sinistre, elle décida de ne pas rentrer tout de suite et reprit la route. Elle contourna Paris par le nord-ouest et, à cause d'un trafic épouvantable, mit plus de deux heures pour atteindre Élancourt. D'après les informations qu'elle avait collectées, le campus 3iS Paris comptait environ mille cinq cents élèves qui s'orientaient exclusivement vers des métiers dédiés aux arts créatifs : cinéma, son, animation, effets spéciaux… Il était implanté dans un environnement moderne et verdoyant de plusieurs hectares, à proximité d'un lac.

Là, elle roula au pas un bon moment, puis s'arrêta devant un bâtiment en brique et verre. Elle fit défiler les photos enregistrées dans son téléphone. Aucun doute, Henry Cobb posait aux côtés de deux autres garçons devant cet immeuble. Elle descendit donc de son véhicule et s'approcha : il s'agissait d'une résidence étudiante sécurisée par badge d'accès. On lui ouvrit cependant dès qu'elle sonna à l'interphone. Une fois à l'intérieur, elle se présenta au type de l'accueil. Prétendit être la sœur d'Henry Cobb et avoir besoin de lui parler de vive voix d'un souci de famille. Est-ce qu'il logeait bien ici ? Le garçon consulta son ordinateur et acquiesça.

— Et vous savez s'il est dans sa chambre ?

— Il n'y est pas. Il a badgé ce matin aux alentours de 8 heures pour sortir. À voir son historique, il ne rentre pas le midi, mais traîne rarement en fin de journée, après les cours.

Lysine désigna un coin salon, plus loin dans le couloir.

— Je peux attendre là-bas ?

— Euh… si vous voulez, mais il est encore tôt…

— Pas de problème, je serai patiente. Merci.

Elle s'acheta un café sucré au distributeur du hall et s'installa dans un fauteuil, face à la laverie et la salle de sport où s'entraînaient quelques jeunes. Envoya un SMS à Patrick, mais ce dernier n'avait pas encore eu l'occasion de récupérer l'archive qui l'intéressait : il était accaparé par l'incendie d'un immeuble qui s'était déclaré dans la nuit du côté de Saint-Étienne-du-Rouvray.

Elle décida de profiter des heures qu'elle avait devant elle pour mener des recherches sur Internet autour de ses pertes de mémoire. Elle tapa des mots clés comme « souvenirs erronés », « confusion, mélange souvenirs », « tumeur, cerveau, mémoire ». Et fut rapidement orientée vers la notion de « faux souvenirs ». Des spécialistes expliquaient que chaque individu avait des événements profondément transformés, voire inventés, ancrés dans sa mémoire. Le cerveau étant malléable, il se réorganisait en permanence, et un souvenir n'était pas une photo précise, comme on l'avait longtemps pensé : chaque fois qu'il remontait à la surface, il se reconstruisait avec de nouveaux éléments, mutait, et était réenregistré ainsi. En définitive, plus on se remémorait un instant, plus celui-ci s'éloignait de la réalité du passé.

L'injonction « Ne vous fiez pas à votre mémoire » revenait d'ailleurs plusieurs fois dans des articles scientifiques. L'un d'eux racontait notamment que, lors de thérapies dans les années 1970 aux États-Unis, des centaines de femmes s'étaient rappelé de façon très nette (au point de le jurer devant une cour d'assises) avoir été violées, enfants, par un proche – un père, un frère, un oncle. Elles voyaient les images de l'acte et le retranscrivaient en détail. Pourtant, ces réminiscences s'étaient révélées n'être que le fruit, bien involontaire, de séances de suggestions menées par des psychothérapeutes. Quelques questions orientées, responsables de l'incarcération d'innocents. Et les exemples de ce type, quoique bien moins dramatiques pour la plupart, pullulaient.

Lysine poursuivit ses recherches, et son attention se porta sur un autre phénomène qu'on nommait « confabulation pathologique ». Les personnes qui en étaient atteintes oubliaient des événements, confondaient les dates, les lieux, et bâtissaient leur vie sur la base de souvenirs erronés. Les chercheurs parlaient de traumatismes crâniens, de lésions dans les cortex orbitofrontal et temporal qui auraient pu expliquer ces troubles extrêmes… Selon eux, les causes n'étaient en revanche pas toujours que physiques. Certains faux souvenirs envahissaient l'esprit pour dissimuler de graves chocs psychiques.

Le cerveau était capable de se piéger lui-même pour se protéger.

Lysine se sentait perdue. De quoi souffrait-elle, au juste ? Pourquoi avait-elle inventé un lien entre la mort de ses parents et cet accident de car à Laffrey ? Comment savoir ce qui, dans l'image qu'elle avait de son passé, s'était réellement produit ? Ce qui relevait de la fabulation ? Le plus déroutant dans ce qu'elle lisait, c'était précisément qu'aucun spécialiste ni aucun scanner, pas même le plus perfectionné, ne parvenait à différencier un faux souvenir d'un vrai.

La jeune femme se mit en quête d'un neurologue à Rouen, consulta des avis et appela celui qui lui semblait être le meilleur. Elle avait besoin d'un rendez-vous au plus vite. La secrétaire lui en fixa un quinze jours plus tard. Une éternité durant laquelle elle allait vivre en se demandant si une saloperie de cancer ou un truc dans le genre n'était pas en train de lui dévorer le cerveau.

Dans un soupir, elle regarda autour d'elle. Elle avait été à ce point happée par ses découvertes qu'elle n'avait pas vu le temps passer. Pourtant, des étudiants commençaient déjà à revenir par paquets et à se disperser dans les couloirs. Elle rangea son portable et guetta l'entrée. Henry Cobb franchit la porte un quart d'heure plus tard, sac à la cool sur l'épaule, capuche sur la tête qu'il rabaissa d'un geste tranquille. Des écouteurs dans les oreilles, il prit à droite puis s'orienta vers l'ascenseur. Lysine lui emboîta le pas.

— Henry Cobb ?

Il ne répondit pas, elle lui tapota l'épaule. Il se retourna alors en ôtant ses écouteurs.

— Oui ?

— Je suis la femme que vous avez eue hier au téléphone. Le film 8 mm…

Le visage du jeune homme se ferma. Il appuya à plusieurs reprises sur le bouton de l'ascenseur. Et comme ce dernier n'arrivait pas, il se dirigea vers la cage d'escalier.

— Laissez-moi. Je ne vois pas de quoi vous parlez.

— Vos initiales et votre numéro de portable sont notés sur le boîtier contenant la bobine, alors je crois que vous savez parfaitement de quoi je parle. Je me suis retrouvée en possession de ce film malgré moi et j'ai besoin de comprendre.

Il se mit à gravir les marches. Elle le talonna.

— Où est Lysine Bahrt ? lança-t-il avec une méfiance non dissimulée.

Tout en lui collant au train, elle fouilla dans sa poche et lui montra sa pièce d'identité.

— À vos côtés.

Il ralentit et inspecta la carte plastifiée. Puis observa attentivement son interlocutrice.

— C'est quoi, ce délire ?

— Malheureusement, il me semble que c'est bien plus grave qu'un simple délire. Je vous explique d'abord, et ensuite vous me racontez à votre tour ?

Il lui rendit sa carte, vérifia qu'il n'y avait personne dans les parages, et reprit son ascension à grandes enjambées.

— Suivez-moi…

16

Julie avait réussi à détecter, dans les alvéoles en mousse, trois trous profonds. L'un à droite du lavabo. Le deuxième à l'autre extrémité, près du tableau. Le dernier au milieu de la porte. Ils étaient minuscules, mais d'un diamètre suffisant pour qu'une fléchette en sorte ou qu'un œil s'y glisse. Et, surtout, ils étaient bouchés de l'autre côté par le même genre de mousse – elle pouvait juste insérer l'index et l'effleurer.

C'était donc de cette façon qu'il l'observait. Les trois orifices permettaient un contrôle total de l'espace. Elle aurait beau se recroqueviller dans un coin ou s'allonger contre un mur, il n'existait aucun angle mort… Cela signifiait que son ravisseur pouvait scruter le moindre de ses faits et gestes – la voir en train d'uriner, de se laver, de dormir ou de pleurer. Il pouvait aussi la shooter à distance avec son poison qui lui faisait perdre conscience en un claquement de doigts.

Là, dans cette prison conçue par un taré, chaque réveil était pire que le précédent. Elle oubliait chaque fois où elle était l'espace d'un instant. Les paupières closes, elle s'imaginait dans sa chambre, chez elle. Elle avait fait un cauchemar. Une histoire de traque, de cris, de faciès tordus. Mais elle allait remonter son volet roulant, le soleil allait baigner la pièce de ses rayons chaleureux, et sa mère allait l'appeler pour le petit déjeuner… Sauf que ses yeux s'ouvraient toujours sur un sinistre kaléidoscope. Son regard se posait d'abord sur un article en particulier, celui de cette fillette de trois ans qui avait échappé à la vigilance de sa mère et s'était noyée dans un lac.

Éclairée par l'ampoule restée allumée depuis son arrivée, Julie était allongée sur son matelas, perdue dans ses pensées, quand elle perçut un raclement au bout du couloir. Elle s'y précipita comme un chien se rue sur une gamelle de croquettes. Un plateau chargé de nourriture était apparu à l'intérieur du rectangle peint au sol. Ce même plateau qui avait constitué sa récompense quand elle s'était résignée à coller l'article de sa propre disparition sur le tableau.

Elle considéra les victuailles. Un bol de lait, un yaourt, des viennoiseries et une cuillère en plastique. C'était donc le matin. Puis elle se jeta par terre et se plaqua contre la trappe par laquelle il introduisait, trois fois par jour, tout ce dont elle avait besoin pour vivre. Elle ne bougea pas d'un pouce. Il devait y avoir un verrou de l'autre côté.

— Pourquoi tu te caches ? Ouvre cette porte !

Jamais elle n'avait aperçu une main ou un visage. Pas un son de voix. Le tortionnaire dévoilait la fente, poussait son colis, refermait aussitôt. Elle avait compris, pour avoir patienté très longtemps, que le repas suivant n'arrivait que si elle reposait le plateau pile au même endroit, dans le fameux rectangle *plateau/linge* tracé au sol, pour qu'il puisse le récupérer sans entrer.

Elle alla s'asseoir sur le lit, sa livraison sur les genoux. Des croissants frais… Ça signifiait que ce cinglé avait marché dans la rue, souri à des gens, salué la boulangère – « Bonjour, madame, comment allez-vous, aujourd'hui ? Il me faudrait deux croissants, s'il vous plaît ! » – alors qu'il séquestrait au même moment une jeune fille. Elle entendait presque la vendeuse lui répondre en minaudant : « Bonne journée, monsieur Traskman, et écrivez-nous de belles histoires ! » Peut-être même avait-il des voisins. Des enfants qui jouaient dehors, à quelques mètres de là, un type qui entretenait son jardin et qui le saluait avec courtoisie, loin d'imaginer ce qui se passait juste à côté.

Julie découpa sa viennoiserie en minuscules morceaux, mâcha longuement pour faire durer son petit déjeuner, parce que, après, il n'y aurait rien d'autre à faire, à part attendre le prochain repas. Jusqu'à ce que, peut-être, il se décide enfin à se montrer. Elle mastiquait consciencieusement, percevait chaque grincement de dents. Aucun bruit ne perturbait le silence lugubre de sa geôle hormis le vrombissement du ventilateur accroché au plafond. Quelque chose, dedans, heurtait les pales, un bout de métal ou un truc dans le genre. Elle avait essayé de se couvrir la tête avec son oreiller la nuit précédente pour ne plus entendre cet insupportable cliquetis, mais celui-ci, comme l'éclairage permanent, prenait désormais toute la place sous son crâne. Combien de temps allait-elle tenir avant de devenir dingue ?

Quand elle eut fini, elle replaça le plateau dans son rectangle, malgré une furieuse envie de le fracasser contre la porte. Mais l'œil espion armé de ses fléchettes anesthésiantes veillait sans doute. Alors elle renonça sagement. Ne pas le provoquer, même si elle rêvait de planter une aiguille à tricoter dans l'un de ces trous. Paraître conciliante pour qu'il vienne au moins lui parler. Julie tenta de se contrôler, mais ses doigts tremblaient, elle avait des palpitations. L'angoisse, ou cette saloperie qu'il lui injectait ?

Elle se leva et commença à arpenter la pièce. Ça lui fit du bien. À force de déambuler, elle sut le nombre exact de pas qu'il y avait entre chaque meuble, chaque angle. Vingt et un pas en tout pour faire le tour de l'espace.

Elle se donna pour but de le faire cinquante fois de suite. Il fallait toujours se fixer des objectifs, elle l'avait appris grâce aux compétitions sportives. Ils aidaient à résister, poussaient à se battre et offraient une perspective. Les premiers tours, elle compta. Puis elle oublia de compter. Elle oublia même qu'elle marchait. Elle pensait à sa vie d'avant, au lycée, à ses amis, à son chien, à ses parents... Elle voyait la neige des sommets et les cimes des pins dans la vallée. Elle dévalait les pentes à pleine vitesse, s'enivrant de l'odeur de la terre humide.

Julie imaginait son père scrutant chaque parcelle de forêt à sa recherche, criant son prénom au bord des rivières et des ravins. Pas du genre à lâcher le morceau, son père. Et puis elle songea à sa mère qui détestait quand elle s'éloignait à vélo, seule dans la montagne. La crainte d'un accident, d'une mauvaise chute. Si seulement elle pouvait leur faire savoir qu'elle était là, vivante, indemne, qu'elle rentrerait bientôt !... Elle aurait donné n'importe quoi pour pouvoir les rassurer.

Tout ça, c'était sa faute. Jamais elle n'aurait dû s'approcher de ce malade. Pourquoi avait-elle croisé son chemin, d'ailleurs ? Pourquoi être ensuite allée au chalet du lac Noir sans en parler à personne ? Pourquoi lui avoir laissé croire qu'il pouvait faire d'elle son jouet ? Qu'elle avait été naïve ! Il aurait suffi qu'elle mette sa copine Louise dans la confidence pour qu'un lien, même ténu, soit établi avec lui. Son père était un excellent enquêteur, il aurait exploré cette piste.

— Excuse-moi, dit-elle tout haut, espérant que son tortionnaire l'écoutait. C'est moche, la façon dont je t'ai abandonné, je le sais. Moche et lâche. Mais j'ai eu peur,

peur de tout perdre, peur de quitter ma vie. Je regrette tellement. Les choses auraient dû se passer autrement. On peut en discuter, si tu veux. Essayer de trouver une solution. Je suis sûre qu'il y en a une.

Rien ne se passa, alors elle alla se réfugier sur son lit, et elle pleura. Elle craquait souvent, elle se savait faible, mais les larmes arrivaient toutes seules. Un profond désespoir l'étreignait. Elle ne voyait aucun moyen de sortir de cette prison. Elle pouvait taper, elle pouvait hurler, on ne l'entendrait pas. S'il ne lui apportait pas à manger, s'il coupait l'eau, elle mourrait. Il était la main qui nourrissait le poisson dans le bocal. C'était aussi simple que ça.

Elle était sous l'emprise de Caleb Traskman, et elle avait bien conscience qu'il ne prendrait pas le risque de la relâcher vivante. Il avait bâti tout ça pour elle. Des ouvriers étaient venus, sous ses ordres, habiller ces murs de mousse insonorisante, raccorder cet endroit à l'eau et à l'électricité. Et aucun ne s'était posé de questions ? Aucun ne regardait les informations ? Julie leur en voulait, à eux tous qui étaient libres alors qu'ils étaient indirectement responsables de son malheur.

Chaque fois qu'elle se laissait aller à ses sanglots, ça allait mieux après. Elle se surprenait même à être optimiste. Elle se persuadait que des centaines de gendarmes la recherchaient inlassablement avec des chiens renifleurs. Qu'on parlait d'elle à la télé. Qu'il y avait des témoignages, une importante mobilisation grâce aux réseaux sociaux. Que, bientôt, la porte s'ouvrirait et qu'elle serrerait ses parents dans ses bras. Ce serait le plus beau jour de sa vie.

Mais la porte ne s'ouvrit pas, ce jour-là.

Ni ceux d'après.

17

Plantée au milieu de la pièce, Véra sentait son pouls accélérer. Une ancienne patiente du service de psychiatrie de l'hôpital de Metz, ici, avec elle, au cœur d'une immense forêt enneigée...

— Rafraîchissez-moi la mémoire, répondit-elle d'une voix qu'elle tenta de garder neutre.

— Vous ne me demandez pas comment je vous ai retrouvée, d'abord ?

— Vous avez raison, le mieux est de commencer par là, en effet...

Éviter de la contrarier. Le cerveau de Véra tournait à plein régime. Il fallait à tout prix qu'elle se rappelle. Psychotique ? Hystérique ? Dépressive ? La femme se dirigea vers la bibliothèque, alors que Véra alla fermer le tiroir de la cuisine où étaient rangés les couteaux.

— Je dois vous avouer que l'un de vos anciens collègues, Philippe Lombard, m'a facilité la tâche. Il a la langue un peu trop pendue...

Elle piocha un livre, le feuilleta en silence, puis le remit en place et continua à scruter les étagères.

— Il va bien, au fait. Le service de psychiatrie n'a jamais été aussi rempli. Par les temps qui courent, les dingos sont comme les feuilles mortes, ils se ramassent à la pelle. Dites, parmi tous ces romans policiers, vous n'avez pas *Dix Petits Nègres* ? C'est mon préféré.

Nymphomane ? Perverse narcissique ? Véra avait beau se concentrer, elle ne voyait vraiment pas.

— Il est chez André, l'homme qui vous a orientée jusque chez moi. Ça fait des mois qu'il est censé me le rendre, mais… il oublie toujours.

L'index de Sophie glissait désormais sur les dos des bouquins de psychiatrie.

— C'est fou, votre maladie avec les ondes, là. Même un téléphone portable qui ne capte pas, vous ne supportez plus, il paraît ?

Elle ne laissa pas à Véra le temps de prononcer le moindre mot et poursuivit :

— J'ai lu des trucs là-dessus avant de venir. Certains racontent que c'est juste dans la tête… Comment on dit, déjà… psychosomatique ?

— Souffrir de migraines abominables, vomir ou déclarer du psoriasis, c'est concret, croyez-moi. Si vous vous êtes renseignée sur le sujet, vous devez savoir qu'un portable émet en permanence des micro-ondes pulsées qui traversent la peau et les murs, des champs magnétiques et des rayonnements infrarouges qui provoquent l'échauffement des tissus et des organes.

Sophie, un peu agacée, s'empara du lourd *DSM-5*.

— Et c'est pour compenser votre intolérance aux technologies que vous avez eu besoin d'embarquer tous ces manuels ? Y compris cette fichue bible du bon petit psychiatre ?

Véra n'aimait pas le ton avec lequel elle s'adressait à elle mais n'en montra rien.

— Ils appartenaient à la personne installée ici avant moi. Il était psychiatre, lui aussi.

L'inconnue écarquilla les yeux.

— Un psy ? Et c'est vous qui me parliez de coïncidences, à l'époque ? Si ça, ce n'en est pas une…

Elle commença à feuilleter le livre référençant toutes les maladies psychiques.

— Où est-il à présent, votre prédécesseur ?

— Je n'en sais rien.

Véra avait répondu sèchement. Elle en avait assez, des questions, et détestait la tournure que prenaient les événements. Derrière elle, les flocons s'écrasaient contre la fenêtre. Le vent sifflait dans la toiture. La tempête était là. Véra en voulait à son ex-confrère. Comment avait-il pu dévoiler l'endroit où elle se réfugiait à une ancienne patiente ? Elle jeta un regard vers *La Fille venue de l'ombre*. Sophie Enrichz… Elle réfléchit, et d'un coup, le choix du pseudonyme lui apparut comme une évidence.

— Schizophrénie, souffla Véra. L'anagramme de Sophie Enrichz.

— Schizophrénie paranoïde, pour être précise, répliqua la femme, mais vous conviendrez qu'il était trop compliqué de trouver un pseudo avec ça. Pourtant, la mention « paranoïde » a toute son importance, n'est-ce pas ? Symptômes courants : hallucinations visuelles, auditives, délires paranoïaques. Certains malades croient, par exemple, que des événements dont ils ont eu connaissance avant qu'ils ne se produisent vont réellement se produire… Vous voyez, moi aussi, je pourrais être psy, à régurgiter les belles formules des bouquins.

Ça lui revenait enfin. Véra acquiesça quand une image se dessina dans son esprit.

— Les prédictions… Bien sûr, je me souviens de vous, à présent. Vous n'étiez pas brune, à l'époque, et vos cheveux étaient beaucoup plus longs. Mais c'est vrai que vous vous habilliez déjà très souvent en rouge. En revanche, votre nom m'échappe toujours…

— Sophie, ça ira, c'est comme ça que tout le monde m'appelle désormais. Sophie Enrichz.

— Sophie, d'accord… La première fois, vous étiez venue à mon cabinet avec un imposant cahier dont vous aviez noirci des pages et des pages d'histoires dramatiques. Et vous assuriez que chacune d'entre elles s'était concrétisée des jours, des semaines après que vous l'aviez écrite.

La jeune visiteuse remit le livre en place et alla fouiller dans son gros sac de randonnée. Elle en sortit le cahier en question, ainsi qu'un classeur.

— Je suis heureuse de constater que, malgré les années, je n'ai pas complètement disparu de votre mémoire. Le cahier est là. Ainsi que le classeur dans lequel j'ai répertorié, par ordre chronologique, tous les articles de journaux relatant la réalisation de chaque prédiction. Il n'en manque pas une.

Elle posa le classeur sur la table et l'ouvrit. Véra se sentait oppressée, très perturbée. La voyageuse avait des engelures aux doigts. Elle avait sans doute passé la nuit précédente dans sa voiture ou dans l'ancienne boulangerie, à même le sol, puis avait parcouru des kilomètres dans la neige avec un sac bien plus lourd qu'il n'y paraissait. Sa visite avait un but, et ce but pouvait être dangereux.

— Vous m'avez diagnostiqué une schizophrénie paranoïde, continua-t-elle. Vous m'avez convaincue que quelque chose clochait chez moi.

— Je n'étais pas seule à travailler sur votre cas. Le bilan a été établi par plusieurs psychiatres et…

— Peu importe ! la coupa-t-elle, c'est vous qui vous êtes occupée de moi. C'est à vous que je faisais confiance. J'ai fait tout ce que vous m'avez dit, j'ai suivi votre traitement à base de neuroleptiques et d'antipsychotiques.

Ce cocktail qui me faisait grossir et ressembler à une patate, et à cause duquel j'avais l'impression d'être déconnectée du monde en permanence... Un zombie parmi les vivants.

Véra aurait bien bu un verre, là, tout de suite, histoire de se détendre. La plupart du temps, les schizophrènes paranoïdes n'avaient pas conscience de leur maladie – leurs hallucinations ou leurs délires étaient, pour eux, réels. Ils pouvaient avoir des discussions très élaborées avec des gens qui n'existaient que dans leur tête, manger, vivre en leur compagnie et, si leur environnement s'y prêtait, mener une vie tout à fait normale avant qu'un proche, un ami, un collègue ne détecte les signaux d'alerte. Une fois confrontés à leur trouble psychique, certains l'acceptaient et étaient capables de prendre soin d'eux-mêmes, à condition d'être médicamentés et de rendre des visites régulières à leur psychiatre. Ce qui, croyait se rappeler Véra, avait été le cas pour « Sophie ».

— Il s'agissait de la meilleure solution, répliqua-t-elle. Et, si mes souvenirs sont bons, les résultats que nous avons obtenus étaient encourageants. Nos séances se déroulaient dans de bonnes conditions. Au fil du temps, vous avez arrêté de dépenser votre argent dans l'achat de la presse quotidienne de tout le pays. Et de passer vos journées et vos nuits à l'éplucher, en quête de vos prédictions. Vous avez commencé à redormir correctement, vous avez décroché un travail, votre vie sociale a repris. Tout ça, grâce au traitement...

— Le traitement... Vous, les psys, vous n'avez que ce mot à la bouche. Le traitement ceci, le traitement cela... C'était quoi, vos arguments, déjà, pour prouver que tout ça n'était que le fruit de mon esprit malade ?

Véra réfléchissait. Il fallait qu'elle rassemble ses idées. Combien de temps Sophie avait-elle été prise en charge à l'hôpital ? Avalait-elle toujours ses médicaments ? Ce qui était certain, c'était que, des années plus tard, elle ne s'était toujours pas débarrassée de ses articles ni de son cahier, et que ce n'était pas bon signe.

— Mes arguments ? On finit toujours par trouver ce qu'on cherche dans la masse des événements, répondit-elle. Surtout dans un monde où tout est retranscrit sur les réseaux. Vous prédisiez, par exemple, l'accident d'un motard de trente et un ans, père d'un enfant, écrasé contre une glissière de sécurité sur l'autoroute. Des jours ou des semaines s'écoulaient, puis vous dénichiez un filet dans la rubrique des faits divers d'une feuille de chou quelconque.

Sophie tourna vite les pages du classeur.

— Ah, vous n'avez pas oublié le motard ! Oui, il est là. Il n'avait pas trente et un ans, mais trente-six. L'information est parue dans *Ouest France* exactement cinq jours après ma prédiction. Cinq jours, vous vous rendez compte ?

Elle connaissait tout par cœur, ce qui était en soi effrayant si on considérait que des centaines de coupures avaient été soigneusement consignées au fil du temps. Véra ne montra pas son trouble pour autant.

— Ce n'était qu'un exemple, répliqua-t-elle. Je ne me souvenais plus de ce motard en particulier. Mais, je vous l'ai dit à l'époque, il se produit chaque année, en France, des milliers d'accidents de moto relayés par la presse. Alors, statistiquement, votre « prédiction » avait de grandes chances de se réaliser avec vos critères exacts : l'âge, les circonstances, la situation familiale, parfois le lieu. Et quand ce n'était pas le cas, vous affirmiez que ce n'était qu'une question de temps…

Sophie hocha la tête avec conviction.

— Et j'avais raison ! s'exclama-t-elle en reprenant son cahier. Tout ce que j'ai écrit là-dedans a véritablement eu lieu. Vous pouvez vérifier ! Écoutez ce que j'ai noté il y a sept ans, largement avant qu'on se rencontre : « Une jeune femme enceinte va mourir. Elle est au sol, à côté de plusieurs tables rondes, il y a du monde. Des gens bien habillés cherchent à joindre le Samu (à deux ou trois reprises), avant qu'une ambulance ne soit dépêchée. Quand les secours débarquent, il est trop tard. »

Sitôt sa lecture terminée, elle fit pivoter le classeur vers Véra. Un encart extrait de *L'Écho républicain*. Un gros titre effrayant de sobriété : « Mort tragique ».

De nombreuses inconnues demeurent après le décès d'une femme enceinte de 26 ans, dimanche 27 septembre, en Eure-et-Loir. Elle a été prise de malaises pendant une soirée dans une salle des fêtes de Chartres. Sa famille a contacté le Samu, et c'est seulement après trois appels qu'une ambulance a été envoyée. Mais il n'y avait malheureusement plus rien à faire pour la sauver…

Véra était troublée. Il fallait avouer que les similitudes étaient dérangeantes et que ce n'était pas le genre de drame qui arrivait tous les jours. Mais ça arrivait. La preuve. Elle jeta un œil à la date de l'article.

— Ça s'est passé quatre ans après votre prédiction. Je vous l'ai dit, avec le temps, on…

— La règle qui définit le délai entre le moment où un événement me parvient et sa réalisation n'est pas encore très claire. Pourquoi il s'écoule parfois deux jours et parfois deux ans. Mais vous ne pouvez nier les faits. Il y a dans mon cahier deux mille cinq cent quatre-vingt-quatre prédictions qui se sont toutes réalisées. C'est ça, pour vous, la schizophrénie ?

— Je vous crois, Sophie, ce n'est pas la question.

— Je ne suis pas schizophrène. J'ai un don qui me rend spéciale. Certains communiquent avec les esprits, d'autres trouvent des sources d'eau ou visualisent les auras de ceux qui évoluent près d'eux. Moi, je sens certains drames avant qu'ils se produisent. Mais on n'aime pas la différence, dans notre société. On déteste ce qu'on ne comprend pas, ce qui échappe aux lois, à la science et à la religion. Alors ce don a fait de moi, à vos yeux et ceux de vos collègues, une malade mentale.

— Vous vous trompez.

— Je sais que vous me prenez pour ce que je ne suis pas. Mais pourquoi n'existerait-il pas des gens plus sensibles que d'autres ? Vous en êtes un bon exemple, non, avec vos ondes ? Elles vous sont insupportables alors qu'elles sont invisibles, que personne n'y prête attention.

— Ça n'a rien à voir, c'est...

— Pourquoi ? Pourquoi vous, vous pourriez percevoir quelque chose qui ne se voit pas, qui n'a pas d'odeur, ne fait pas de bruit, et pas moi ? J'ai toujours eu ces visions au fond de moi, depuis toute petite. L'impression que je pouvais sentir les événements tragiques. Un jour, je me suis décidée à écrire ces informations que je recevais malgré moi, puis à les rechercher... Et j'ai découvert qu'elles arrivaient pour de vrai. Accidents, explosions, incendies, disparitions. Tous ces malheurs ont brisé des familles. Où est le délire, là-dedans ? Qu'ai-je inventé ? Rien du tout. Et j'aurais peut-être pu employer mon énergie à trouver un moyen d'aider ces gens, au moins essayer de les prévenir de ce qui les attendait. Ne croyez-vous pas que cela aurait pu changer le cours de quelques destins ?

Véra lorgna vers la radio CB. Elle aurait bien aimé qu'André l'appelle maintenant.

— Je ne saisis toujours pas pourquoi vous avez fait tout ce chemin, fit-elle. Comme vous le voyez, j'ai tout abandonné. Je n'exerce plus la psychiatrie, je n'ai plus aucun contact avec l'hôpital. Ma seule activité consiste à réhabiliter un hameau avec d'autres hyper-électrosensibles, en espérant pouvoir y vivre dans de bonnes conditions un jour et y accueillir, pourquoi pas, des écotouristes. Je suis désolée, mais le reste appartient au passé et je ne vais vous être d'aucune utilité.

Sophie Enrichz planta ses yeux dans les siens. Elle commençait à s'énerver.

— Vous ne m'écoutez pas. Je n'ai pas besoin que vous ou vos anciens collègues me soigniez, puisque je ne suis pas malade. Vous m'avez fait perdre deux ans de ma vie et vous avez failli me convaincre que tout ceci n'était que pure invention de mon esprit. L'effet Martha Mitchell, ça vous dit quelque chose, je suppose ?

Véra acquiesça. Parfois, les psychiatres considéraient à tort qu'un patient délirait, alors que ce dernier relatait un événement bien réel.

Sophie agita les mains devant elle, en signe d'apaisement, alors que Véra faisait un pas en arrière.

— Oh, ne craignez rien. C'est vrai que je débarque chez vous, comme ça, avec mes vieilles histoires et une tête qui doit faire peur. J'en suis confuse.

— Ça va.

— Je n'ai pas l'intention de me venger de quoi que ce soit, ou de vous faire du mal. Surtout pas. Vous savez que je ne suis pas méchante. C'est même tout l'inverse. Si je suis ici, c'est pour mettre enfin mon don à profit en vous venant en aide.

Véra tressaillit.

— Me venir en aide ? Qu'est-ce que vous voulez dire ?

La femme ne répondit pas. Elle ôta son écharpe et la suspendit à un dossier de chaise. Pour l'ex-psychiatre, une seule conclusion s'imposait : Sophie avait arrêté tout traitement. Elle était très maigre et avait les yeux cernés. Certainement enfermée chez elle et coupée du monde à cause de sa maladie depuis un moment. Sa schizophrénie s'était-elle aggravée ? Véra aurait été bien incapable de l'affirmer, mais il lui parut essentiel de redoubler de prudence.

— Vous avez eu une prédiction me concernant ? Vous avez vu quelque chose qui… qui pourrait m'arriver ?

L'autre hocha la tête.

— Montrez-moi.

— Chaque chose en son temps. D'abord, il faut que je vous prouve que je ne suis pas folle, et que vous vous êtes trompée. Dites, ajouta-t-elle sans transition en pointant du doigt la cafetière sur le poêle, j'en veux bien un peu. Avec du sucre. Beaucoup de sucre. Je suis à plat. J'en ai grand besoin.

Véra alla chercher la cafetière, une tasse et le sucre en morceaux.

— Vous vous rappelez quand je vous disais que j'écrivais depuis mon enfance ? continua Sophie. J'ai toujours eu une imagination très fertile, et j'aimais bien retranscrire avec des mots les images que je voyais dans ma tête. Ça a été pareil lorsque j'ai rédigé ce livre, *La Fille venue de l'ombre*. Cette enquête a jailli du fond de mon cerveau un matin et ne m'a plus lâchée. J'y ai mis mes tripes, je ne suis plus sortie, comme saisie par une fièvre créatrice… C'était une sensation incroyable.

Elle prit en main son roman, l'ouvrit au niveau du marque-page. Véra lui servit son café et se versa une belle dose d'alcool. Lorsqu'elle présenta la bouteille à Sophie, celle-ci déclina.

— Merci, mais il ne vaut mieux pas que je boive… Ça me fait délirer.

Qu'est-ce que ça doit être, alors, pensa Véra tout en remarquant la façon dont sa visiteuse observait la bouteille de vodka à moitié vide.

— Je vous rassure, je ne suis pas alcoolique, se sentit-elle obligée de préciser. C'est juste que, un ou deux verres par jour, ça m'aide à... supporter tout ça.

— Je ne suis pas spécialiste, mais, à mon avis, deux verres de vodka par jour, on doit pouvoir considérer ça comme de l'alcoolisme.

Véra eut un rire nerveux devant une si franche repartie. Une chose était sûre : cette femme ne prendrait pas de gants pour dire ce qu'elle avait à dire.

— Revenons-en à votre livre, si vous voulez bien.

— Mon livre, oui... Le monde de l'édition est très compliqué et, au début, personne ne souhaitait me publier. Les arguments des éditeurs ? Trop classique, déjà vu, trop cru... Pour eux, *La Fille venue de l'ombre* n'était *a priori* qu'une histoire de plus entre une victime et son bourreau. Au final, je n'ai trouvé qu'une toute petite structure régionale qui m'a fait confiance. Le roman est sorti il y a deux ans et n'a été imprimé qu'à mille exemplaires. De toute façon, on avait très peu de chances d'en vendre davantage, vu le nombre de polars qui paraissent chaque semaine... Mais peu importait, au moins, il existait. Ça me rendait heureuse. Ça me prouvait que j'étais capable de faire quelque chose de ma vie.

Elle mit deux morceaux de sucre dans sa tasse, mélangea et but une gorgée. Véra en fit autant avec sa vodka. La brûlure de l'alcool lui fit du bien.

— À l'époque, j'allais dans les salons de province pour me faire connaître, quelques lecteurs me l'achetaient, et je me débrouillais pour compléter avec des heures de ménage à droite, à gauche. Enfin, bref, je vois que vous l'avez commencé. La fille qui disparaît, vous voyez ?

— Difficile de faire autrement. Il n'y a que deux personnages dans ce livre.

Sophie lui tendit l'ouvrage.

— Lisez le chapitre suivant. Seulement après, je vous montrerai quelque chose qui vous prouvera à quel point vous vous êtes plantée en ce qui me concerne.

18

Il ne fallait surtout pas traîner pour avaler le repas du soir. La première fois où la lumière s'était enfin éteinte, Julie s'était laissé surprendre. Après un *clac !*, l'obscurité la plus totale s'était abattue sur sa prison. Ses protestations n'y avaient rien changé. Elle avait longé le mur de droite à tâtons, s'était cognée contre le rebord des toilettes, avait heurté la structure en métal de son lit et avait attendu que la lumière revienne. De longues heures d'angoisse, les plus éprouvantes depuis qu'elle était enfermée ici.

Ce qu'elle avait pris pour une panne n'en était en fait pas une. Deux déclics rythmaient désormais son quotidien. Lumière, le jour. Ténèbres, la nuit. Pas d'entre-deux, aucune variation dans cette mécanique inébranlable. Julie imaginait Traskman en train de baisser l'interrupteur, de jouer avec elle comme un scientifique avec ses souris. Son bourreau maîtrisait tout, jusqu'à son repos. Ce n'était d'ailleurs pas pour rien qu'il lui avait enlevé sa montre, lui ôtant toute notion du temps. Elle était l'un de ses personnages de roman dont il avait le contrôle absolu.

L'obscurité se révéla finalement pire que l'éclairage en continu. Elle représentait le néant. Julie devenait aveugle, incapable de s'orienter dans l'espace, presque dissociée d'elle-même. Ne restait que le lit, son radeau au milieu de l'océan. Souvent, après plusieurs heures à tourner et à se retourner, le bruit qui provenait de la VMC s'amplifiait et finissait par lui vriller les tympans. Et quand elle s'endormait, épuisée, il y avait toujours un cliquetis plus fort qu'un autre pour la tirer en sursaut de cette paix éphémère.

En dehors de ces périodes de sommeil, cette nuit sans fin était un cachot dans le cachot, une souffrance psychologique abominable où son seul souhait n'était plus qu'on la libère, mais que la lumière revienne. D'autant qu'il lui arrivait, dans cet entre-monde, d'entendre des voix lui chuchotant que la mort ressemblait à ce qu'elle était en train de vivre. Alors, quand l'ampoule se remettait enfin à briller, Julie avait presque envie de crier des remerciements. Les voix effrayantes se taisaient. Même confinée, même prisonnière, même si rien, entre ces murs, ne remplacerait jamais le soleil, cet éclat apportait de la chaleur et de la vie. À partir de là, Julie comprit que, à l'aide d'un simple bouton, sans la toucher, sans l'approcher, Traskman avait un pouvoir infini sur elle. Comme un virus, il allait la détruire de l'intérieur.

Elle n'avait plus conscience des heures qui s'écoulaient. Les journées lui paraissaient de plus en plus courtes, et elle eut l'impression de dormir davantage. Aussi tenta-t-elle de tenir le compte des jours. Pendant qu'elle petit-déjeunait, elle se mit à arracher discrètement de la mie de croissant qu'elle roulait dans le creux de sa main. Elle la cachait ensuite par terre, dans l'interstice entre la cloison et le lit.

Chaque boulette abandonnée là l'éloignait un peu plus de ses parents. Elle essayait en permanence d'imaginer ce qu'ils faisaient. Quelle était leur vie depuis sa disparition. Inlassablement, ils l'accompagnaient dans son triste quotidien. Eux et Caleb Traskman. Mais tout le reste s'effaçait progressivement. Une fois, elle fut incapable, pendant de longues minutes, de se rappeler le nom de son lycée.

Peu à peu, les rituels envahirent son espace vital. Elle marchait après tous les repas, le matin dans un sens, le midi dans l'autre. Elle aimait le timide frottement du linoléum sous ses pieds nus – elle connaissait par cœur le bruit que ses pas produisaient selon l'endroit où elle se trouvait dans la pièce. Elle comptait les articles de journaux, du sol au plafond, de droite à gauche. Rabattait toujours le couvercle des toilettes après avoir tiré la chasse d'eau, faisait son lit au carré, et balançait chaque jour son survêtement dans le rectangle proche de l'entrée. Le lendemain, systématiquement, une tenue propre l'attendait. Parfois, elle se demandait si quelqu'un d'autre que Traskman vivait là. À l'époque de leur rencontre, il lui avait confié que sa femme était malade, en hôpital psychiatrique depuis des années. Mais peut-être une aide ménagère ? Un jardinier ?

Le soir, quand la lumière s'éteignait, elle cessa de se coucher tout de suite. Elle parcourait la pièce à l'aveugle. Au début elle se cognait, puis elle put évoluer comme en plein jour. Elle se mit à parler aux murs. Répétait qu'il fallait qu'elle sorte d'ici, sinon elle allait devenir folle. Disait qu'elle ne chercherait pas à s'enfuir. Elle le savait là, quelque part, et espérait qu'il l'écoutait.

Quand elle sentait que l'heure du repas approchait, elle s'asseyait au bout de son matelas, un peu penchée vers le sol, un pied légèrement devant l'autre comme pour un départ de sprint. Dès qu'elle percevait du mouvement au niveau de la trappe, elle se ruait jusqu'à la porte. Une fois, elle avait aperçu sa main. Une autre, failli lui toucher les doigts, avant que le battant ne claque et ne manque de la blesser. Elle était de plus en plus rapide et avait trouvé le trajet optimal : une diagonale jusqu'au couloir, un rebond contre le mur, éviter de freiner, et conserver ainsi un maximum d'élan pour les trois grandes enjambées finales… Mais Traskman allait toujours plus vite.

Il lui arrivait aussi de se précipiter vers les trous dans la mousse. Elle était allongée sur le lit, se lavait, ou feignait d'uriner, et soudain, aussi vive que l'éclair, elle jaillissait vers l'orifice le plus proche. Une fois, une seule, elle avait vu le trou se reboucher. « Je t'ai eu ! » s'était-elle écriée. Et elle avait éprouvé une sorte d'euphorie incompréhensible. Imaginer des stratagèmes pour améliorer sa course, le piéger, le traquer, voilà comment elle essayait d'échapper à son calvaire.

Dans le même temps, malgré tout, les idées noires se multipliaient. L'envie d'obstruer le lavabo pour inonder la pièce la titillait de plus en plus. Comme celle d'arrêter de manger, ou de se cogner la tête contre n'importe quelle surface dure pour se blesser et l'obliger à se dévoiler. C'étaient ses armes, l'espace en elle qu'il ne pouvait encore contrôler. Elle se ferait mal, mais elle lui ferait mal, à lui aussi. Elle manquait simplement de courage…

Les articles sur les murs, quant à eux, lui tapaient sur le système, pourtant elle les lisait quand même, sauf ceux qui parlaient de disparition. Elle avait d'ailleurs pris l'habitude de corner un coin de ceux-là pour les repérer et allait les dépunaiser durant la nuit avant de les planquer sous son matelas. Traskman n'y voyait que du feu. Certains drames étaient pires que le sien. Des frères qui mouraient d'une intoxication au monoxyde de carbone, des parents qui perdaient un fils renversé par un chauffard, des bus qui s'écrasaient dans des ravins. Et cette femme, cette femme qui avait laissé sa propre fille se noyer dans un lac. Elle devait être détruite à jamais... Julie connaissait chaque mot par cœur. Absorber le malheur des autres la rassurait. Au moins, elle, elle était en vie.

Ça n'allégeait pas pour autant son enfer. Surtout la nuit. Elle avait beau réciter des parties d'échecs, ce qui, d'ordinaire, l'apaisait, son sommeil était toujours fragmenté, et la peur ne la quittait plus. Ses sens étaient sans cesse en alerte. Aux heures interminables de la journée s'ajoutaient celles qui la poussaient, avec une cruelle lenteur, vers une nouvelle journée en tout point identique. D'autres fois, d'épuisement sans doute, elle sombrait comme au fond d'un gouffre et rouvrait les yeux tandis que la lumière était déjà là. Comme si elle n'avait pas quitté la journée précédente. Le temps paraissait s'être arrêté, et elle, elle était piégée avec lui, dans une espèce d'arrêt sur image où l'avenir n'existait plus. Elle menait alors le plus difficile des combats intérieurs pour s'arracher de son lit et s'accrocher aux bouées de sauvetage que représentaient ses rituels. Se laver, écouter le bruit de ses pas, manger, lire, compter...

Un jour, en allant uriner au réveil, elle découvrit que le couvercle des toilettes était relevé. Sa frayeur fut telle que tous ses muscles se raidirent. Avait-elle oublié de le rabattre avant de se coucher ? Non, elle n'oubliait jamais. Il n'y avait donc qu'une possibilité. Terrifiante.

Caleb Traskman s'approchait d'elle lorsqu'elle s'assoupissait.

19

Henry Cobb vivait dans un petit studio au quatrième étage. Ce qu'on appelait « chambre d'étudiant » était en fait constitué d'une pièce principale avec une kitchenette, un coin bureau et un lit une place collé sous la fenêtre ainsi que d'une salle d'eau indépendante. Des affiches de cinéma vintage tapissaient les murs, représentant des soucoupes volantes en carton et des monstres en pâte à modeler, genre *La Planète des dinosaures*, *Les Survivants de l'infini*, ou encore *La Femme aux trois visages*. Les étagères en pin, quant à elles, ployaient sous le poids de vieux appareils photo, de pellicules, de matériel de tournage.

Le jeune homme referma la porte derrière eux. Il balança son sac par terre, piocha un Coca dans le réfrigérateur et en proposa un à Lysine, qui refusa, trop perturbée pour avaler quoi que ce soit.

— Je ne comprends pas, fit-il en désignant une chaise à roulettes pour qu'elle s'installe. Si vous êtes la vraie Lysine Bahrt, qui était l'autre ?

— Je l'ignore. Visiblement, elle se fait passer pour moi depuis un bout de temps… Vous pourriez me dire à quoi elle ressemble ?

— Je dirais qu'elle a à peu près votre âge, même taille, plus mince. Les cheveux roux jusqu'aux épaules, un tatouage à la naissance de son cou. Je crois qu'il représente un attrape-rêves. Elle a les yeux… pas marron, mais noirs. Une femme nerveuse, toujours aux aguets. Elle prétendait être journaliste indépendante et je n'avais aucune raison de penser qu'elle me mentait. Au contraire, elle avait un look qui collait bien, style vadrouilleuse avec son petit sac à dos, fringuée à la va-vite, peu attentive à son apparence.

— Comment vous l'avez rencontrée ?

Il s'assit sur le rebord de son lit, face à elle.

— C'était il y a environ un an et demi, j'étais en première année et je faisais des recherches à l'INAthèque de la BNF pour un projet sur les pubs dans les années 1970. J'y allais tous les jours, et elle aussi. On travaillait sur des postes voisins, alors on a fini par sympathiser.

Lysine acquiesça silencieusement pour l'encourager à poursuivre.

— Elle bossait sur un gros sujet autour de la violence dans l'art, expliqua Cobb. La façon dont elle m'en a parlé m'a conquis. Ça avait l'air hyper-intéressant. En gros, l'étude qu'elle menait depuis des semaines partait des peintures des grottes de Lascaux pour arriver à ce qui est diffusé de nos jours dans les salles de cinéma, et elle se posait une question : comment et pourquoi l'art, quelle que soit l'époque, est-il porteur de violence ?

Il vida sa canette et l'ajouta au tas de celles qui encombraient déjà la corbeille.

— Elle comptait explorer les domaines de l'art contemporain, de la sculpture, de la littérature, de la peinture. Vous avez déjà vu des tableaux de Jérôme Bosch ou de Francis Bacon, je présume. Ces corps déformés, ces écorchements, c'est d'une violence incroyable… Elle écumait les galeries, les résidences d'artistes du tout-Paris pour échanger et alimenter son projet avec des œuvres d'aujourd'hui, plus anonymes, mais tout aussi frappantes. Bien sûr, sa curiosité pour les archives de l'INA concernait la partie septième art. En tout cas, peu importait le domaine, ce qui la fascinait, c'était de savoir jusqu'où un artiste pouvait aller au nom de l'art. Quelle frontière morale il pouvait franchir en prétextant servir son œuvre…

Il alla chercher un *Mad Movies* dans une pile de magazines, le feuilleta et le confia à Lysine. Aussitôt, elle plissa le nez devant la crudité des photos, sur lesquelles on voyait des animaux sacrifiés ou encore, en gros plan, une indigène nue empalée avec le piquet de bois qui lui ressortait par la bouche.

— *Cannibal Holocaust*, précisa Cobb. Long métrage mythique sorti en 1980. Vous avez peut-être eu vent de la polémique au sujet de ce film qui oscillait entre l'approche documentaire, caméra à l'épaule, et le pur film d'horreur, dans lequel ont été intégrées de vraies images d'exécutions. Ruggero Deodato voulait choquer l'opinion, déranger, montrer à quel point le cinéma peut être trompeur et rendre le spectateur incapable de distinguer le réel de la fiction. Certains n'y ont vu qu'un ramassis d'abominations, d'autres du génie. Deodato a d'ailleurs eu des ennuis avec la justice, car on l'accusait du meurtre de certaines « actrices », si on peut appeler ça comme ça… Voilà le genre de trucs qui branchaient Lysine… enfin, celle qui se présentait ainsi. Les œuvres dérangeantes et percutantes, qui lui permettaient de creuser les obsessions et les tourments de leurs auteurs.

Lysine lui rendit le magazine, mal à l'aise. Son usurpatrice menait donc une véritable enquête, comme une vraie journaliste. Elle ne comprenait toujours rien à ce sac de nœuds, mais il était temps de passer aux choses sérieuses. Elle posa le boîtier noir sur ses genoux et l'ouvrit.

— Parlez-moi de ça.

Cobb se releva, fit quelques pas en silence, visiblement perturbé.

— Comment vous l'avez récupéré ? demanda-t-il d'une voix tendue.

Lysine décida de lui faire confiance. Clairement, cet étudiant avait encore plus peur qu'elle. Elle lui expliqua alors l'histoire depuis le début, jusqu'à l'étiquette collée grâce à laquelle elle était entrée en contact avec lui. Elle évoqua également le cambriolage, environ trois mois plus tôt. Pour elle, il était évident que ça avait un rapport avec cette bobine.

Après l'avoir poliment écoutée, Henry Cobb déchargea les classeurs de son sac sur son bureau.

— Je ne veux pas d'emmerdes. J'ai des examens très importants la semaine prochaine et je dois réviser. Rentrez chez vous et suivez mon conseil : oubliez ce que vous avez découvert.

— J'ai essayé de m'en débarrasser, je ne peux pas. Mettez-vous à ma place. J'ai besoin de comprendre pourquoi cette femme a volé mon identité. Pourquoi moi, je me retrouve mêlée à tout ce bordel. Et aussi, ce que ce film représente. Je vous garantis que vous n'aurez pas de problèmes. Personne ne sait que je suis venue vous rendre visite. J'ai été très prudente, je vous ai appelé avec un téléphone jetable. Le seul lien entre vous et moi, c'est ce numéro sur le boîtier.

À peine eut-elle terminé sa phrase qu'elle lui tendit le couvercle.

— Gardez-le. Quand je serai sortie d'ici, vous n'entendrez plus parler de moi. Mais je vous en prie, éclairez-moi.

Un long silence, durant lequel il sembla peser le pour et le contre. Puis il finit par hocher la tête. Il s'empara du couvercle et arracha l'étiquette, avant de le lui rendre.

— D'accord. Mais une fois que je vous aurai tout raconté, vous ne pourrez sans doute plus faire marche arrière. Il sera trop tard.

— Il est déjà trop tard…

20

Peut-être Traskman s'asseyait-il juste là, sur le matelas. Il la contemplait, lui caressait les cheveux. Pourtant, il était impossible que Julie ne l'entende pas, ne le sente pas. Ce matin-là, quand le plateau arriva, la solution à cette énigme s'imposa à elle : il la droguait par l'intermédiaire de la nourriture. Quand il avait besoin d'entrer, il écrasait des somnifères ou n'importe quelle cochonnerie dans ses aliments. Ça expliquait ses trous noirs, certaines nuits, et le fait qu'il ne l'ait pas encore touchée à sa connaissance. Il s'offrait ce plaisir quand elle était inconsciente. Saisie par cette évidence, elle se retint de hurler. Il fallait à tout prix garder le contrôle, parce que le fait qu'il pénètre ici, dès qu'il la savait endormie, était une chance inespérée. Elle tenait peut-être là le moyen de s'échapper.

Ne rien changer à ses habitudes, surtout. Marcher, et réfléchir. Seul l'un des pieds en bois du tableau pouvait constituer une arme. Traskman était solide, trapu, beaucoup plus fort qu'elle. L'affronter à mains nues relevait de l'utopie. Elle tourna donc autour du tableau qui se révéla fait d'un bloc. Elle jugea beaucoup trop risqué de le casser. Au-delà du bruit qu'elle ferait, Caleb le verrait immédiatement. Or, le souvenir de la fléchette dans son dos était encore très net…

Plan B. Puisque Caleb venait la nuit, il ferait *a priori* noir – sauf s'il allumait ou disposait d'une lampe. Elle pourrait surgir et courir à l'aveugle jusqu'à la sortie, ce qui n'était pas un souci pour elle puisqu'elle connaissait désormais sa prison comme sa poche. Mais il faudrait que la porte reste ouverte. Une hypothèse plus que probable, car il n'y avait pas de serrure de son côté.

D'autres problèmes subsistaient pourtant. Il la droguait le soir, mais comment savoir si le repas était piégé ? Julie ignorait la fréquence à laquelle il lui fournissait des plats frelatés. Ça lui semblait aléatoire. Et même si elle parvenait à détecter ça, comment éviter d'ingurgiter la nourriture ? Restituer un plateau intact le rendrait méfiant ou le mettrait en colère. C'était certainement le point le plus délicat à résoudre.

Alors, quand le prochain dîner arriva, Julie s'en empara et se dirigea vers le lit, comme elle le faisait chaque fois. Elle scruta sa nourriture. Un steak avec de la purée, une pomme, un verre d'eau. Comment se présentaient des somnifères ? Sous forme de gouttes ? De comprimés ? Avaient-ils un goût qu'il fallait masquer ? Une couleur ? Elle essaya de se rappeler ses repas des jours précédents. N'y décela aucun indice.

Elle avait une boule dans la gorge à l'idée de perdre conscience et que ce monstre s'approche d'elle, la renifle, la touche, mais elle s'efforça d'avaler tout le contenu du plateau. Elle se déplaça néanmoins avec son assiette en main, faisant mine de lire les articles en mangeant. Peut-être l'observait-il, mais il ne pouvait la suspecter de rien. Il n'avait aucun moyen de deviner qu'elle était en train de préparer son évasion.

Elle passa une nuit agitée. Rassurée de constater qu'elle n'avait pas été droguée, elle en profita pour réfléchir, pour élaborer une stratégie aussi solide que possible.

Et, dès le lendemain matin, elle la mit à exécution. Elle percuta de l'épaule le tableau lors de sa marche rituelle. En le redressant, elle le décala de quelques centimètres sur la droite. Ce n'était pas grand-chose, mais il obstruait maintenant en partie la vue sur le lavabo et les toilettes, que seul ce trou semblait offrir. Caleb s'en apercevrait, mais il ne pourrait pas saisir le but de la manœuvre.

Le soir, elle reproduisit son va-et-vient pendant son repas. Mais quand elle arrivait dans l'angle mort qu'elle avait créé, elle se débarrassait discrètement d'une bouchée ou d'une gorgée d'eau dans la cuvette, en visant le rebord pour que le bruit ne la trahisse pas. Le stratagème sembla fonctionner, puisqu'il n'y eut aucune représaille. Jour après jour, elle s'améliora, jusqu'à ce que, rapidement, elle réussisse à balancer la moitié de ses repas, ingérant le reste pour garder des forces. Elle voulait être prête. Quand elle aurait enfin compris où se cachait la drogue, elle rendrait un plateau vide sans avoir ingurgité un gramme de nourriture.

Pendant plusieurs nuits d'affilée, elle dormit mal et commença à perdre espoir. Peut-être s'était-elle trompée sur cette histoire de somnifères. Peut-être se faisait-elle des films. Mais, un soir, quand elle vit que du jus d'orange remplaçait l'eau, sa flamme se ralluma. Elle prit conscience que, de temps en temps, ce type de boisson agrémentait le dernier repas de la journée. Elle eut alors la certitude que cela servait à couvrir le goût de ce qu'il diluait dedans. C'était donc pour aujourd'hui. Le prédateur allait entrer dans la cage.

Surtout, surtout, ne pas éveiller les soupçons. Elle déambula avec son assiette, avala de généreuses bouchées, espérant que la nourriture soit saine, retournait vers le lit prendre une gorgée de jus, qu'elle gardait en bouche et recrachait en passant dans le lavabo. Puis remit le plateau dans son rectangle. Le raclement lointain lui indiqua que Caleb était venu le rechercher, comme d'habitude.

Rapide toilette, et pipi avant que le *clac* ne résonne et que la lumière ne s'éteigne. Elle se glissa dans son lit en s'allongeant le plus près du bord, les bras positionnés de manière à ne pas gêner ses mouvements, le visage orienté vers le couloir. Puis elle patienta.

Peut-être une heure plus tard, un bruit lui parvint et lui souleva le cœur. Il arrivait. Julie ne fut plus très certaine de son coup. Si elle échouait, elle allait morfler. Elle distingua une lueur grandissante, vraisemblablement une lampe torche. *Et merde.* Elle baissa les paupières, retint son souffle pour mieux entendre.

La lumière l'éclaira un long moment. Julie se concentrait sur les battements de son cœur. Il ne pouvait pas se douter. Puis l'intensité lumineuse diminua. Il était là, quelque part, elle captait le moindre de ses pas. *À l'autre bout de la pièce.* Elle perçut un grincement sur le sol. Au ralenti, elle inclina à peine la tête, ouvrit discrètement un œil. La lampe reposait sur le lino. La silhouette était de dos, occupée à remettre le tableau à son emplacement initial. Elle comme lui se trouvaient à égale distance du couloir. Si elle jaillissait, avec l'effet de surprise et sa rapidité, elle avait une chance. C'était maintenant ou jamais.

Elle s'élança en diagonale, poussant à fond sur ses jambes. Dans sa course, elle vit Caleb Traskman se tourner vers elle, avant qu'elle ne se jette sur la mousse du couloir et ne rebondisse dessus comme une balle en direction de la seule issue qui s'offrait à elle. Fermée. Elle s'y écrasa de tout son poids, avec l'espoir de basculer de l'autre côté. Le choc la propulsa vers l'arrière. Elle hurla pour s'encourager. Au-dessus d'elle, au plafond, l'ombre de son bourreau se mit à grandir. Elle fonça de nouveau, s'agrippa aux aspérités de la mousse et tira de toutes ses forces. Cette porte devait bien s'ouvrir dans un sens ou dans l'autre !

— C'est ça, que tu cherches ?

Julie fit volte-face, le dos plaqué contre le mur, prise au piège. Caleb Traskman brandissait une petite télécommande. Il avait taillé sa barbe au carré, comme les légionnaires. Ses yeux noirs lui firent penser à deux pierres maléfiques. Dans l'encadrement du couloir, il paraissait gigantesque.

— Si tu te débarrasses de ta nourriture, c'est que tu n'as pas si faim que ça.

Sa voix la pétrifia. Il savait ; bien sûr, qu'il savait. *Quelle conne !* Comment son manège aurait-il pu lui échapper, à lui, l'obsédé du détail ?

En une fraction de seconde, il fut sur elle. Elle se débattit, mais il était bien trop puissant. Un violent coup la heurta à la tempe, un sifflement aigu résonna dans ses oreilles avant que la violence du choc ne lui fasse perdre conscience.

21

— C'est moi qui suis tombé sur le film il y a environ six mois, par pur hasard, raconta Henry Cobb. C'était aux puces de Saint-Ouen. J'aime bien me balader là-bas de temps en temps le week-end pour y chercher du vieux matos, des affiches, des magazines ou tout ce qui a trait au cinéma. Il y a souvent de bonnes affaires parce que certains vendeurs n'y connaissent rien...

Lysine buvait ses paroles. Le jeune parlait tout bas. Les murs semblaient en carton, car on percevait d'un côté de la musique, de l'autre des bribes de conversation.

— Un jour, j'ai repéré la bobine sur l'étal d'un couple chelou. Elle n'avait rien à faire là. Je veux dire, ces deux-là refourguaient toutes sortes de babioles, de la meuleuse au pommeau de douche, et cette bobine traînait au milieu de ce bazar. Ils en voulaient dix euros. Dix euros, putain... Quand je leur ai demandé ce qu'il y avait dessus, le mec m'a dit qu'ils n'en avaient aucune idée, qu'ils avaient trouvé ça dans le grenier de leurs parents. La fille, c'était pas elle qui allait me répondre, elle avait l'air complètement pétée. Par curiosité, j'ai jeté un œil à l'intérieur du boîtier. J'ai vu les coupes sur la pellicule, les collages et tout ça. Ça avait été monté, c'était probablement un original, alors ça m'a intéressé. Pour ce prix-là, de toute façon, j'avais rien à perdre. Mais j'avais comme une intuition...

Il déroula un morceau de bande.

— Ce montage, là, c'était certainement pas un travail d'amateur. Il faut une sacrée technique et du matériel pour arriver à un tel résultat. J'avais un projo dans ma chambre, chez mes parents. C'est là-bas que je l'ai maté pour la première fois. Je vous raconte pas l'état dans lequel j'étais, après. Je suppose que vous voyez ce que je veux dire ?

Lysine hocha la tête en silence.

— Je savais pas quoi faire avec ce… « machin », continua-t-il. C'était un truc de fou, j'étais à la fois terrorisé et conscient d'avoir, peut-être, quelque chose de lourd entre les mains. J'ai pensé à le montrer à un ou deux potes pour avoir leur avis, mais… Enfin, ça aurait fini par m'échapper, et je voulais pas. Ce film, c'était ma trouvaille. Je sais pas comment l'expliquer…

— Je comprends.

— Alors je me suis souvenu de Lysine Bahrt… Enfin, *l'autre* Lysine Bahrt. Elle m'avait filé son numéro de téléphone. D'un coup, ça m'a paru évident qu'elle saurait m'aiguiller. Au bout de quelques semaines, je me suis décidé à la contacter. J'ai embarqué le projo et c'est ici, sur ce mur, qu'on a visionné le film…

Lysine lorgna l'endroit qu'il désignait, face au lit. Elle imaginait son usurpatrice et l'étudiant, assis côte à côte sur le matelas dans la pénombre. À des années-lumière de l'ambiance pop-corn d'une salle de cinéma.

— Ça l'a bien retournée, elle aussi, mais elle m'a tout de suite confirmé que je détenais un truc craignos et qu'il fallait absolument que ça reste entre nous.

— Elle a évoqué un meurtre ?

La façon dont il la regarda et le silence qui s'ensuivit répondirent à sa question. Cobb se rendit à la fenêtre. Jeta un œil sur la résidence d'en face. On devinait, à travers les vitres, des silhouettes courbées sur leurs cours. Ses yeux revinrent vers Lysine.

— Avant toute chose, elle m'a demandé si j'avais moyen de numériser discrètement la pellicule : il était indispensable de sauvegarder le contenu de la bobine sur un autre support, au cas où. On a le matos qu'il faut, à l'école. Alors, un soir, je suis allé dans une des salles de montage et j'ai tout enregistré sur ordi. Je vous avoue que tout ça commençait à m'exciter. J'étais pris dans une enquête incroyable autour d'un genre de film dont on ne parle que dans les films, justement. Le *snuff*.

Le mot glaça Lysine. Elle avait déjà entendu parler de ces meurtres et actes de torture filmés clandestinement, sur fond pornographique.

— Il s'agissait de savoir si c'en était vraiment un, expliqua-t-il, ou une espèce d'œuvre délirante à base de fausse hémoglobine et de trucages. Je lui ai confié la bobine, je la préférais entre ses mains qu'entre les miennes. Et puis elle voulait demander leur avis à des spécialistes, à droite, à gauche. C'est là qu'elle a noté mon numéro de téléphone sur l'étiquette qui était déjà collée sur le couvercle…

Il contempla la boule de papier qu'il avait roulée entre ses doigts. Sans doute songeait-il que, sans ce fichu numéro, Lysine ne se tiendrait pas devant lui, à exhumer un épisode de sa vie qu'il souhaitait vraisemblablement oublier.

— Avant de partir, elle m'a confié deux missions. La première, tenter de retrouver ceux qui m'avaient refourgué le film, afin de se donner une chance de remonter aux origines. Je suis donc retourné du côté des puces.

Il s'empara de son portable, fit quelques manipulations et le tendit à Lysine. Sur l'écran, la photo, prise à une dizaine de mètres, d'une fille aux cheveux violets. Lysine zooma et découvrit un cadavre ambulant, aux joues creusées, aux grandes poches noires sous des yeux éteints.

— C'était elle, dit-il. Je ne me souvenais plus de la tête du gars, mais elle, avec des cheveux pareils, impossible de se tromper. Le jour où je l'ai photographiée, j'ai eu un coup de bol monstre : je revenais des puces bredouille, j'allais reprendre le métro porte de la Chapelle et c'est là que je l'ai vue. Je l'ai suivie un bout de temps, jusqu'à la colline du crack… Ça craignait trop d'aller là-bas, alors je suis reparti et j'ai envoyé la photo à Lysine. Elle m'a dit que c'était suffisant, qu'elle s'en débrouillerait.

— Vous pouvez me la transmettre aussi ? Et, si ça ne vous dérange pas, je veux bien le numéro de téléphone de mon usurpatrice par la même occasion.

Il s'exécuta, les lèvres pincées.

— Ça me fait drôle que vous parliez d'elle comme d'une usurpatrice, confia-t-il. Franchement, elle avait l'air sincère, impliquée à cent pour cent dans ses recherches.

Lysine vérifia qu'elle avait reçu les textos. Elle avait envie d'essayer d'appeler ce 06, là, maintenant, mais se retint. Il fallait procéder étape par étape.

— L'un n'empêche pas l'autre, répliqua-t-elle. Et elle l'a finalement retrouvée, cette fille ?

— Aucune idée. Quand j'ai voulu la recontacter pour l'informer que j'avais terminé ma seconde mission, je suis tombé sur son répondeur et ensuite je n'ai plus jamais eu de ses nouvelles. Pourtant, je me suis acharné pendant des semaines… Regardez…

Il fit une tentative devant elle. Répondeur direct, message standard récité par une voix automatique. Il raccrocha. Le remords se lisait sur son visage.

— Je… Peut-être que j'aurais dû confier cette histoire à quelqu'un pour avoir des conseils. Je ne savais pas quoi faire. J'ai fini par laisser tomber, je me suis dit que… qu'elle était partie avec le film, qu'elle voulait se garder le truc pour elle et ne plus me parler… Enfin, j'avais besoin de me donner des excuses pour tirer un trait sur tout ça…

Il poussa un soupir.

— Mais vous voilà, vous, la vraie Lysine Bahrt, et vous me racontez que vous avez été cambriolée et que des gens recherchent la bobine. Vous comprenez pourquoi j'ai les boules ? Ces types-là, ceux qui sont entrés chez vous, je crois pas que ce soient des rigolos. Et ça ne fait que me conforter dans ce que je pense : ce film est une véritable bombe…

Lysine acquiesça en silence, elle faisait son possible pour ne pas le brusquer. Henry Cobb était sur le fil, il ne fallait pas qu'il se referme. L'étudiant hésita, puis alla baisser le store de la fenêtre, installant une légère pénombre dans la chambre.

— Je devrais vous mettre dehors et faire comme si je ne vous avais jamais vue, mais, au fond, moi aussi j'ai envie de savoir ce qui s'est passé. Ce que l'autre Lysine est devenue.

Il alluma son ordinateur portable.

— La deuxième chose qu'elle m'avait demandée, c'était de remonter les séquences dans l'ordre chronologique en bossant sur la copie numérisée. Ça m'a pris des jours et des jours, après les cours, et ça a été éprouvant de visionner ces images en boucle, mais je voulais aller au bout. Et j'y suis arrivé…

Il soupira de nouveau.

— À maintes reprises, j'ai failli supprimer le fichier, me débarrasser définitivement de cette horreur. Je me disais que si quelqu'un tombait là-dessus, j'aurais de sérieux ennuis. Mais je crois que j'ai toujours eu l'espoir que Lysine revienne.

La jeune femme s'approcha. Il plongea ses yeux noirs et brillants dans les siens.

— Après avoir fini cet interminable travail, j'ai planqué le fichier dans des dossiers cachés et sécurisés, et je ne l'ai plus jamais ouvert. Quand vous l'aurez visionné, vous n'aurez plus aucun doute sur la nature de ce film…

22

Véra peinait à se concentrer sur sa lecture du chapitre de *La Fille venue de l'ombre*. Comment aurait-il pu en être autrement alors que, chaque fois qu'elle essayait de l'observer à la dérobée, elle croisait le regard de cette Sophie Enrichz rivé sur elle ? Avec une expression fixe, insondable, comme celui d'une statue de cire. Des pupilles aussi brillantes que celles d'un loup dans l'obscurité. Qu'est-ce qu'elle avait voulu dire ? Comment croyait-elle pouvoir l'aider ?

Son ancienne patiente avait vidé la cafetière, ajoutant à chaque tasse une quantité astronomique de sucre. Au milieu d'une page, la psy jeta un coup d'œil rapide vers la fenêtre : la neige continuait à fouetter la vitre. Le vent faisait bruire la cime des pins, juste au-dessus du toit. Sa visiteuse ne pourrait pas reprendre la route ce soir, et dire que passer la nuit avec une schizophrène paranoïde l'angoissait était un doux euphémisme. Malheureusement, la vodka qui était en train de se diluer dans son sang n'avait en rien atténué son stress.

— Vieil Ours à Véra !

L'irruption de cette voix familière dans l'atmosphère plombée de son chalet lui réchauffa le cœur.

— C'est André, expliqua-t-elle en se levant. L'homme qui vous a aiguillée jusqu'ici. Il vient aux nouvelles.

— Papy s'inquiète. C'est sympa de sa part.

Véra alla saisir le micro.

— Véra à Vieil Ours.

— Alors, elle est arrivée ?

Véra se tourna vers Sophie, qui ne la quittait toujours pas des yeux et écoutait la conversation. Elle n'osa pas baisser le son du haut-parleur.

— Oui, rassure-toi, tout va bien. On boit le café...

— Tu la connais ?

— On pourrait parler de ça plus tard ? Je te fais signe quand je suis disponible, d'accord ?

Un silence. Puis André se manifesta de nouveau :

— Tu fais vite, alors. Tu sais que je ne peux pas me passer de la douce mélodie de ta voix pour m'endormir... Et avant que j'oublie : je joue cavalier en b5. Ça t'en bouche un coin, hein ? Un conseil d'ami : fais attention à ta dame.

Il raccrocha. Véra scruta l'échiquier. Puisque leur partie était terminée, André avait de toute évidence cherché à lui communiquer un message. *Fais attention à ta dame.* Quand elle sortit de ses pensées, elle constata que Sophie se tenait devant la fenêtre, une main plaquée contre la vitre.

— Vous avez déjà remarqué que, dans les livres, quand ils ont besoin que des gens se retrouvent bloqués ensemble dans un endroit isolé, les romanciers inventent toujours une tempête ? Le bateau qui ne peut plus quitter l'île *à cause de la tempête*. Le groupe de randonneurs coincés dans un refuge de montagne *à cause de la tempête*. Et ce genre d'histoires se termine invariablement par un drame.

Elle croisa les bras et se frictionna les épaules, comme parcourue d'un frisson.

— Et nous voilà toutes les deux recluses ici, *à cause de la tempête*. J'espère qu'il ne va pas nous arriver malheur…

— J'ai terminé le chapitre que vous vouliez que je lise, lâcha Véra en restant à proximité de la radio. Vous n'y êtes pas allée de main morte, niveau descriptions. Mais je ne saisis toujours pas le rapport avec moi. Allez-y, qu'on en finisse.

Elle avait détesté sa lecture. L'intrigue manquait de finesse et basculait dans un univers beaucoup trop cru pour elle, une sorte de relation de bourreau à esclave qui la mettait franchement mal à l'aise. Elle comprenait que Sophie ait peiné à dénicher un éditeur.

— Romy. Elle s'appelle Romy, fit Sophie. Cette pauvre fille revenait simplement de son cours de musique et passait par un parc mal éclairé, comme presque tous les soirs. Le kidnappeur l'a frappée, enlevée. Il l'a mise à poil et cloîtrée dans le noir et le froid…

Elle parlait de son personnage comme s'il existait, avec une vraie émotion dans la voix. Véra avait déjà entendu des histoires d'écrivains possédés par leur création, mais à ce point-là… Cela la déstabilisa encore plus.

— Je suis désolée, mais où souhaitez-vous en v…

— Vous avez remarqué qu'à un moment, la coupa Sophie, je décris un tatouage sur son mollet, n'est-ce pas ?

— Un dragon, en effet…

— Et j'ai aussi écrit qu'elle jouait du violon…

Sophie se dirigea vers la table, faisant signe à Véra de l'imiter. Elle fouilla dans son classeur, le retourna et pointa l'index sur l'un des articles.

— Lisez ça…

Une photo en encart présentait un visage féminin souriant, petit nez en trompette, joues éclaboussées de taches de rousseur.

Disparition inquiétante à Limoges

Âgée de 21 ans, portant un jean bleu, un pull à col roulé beige et des baskets blanches, une jeune femme a disparu mardi 28 juillet en début de soirée. À 19 h 30, elle a quitté son école de musique où elle pratique le piano, et a vraisemblablement coupé, en chemin, par le parc Victor-Thuillat, comme elle le fait d'ordinaire. Elle n'a, depuis, jamais regagné son domicile et demeure injoignable sur son téléphone portable.

La police recherche activement cette jeune femme d'environ un mètre soixante-dix, yeux marron, de corpulence moyenne, avec de longs cheveux bruns et un grand tatouage sur le mollet gauche. Selon les informations transmises aux autorités, il s'agirait d'une personne appréciée de tous ceux qui la connaissent, et sans histoires. Elle se prénomme Romy, vit encore chez ses parents et étudie la géographie à l'université. Si vous avez le moindre renseignement, si vous avez vu ou entendu quelque chose, appelez immédiatement le commissariat le plus proche de chez vous.

Véra releva la tête.

— D'accord... À peu de chose près, Romy est la jeune fille kidnappée de votre roman. Je suppose que vous vous êtes servie de cet article et d'autres faits divers pour bâtir votre intrigue. Il me semble que de nombreux auteurs procèdent de cette façon. C'est un peu leur carburant.

Sophie ouvrit son livre à la dernière page, visiblement contrariée.

— Vous n'avez pas compris. Regardez le dépôt légal de mon roman.

Véra fronça les sourcils, lut la date imprimée au bas de la page, revint vers l'extrait de journal.

Le livre était paru quatre mois avant l'article...

23

— Le repère, c'est l'horloge. On ne la voit que sur les plans plus larges. Regardez, là, en haut à droite. On peut estimer qu'il est soit 8 heures, soit 20 heures quand le film commence. Pour ma part, je parierais plutôt sur 20 heures.

Henry Cobb était allé rechercher le fichier dans une succession de dossiers cachés. Il l'avait lancé et fait un arrêt sur image dans la foulée. Sur l'écran, une vaste salle au sol protégé par une bâche en plastique transparente immaculée, dont le mur du fond était en vieilles pierres, et en partie recouvert par le dessin d'un labyrinthe – du genre de celui qu'elle avait vu à Athis-Mons. Les plafonds avaient l'air d'être très hauts. Au centre, une énorme carcasse de bœuf pendait au bout d'une corde accrochée à une poutre, ouverte en deux comme dans les abattoirs. Devant, une femme vêtue d'une robe bleue à bretelles, pieds nus, était attachée par les poignets à la même poutre que l'immense pièce de viande. On devinait ses longs cheveux bruns, mais pas la couleur de ses yeux. Elle n'avait pas peur, semblait ailleurs, totalement inexpressive. *Droguée.* Elle devait avoir à peine vingt ans.

— Malgré les rayures sur la pellicule, c'est l'une des rares images où l'on distingue à peu près son visage, fit l'étudiant. Mais ce plan dure un cinquième de seconde et était noyé au milieu du reste.

Il tira une chaise et s'installa juste à côté de Lysine, la bobine en main.

— Il ne s'agit pas exactement de 8 mm, mais de super 8. La définition est meilleure, on filme à vingt-quatre images par seconde et non seize. Et bien que ce ne soit pas le cas ici, la bande peut même supporter le son.

Il en déroula un bout qu'il orienta vers la lumière.

— Je l'ai scrutée en long et en large avant de la numériser. Mais, à cause du montage, il est impossible de connaître les caractéristiques de la pellicule, ni où elle a été fabriquée. Rien n'a été laissé pour l'identification. Par contre, ce genre de matériel s'abîmant vite et vu le bon état général, j'en ai déduit que le film était récent... Quelques années, tout au plus. Et puisque aujourd'hui on n'utilise plus du tout le super 8, j'en ai conclu qu'on avait affaire à un nostalgique des vieux formats, pour qui le grain est important.

— Et ces rayures ?

— On les retrouve quasiment partout. Selon moi, elles sont volontaires.

— Pourquoi quelqu'un aurait fait ça ?

— À mon avis, pour imprimer la violence du contenu sur le support lui-même. Comme pour une mise en abyme. Rien qu'en regardant cette bobine, ces découpes, ces assemblages, on sait qu'on a affaire à quelque chose de pas normal... Cette pellicule est comme une blessure, un objet martyrisé par son propriétaire. Vous n'avez pas ressenti ça quand vous avez ouvert la boîte, la première fois ?

— Si, un peu.

— Le film dure exactement cinq minutes et trente-quatre secondes, mais il comprend six cent dix plans mélangés et recollés bout à bout. Six cent dix, vous vous rendez compte ? Certains longs métrages d'une heure et demie en contiennent à peine cent.

Il la fixa un instant pour s'assurer qu'elle mesurait la portée de ses propos puis continua :

— Un tel nombre de coupes, je n'avais jamais vu ça. Je ne sais pas, l'état de cette bobine, indépendamment de son contenu, me donne le sentiment d'un type à la fois précis et complètement malade.

— Il semblerait qu'il soit pile dans le sujet qui intéressait mon usurpatrice. L'expression de la violence à travers une forme d'art…

— Exactement. C'est d'ailleurs la raison pour laquelle cette pellicule la branchait à double titre. Et il y a un autre truc qui me revient, maintenant que j'y pense. Lors de notre rencontre, Lysine a évoqué des tableaux exposés dans une galerie. Elle était tombée dessus lors de ses recherches, quelques mois avant que je la recontacte. Selon elle, ces œuvres avaient un rapport évident avec le montage, à cause de deux motifs qu'ils avaient en commun : le labyrinthe et l'homme à la tête de taureau.

Lysine lui montra les photos prises à Athis-Mons.

— Ce genre de tableaux ?

— Elle m'en a juste parlé, je ne les ai pas vus. Mais *a priori*, ça colle.

— Elle vous a donné le nom de l'artiste ? Ariane, ça vous dit quelque chose ?

— Non.

— Dans quelle galerie elle les avait découverts ?

Il sembla fouiller dans sa mémoire, avant de renoncer.

— Je ne m'en souviens pas. Désolé.

Malgré sa déception, qu'elle ne sut cacher, Lysine l'invita à reprendre ses explications sur le film.

— Les scènes que nous allons voir s'étalent sur une durée de treize heures. Une bobine permet de filmer environ une heure. Ça signifie que cette bande est la compilation d'au moins une douzaine de bobines qui ont été nécessaires pour filmer l'intégralité de ce que j'appellerais « la soirée ».

Lysine s'abstint de tout commentaire. Tout cela lui paraissait tellement irréel. Treize heures compressées en cinq minutes. Treize heures d'un interminable supplice, sans doute, pour cette femme qui avait subi la folie d'une bande de tarés.

Henry Cobb appuya de nouveau sur « Lecture » puis « Pause » dans la foulée. Le plan suivant montrait l'entrée de la pièce, où une dizaine d'individus, hommes et femmes, se tenaient debout, immobiles, répartis de part et d'autre d'une grosse porte en bois sculptée. Tous portaient des tenues chics – costumes et robes – et un masque identique : une tête de porc affreuse qui leur donnait un air à la fois grotesque et effrayant. Une sorte de moulage en latex qu'on enfilait comme une cagoule, et qui dissimulait aussi le crâne, garantissant l'anonymat le plus complet.

Henry Cobb avança encore et fit pause plus loin. Une longue table recouverte de velours rouge meublait la salle. Dessus étaient disposés de nombreux items : gants de boxe, bombe désodorisante, extincteur, plumeau, mixeur, dé à coudre, câble électrique, des coupes pleines de liquides colorés, rouge, noir, gris…

— C'est dingue, je n'avais pas vu tous ces objets, souligna Lysine.

— Les plans sont beaucoup trop courts, le cerveau ne peut pas tout imprimer. Mais en réalité vous les avez bien vus et, quand on remet tout dans le bon sens, ça donne ça. Et on comprend parfaitement ce qui s'est joué pendant cette nuit sans fin. À partir de maintenant, je vais laisser défiler… J'ai indiqué, ici, en incrustation, l'heure réelle pour donner une idée du temps qui s'écoule. Enfin, à peu près.

Il lança la lecture. Les séquences étaient toujours aussi hachées, alternant zooms, mouvements oscillatoires ou panoramiques, mais l'ordre chronologique permettait de combler les ellipses et de suivre dans les grandes lignes le déroulé de la soirée. L'homme à l'énorme tête de taureau franchit le seuil de la porte et apparut entre les convives, costume trois pièces blanc. Il se rapprocha de la fille, fit courir ses doigts sur sa nuque. Son museau noir la renifla, l'observa, ses gros yeux globuleux de bovidé brillaient comme des boules de verre. Il sembla s'adresser aux spectateurs, agitant les bras. Certains le rejoignirent, l'un poussa la carcasse avec son pied pour la faire se balancer, d'autres allèrent prendre une coupe de champagne sur le buffet. Une heure déjà était passée.

À 22 h 10, un plan montrait une longue et fine main s'emparer d'une brosse à cheveux sur la table habillée de velours rouge. Une femme, elle aussi affublée d'un masque grotesque, démêla avec délicatesse la chevelure de la fille attachée, qui ne protestait pas : sa tête oscillait. *Elle est complètement stone*, pensa Lysine dans un frisson. Les images, les cadrages, les masques la rendaient nerveuse. Toute cette mise en scène était tellement malsaine…

Après un bon moment, un homme, cette fois, lui chatouilla le dessous des bras avec un plumeau. La jeune femme se mit à rire. Puis un porc en livrée arriva, remplit les coupes de champagne et présenta sur un plateau des écuelles de poudre blanche. Les autres porcs burent et s'éloignèrent dans un coin pour sniffer. Lysine sentait que les esprits s'échauffaient. Derrière les masques, on imaginait sans peine les regards lubriques. Mais qui étaient ces gens ?

Aux alentours de minuit, quelqu'un baissa la bretelle gauche de la robe et dévoila un sein. Avec un couteau, quelqu'un d'autre – plan sur un homme à qui il manquait l'index – tailla une pièce de viande dans la carcasse et barbouilla le visage de la victime avec. Cette dernière parut retrouver ses esprits. Elle se mit à gesticuler. Cria sans doute, puisque le même individu lui ôta sa culotte et la lui enfourna dans la bouche. Un geste qui annonçait le début d'une nuit de dépravation et d'horreur absolues.

Avant 2 heures, la fille était nue, son corps décoré avec une guirlande et maculé de projections de peinture. Progressivement, chacun se mêla à la danse, encouragé par cette espèce de Minotaure qui était, à l'évidence, le maître de cérémonie. L'un se mit torse nu, enfila un gant de boxe et commença à frapper la carcasse devant quelques spectateurs déchaînés. Une inconnue s'approcha, porta les doigts au sexe de la fille, puis la masturba sans ménagement…

Lysine se tortilla sur sa chaise et jeta un coup d'œil à Cobb, qui serrait son poing contre ses lèvres. Elle avait envie de fuir, de retourner à Rouen et d'oublier ce cauchemar. Mais l'étudiant avait raison : il était trop tard. Elle assista alors à une monstrueuse bacchanale, une scène orgiaque et meurtrière indescriptible. Ces individus, bien habillés au départ, finirent presque tous nus, baignant dans un magma ignoble de fluides. Le Minotaure mixait des bouts de barbaque qu'il pulvérisait soudain, à l'aide d'un ventilateur puissant, sur les corps enlacés en plein coït à deux, à trois, à six. Puis il ajoutait des plumes qui venaient se coller aux chairs. Plus tard, il s'accrocha à la pièce de bœuf et s'y balança longuement, basculant sa lourde tête de taureau à la renverse. Son costume jadis blanc ressemblait à un tablier de boucher.

Après avoir subi toutes sortes d'assauts, avoir été humiliée, tabassée, brisée, la victime avait été détachée et livrée à ces animaux. Tous les objets de la table furent utilisés, même le tournevis et la brosse à poils de fer. La caméra n'en perdait pas une miette, avançant et reculant dans un ballet qui donnait la nausée. La fille gisait, à moitié consciente, les cheveux plaqués sur le visage, les gencives en sang.

À 9 heures du matin, le Minotaure, dont les vêtements étaient désormais rouges, l'attacha avec du câble à la carcasse. Puis, devant l'assemblée de porcs souillés, certains couchés au sol immobiles, essoufflés, d'autres debout, il lui trancha la gorge. Comme ça, dans un geste froid. Mécanique.

Le plan sur le sang jaillissant de l'entaille fut le dernier du film.

— Ils l'ont tuée, murmura-t-il d'une voix blanche. Voilà ce qu'ils ont fait, ils l'ont martyrisée et ils l'ont tuée…

Il resta là, figé, respirant lourdement. Une respiration pleine de regrets et de colère.

— Ils ont immortalisé toutes ces horreurs. Et moi, j'ai gardé ça pour moi… Je sais que j'aurais dû aller voir les flics. Peut-être qu'ils auraient pu remonter jusqu'à ces tarés.

Lysine mit du temps à se remettre de ce qu'elle venait de vivre. Un meurtre barbare s'était déroulé sous ses yeux, précédé d'une interminable descente aux Enfers. Même si elle ne doutait pas de ce qu'elle avait vu, elle se devait de poser la question :

— Une chance que ce soit un faux ?

— Sans déconner, vous y croyez, vous ? J'ai décortiqué la séquence où on lui tranche la gorge. Elle dure plus de deux secondes, et il n'y a aucune coupe sur la pellicule à cet endroit : une cinquantaine d'images qui se suivent donc en temps réel.

Après un long silence, elle demanda :

— Vous avez fait des recherches ? Sur le style du film ? Sur le genre de réalisateurs capables de tourner un truc pareil ?

Il secoua la tête.

— Non... Je suis désolé, c'est moche, mais je ne voulais pas aller plus loin, je voulais oublier... Et puis, je n'avais plus aucune nouvelle de Lysine, alors j'ai eu peur. Je ne dormais plus, je n'arrivais plus à me concentrer, cette histoire m'obsédait et je flippais dès que je mettais le nez dehors... Cette bande, c'était une malédiction dont je devais me débarrasser. Je suis en plein dans mes études, il faut que je pense à mon avenir, vous comprenez ?

Lysine acquiesça. Cobb rangea la bobine dans son boîtier et la lui rendit.

— Ce film est certainement la seule preuve de ce qui s'est passé, c'est pour ça qu'ils ont besoin de le retrouver. Et il est entre vos mains, désormais. Je ne vous en voudrai pas si vous allez voir la police avec et que vous leur racontez tout, surtout si vous sentez que votre vie est en danger. Je suis prêt à assumer...

— Et si je ne vais pas voir la police ? Quelle piste suivre ?

La jeune femme lut un réel soulagement dans les yeux de son interlocuteur. Le fait qu'elle envisage d'autres options le rassurait visiblement. Il pivota alors de nouveau vers son ordinateur et fit une copie de la vidéo sur une clé USB, avant de la lui remettre.

— Gardez-la très précieusement.

— Comptez sur moi.

— Sinon, selon moi, la piste la plus simple serait celle de la fille aux cheveux violets. Le type qui était avec elle disait avoir déniché la bobine dans le grenier de ses parents. Grâce à eux, vous vous rapprocherez à coup sûr des origines du film… Je peux vous imprimer sa photo, ça sera plus facile qu'avec votre portable. À mon avis, elle est camée jusqu'aux os et elle squatte quelque part dans les baraquements de la colline du crack. Mais faites gaffe, si vous allez là-bas, ça craint vraiment.

Sans même attendre qu'elle lui réponde, il alluma son imprimante, glissa du papier dedans, fit quelques manipulations et, une poignée de secondes plus tard, l'appareil délivra le portrait de la fille en question. Après le lui avoir confié, Henry Cobb hésita, puis ajouta :

— Il y a un dernier truc que je peux vous donner. Une autre photo…

Il retourna dans le dossier caché, cliqua droit sur un fichier image, et lança une nouvelle impression.

— J'ai pris le meilleur plan de toute la pellicule, celui où on voit ses traits le plus distinctement, et je l'ai retravaillé avec divers filtres d'amélioration. Suppression du bruit, accroissement des contrastes…

Il avait à peine terminé ses explications que Lysine observait déjà, avec un pincement au cœur, le visage de la victime. Elle avait les yeux foncés, sans doute marron, un nez bien proportionné, des cheveux bruns ondulés. Une trace de peinture jaune sur la joue droite, une autre, bleue, au menton. Son regard était envahi par la peur, sa bouche déformée par la culotte qu'on lui avait fourrée à l'intérieur. À ce moment-là, elle devait avoir pleinement conscience du sort qui l'attendait.

La voix de Cobb, lointaine… Le murmure des autres élèves dans le couloir… Quand Lysine parvint à s'extirper de ses pensées, l'étudiant lui tendait une pochette à élastiques verte. Elle rangea les clichés dedans et se releva. Dehors, il faisait déjà noir.

— Soyez très prudente, insista-t-il en enfonçant les mains dans ses poches, comme s'il avait froid. Encore une fois, je suis navré. Je regrette tout ça et… Enfin, si vous avez besoin d'aide, vous avez mon numéro…

— Ne vous inquiétez pas. Vous m'avez déjà beaucoup aidée. Si vous voulez, je vous tiendrai au courant.

Il hocha doucement la tête. Lysine le salua et regagna sa voiture. Dès qu'elle fut à l'abri, elle ne put s'empêcher de rouvrir la pochette, puis de scruter l'innocente beauté de celle que des porcs – dans tous les sens du terme – avaient mise à mort lors d'une nuit longue de treize heures qui dépassait l'entendement. En vis-à-vis, elle plaça l'autre tirage : sa porte d'entrée vers la prochaine étape.

Elle disposait encore de quatre jours avant de reprendre le boulot au *Courrier normand*. Quatre jours pour avancer aussi près que possible de la vérité et éviter de ruminer sur ce qui était en train de se jouer dans son cerveau.

24

Lorsque, des mois plus tôt, au chalet du lac Noir, Caleb Traskman lui avait demandé quelle était pour elle la pire façon de mourir, Julie avait répondu la noyade. Elle aurait dû répondre la faim.

Quand les plateaux n'étaient plus arrivés, son corps avait pu compenser en puisant dans ses réserves. Julie se souvenait d'avoir appris, à l'école, que l'organisme consommait d'abord le glucose emmagasiné dans les muscles. Puis, une fois les stocks épuisés, il fabriquait un substitut qui augmentait le taux d'acidité dans le sang et provoquait tout un tas de bouleversements douloureux : nausées, maux de tête, crampes abominables, dérèglements hormonaux, pertes de mémoire…

Au début, elle s'était mis un point d'honneur à poursuivre la marche et la lecture, malgré les signaux d'alerte permanents lancés par son corps : il ne fallait pas qu'elle capitule. Elle s'obligeait à faire fonctionner ses méninges. Songeait au fait que Traskman l'avait vue se débarrasser de la nourriture dans les toilettes. Cela signifiait peut-être qu'un trou, bien caché dans le mur, lui avait échappé. Ou alors que de minuscules caméras étaient planquées dans la mousse, en hauteur et inaccessibles.

Au bout du cinquième ou sixième matin – ou soir, elle ne savait plus –, elle ne faisait plus le tour de sa prison, mais se traînait à peine jusqu'au lavabo pour boire.

En revanche, elle parlait à voix haute, inlassablement, le suppliant de lui donner à manger. Elle le lui promettait : elle n'essaierait plus de s'enfuir, il pourrait faire d'elle ce qu'il voulait. Pour peu qu'elle se mette quelque chose dans le ventre.

Un jour, quand elle revint vers le lit, elle récupéra ses boulettes de mie, les contempla longuement dans sa paume ouverte et ne put résister. Elle les compta de nouveau – il y en avait dix-neuf, elle oubliait systématiquement –, avant de les gober. Elles étaient rassies, craquantes comme du papier de verre, et ne firent qu'aggraver l'insupportable manque.

Au réveil suivant, elle rampa sous le lit, à la recherche d'une miette égarée. Elle trouva une araignée qui avait tissé sa toile entre deux lattes. Refusa de la sacrifier et fit vibrer la soie du bout de son ongle. L'animal se déplaça vivement. Julie le contempla avec tristesse. Lui aussi devait avoir faim… Elle le baptisa Anne O'Nyme – en référence à l'un des personnages de *Dix Petits Nègres* – et se demanda combien de temps pourrait vivre sa nouvelle compagne sans se nourrir.

Les crampes la torturaient en permanence, elles lui tordaient les boyaux, à tel point qu'elle avait l'impression que son estomac se consommait lui-même. Sa poitrine s'aplatissait, les os de ses articulations saillaient. Sur les articles de journaux désormais flous, elle distinguait des gâteaux, des buffets, des assiettes débordant de pâtes à la sauce tomate. De désespoir, elle finit par avaler le contenu du tube de dentifrice, ce qui lui provoqua des douleurs au ventre durant toute la nuit. Le lendemain, l'idée de se goinfrer de papier journal lui traversa l'esprit. Elle ne pensait à rien d'autre qu'à manger et se contentait à présent d'aller aux toilettes pour uriner – uriner des lames de rasoir, lui semblait-il –, de se remplir d'eau, et de se recoucher.

Puis, un matin, elle perçut le déclic de la trappe. Julie se traîna jusqu'au couloir, certaine qu'il s'agissait d'un tour de son imagination. Mais, sur le plateau, du poulet et une belle assiette de spaghettis l'attendaient. Elle pleura de bonheur lorsqu'elle ingurgita son repas, sans même sentir le goût des aliments. Dix minutes plus tard, elle vomissait tout.

Le cycle normal se remit progressivement en place. Pas besoin de montre ou d'horloge pour connaître l'heure de la pitance : elle salivait abondamment juste avant que ne claque la trappe. Quand elle récupérait la nourriture, elle remerciait la porte et allait se réfugier dans un coin, protégeant son butin comme une bête. Nuit, lumière, trois repas par jour. Plus de jus d'orange. Donc, plus de drogue. Elle en venait presque à le regretter. La drogue avait ce mérite de la sortir d'ici, le temps de quelques heures.

Elle reprit des forces, donna des miettes à son araignée, pas convaincue que ça fasse partie de son régime habituel. Quand son cerveau fut de nouveau capable de fonctionner correctement, elle se rendit compte de sa régression mentale. Elle n'était plus qu'une enfant qui évoluait dans un univers restreint fait de rituels rassurants et rythmé par la volonté d'un homme, son seul lien avec le monde des vivants. Il était son cordon ombilical. Sans lui, elle mourrait. Et dans des conditions abominables. Alors à quoi bon se rebiffer ? Sa révolte n'engendrait qu'une souffrance inutile.

Depuis combien de temps était-elle enfermée là ? Elle ne savait plus, elle ne trouvait plus ses boulettes sous le lit, les chercha un bon moment avant de se souvenir vaguement de les avoir avalées. Même si elle ne comptait plus les jours, elle avait un indice : elle ne se rappelait pas avoir eu ses règles. D'ailleurs, le paquet de serviettes hygiéniques était toujours intact. Ça devait donc faire moins d'un mois qu'il la retenait prisonnière. Peut-être le printemps était-il déjà installé, dehors. Le 2 avril, ça allait être l'anniversaire de son père. Elle n'arrivait pas à visualiser l'instant. À quoi ressemblerait ce qui était censé être une fête alors qu'ils étaient tous sans nouvelles d'elle ? Certainement à un jour encore pire que les autres.

Désormais, la lumière ne lui apportait plus guère de réconfort, mais l'obscurité lui offrait le répit dont elle avait besoin. Elle y était seule et n'avait pour limites que celles de son imagination. Elle se projetait, se représentait les détails de sa vie après sa libération. Elle se lancerait à corps perdu dans le sport pour devenir encore meilleure en VTT. Elle voyagerait grâce aux sponsors. Ses parents seraient fiers.

Elle s'était fabriqué des boules Quies avec de la mie de pain pour atténuer le ronflement de l'aération. Elle avait cassé un morceau de savon qu'elle frottait sur le dos de sa main, sur son oreiller, et reniflait dans le noir. Instantanément, cette odeur la ramenait à la maison, lui évoquait le linge étendu qui volait au vent dans le jardin. Ça l'aidait à s'endormir, avec le visage bienveillant de ses proches.

Elle aimait bien, aussi, lire un article juste avant que les ténèbres ne tombent. Dans sa tête, elle transformait le drame en un événement joyeux et bâtissait une nouvelle vie pour ces familles. Au lieu de prendre la voiture qui avait causé sa mort, ce soir-là, Untel décidait de partir à pied et il faisait une belle rencontre. La fillette, quant à elle, ne se noyait pas au bout du ponton, mais était rattrapée de justesse par un vacancier, véritable héros qui finissait par se marier avec la mère… Ces histoires qu'elle se racontait, cette nourriture intellectuelle l'emportaient loin d'ici, elles lui rappelaient que le monde existait, à l'extérieur, et que, un jour, elle y retrouverait sa place.

Un soir, elle reçut un plateau avec beaucoup plus de victuailles que d'ordinaire. Il contenait deux récipients de soupe, des légumes froids cuisinés, dans des boîtes en plastique, du jambon, du rôti, un litre de lait… Des réserves qui, lorsqu'il n'y eut pas de distribution ni de ramassage de survêtement les jours suivants, lui firent penser que Traskman s'était absenté. Pourtant, la lumière continuait à s'allumer et à s'éteindre, invariablement. Une seule possibilité : elle devait être réglée de façon automatique.

Prudente, Julie attendit que la chose se répète pour mettre à profit cette opportunité. Ce qui ne tarda pas. Quand elle récupéra un autre plateau contenant l'équivalent d'une petite dizaine de repas, elle laissa passer la nuit et la matinée pour être certaine que son bourreau n'était pas là. Puis, aux alentours de midi – comme toujours, c'était son estomac qui faisait office d'horloge –, elle tenta de faire céder la trappe à gros coups de pied, allongée sur les coudes et en propulsant ses jambes. Rien ne bougea. Elle se releva, se jeta sur la porte de tout son poids, jusqu'à se faire mal.

Ses échecs ne la désespérèrent pas. Elle se faufila sous le lit et commença à arracher la mousse. Caleb n'irait pas voir là-dessous. Les alvéoles étaient extrêmement compactes, presque comme du plastique dur, il était impossible d'y enfoncer les doigts, mais on pouvait néanmoins les dépiauter. Elle ramassa ensuite chaque débris et s'en débarrassa dans les toilettes. Quand elle se rendit compte que, derrière, se dressait un mur en béton qui ne sonnait même pas creux lorsqu'elle tapait dessus, elle encaissa le choc, sonnée, mais pas encore vaincue. Elle avait un ultime plan en tête, le plus risqué, car Caleb le remarquerait à son retour. Pourtant, elle devait donner l'alerte, coûte que coûte.

Elle s'empara d'un coton-tige et le glissa dans l'un des trois trous d'observation. C'était insuffisant pour chasser le morceau de mousse qui l'obstruait. Elle en regroupa alors plusieurs dans sa main et ressaya, poussant doucement l'ensemble. Cette fois, la pression fut assez forte, le bouchon recula. Quand elle ne sentit plus de résistance, elle sut que le cylindre était tombé de l'autre côté, celui de la liberté. Par l'orifice, elle ne discerna pourtant rien d'autre que de l'obscurité. Elle renouvela l'opération avec les deux autres trous où, là encore, seules les ténèbres l'accueillirent.

Le découragement la gagna petit à petit, au point qu'elle se réfugia sur le lit. Là, à la seconde où la pièce bascula dans le noir, elle crut rêver lorsqu'elle vit un rai de clarté s'échapper de l'un des trous. Elle alla y plaquer son œil. Distingua un rayon de soleil, juste là, à un mètre à peine. Et comprit qu'à l'extérieur, on était en plein jour. Traskman avait trompé jusqu'à son métabolisme. Elle dormait le jour et vivait la nuit, ce qui limitait les risques qu'un visiteur diurne et inopportun puisse, malgré la mousse, entendre quoi que ce soit.

Par le trou, elle aperçut des alignements de crânes rangés dans des niches. Des livres dans leur bibliothèque. Sur la gauche, une vieille chaise munie de sangles et surmontée d'une sorte de coupole métallique. Une chaise électrique en guise de décoration… Plus en avant, un tapis sur le plancher en bois et un bout de table. C'était le bureau de Caleb Traskman. Ce lieu fou où il écrivait ses histoires. Si près de l'endroit où il la retenait prisonnière. Comble de l'horreur : un téléphone fixe, posé face à elle, la narguait. Elle en hurla de rage. Cet appareil pouvait lui sauver la vie, or il était inaccessible.

Les deux autres trous, quant à eux, ne laissaient rien filtrer. Peut-être donnaient-ils sur des pièces fermées, sans fenêtres. Faisant fi de ses cordes vocales douloureuses, elle cria, encore et encore. Quelqu'un allait-il finir par l'entendre ? Le facteur ? Un livreur ? Un voisin ? Elle tendit l'oreille, ne perçut pas même un craquement de tuyauterie. Cette maison était désespérément vide. Julie se laissa choir contre le mur. Fatiguée et aphone.

Où Traskman se rendait-il quand il partait ? Où logeait-il ? Julie l'imaginait discuter avec des amis, manger au restaurant avec son éditeur, ou juste marcher dans la rue, au milieu du monde et des coups de klaxon. Des gens, des couleurs, la vie... Pendant qu'elle était seule avec sa mie de pain dans les oreilles et ses bols de soupe froide. Pendant qu'elle l'attendait, croisant les doigts pour qu'il revienne la nourrir, plus consciente que jamais que c'était dangereux, dehors, qu'il pouvait se faire renverser, avoir un accident de voiture... Et si elle tombait malade en son absence ? Qui la secourrait ?

Une fois, après une phase de sommeil, elle ouvrit les yeux et ne distingua plus la clarté. Elle alla enfoncer son majeur dans le trou : il avait été rebouché. *Idem* pour les autres. Caleb était de retour. Il avait dû trouver par terre les cylindres de mousse... Elle se terra dans son lit, les genoux regroupés contre son torse. Elle devinait sa colère, parce qu'elle avait percé son stratagème des nuits inversées. Elle avait bravé les interdits et lorgné de l'autre côté du mur, une zone qui lui était proscrite. Elle lui avait désobéi.

Plus tard, elle perçut le bruit sec de la trappe, comme le feulement d'une guillotine. Elle s'avança avec prudence.

Par terre, une enveloppe. Elle la ramassa. La déchira. À l'intérieur, elle découvrit un rectangle de papier cartonné sur lequel figurait un avertissement qui lui glaça le sang : *Ne cherche jamais à t'enfuir, ou alors*…

D'un geste peu assuré, elle le retourna et manqua de s'évanouir.

Sur le cliché, une jeune femme était en train d'être écorchée vive.

25

Un verre. Elle avait besoin d'un remontant. Lysine attrapa une bouteille de whisky qui avait échappé aux ravages des cambrioleurs. Elle s'en versa une belle dose puis, dans une grimace, en avala une généreuse gorgée. Elle détestait les alcools forts, mais connaissait leur efficacité. En attendant que ça agisse, qu'elle se libère du stress de ces dernières heures, elle observa le boîtier noir ainsi que la clé USB posés sur la table du salon. Qu'est-ce qu'elle allait faire de ces abominations ?

D'abord, il fallait qu'elle planque ces deux versions du film, au cas où. *Au cas où quoi ? Au cas où ils reviendraient ?* Elle se sentait tellement seule, dans cette grande maison isolée. Elle avait beau avoir changé les serrures, fermé les volets, sa peur lui dictait que rien ne les empêcherait d'entrer. Au point qu'elle hésitait à se réfugier à l'hôtel ou à regagner Rouen tout de suite… Pour se rassurer, elle se répéta que les cambrioleurs n'avaient aucune raison de savoir qu'elle possédait cette bobine. Ils avaient tenté leur chance il y avait presque trois mois, avaient fouillé partout, n'avaient rien trouvé et étaient repartis, point barre.

Elle dézippa la housse d'un des coussins du canapé et, avec un couteau, découpa la mousse qui le rembourrait pour y glisser le boîtier. Après quoi elle remit tout en place, jeta le surplus de mousse, s'assit pour tester.

Ça fonctionnait. Simple et efficace. Quant à la clé USB, elle l'enferma dans une boule à thé, qu'elle abandonna ensuite au fond d'un tiroir, au milieu d'un tas d'ustensiles de cuisine. Indétectable. À cet instant, elle constata que l'alcool commençait à faire son effet. Pourtant, dès qu'elle baissait les paupières, elle revoyait ces têtes de porcs immondes, le sang qui coulait de la gorge de la victime, l'homme à la gueule de taureau directement sorti des cercles de l'Enfer de Dante. Ces images risquaient de la hanter longtemps.

Elle se leva et mit de la musique pour casser ce silence insupportable. « Voyage, voyage ». La voix vibrante de Desireless égaya l'atmosphère. Elle se cuisina un truc rapide, puis téléphona à son collègue.

— Ah, Lysine ! s'exclama-t-il en décrochant. J'allais justement t'envoyer un texto. Je viens de te faire parvenir par mail l'édition numérique du *Journal du Centre* qui t'intéresse.

— Je savais que je pouvais compter sur toi. Je suis désolée de t'importuner, mais j'aurais un autre petit service à te demander…

Elle perçut un bruit de vaisselle qu'on entrechoque. On approchait de 20 heures. Patrick s'apprêtait visiblement à passer à table.

— Ça va finir par te coûter un restau.

— Tous les restau que tu voudras.

— Je t'écoute.

— T'as toujours des contacts chez les flics ? J'aurais besoin de connaître le propriétaire d'un 06.

— C'est ça que t'appelles un petit service ? Merde, Lysine, qu'est-ce que tu fous ? D'abord tu me réclames un vieux journal du Limousin, et maintenant une identification. Ne me dis pas que t'es tranquillement en train de débarrasser ta maison.

— Quelqu'un a usurpé mon identité et ça me cause un tas de problèmes administratifs. J'ai simplement pu récupérer son numéro de portable, mais…

— Pourquoi tu ne portes pas plainte ? s'enquit-il. Si t'as un numéro, les flics n'auront aucun mal à retrouver cette personne.

— C'est… compliqué. Il faut que tu me fasses confiance sur ce coup-là, je t'expliquerai à mon retour, OK ?

— Je me grille une cartouche avec mon contact, tu en as conscience ?

— Oui…

— Je vais le faire, Lysine. Mais y a intérêt à ce que ce soit vraiment important.

— Je te promets que ça l'est. T'es génial. Merci, Patrick.

Elle le salua et raccrocha. Deux minutes plus tard, elle était dans sa chambre, assise en tailleur sur le lit, son verre de whisky posé sur la table de nuit. Seule une veilleuse éclairait la pièce. Elle alluma son ordinateur portable, consulta sa boîte mail et constata que la plupart de ses messages concernaient le travail. Celui de Patrick était le plus récent. Elle cliqua sur le fichier PDF en pièce jointe. La une du *Journal du Centre* apparut, identique à celle, incomplète, qu'elle avait en sa possession. Son collègue avait bien fait le job. Satisfaite, Lysine fit rouler la molette de sa souris jusqu'à la page manquante. Là, son regard fut attiré sur-le-champ par le portrait reproduit en haut, dans la colonne de gauche. Elle écrasa une main sur ses lèvres, le souffle court. *Non…*

Aussitôt, elle repoussa son ordinateur, dévala les marches pour récupérer la pochette à élastiques verte que lui avait remise Henry Cobb. De retour dans la chambre, elle ouvrit cette dernière et en sortit la photo de la victime du film. Aucun doute. Les visages étaient les mêmes.

Ses yeux se ruèrent alors sur le contenu de l'article.

Disparition inquiétante à Limoges

Âgée de 21 ans, portant un jean bleu, un pull à col roulé beige et des baskets blanches, une jeune femme a disparu mardi 28 juillet en début de soirée. À 19 h 30, elle a quitté son école de musique où elle pratique le piano, et a vraisemblablement coupé, en chemin, par le parc Victor-Thuillat, comme elle le fait d'ordinaire. Elle n'a, depuis, jamais regagné son domicile et demeure injoignable sur son téléphone portable.

La police recherche activement cette jeune femme d'environ un mètre soixante-dix, yeux marron, de corpulence moyenne, avec de longs cheveux bruns et un grand tatouage sur le mollet gauche. Selon les informations transmises aux autorités, il s'agirait d'une personne appréciée de tous ceux qui la connaissent, et sans histoires. Elle se prénomme Romy, vit encore chez ses parents et étudie la géographie à l'université. Si vous avez le moindre renseignement, si vous avez vu ou entendu quelque chose, appelez immédiatement le commissariat le plus proche de chez vous.

Lysine attrapa son verre d'alcool et le termina cul sec. Ses découvertes dépassaient tout ce qu'elle avait pu imaginer. L'été précédent, on avait kidnappé cette Romy. Et on l'avait assassinée d'une manière abominable. Elle en détenait la preuve. Une sorte de colis piégé dont elle ne savait pas où ni comment se débarrasser. Ses mains tremblaient quand elle tapa « disparition », « Romy », « Limoges » dans son navigateur. Les résultats ne manquaient pas. Elle consulta les premiers sites qui s'offraient à elle : intervention du procureur de la République, témoignages des proches, points presse… Il existait même un groupe Facebook « Retrouvons

Romy », où l'on voyait, en photo de profil, la jeune fille en compagnie de ses parents.

Lysine le parcourut, la boule au ventre. Les investigations en étaient au point mort. Les publications les plus récentes dataient de quelques semaines. Les soutiens s'essoufflaient, les messages se faisaient de plus en plus rares. Petit à petit, le sourire de cette gamine sombrait dans les limbes de l'oubli. Fébrile, Lysine remonta jusqu'en haut de la page du réseau social et fixa les visages de la mère et du père. Sur le cliché, ils étaient heureux, mais ils étaient avec leur fille alors et n'auraient certainement jamais pu penser qu'un tel enfer puisse s'abattre sur leurs épaules. Elle imagina leur vie fracassée, leur douleur. Chaque heure de chaque jour, ils devaient se demander où était Romy, si elle était encore vivante, si elle souffrait...

Et elle, elle savait. Elle était sans doute la seule, en dehors des monstres qui avaient fait ça, à connaître la vérité. Ou plutôt non : Ariane était forcément au courant, elle aussi, puisqu'elle était tombée sur l'article traitant de la disparition. Et son usurpatrice peut-être également. Lysine se rappela les nombreux cartons pleins de journaux dans la maison abandonnée. Les deux femmes y avaient-elles recherché l'identité de la victime du film dans les faits divers, à partir d'un simple visage sur une bobine ? Ça paraissait beaucoup trop aléatoire. Peut-être avaient-elles disposé d'autres éléments plus précis pour orienter leur quête... Impossible de savoir.

Lysine irait voir les flics et leur déballerait tout avant son retour à Rouen. Elle n'avait pas le choix, même si elle causerait vraisemblablement des ennuis à l'étudiant. Mais auparavant, elle comptait explorer la piste de la fille aux cheveux violets. Se rapprocher de ces ordures. Ça serait toujours des éléments supplémentaires qu'elle pourrait fournir à la police. Les flics lui reprocheraient de ne pas être venue plus tôt, elle aurait droit à des auditions, à quelques soucis judiciaires, mais peu importait. Romy devait être vengée. Ces porcs – décidément, le mot leur convenait – allaient payer, qui qu'ils soient, où qu'ils se cachent.

Elle releva les yeux. Sur le mur de gauche, une lueur blanche se déplaçait en diagonale. Rien d'anormal *a priori*. Il s'agissait des phares d'une voiture qui circulait dans la rue entre sa maison et le stade. Sauf que là, le mouvement était beaucoup plus lent que d'ordinaire. Aussitôt, Lysine se pencha vers sa veilleuse et éteignit. Puis elle s'approcha discrètement de la fenêtre. Dehors, il faisait nuit noire, mais elle discerna, à une vingtaine de mètres, une sorte de gros 4 × 4 à l'américaine, genre pick-up, avec sa benne à découvert. En revanche, il était impossible d'en voir le conducteur. Le véhicule passa devant la maison sans changer de rythme, et finit par disparaître.

Lysine s'aperçut qu'elle avait retenu son souffle. Elle expira pour évacuer son angoisse. Son cœur battait à tout rompre. Cette histoire la rendait parano.

— Tu psychotes. Personne ne peut être au courant.

Elle parlait à voix haute, avait besoin d'entendre le son de sa voix pour se rassurer. À deux doigts de parvenir à se raisonner, elle fut assaillie d'un nouveau doute. Elle descendit alors dans le hall, se chaussa, enfila son blouson et sortit dans l'air frais. Là, elle se positionna au bord de la route et observa la fenêtre de sa chambre.

On distinguait la lumière malgré les volets. Et si le chauffeur de la voiture passait de temps en temps, le soir, pour essayer de détecter une présence ? Lysine avait fui vers Rouen juste après le cambriolage, ne laissant aucune trace, aucune adresse. Et s'ils attendaient patiemment son retour pour mettre la main, une bonne fois pour toutes, sur ce film qu'ils n'avaient pas retrouvé la première fois ?

Elle retourna vite à l'intérieur, referma à double tour et alla fouiller dans un tiroir, d'où elle extirpa un Taser d'autodéfense. Il était à usage unique : une cible, un seul tir. Elle relut la notice d'utilisation : ôter la sécurité, viser une partie du corps, de préférence le torse ou le dos, et tirer. Les électrodes pouvaient traverser les vêtements. Quand elles se plantaient dans votre chair, elles vous envoyaient au tapis pour cinq minutes.

Peut-être se trompait-elle, mais si ce n'était pas le cas, elle était en danger, et même ce Taser n'y pourrait pas grand-chose.

26

Véra n'en revenait pas. Sophie avait publié son livre quatre mois avant que Romy ne disparaisse. Dubitative, la psychiatre relut l'article, l'effleura des doigts. Il s'agissait bien de papier journal et les coups de ciseaux étaient encore visibles sur le pourtour. Elle resta là, sans voix, ses yeux parcourant l'article comme pour y dénicher une explication.

— Votre cerveau de psy aimerait rationaliser tout ça, fit Sophie, mais je vous garantis qu'il n'y arrivera pas. J'ai vu Romy se faire enlever avant que ça ne se produise. Pas son visage précis, bien sûr, plutôt des traits caractéristiques. C'était comme… un vieux souvenir qui remonte à la surface. À la fois flou et très clair. C'est cette vision qui m'a fait démarrer l'écriture de mon roman. Alors, certes, il y a des petites différences – elle joue notamment du piano et non du violon –, mais c'est elle.

Elle reprit son classeur avant de poursuivre :

— J'ai découvert l'existence de cette affaire cet automne, alors que j'étais en train de faire des recherches sur Internet pour mon prochain bouquin. J'ai eu un vrai choc, vous vous en doutez. J'avais la preuve irréfutable que je n'étais pas cinglée…

Véra se dirigea vers le coin cuisine, son verre vide à la main, et se versa une nouvelle rasade de vodka. Elle en but la moitié en une gorgée. Ce que Sophie racontait était tout simplement impossible. Elle avait besoin de réfléchir. De comprendre. Elle se mit à déambuler, concentrée. Tous les événements avaient une cause. Peut-être fallait-il juste inverser le point de vue ? Peut-être n'était-ce pas le livre qui avait été écrit *avant* l'article, mais l'article qui avait été rédigé *après* le livre.

— Le kidnappeur aurait pu s'inspirer de votre œuvre, déclara Véra. J'ai déjà entendu ce type d'histoires. Les films, les récits qui donnent des idées à des criminels et les poussent à commettre des atrocités.

Sophie eut un rire moqueur.

— Comme si je n'y avais pas pensé ! Mais on parle d'un bouquin qui s'est vendu à moins de cinq cents exemplaires… Enfin, admettons. Monsieur X, kidnappeur en puissance, le lit, se dit : « Tiens, je vais enlever une gamine qui se prénomme Romy et qui sortira de son cours de musique. Il faudra aussi qu'elle ait un tatouage sur le mollet gauche et qu'elle passe par un parc pour rentrer chez elle. » Facile ! Il en trouve une qui colle parfaitement, à part l'instrument, mais ça fera l'affaire…

Elle secoua la tête.

— Vous voyez bien que votre hypothèse ne tient pas la route. Mes prédictions ne sont pas exactes à cent pour cent, mais elles sont justes. C'est évident.

Force était de reconnaître qu'elle avait raison. Comme en prestidigitation, il y avait un truc, or, pour le moment, Véra ne voyait pas lequel.

— Ça signifierait que tout ce que vous avez couché sur le papier dans *La Fille venue de l'ombre* s'est produit, au moins dans les grandes lignes ? demanda-t-elle.

— Non, je ne crois pas. Comme pour toutes mes prédictions, seul le début m'est apparu comme un flash. Romy, le parc, la camionnette qui l'a enlevée… *A priori*, le lieu de détention est réel aussi, la cave avec un tas d'instruments de torture, l'équipement sadomaso, le tout sous une grosse bâtisse où vit le tortionnaire. Pour ces éléments, je décrivais simplement ce que je voyais dans ma tête. Pour le reste, j'ai dû tout créer. Et ça m'a vraiment pris le chou ! Pour avoir des idées, j'ai lu des tonnes de romans policiers.

— Vous savez ce qu'est devenue Romy ? En vrai, je veux dire ?

— J'ai fait quelques recherches sur Internet. Malheureusement, l'enquête semble au point mort.

— Comment se termine le livre ?

Le visage de Sophie se ferma.

— La séquestration se déroule sur des années. Des années de brimades, de souffrances psychologiques, de jeux de domination cruels. Le kidnappeur éprouve à la fois un amour et une haine incommensurables envers Romy. Mais pour connaître la fin, il faudra lire jusqu'au bout…

Elle lorgna vers le jeu d'échecs, s'arrêta à proximité de la radio et décolla avec précaution la photo de la petite fille blonde qui habillait la façade en métal. La fixa avec une tristesse infinie dans le regard. Elle chuchota ensuite quelque chose, et Véra crut percevoir des syllabes qui lui serrèrent le cœur. Elle se précipita et lui arracha le cliché des mains.

— Qu'est-ce que vous avez dit ?

La femme haussa les épaules.

— Rien d'important.

Elle s'apprêtait à s'éloigner, mais Véra lui attrapa le bras.

— Vous avez marmonné quelque chose, je vous ai entendue. Je suis quasiment certaine que vous avez prononcé le prénom de ma fille. Emily.

— Vous vous trompez. Je n'ai rien marmonné du tout.

— Dites-moi ce que vous voulez. Pourquoi vous êtes ici ? En quoi toute cette histoire me concerne ?

Alors que Véra perdait le contrôle de ses nerfs, sa visiteuse, elle, se détacha de sa poigne et s'écarta doucement. Elle alla fouiller dans son sac, en sortit une boîte de sardines à l'huile.

— Vous permettez que j'ouvre ma conserve et que je m'installe dans un coin ? J'ai aussi un duvet. Je sais me faire discrète comme une souris, je ne vous embêterai pas. Pour être honnête, je ne tiens plus debout et je me vois mal refaire tout le chemin jusqu'à la ville ce soir. D'autant que, même si j'atteignais le hameau, la route doit être gelée et je me sens incapable de passer la nuit dans ma voiture ou dans l'ancienne boulangerie. J'ai besoin de manger un bout et de dormir…

Véra était empêtrée dans une toile dont elle ne pouvait s'extirper. Chasser cette femme de chez elle revenait à la tuer. La forcer à parler pourrait faire dégénérer la situation. Elle ne disposait en fait que d'une possibilité : attendre que le jour se lève et que la météo se calme. Elle réfléchit cependant à la manière dont elle réussirait à rappeler André sans que l'autre entende leur conversation.

— D'accord, lâcha-t-elle finalement. Mais à une condition : que vous preniez la chambre.

— Hors de question. Déjà que vous m'accueillez… Non, vraiment, je ne peux pas accepter !

— Avec toute la marche que vous avez faite, il vous faut une bonne nuit de repos. Moi, je dormirai dans le fauteuil. Je le fais assez souvent, de toute façon. Avec l'un de ces livres en guise de compagnon.

Un sourire illumina le visage de Sophie. Le premier que Véra voyait depuis son arrivée.

— Si vous insistez...

Puis, dans la foulée, elle piocha un ouvre-boîte dans son sac et batailla avec sa conserve.

— Mettez-vous à table, proposa Véra. Si vous voulez, j'ai aussi de la soupe et quelques croûtons à l'ail...

— Non, non, merci. Ça va aller.

Elle se mit à dévorer ses sardines à l'aide d'une fourchette en plastique.

— Alors, dites-moi comment on devient psy, demanda-t-elle entre deux bouchées. Ce qui vous a motivée à explorer les cerveaux détraqués. Ça me turlupine depuis bien longtemps maintenant.

Véra n'avait pas envie d'évoquer son intimité avec une ancienne patiente dont elle ne connaissait en définitive plus grand-chose. Elle n'aspirait qu'à garder ses distances. Moins elle en dévoilerait, mieux ce serait.

— J'ai suivi des études pour. Ça aurait pu être médecine, mais je préférais l'esprit à la chair. Je n'ai jamais été très... comment dire... hémoglobine.

— Où ça, les études ?

Elle se trouva prise au dépourvu. Elle aurait voulu répondre du tac au tac, mais ça lui fut impossible. Elle commença alors à sonder sa mémoire. L'information lui sembla bloquée juste aux portes de sa conscience, inaccessible.

— Je... Pardonnez-moi, mais j'ai comme un trou. Désolée...

Sophie frotta ses lèvres huileuses avec le dos de sa main.

— Rassurez-vous, ça m'arrive tout le temps. Surtout quand j'écris. Des noms de personnages que j'ai notés cent fois et qui disparaissent soudain de ma tête. Je suis obligée d'aller les rechercher dans les pages précédentes… Sans doute un des effets pervers de la solitude, certains souvenirs ne sont plus ravivés par les contacts extérieurs, les conversations, et on finit par oublier.

Elle piqua une autre sardine avec sa fourchette, et la fit glisser dans sa bouche grande ouverte.

— Et… est-ce que vous croyez qu'un psy pourrait se soigner lui-même ? C'est le genre de questions qui m'obnubilent. Est-ce que les dentistes vont chez le dentiste, les médecins chez le médecin ? Et, donc, les psys chez le psy… ?

— Non, un psy ne peut pas être son propre thérapeute, car un cerveau qui dysfonctionne est capable de se persuader que tout va bien. La schizophrénie, la paranoïa en sont des exemples types.

— Vous citez encore ces maladies… Vous me croyez donc toujours schizophrène ?

— Excusez-moi, mais il commence à se faire tard. Je vais me préparer à manger.

— Ah, les rituels…

— Les rituels, oui. C'est ainsi qu'on comble ses journées et qu'on survit à l'isolement. Vous ne souhaitez toujours pas me dire comment vous vous appelez réellement ? Ça ne me revient plus non plus.

La femme se dirigea vers l'évier, vida l'huile qui stagnait encore dans la boîte, et jeta cette dernière à la poubelle. Elle balaya ensuite la pièce du regard.

— Les toilettes… ?

— Dans le cabanon dehors, répliqua Véra. C'est une épreuve d'y aller. Mais quand on n'a pas le choix…

— … on n'a pas le choix.

Sophie renfila son blouson, se chaussa, prit sa lampe et sortit. Véra hésita une seconde, puis se précipita vers son sac qu'elle fouilla sommairement. Une gourde, des conserves, quelques vêtements, l'ouvre-boîte, un couteau à lame rétractable. Elle ne trouva pas de portefeuille, Sophie devait certainement l'avoir sur elle. Mais il y avait une grosse enveloppe marron, tout au fond.

Un rapide coup d'œil par la fenêtre lui permit d'apercevoir la lumière dans le cabanon. Elle disposait d'un peu de temps encore. Elle sortit l'enveloppe, écarta le rabat en kraft et découvrit un gros paquet de feuilles à l'intérieur. Sur la première d'entre elles, un titre et un nom.

LES RECLUSES
Sophie Enrichz

Il s'agissait d'un manuscrit sur lequel sa visiteuse était vraisemblablement en train de travailler. *Et qu'elle a apporté, ici, avec elle*, songea Véra. Pourquoi s'alourdir ainsi ? Parce qu'elle éprouvait le besoin d'écrire tous les jours, n'importe où, afin de garder le contact avec son histoire ? Ou cela cachait-il autre chose ? *Les Recluses*... Comme elles deux cette nuit, bloquées par la tempête. Elle frissonna à cette pensée. Ça ne pouvait évidemment être qu'une banale coïncidence.

Sur la page d'après, une citation : « Vis aujourd'hui comme si c'était le dernier jour », d'Agatha Christie. Elle était tirée de *Dix Petits Nègres*. Ensuite, le roman, rédigé à la main, commençait :

La route était interminable. Une longue, longue percée dans un univers de végétation hostile, où chaque pin au tronc noir, aux branches plombées par la neige, ressemblait à son voisin, si bien que j'avais la sensation de ne pas avancer. Le pire était sans doute le froid, cette coulée de glace pareille à des coups de poignard dans le ventre. Un froid que vous pouviez même ressentir dans la racine de vos dents si vous aviez le malheur de respirer par la bouche. Un froid à rendre fou.

Mais je persévérais, je progressais sans sourciller, malgré la douleur. Je voulais fuir le monstre, alors je suivais les repères gravés sur l'écorce. Ils me guideraient vers ce chalet enfoui dans les bois. Là où jamais le monstre ne songerait à venir me chercher. Du moins, je l'espérais sincèrement, car je le savais sur mes traces et, jusqu'à présent, où que je me cache, il m'avait toujours retrouvée.

C'était à la vue de…

Véra releva la tête au moment où un rayon lumineux traversa la fenêtre. Son cœur partit dans les tours. Vite, elle remit les feuilles dans l'enveloppe, l'enveloppe dans le sac. Elle posait à peine ce dernier contre le mur que la porte s'ouvrait, l'haleine blanche de la tempête s'invitant au passage dans la pièce. Sophie dut lutter pour refermer derrière elle.

— Je vais prier pour ne pas avoir envie de faire pipi cette nuit, clama-t-elle en ôtant ses chaussures. J'ai bien cru que mes fesses allaient rester collées à la cuvette…

Véra demeurait silencieuse, pétrifiée par ce qu'elle venait de lire. Cette femme avait *a priori* imaginé ces premières lignes des semaines auparavant. Alors, pourquoi avait-elle le sentiment que le début retranscrivait à la perfection ce que Sophie Enrichz avait dû éprouver en s'aventurant jusqu'au chalet ? Le froid, le marquage sur les troncs, la forêt… Tout était vrai. *Vous avez eu une prédiction me concernant ? Vous avez vu quelque chose qui… qui pourrait m'arriver ?* avait demandé Véra plus tôt dans la soirée. L'autre avait répondu par l'affirmative. La voix d'André résonna de nouveau au creux de son oreille. *Un conseil d'ami : fais attention à ta dame.*

Sophie plaqua son front contre la vitre, comme pour mieux voir dehors.

— Dites, j'ai aperçu des traces de pas, tout autour de votre chalet. C'est vous ?

— Comment ça, des traces de pas ?

La romancière retourna vers la porte, faisant signe à Véra d'approcher. Puis elle entrebâilla juste assez le battant pour lui permettre de constater que des empreintes profondes et pas encore complètement recouvertes cernaient l'habitation. Véra observa leur taille : très grandes, avec des sillons en forme de zigzag. Assurément, celles d'un homme. Elle observa ensuite les chaussures de Sophie : bien sûr, la pointure ne correspondait pas. Après quoi elle se rendit à la fenêtre opposée, se pencha à l'extérieur et remarqua des piétinements au pied du mur. Quelqu'un avait été là récemment. Elle tira alors le rideau, se précipita vers la porte et fit claquer le verrou dans un frisson.

Qui pouvait bien rôder ici ?

— Ce n'est pas moi, ce n'est pas vous, résuma Véra. Ce matin, je me suis aussi rendu compte qu'on avait dégagé la neige de la plaque d'immatriculation de ma voiture. Je pensais que vous y étiez pour quelque chose…

Sophie secoua la tête. Elle avait retrouvé son air grave, et ses yeux trahissaient une vraie peur.

— C'est qu'il est déjà là… Il fallait bien que ça arrive.

— Qui ?

— Le monstre…

— De quel monstre parlez-vous ?

Elle haussa les épaules, prit son sac et se dirigea vers la chambre. Juste avant d'entrer, elle fit volte-face.

— Il ne peut pas jouer le cavalier en b5. Ce n'est pas possible.

Véra fronça les sourcils.

— Pardon ?

— L'autre, le Vieil Ours, il a dit tout à l'heure qu'il jouait cavalier en b5. Ça me semble compliqué étant donné qu'il n'y a plus un seul cavalier sur l'échiquier. Vous savez quoi ? J'ai horreur qu'on me prenne pour une conne…

Sans ajouter un mot, elle se retourna et referma la porte derrière elle.

27

Deux ou trois nuits après l'épisode de la photo, Caleb rendit une nouvelle visite à Julie. Dès qu'il pénétra dans son espace, il l'éblouit avec sa lampe.

— Tu ne bouges pas.

Elle se rétracta d'abord sur son matelas, comme son araignée face au danger. Fixa Traskman qui s'approcha du tableau et, tout en gardant un œil sur elle, y fit quelque chose qu'elle n'identifia pas. Puis elle ramassa à l'aveugle le cliché ainsi qu'un article de journal qu'elle conservait précieusement près d'elle.

— Ça ne peut pas être vrai.

Imperturbable, il ne réagit pas et s'éloigna en silence, l'abandonnant à sa détresse. Julie se précipita dans l'obscurité en hurlant, tandis que la porte claquait déjà.

— Dis-moi que ce n'est pas elle ! Dis-moi que tu n'as pas enlevé cette fille et que… que tu ne lui as pas fait ça.

À en croire le papier déniché sur le mur derrière le lit, Noémie Clouriot avait disparu un an avant elle, du côté de Reims. Après une soirée chez des amis, elle n'était pas rentrée à son domicile. Julie avait la quasi-certitude que cette fille, dont on voyait le portrait en médaillon du fait divers, était l'écorchée. Sur la photo qu'elle détenait, seul son visage demeurait intact. Son corps, lui, était suspendu par de fins câbles dans ce qui ressemblait à un bloc opératoire. Ses bras étaient écartés, comme ceux d'une marionnette. Son torse, ses épaules, ses jambes avaient été privés de peau, laissant ses muscles à vif.

Julie n'avait jamais rien vu d'aussi abominable. Pourtant, elle était persuadée que ça ne pouvait être que réel. D'autant que Traskman avait déjà parlé de ce procédé dans l'un de ses livres, elle ne savait plus lequel. Elle avait en tête le nom de Fragonard, un naturaliste qui, des siècles plus tôt, ôtait la peau des cadavres pour qu'ils deviennent des pièces d'études anatomiques. Mais là... Qui avait été capable d'une chose pareille ? Qui avait immortalisé cette atrocité ? Qu'est-ce que ça signifiait ? Que Caleb Traskman kidnappait et torturait des jeunes femmes ? Que, derrière le masque de l'écrivain, il était une espèce de tueur en série ?

Elle passa la nuit recluse sur son lit, sans fermer l'œil. Au déclic de la lumière, elle découvrit la raison de cette visite nocturne. Sur une grande feuille était dessiné un labyrinthe. Dans la rigole du tableau reposait un marqueur noir. Un défi. Après lui avoir montré l'horreur, ce malade voulait jouer. Comme au bon vieux temps. Comme quand elle le rejoignait au lac Noir et qu'il lui proposait d'en relever. Alors que lui travaillait sur son roman, elle cherchait la solution pendant des heures. Lorsqu'elle ne la trouvait pas, il la jetait dehors, emporté par une étrange colère. Traskman était du genre à changer d'humeur en une fraction de seconde.

Elle se saisit du marqueur, l'ouvrit, s'enivra de l'odeur de sa pointe. L'école, les profs, ses amies... Tout cela ne lui semblait plus qu'un lointain souvenir, appartenant à un monde qui n'était plus le sien. Elle contempla le dédale. Il n'occupait qu'un quart de la feuille et ne lui parut pas du tout complexe... Évidemment, la règle était implicite, mais il ne transigerait pas là-dessus : le tracé devait être parfait. Pas de gribouillis. Un trait unique de l'entrée jusqu'à la sortie. Julie le savait, elle ne pouvait pas se permettre d'erreur, surtout sur un parcours d'apparence aussi simple. Elle le décevrait, il la punirait, la priverait encore de nourriture. À moins qu'elle ne finisse comme cette fille, suspendue par des câbles, les chairs à vif...

Elle devait d'abord visualiser mentalement le chemin. Rapidement, elle se rendit compte qu'elle était heureuse de réfléchir, de constater que ses neurones fonctionnaient encore, malgré tout. Elle prit son temps : ces minutes-là étaient si différentes des autres qu'elle apprécia chacune d'entre elles. Une fois certaine de son trajet, elle se lança. Puis elle se retourna et patienta, espérant que quelque chose se passe. Jusqu'à ce que le bruit de la trappe rompe le silence. Julie se précipita dans le couloir, s'empara du livre qui l'attendait au sol. *Senones.* Le nom de l'auteur s'affichait en lettres capitales : « CALEB TRASKMAN ». Elle le balança devant elle, comme s'il lui brûlait les mains, et s'adressa à la porte.

— C'est ça, ta récompense ?

Elle se mit ensuite à faire le tour de la pièce.

— Qu'est-ce que tu veux que je fasse ? Que je le lise et que je te dise que j'ai aimé ? Que j'ai aimé le bouquin d'un homme qui me retient prisonnière ? Qui me montre des horreurs ? Qui es-tu ? Quel animal es-tu ?

De colère, elle se rua sur l'objet et le propulsa contre le tableau. S'éloigna, se jeta sur son lit, fébrile. Des voix hurlaient dans sa tête, des voix qui lui ordonnaient d'aller rechercher le livre *illico*. Parce qu'il n'y aurait pas de seconde chance. Au plus profond d'elle, elle aurait souhaité ne pas bouger, résister, mais elle le ramassa finalement. C'était le meilleur choix. Pour survivre, elle devait se plier aux volontés de son bourreau. Elle était un rouage dans l'imagination maladive de ce taré, et si le mécanisme se grippait, la machine Traskman exploserait.

— Je suis désolée. Je voulais pas. Je… C'est… C'est ton dernier roman, celui que tu as commencé au chalet du lac Noir, c'est ça ? Il est important pour toi, je le sais… Tu te rappelles comment je te regardais travailler là-bas ? Parfois, tu agitais les bras sans t'en rendre compte, tu vivais avec tes personnages. Tu te rappelles comme j'étais heureuse ? C'est un beau cadeau… Merci.

L'avait-elle touché ? Avait-il malgré tout encore un cœur ? Elle attendit, tremblant de tous ses membres, que l'orage arrive. Mais rien ne se produisit. Soulagée, elle alla s'asseoir sur son matelas. L'ouvrage était tout neuf, il sentait encore l'encre. Sur la couverture, une longue ligne droite de bitume traversait une forêt de pins hostile en hiver. Au dos, le résumé, lui, promettait une traque infernale au lieutenant Bernard Minier, des Alpes aux Highlands, en Écosse. Dire qu'elle avait adoré Caleb Traskman, qu'elle avait lu toutes ses publications avant de le rencontrer… Que, souvent, elle s'était demandé à quoi ils ressemblaient, ces gens qui écrivaient des histoires aussi torturées. Menaient-ils une vie normale ? Avaient-ils eu des enfances perturbées pour accoucher de telles horreurs ? Leurs œuvres n'étaient-elles que la manifestation de leurs pensées les plus sombres ? Maintenant, elle savait. Elle connaissait leurs démons, et ils étaient terribles.

Si elle lisait ce livre, derrière chaque mot, chaque expression, dans les gestes des personnages et les descriptions, elle verrait l'ombre de Caleb Traskman peser sur elle. Il ne la quitterait plus. Elle tourna pourtant la première page et tressaillit lorsqu'elle parcourut la dédicace manuscrite qui y figurait : « Pour Julie. Tout juste sorti de l'imprimerie, un exemplaire de mon plus mauvais roman. » En exergue, deux citations, qu'elle prit en pleine figure. L'une de Francis Bacon : « La vengeance est une justice sauvage. » L'autre de John Dryden : « Prenez garde à la colère d'un homme patient. »

Aussitôt, elle en fut convaincue : Traskman les lui avait adressées à elle, Julie Moscato. Depuis son départ de Sagas, elle avait vraisemblablement été le fruit de son obsession. Soudain, elle en eut la nausée et alla se courber au-dessus des toilettes. Elle n'aurait jamais de répit. Ce bouquin n'était pas un cadeau, mais une nouvelle punition. Caleb voulait qu'elle voie à quel point elle avait détruit sa vie. Si son livre était raté, la faute lui en revenait. Il la considérait comme responsable. Il était fou. Complètement fou.

Et puis elle percuta. *Tout juste sorti de l'imprimerie…* Une date devait être indiquée quelque part. Elle revint en courant vers le lit, chercha.

Quand, ce jour-là, elle découvrit le mois inscrit à la fin de l'ouvrage, son moral se brisa définitivement. Juin. Elle avait été enlevée début mars.

Cela faisait au moins trois mois qu'elle était enfermée ici.

28

L'agressivité des coups de klaxon dans les oreilles, des véhicules dans tous les sens comme sur une piste d'autotamponneuses, des conducteurs au bord de l'implosion. Il était 9 heures, porte de la Chapelle, et Lysine avait la sensation d'être piégée dans un maillage inextricable. Elle mit une demi-heure à s'échapper du chaos, erra encore de nombreuses minutes dans des rues encombrées avant de se garer au calme, derrière un complexe sportif.

Elle se dirigea ensuite à pied vers la jonction des différents axes routiers et du périphérique – un endroit ignoble où siégeaient encore des boutiques, le long des trottoirs. En arrivant par l'autoroute, elle avait aperçu les toits noirs de pollution et de crasse des taudis et des tentes. Comme toujours, les toxicos étaient revenus après avoir été chassés par les forces de l'ordre et avoir installé leur camp cinq cents mètres plus loin, porte d'Aubervilliers. Essayer de les déloger de leur place originelle était aussi vain que de balayer du sable en pleine tempête.

La fraîcheur du matin revigora la jeune femme. Les poches sous ses yeux témoignaient de sa nuit blanche, passée dans le fauteuil de sa chambre, l'œil rivé à la fenêtre, la tête farcie de questions. Elle avait pensé en boucle au film, à ses problèmes de mémoire inexpliqués et à cette grosse voiture qui avait suscité un réel malaise en elle.

Depuis son retour à la maison du Mesnil, de toute façon, plus rien n'allait. En doublant un drogué qui déambulait comme un zombie, Lysine eut le sentiment d'être aussi paumée que lui.

Avec appréhension, elle s'engagea sous le pont du périph où l'air froid s'engouffrait. Elle s'emmitoufla davantage dans son blouson lorsqu'elle repéra le fourgon de police et les silhouettes à l'intérieur. Les flics donnaient l'illusion de surveiller, mais ils faisaient aussi peur aux camés et aux dealers que des épouvantails à des corbeaux. Ils se contentaient de faire de la figuration, histoire de montrer qu'on « traitait le sujet » au plus haut rang de l'État. Mais la misère se fichait de la politique.

Une rambarde en béton semblait séparer le monde des vivants de celui des morts. Lysine l'enjamba, basculant du côté de la bien nommée « colline du crack ». Un espace de plus d'un millier de personnes, où espoir et désespoir prenaient ensemble l'aspect du caillou brun meurtrier, ce dérivé de cocaïne mélangé à de l'ammoniaque et du bicarbonate de soude. La drogue du pauvre qui déchirait la tête, faisait du cerveau une éponge et finissait, la plupart du temps, par conduire ses consommateurs jusqu'à six pieds sous terre.

Lysine continua sa route après un mur tagué d'un cygne noir et bifurqua sur un chemin boueux, la gorge nouée. Mains dans les poches, elle serrait son Taser. Ici, la situation pouvait dégénérer en une seconde, pour une querelle de territoire ou un regard de travers. Le crack rendait fou et, dans le coin, on réglait ses comptes à coups de marteau et de lame de rasoir.

Un type en claquettes, assis sur une palette et puant la pisse, sembla ne pas la voir lorsqu'elle passa près de lui. Un autre collectait des ordures comme au ralenti et les enfouissait dans un sac-poubelle troué, si bien qu'il ramassait sans cesse les mêmes déchets. Lysine vérifia qu'elle était hors de vue des flics et lui tendit la photo de la fille aux cheveux violets.

— S'il vous plaît, vous connaissez ?

Le camé écarta grand les bras et fit mine de s'élancer vers elle, émettant un sifflement de serpent entre ses dents rongées par les produits chimiques. Ses yeux jaunes zébrés de vaisseaux sanguins éclatés paraissaient sortis de leurs orbites. Apeurée, Lysine s'éloigna d'un pas vif, se retourna : l'homme la fixait toujours, dressé au centre de l'allée tel un cobra prêt à attaquer.

Plus elle s'enfonçait, plus elle se sentait prisonnière. Elle se retrouva rapidement coincée au milieu de baraquements faits de tôles vertes et grises, de grillages à poules et de plaques de fer. Glissa son nez sous son écharpe pour atténuer l'odeur d'excréments. Et, malgré les bâches qui faisaient office de portes, devina des corps recroquevillés, tordus, tremblotants à l'intérieur de ces abris de fortune. Elle entendait également le râle douloureux du manque ainsi que les respirations rendues pénibles à cause du crack. Dans certaines turnes, le caillou brûlait à même le sol, dans des cuillères, des tasses, des couvercles. Dans une autre, une femme surveillait une casserole de café sur un réchaud pendant qu'un homme, torse nu, rempaillait une chaise.

Le camp était immense, chaque espace squatté. Même dans ce trou à rats, les places valaient cher. Les toxicos se mélangeaient aux migrants qui, progressivement, se laissaient piéger par le crack, devenant à leur tour toxicos. Une saloperie qui ravageait les corps et les esprits plus vite que la peste. Dès qu'elle percevait un éclat de lucidité, Lysine, elle, montrait le cliché. Au mieux, on secouait la tête. La plupart du temps, on la menaçait.

Une main, soudain, s'abattit sur son épaule. Elle fit volte-face, prête à dégainer son arme. Un gars d'une vingtaine d'années, cheveux blonds attachés en queue-de-cheval, se tenait devant elle. Vêtu d'un jean noir et d'un gilet camionneur, il semblait à peu près propre. Il n'aurait pas détonné près d'une fac, mais il avait visiblement choisi une autre voie. Il demanda à voir le portrait. Elle le lui donna.

— File-moi un billet de vingt.

Lysine s'exécuta. Elle avait prévu que, ici, tout se négocierait, y compris le plus simple renseignement. Après avoir pris l'argent, l'homme pointa une zone vers les arbres, un peu en hauteur, derrière les baraquements.

— La tente bleue, là-bas. Ta meuf a plus tout à fait la même gueule maintenant, mais c'est elle. Si elle est pas là, c'est qu'elle est en train de se faire fourrer quelque part. Qu'est-ce que tu lui veux ? T'es pas une de ces connasses des services sociaux, j'espère ?

— Non, je veux juste discuter. Comment elle s'appelle ?

— Qu'est-ce que j'en sais ?

Devant tant d'agressivité, Lysine ne s'attarda pas et se fraya un chemin dans un espace encombré de détritus. Elle manqua de s'étaler de tout son long quand un rat jaillit d'une boîte de conserve et lui sauta dessus. Quelques rires gras venus d'elle ne savait où résonnèrent. Elle reprit son souffle et s'avança sur l'herbe humide, entre les abris sommaires, dans cette misérable atmosphère saturée de puanteurs âcres, jusqu'à atteindre la tente igloo.

— Il y a quelqu'un ?

Dans le brouhaha de la circulation alentour, elle perçut un grognement peu accueillant. Elle était là, c'était déjà ça.

— Je veux simplement vous poser deux, trois questions, fit Lysine. Ça ne sera pas long.

— Va te faire foutre.

— J'ai de l'argent.

Le mot magique fit mouche. Une poignée de secondes plus tard, un visage squelettique se présenta à elle. Une vraie gueule cassée aux cheveux sales, emmêlés, violets seulement à leur extrémité. Un gnon noircissait le contour de son œil gauche. Ses mains étaient blanches et tellement maigres qu'on devinait le réseau de veines à travers la peau. Quant à ses doigts, ils étaient comme crispés en permanence.

— Vous voulez quoi ?

Lysine parla lentement et distinctement. Son interlocutrice était à l'évidence en plein brouillard.

— L'automne dernier, vous et un homme teniez un stand aux puces de Saint-Ouen. Vous vous en souvenez ?

L'information mit un temps fou à parvenir au cerveau de la fille. Lysine éprouva de la pitié pour cette dernière quand elle commença à tousser à s'en décrocher les poumons.

— Vous avez dit que vous aviez du fric, balbutia-t-elle.

Un billet de vingt atterrit dans sa paume. En un éclair, elle le glissa dans la poche de son gilet et s'assit en tailleur à l'entrée de sa tente. Ses chaussettes en laine, complètement trouées, ne couvraient plus ses gros orteils depuis longtemps.

— Vous êtes pas la première personne à me demander ça…

Lysine resta calme, mais, intérieurement, elle bouillonnait.

— Une femme m'a précédée, c'est ça ? À peu près mon âge, même taille, cheveux roux, un tatouage dans le cou ?

— C'est ça.
— Quand est-elle venue ?
L'autre se gratta le crâne.
— Aucune idée. Des semaines. Des mois.
— Qu'est-ce qu'elle vous a raconté ?
— Elle voulait des renseignements sur une bobine. Moi, ça me disait que dalle, c'est Alban qui s'est rappelé…
— Alban… Celui qui était avec vous aux puces ?
— Ouais. Un vrai connard. Je sais pas où il crèche, mais si vous le cherchez, vous le trouverez pas dans les parages. Ça, c'est sûr.
— Est-ce que vous pouvez me parler de ce film ?
La fille hocha la tête, le regard rivé sur la poche du blouson de Lysine dont avait été tiré le premier billet. Celle-ci en sortit un deuxième et retourna sa poche.
— C'était le dernier…
Cela ne sembla pas perturber plus que ça la camée, qui s'empara de l'argent d'un geste sec.
— Alban, il servait à rien, à part à désactiver des systèmes d'alarme. Pour ça, y avait pas de problème. Du coup, on entrait dans les belles baraques la nuit, on piquait tout ce qu'on pouvait foutre dans sa bagnole et on refourguait la marchandise aux puces. Le hic, avec les riches, c'est qu'ils ont des coffres-forts, et ça, Alban, c'était pas trop son truc. Alors on prenait que ce qui traînait ailleurs, sans savoir si ça valait du pognon ou pas. Z'avez pas une cigarette, par hasard ?
— Désolée…
Elle haussa les épaules.
— Au moment où Alban a expliqué à l'autre femme qu'on avait ramassé la pellicule à Saint-Maur-des-Fossés, ça m'est revenu. L'intérieur de la maison était hyper-chelou…

Des cambrioleurs… Lysine avait envie de lui coller une baffe, de lui cracher à quel point ces actes intrusifs pouvaient se révéler traumatisants pour ceux dont ils violaient l'intimité, mais elle prit sur elle et se tut.

— Quand j'ai vu la déco, ça m'a fait flipper grave, le mec devait être une saloperie d'obsédé.

— Pourquoi ?

— J'ai voulu me tirer de là tout de suite, mais Alban m'a retenue, continua-t-elle comme si elle ne l'avait pas entendue. Y avait personne, c'était une bonne occase, alors on a fait le plein. Votre machin, là, il était posé à côté d'une caméra qu'on a prise aussi et qu'on a réussi à refiler à un sacré prix. Mais la bobine, on a galéré… Et puis y a eu ce jeune, là, qu'est reparti avec. Je peux pas dire ce qu'il y avait dessus : on s'en tapait.

Lysine imaginait sans mal l'état dans lequel avait dû être le propriétaire à son retour chez lui lorsqu'il s'était aperçu que la bande avait disparu… Était-il un simple intermédiaire ou l'auteur du film lui-même ?

Restait en tout cas la question décisive :

— Et vous seriez capable de me dire où se situait cette maison ?

— Ouais, c'est pas compliqué. Mais vous êtes sûre que vous avez plus de biftons pour moi ?

Lysine retourna sa seconde poche pour prouver sa bonne foi. La jeune camée renifla et se frotta le nez avec le dos de la main.

— Fait chier… Bon, votre baraque, là, elle est à Saint-Maur, au bord de la Marne, face à une petite île. Je sais plus laquelle parce que y en a un paquet dans ce coin-là. Mais, histoire de vous donner un repère, de l'autre côté de la Marne, c'est Champigny. Si vous longez le quai, de toute façon, vous pourrez pas la rater. Y a un grand portail vert et vous ferez gaffe au jardin : y a comme une statue géante en plein milieu. La maison ressemble à toutes les autres. En vrai, c'est que pour la statue qu'avec Alban on l'a choisie. On trouvait ça rigolo, sur le coup.

Elle toussa, s'étrangla, et releva des yeux brillants vers Lysine.

— C'est une bite.

*

* *

La camée avait bien fait de préciser qu'il fallait s'orienter sur la partie Saint-Maur-des-Fossés/Champigny-sur-Marne, parce que la rivière dessinait une boucle quasi parfaite autour de la ville, et la zone de recherche aurait donc été très étendue sans cette indication. Lysine se gara au plus près et rejoignit le quai à pied. Elle préférait marcher : cela lui parut plus discret que de rouler au ralenti en observant chaque bâtisse.

Mis en valeur par un beau ciel bleu, l'endroit était à l'opposé de l'enfer qu'elle venait de quitter : paisible, agréable, verdoyant, il donnait envie de se poser de longues heures sur le muret en pierre, à écouter le murmure de l'eau. Mais elle n'était pas là pour rêvasser. Ainsi, dès qu'elle arriva au niveau des premières îles qui regorgeaient d'arbres, elle concentra son attention sur les demeures. Des propriétés qui devaient valoir une fortune, vu l'emplacement privilégié, alors que, à quelques kilomètres de là, les gens s'entassaient dans les clapiers des barres d'immeubles.

Lysine évoluait dans les pas de son usurpatrice. Après avoir exploité la piste de la photo fournie par Henry Cobb, celle-ci avait dû atterrir ici aussi. La journaliste ne comprenait toujours pas pourquoi cette inconnue s'était fait passer pour elle ni pourquoi elle lui avait confié le film. Et elle espérait enfin trouver des réponses au bout du chemin… En pensant à cette jeune femme qui semblait s'être mystérieusement évaporée dans la nature, Lysine ressentit une vague de stress. Elle était seule, embarquée dans une sinistre quête. S'il lui arrivait malheur, qui saurait ?

La pression s'accentua quand elle vit, à travers les barreaux d'un portail, le fameux phallus. Ce n'était pas une statue, mais une sculpture impressionnante en métal noir qui représentait un mortier, le sexe en érection étant le canon de l'arme, les testicules faisant office de roues. Ça avait le mérite d'annoncer la couleur. La maison en pierre de taille, sur deux étages, se situait au fond d'un jardin paysager, protégée des regards indiscrets par une végétation dense, notamment des haies hautes de plusieurs mètres. Aucune voiture à l'horizon, mais peut-être était-elle à l'abri, dans le garage attenant à la bâtisse ?

Lysine avança de quelques pas pour sortir du champ de vision éventuel du propriétaire. Elle repéra la fente de la boîte aux lettres, dans le mur. Elle aurait pu frapper chez les voisins pour savoir qui habitait là, mais il était hors de question d'attirer l'attention. Elle allait tenter quelque chose de plus direct. Elle rajusta son bonnet afin de dissimuler tous ses cheveux, remonta son écharpe jusqu'à son nez et sonna à l'interphone. Si quelqu'un répondait, elle prétendrait être un agent immobilier intéressé par des biens en bord de Marne, se ferait jeter et dégagerait.

Rien. Elle insista, mais il semblait n'y avoir personne. Elle partit en quête d'un passage sur le côté dont lui avait parlé la camée juste avant qu'elles ne se quittent et tomba en effet sur un chemin quasi invisible. Un couloir étroit entre les cyprès, bouché par de petites branches dont certaines étaient cassées – probablement l'endroit par lequel s'étaient faufilés les deux cambrioleurs.

Une fois dans le jardin, elle longea les haies en courant jusqu'à la boîte aux lettres. Réussit, non sans peine, à en faire sauter le verrou, et découvrit une masse de courrier : la boîte était pleine à craquer. Lysine s'empara vite de tout ce qu'elle put et alla se réfugier derrière les arbres. Les enveloppes étaient toutes adressées à un certain M. Othmar Mölzer. Parmi les expéditeurs, des festivals de film internationaux, des musées d'art contemporain… Certains cachets de la poste dataient de plusieurs semaines, ce qui la conforta dans son idée : la maison était vide.

Elle laissa les enveloppes planquées sous les cyprès et s'orienta vers l'arrière de l'habitation. Repéra, en hauteur, un système d'alarme avant d'atteindre une large véranda circulaire, dont l'intérieur était visiblement envahi d'espèces végétales. Elle prit une profonde inspiration et essaya de faire coulisser la baie vitrée. Elle était fermée, mais la serrure n'avait pas l'air solide, comme souvent avec les vérandas. Elle tira donc de toutes ses forces et parvint à ouvrir.

Aucune alarme ne retentit : le système n'avait pas dû être enclenché. En suivant une allée de pierres, la journaliste s'engagea dans la jungle luxuriante, un splendide jardin aménagé, et poussa un cri quand elle se retrouva nez à nez avec un oiseau écorché perché sur une branche. Il avait été dépiauté. Ses muscles, ses veines, l'ossature de ses ailes déployées affleuraient. Au fil de sa progression, Lysine observa d'autres bêtes martyrisées. Un singe sans peau accroché à une liane… Un caméléon privé de chair posé sur une feuille… Elle toucha l'un d'eux avec dégoût. Il lui parut réel.

Lorsqu'elle s'extirpa enfin de là, elle atterrit aux abords d'un vaste salon encombré d'une décoration tout aussi dérangeante. Lysine ignorait s'il s'agissait là d'art, mais des dizaines de sculptures représentaient, sous toutes leurs formes, des organes sexuels. Des peintures sordides ornaient les murs, des coups de pinceau violents où on devinait des actes de coït immondes – silhouettes animales mélangées à celles d'humains, adultes et enfants… Ces « œuvres » étaient dans la droite ligne du film qui la hantait. Obscènes, malsaines, elles avaient le parfum de l'interdit.

Elle prit des photos, se rendit dans la salle à manger, déambula avec prudence. Le super 8 n'avait pas été tourné ici, le décor ne collait pas. Pourtant, la transgression était partout dans ce lieu. Elle hésita à monter, de peur d'être prise au piège si quelqu'un arrivait. Et se demanda à cet instant ce qu'avait fait son usurpatrice. Était-elle entrée clandestinement, comme elle ? Ou avait-elle été confrontée à Mölzer et menacée d'appeler la police ?

Près du hall, Lysine perçut une légère odeur de renfermé. Comme lorsqu'on pénètre dans une pièce qu'on n'a pas aérée depuis des mois. Ça semblait provenir d'une porte entrebâillée, sur sa gauche. Elle jeta un regard : un escalier en pierre s'enfonçait dans les ténèbres. Une cave… Sa quête de vérité étant plus forte que sa peur, elle appuya sur un interrupteur qui déclencha l'allumage d'une succession de spots rouges incrustés dans les marches, comme une invitation à la débauche. Si elle avait écouté sa conscience, Lysine aurait déguerpi vite fait. Mais elle-même avait franchi toutes les limites. Alors elle rassembla ses forces et, son Taser bien serré dans son poing, entreprit de descendre.

En bas, elle découvrit un véritable antre sadomasochiste. Du lourd. Murs tapissés de tissu bordeaux, cage noire en métal, chaises de toutes formes et matières – en cuir, cloutées, gynécologiques –, menottes, instruments par dizaines suspendus aux parois, du fouet aux pinces coupantes. Lysine imaginait sans mal les orgies qui avaient dû se dérouler ici, les cris de douleur ou de plaisir. Parce qu'il était évident que ce n'était pas là l'outillage pour un homme seul. Peut-être les participants étaient-ils les mêmes que ceux de la bobine. Un cercle privé de connaissances qui s'offraient des séances de dépravation dans les abysses d'une villa cossue…

Elle lorgna vers le rideau en velours tiré qui occultait un bout de la pièce. C'était précisément de ce coin que se dégageait l'odeur – de plus en plus semblable à celle de la viande séchée. Elle retint sa respiration et, prenant son courage à deux mains, passa de l'autre côté. Instantanément, l'horreur la saisit. Le corps quasi momifié d'une femme nue était attaché à une croix vissée dans la brique. Sa peau était en partie parcheminée. Sa poitrine et ses membres indiquaient encore des traces caractéristiques de lacérations. Des câbles électriques gisaient par terre, à proximité d'une batterie. À leur extrémité, dans les pinces crocodiles, on distinguait des morceaux de chair, qui avaient dû se décrocher des seins au moment de la décomposition du corps.

Face à la victime, sur un trépied, une caméra 8 mm trônait, le compartiment destiné à accueillir la bobine grand ouvert. On avait filmé. Et on avait embarqué les images. Lysine eut un haut-le-cœur. Un vide abyssal l'aspira. Elle se retint au mur pour ne pas s'effondrer. Le visage qu'elle avait devant elle était décharné, sec comme du cuir. Les cheveux couleur feu commençaient à se désolidariser du crâne. Dans le cou de la pauvre femme, elle devina ce qui avait dû être un tatouage. Elle recula, s'empêtra dans le rideau et chuta. Elle avait retrouvé son usurpatrice. L'autre Lysine Bahrt.

Une fois debout, elle s'élança vers l'escalier, le souffle coupé. Traversa le salon, la jungle avec les animaux charcutés au scalpel. Il lui fallut moins d'une minute pour être dehors. Elle laissa le courrier par terre, se griffa aux branches des cyprès avant de débouler sur le quai.

Elle courut sans se retourner.

29

En temps normal, déjà, Véra détestait les nuits de tempête de neige, quand son chalet se transformait en un radeau perdu au milieu d'un océan déchaîné. Et celle-ci ne faisait pas exception à la règle, bien au contraire…

Au fur et à mesure, les flocons avaient recouvert les deux vitres, l'isolant plus encore du reste du monde. Puis le vent avait forci. Désormais, les bourrasques heurtaient la porte et faisaient craquer toutes les parois. Heureusement, elle disposait d'une réserve de bûches pour alimenter le poêle sans mettre le nez dehors. Des braises rougeoyantes éclairaient faiblement la pièce, mais suffisamment pour que Véra se déplace sans avoir à allumer la lumière. Il devait être aux alentours de 22 heures. Elle comptait attendre encore un peu, pour être certaine que l'autre dorme profondément.

Assise à la table, elle patientait avec un troisième verre – elle s'était promis que ce serait le dernier, sa vigilance s'émoussait. Elle pensait au rôdeur qui avait pris un malin plaisir à observer par la fenêtre. À cette histoire de monstre dont parlait Sophie. Elle aurait donné cher pour pouvoir lire le manuscrit sur lequel elle travaillait actuellement. Ne serait-ce que pour constater jusqu'où allaient les coïncidences. Mais la romancière avait embarqué toutes ses affaires dans la chambre, évidemment…

Véra revoyait ce titre, en grand au centre de la page. *Les Recluses*. Y était-il question d'une femme venue retrouver son ancienne psychiatre dans un chalet isolé au cœur de la forêt pour la prévenir d'un danger ? Mais quel danger ? Celui matérialisé par les traces de pas dans la neige ? *C'est qu'il est déjà là… Il fallait bien que ça arrive*, avait-elle déclaré, effrayée. Véra devait comprendre les véritables motivations de Sophie, notamment en ce qui concernait les prémonitions. Lui démontrer peut-être aussi qu'il n'y avait rien de divinatoire dans ce micmac. Car elle refusait d'envisager que sa visiteuse puisse posséder un tel don. Elle refusait également d'envisager ce que ça impliquait, à savoir que l'avenir était, par avance, écrit et inéluctable.

Pour se conforter dans ses réflexions, elle avait ouvert le *DSM-5* et relu l'intégralité des chapitres traitant de la schizophrénie paranoïde : ce monde que les malades s'inventaient, leurs hallucinations visuelles et auditives, la certitude, pour certains d'entre eux, d'avoir développé une aptitude ne pouvant être remise en cause… Autant de symptômes notés noir sur blanc qui cadraient exactement avec le profil de Sophie. Elle avait tout construit autour de ces prédictions. Elle était cette magicienne qui avait oublié que, au moment de l'apparition du lapin dans le chapeau, il y avait un truc. Et tous ceux qui essaieraient de la convaincre du contraire, ou qui lui expliqueraient que quelque chose clochait, se trompaient forcément. À moins qu'ils n'appartinssent carrément au complot destiné à lui faire croire qu'elle était folle. Et c'était dans ces cas-là que, se sentant oppressée, elle risquait de devenir dangereuse.

Mais quel était le truc, justement ? Comment Sophie s'y prenait-elle ? Parce que Véra devait bien admettre que ces coïncidences étaient extrêmement troublantes…

Tu ne dois pas douter, se somma-t-elle. *À tout désordre il y a une explication, et tu vas la trouver.* Il fallait qu'elle se remette à penser comme une psychiatre. Chercher et interpréter les signes. Tenter d'entrer dans la tête de cette femme et de percer ses secrets si l'occasion se présentait.

Véra recula sa chaise au ralenti, veillant à préserver le silence, puis elle se déplaça à pas de loup en évitant les lames qui grinçaient. Elle alla plaquer son oreille sur le battant fermé de la chambre. Pas un bruit. Juste le souffle du vent et le ronflement lointain du générateur. Elle se décala alors vers la radio CB, s'en saisit et la porta jusqu'à son fauteuil, près de la cuisine. Là, elle marcha au mauvais endroit et ne put, cette fois, empêcher le plancher de la trahir. *Merde !* Elle s'immobilisa un instant. Plantée avec sa radio à deux pas de son objectif, elle se rendit compte à quel point la présence de Sophie Enrichz la terrorisait.

Lorsqu'elle fut installée, elle baissa le volume du haut-parleur au minimum et, l'œil rivé sur la porte de l'autre pièce, alluma l'appareil. L'aiguille des fréquences balaya le cadran, l'engin émit son léger crépitement. Recroquevillée sur elle-même, une main devant la bouche, comme pour atténuer encore plus le son de sa voix, elle lança son appel dans un murmure :

— Véra à Vieil Ours…

Véra imagina le signal invisible se décrocher de l'antenne, affronter les chutes de neige, le vent, heurter les troncs de la forêt sur des kilomètres, pour atteindre l'autre antenne, dans l'autre chalet. Il était déjà arrivé que, dans de mauvaises conditions, ça ne fonctionne pas. Et ce soir, c'était mal parti, car André ne répondait pas.

— Véra à Vieil Ours… répéta-t-elle en haussant le ton.

Les secondes lui semblèrent interminables avant que, enfin, elle ne perçoive sa respiration, puis qu'il ne prenne la parole :

— Vieil Ours à Véra…

— Parle tout bas, répliqua-t-elle, soulagée. Elle dort dans ma chambre.

— J'attends depuis tout à l'heure, je me laissais encore trente minutes avant de te recontacter. Dis-moi que tout va bien…

— Oui, à peu près. Si je suis capable de discuter avec toi, c'est que je suis toujours en vie. Mais je dois reconnaître que la situation est… particulière. Deux secondes, fit-elle.

Elle alla chercher son écharpe et la roula en boule contre le haut-parleur. Puis elle reprit le micro.

— C'est bon, je suis là. Avant toute chose, tu ne serais pas venu par chez moi aujourd'hui, par hasard ?

— Hein ? Bien sûr que non. Pourquoi ?

— Il y avait des traces de pas autour de mon chalet. Grandes comme celles d'un homme. Quelqu'un a rôdé et a regardé par les fenêtres.

Un silence.

— C'est bizarre. Explique-moi : qui est cette femme ? Qu'est-ce qu'elle te veut ?

— Elle s'appelle Sophie Enrichz. Ou, plutôt, c'est son pseudo. Elle ne veut pas me donner sa véritable identité… C'est son livre que j'ai trouvé au hameau…

Véra s'efforçait d'être concise et laissait du temps entre ses phrases, pour s'assurer de ne pas réveiller sa visiteuse.

— Elle est romancière, mais c'est surtout l'une de mes anciennes patientes… Une schizophrène que j'ai traitée au début de ma carrière et dont je ne me souviens plus du nom. Elle est persuadée de ne pas être malade. Selon elle, je me serais trompée de diagnostic il y a quatre ans.

— Merde…

— Comme tu dis. Je t'avoue que, entre ça et les empreintes, je ne suis pas du tout tranquille.

— Sa schizophrénie, c'est quel genre ? Elle entend des voix ?

— Elle croit deviner certains événements futurs. À l'écouter, elle est venue pour… empêcher qu'un drame n'arrive…

— Un drame te concernant ?

— Oui…

— D'accord… Alors tu vas faire extrêmement attention et éviter de fermer l'œil, OK ? Demain, si les conditions le permettent, je viendrai te voir à la première heure, on réglera ça et on la foutra dehors. Je me renseignerai aussi auprès des autres naufragés, pour cette histoire de pas. Ils ne peuvent appartenir qu'à l'un d'entre eux. Peut-être que quelqu'un voulait te parler et que t'étais absente ? Mais d'ici là, la nuit est encore longue. T'as un truc pour te défendre, au cas où ?

Véra lorgna vers le poêle, frigorifiée. Les lueurs rougeâtres esquissaient la forme des objets alentour. Les bouquins, les animaux sculptés, le tisonnier posé contre le mur, à gauche du portemanteau. Le hurlement du vent dans la toiture lui parut soudain lugubre. Tout comme les bruits de craquements qui lui parvenaient de l'extérieur. Sans doute l'effet du poids de la neige sur les branches. Sans se l'expliquer, plus elle discutait avec André, plus son malaise grandissait.

— Il y a quelque chose que tu ne me dis pas ? demanda-t-elle.

Au bout d'un moment, il répondit :

— Tu sais que je suis très ami avec Christian Nolan, le colonel de la gendarmerie de la ville, et que je communique régulièrement avec lui par radio. On se connaît depuis des lustres. Je l'ai appelé tout à l'heure pour discuter, et figure-toi qu'il m'a fait part d'une drôle d'affaire…

Véra buvait ses paroles, avec cette impression d'écouter un récit effrayant à la Pierre Bellemare.

— Dans les parages, il y a une seule auberge, celle des Degrim. Ta visiteuse y a dormi il y a deux jours… Elle te cherchait. Elle a demandé aux patrons où se trouvaient ceux qui souffraient de la maladie des ondes et si le nom de Véra Clétorne leur parlait. Les Degrim ont répondu qu'ils ignoraient l'identité des hypersensibles, mais ils l'ont bien sûr orientée vers le hameau. *A priori*, elle a ensuite erré un bout de temps sur place, du côté de la boulangerie, et a même dû y passer une nuit avant de venir me voir le lendemain.

Un reste de bûche crépita dans le poêle. Véra observa les braises. Ce soir, rien ne la réchaufferait.

— Je ne saisis pas ce qu'il y a d'alarmant dans ce que tu me racontes, rétorqua-t-elle.

— Plusieurs choses. Ta panne de voiture, pour commencer. T'as jamais eu de pépins. Et comme par hasard, la bagnole ne démarre plus au moment où cette Enrichz déboule…

— J'y ai songé. Mais elle dit que ce n'est pas elle. Et j'aurais tendance à la croire.

— Admettons, mais le plus inquiétant, poursuivit André, c'est l'état dans lequel elle a rendu la chambre. Quand les Degrim sont entrés pour faire le ménage, ils ont constaté les dégâts. Elle avait mis en pièces le miroir de la salle de bains. Et, surtout, à l'intérieur de la baignoire, sur les parois et dans le fond, elle avait tracé un immense labyrinthe avec un feutre noir…

— Un labyrinthe ?

— Oui. D'après eux, ça a dû lui prendre des heures, de faire ça. Dans le dédale, partout, elle avait dessiné des sapins. Et en son centre, une maison à côté de laquelle était noté, en lettres majuscules, « REFUGE ». Il est évident qu'il s'agit de ton chalet, Véra...

Un silence de plomb accueillit ces révélations.

— T'es toujours là ?

— Oui, oui, je t'écoute... C'est... incroyable.

— À mon avis, c'est plus flippant qu'incroyable. Les Degrim sont des gens tranquilles, ils en ont parlé à Nolan pour qu'il vienne jeter un œil, mais ne veulent pas porter plainte. D'autant que le dessin est parti lorsqu'ils ont frotté et que le miroir était une vieillerie. Mais ta Sophie Enrichz est tarée. Faut être complètement barge pour faire un truc pareil.

L'ancienne psychiatre réfléchissait. Le chalet au cœur d'un grand labyrinthe... Un refuge protégé par un ensemble de chemins destinés à perdre les visiteurs...

— Je ne crois pas qu'elle me veuille du mal, répliqua-t-elle tout bas. Je pense plutôt qu'elle fuit quelque chose...

— Qu'est-ce qu'elle fuirait ?

— J'ai lu la première page du roman qu'elle est en train d'écrire, elle se trimballe avec. Elle y évoque son excursion dans les bois pour échapper à un monstre qui la traque. Un monstre qui finit toujours par la retrouver, où qu'elle aille. Peut-être que ça explique les empreintes autour de mon chalet ? Peut-être que, je n'en sais rien, on l'a suivie jusqu'ici ?

Elle réfléchit encore.

— J'avoue que je suis un peu paumée, mais il est possible qu'il y ait aussi une dimension psychologique, dans cette histoire. Le labyrinthe représente souvent, du point de vue symbolique, l'inconscient. Une zone de notre tête qui demeure mystérieuse, complexe et difficile d'accès. Comme le dédale, l'inconscient peut rendre fou et entraîner vers sa perte quiconque chercherait à en atteindre le centre.

André sembla ruminer derrière son micro, apparemment pas très convaincu par ses hypothèses de psy.

— Un roman dans son sac, tu dis... Ça explique la feuille que le vieux Degrim a découverte sous le lit. Une page manuscrite, la 65... Le texte dessus fait une vingtaine de lignes. Visiblement une fin de chapitre. Elle a dû glisser d'un paquet sans qu'elle s'en aperçoive. Là encore, c'est un machin très, très bizarre.

— Quel genre ?

— Tu vas voir. Je voulais pouvoir te retranscrire tout ce que Christian Nolan me racontait, alors je l'ai enregistré avec mon magnétophone quand il me l'a lue. Un vieil appareil à cassettes que j'ai sacrément bien fait de garder. Tends l'oreille, Véra, je vais te faire écouter. C'est plus que troublant...

30

Senones n'était pas un bon livre. Des éléments, dans le récit, ne collaient pas. Julie avait rapidement senti que Traskman s'était piégé tout seul dans une intrigue trop alambiquée. Si la première moitié tenait à peu près la route, la seconde, elle, se dégradait de ligne en ligne. Beaucoup trop de morts, de violence gratuite, de concours de circonstances, jusqu'à un final invraisemblable qui instillait un sentiment d'amère déception au moment de fermer le bouquin.

— Je ne suis pas responsable de ça ! s'était-elle écriée au terme de sa lecture. J'avais le droit de ne pas partir avec toi ! Mais qu'est-ce que tu veux, à la fin ? Qu'est-ce que tu veux... ?

Il ne lui parlait jamais, sauf pour lui ordonner de ne pas bouger lorsqu'il pénétrait dans son espace. Les brèves apparitions qu'il faisait se résumaient à accrocher ou récupérer ses fichus labyrinthes, armé de son pistolet hypodermique qu'il pointait en permanence sur elle. Il prenait désormais beaucoup de précautions, à la limite de la paranoïa. Une fois, Julie avait osé contredire ses ordres en quittant son lit. Elle avait fait deux pas dans sa direction. Avait levé les mains.

— Vas-y, tire. Tire sur une pauvre fille sans défense.

Et il avait pressé la détente, froidement, le visage parfaitement inexpressif. Julie avait vu la flèche s'enfoncer dans sa poitrine. À son réveil, elle avait constaté avec horreur qu'il lui avait rasé les cheveux, ses beaux cheveux blonds. Il lui avait volé tout ce qui lui restait de sa vie d'avant.

Ses victoires sur les casse-tête toujours plus complexes que son bourreau apportait amélioraient ses conditions de détention ; ses échecs, au contraire, entraînaient une régression. Parfois, elle ne trouvait pas la sortie, ou se trompait dans ses tracés. Dans ces cas-là, Traskman reprenait des objets de confort comme le savon, le shampoing, ou les couvertures. Le seul moyen pour Julie d'y avoir de nouveau droit était de remporter les défis qu'il lui imposait avec une régularité de métronome. Il ne voulait pas de « demi-prisonnière ». Il la poussait dans ses retranchements et elle acceptait le combat. La rage la maintenait vivante. Malgré son extrême prudence, peut-être que Traskman finirait par commettre une erreur. Qu'il se prendrait les pieds dans le tableau et lâcherait son pistolet. Ou qu'il oublierait de déclencher la fermeture de la porte avec sa saleté de télécommande. À cet instant, elle serait là. Prête à jaillir hors de cet enfer.

En attendant, elle « gagna » entre autres une balayette et une pelle puis, plus tard, une serpillière, une éponge et un produit ménager. Ses plus belles récompenses jusqu'à présent. Tous les matins, elle époussetait, à genoux, les moindres recoins de sa prison. Avant le repas du soir, elle nettoyait avec le détergent pour que le linoléum brille toujours et sente le propre. Elle passait beaucoup de temps à éliminer toutes les gouttes d'eau à l'intérieur du lavabo. Tout devait être impeccable. C'était devenu obsessionnel.

Son araignée, elle, pendait toujours sous le lit, bien vivante, et Julie veillait à ne pas la déranger. Quant à la photo de Noémie, la malheureuse écorchée, elle ne voulait plus la voir mais refusait de la jeter, considérant que ça pourrait servir à la police, un jour. Elle l'avait donc rangée entre le matelas et le sommier avec les articles de disparition. Parfois, la nuit, elle imaginait les parents de Noémie. Eux aussi devaient la chercher. Eux aussi gardaient sûrement l'espoir de la retrouver... Quand elle sortirait d'ici, elle s'arrangerait pour qu'ils apprennent la vérité, si terrible soit-elle. Ils avaient le droit de savoir, de faire leur deuil.

Lorsqu'elle songeait au moment où elle renouerait avec la liberté, elle se demandait systématiquement à quoi elle ressemblait. De ce qu'elle voyait, elle avait la sensation d'avoir beaucoup maigri. Depuis sa détention, elle n'avait d'ailleurs jamais eu ses menstruations – tout son système hormonal partait en vrille. Ses ongles cassaient comme du cristal. Si on ajoutait à ça ses cheveux qui repoussaient à peine, elle devait être méconnaissable. Souvent, elle réclamait un miroir. Elle avait besoin de se voir, ne serait-ce qu'une fois, pour se prouver qu'elle existait encore, pour ne pas se perdre définitivement. Et puis son reflet pourrait lui tenir compagnie, elles discuteraient, toutes les deux. Mais ses requêtes glissaient sur Traskman comme l'eau sur un rocher.

Un soir, un bouquin arriva sur le plateau sans qu'elle ait à résoudre de problème. *Robinson Crusoé*, de Daniel Defoe. Sur le coup, elle fut envahie par un sentiment de gratitude infinie envers son tortionnaire. Malgré les horreurs, les sévices psychologiques dont il était coupable, cet homme ne pouvait pas être que mauvais. Il avait été un gamin, lui aussi. Un être innocent, un mari, un père. Julie se souvenait qu'il lui expliquait, dans le chalet du lac Noir, que la plupart des comportements criminels trouvaient leur origine dans l'enfance. Inceste, maltraitance, humiliation... Peut-être avait-il eu une jeunesse abominable ? Peut-être qu'au fond il n'était pas complètement responsable et que, tout ça, c'était la faute de ses parents ?

Quoi qu'il en soit, les livres adoucirent incommensurablement son quotidien. Qu'ils fussent romans d'amour, d'aventures ou historiques, ouvrages sur l'art, la peinture, la sculpture, ou documentation sur les échecs, ils la transportaient. Elle s'était plongée dans *Dix Petits Nègres* et l'avait lu à plusieurs reprises tellement elle aimait l'histoire et les personnages qu'elle connaissait désormais par cœur. D'autres fois, elle était Ulysse, le capitaine Nemo, Croc-Blanc. Elle volait de pays en pays et traversait les époques. Elle s'éduquait, profitait de chaque heure pour apprendre. Elle travailla ainsi mentalement ses ouvertures échiquéennes. Puis affronta d'illustres adversaires – Kasparov, Fischer, Spassky – en rejouant des parties commentées.

Julie admira également les chefs-d'œuvre de peintres comme Le Caravage ou Goya. Découvrit à travers leurs créations parfois insupportables qu'eux aussi étaient des êtres tourmentés. *Saturne*, le tableau de Goya avec ce géant aux yeux exorbités en train de déchiqueter un homme – qui n'est autre que son propre fils – et de le dévorer, la marqua particulièrement. Surtout quand elle lut que l'artiste avait peint cette monstruosité sur le mur de sa salle à manger. Pourquoi ? Pourquoi l'art était-il autant capable de sauver les hommes que de les précipiter vers l'abîme ? Certains passaient de la dépression au génie en deux coups de pinceau, d'autres se guérissaient en créant. Avant de resombrer plus profondément encore. Caleb cherchait-il, à travers ces livres qu'il lui déposait, une forme d'excuse à ses propres obsessions ?

Les bouquins arrivaient systématiquement le soir – juste avant que la lumière ne s'éteigne, car, bien sûr, il fallait toujours un soupçon de perversité. Elle avait donc pris l'habitude de piétiner devant la trappe comme un gosse aux portes d'un magasin de jouets. Et, quand le plateau ne contenait que son repas, elle protestait. Pour le principe. Ça ne changeait évidemment rien. Traskman décidait du moment. Une fois, même, il entra, noir de colère, et embarqua tout ce qu'il lui avait donné sans qu'elle en comprenne la raison. Après quoi il renvoya les livres au compte-gouttes par l'ouverture, tel un maître offrant des friandises à son animal de compagnie. Elle avait aussi eu droit à des romans policiers de plus de cinq cents pages, auxquels il avait arraché le dernier chapitre…

Sadisme ? Maladie ? Elle ne parvenait pas à trancher, mais le résultat était le même : l'emprise qu'il exerçait sur elle la détruisait à petit feu, si bien que, un matin, elle n'eut plus la force de se lever. Pour quoi faire ? Pourquoi marcher, manger, respirer ? Pourquoi lui offrir le plaisir de la voir souffrir ? Elle ne ressentait plus rien. Ni peur ni tristesse. Il pouvait faire d'elle ce qu'il voulait, la laisser crever, reprendre tous les livres, elle s'en fichait. S'il y avait de la nourriture, elle l'avalait. Quand il l'en privait, elle restait inerte, couchée sur le flanc, somnolant la plupart du temps. Elle avait connu l'enfer de la faim, mais s'il fallait repasser par là pour que tout cela cesse, elle était prête…

Puis un jour, des pilules vertes apparurent à côté du verre d'eau. L'état de flottement que ces médicaments provoquèrent se révéla si agréable que Julie en devint instantanément dépendante. Elle les appela ses « petits pois magiques ». À chaque livraison, elle se jetait dessus. Au bout d'une semaine, s'il l'avait fallu, elle aurait rampé dans un tunnel rempli de merde pour récupérer sa précieuse dose.

Sous l'influence de cette drogue dont elle ignorait tout, elle ne voyait plus la succession des heures, cessait de réfléchir, n'éprouvait même plus le besoin de lire – elle était de toute façon incapable de se concentrer. Juste le temps de faire quelques pas, de nettoyer le sol déjà propre (comment aurait-elle pu le salir ?), de jouer avec son araignée, et la journée s'achevait. La nuit, elle dormait d'un trait. Un long et profond sommeil vierge de tous cauchemars. Peut-être que Traskman en profitait pour s'approcher d'elle, mais peu importait, puisqu'elle n'en avait pas conscience.

Quand un matin elle se rendit compte que ses petits pois magiques n'étaient pas là, elle se dit que ça ne pouvait être qu'un banal oubli. Tout rentrerait dans l'ordre au prochain plateau. Puis le doute s'immisça dans son cerveau. Nerveuse, elle se mit à faire des allers-retours entre son lit et le couloir, se rongeant les ongles jusqu'au sang. *Fais pas ça, salopard, surtout fais pas ça*, se murmurait-elle.

— Je vais te tuer ! hurla-t-elle, pleine de rage, lorsqu'elle ne reçut pas les pilules le midi.

Ni le soir. Là, elle balança son plateau contre la porte, aussi fort qu'elle le put. Avant que la lumière ne s'éteigne, elle réduisit le tableau en miettes, se précipita sur les cotons-tiges et les enfonça par poignées dans les trous. Sans réussir à faire bouger d'un millimètre les cylindres en mousse.

— Viens, ordure ! Amène-toi !

Elle était prête à lui sauter dessus, à lui arracher les yeux. Quand l'obscurité tomba, elle déchira tous les articles de journaux qui étaient à sa portée. Ses gestes étaient fous. Désordonnés. Elle aurait voulu étriper Caleb, le déchiqueter en morceaux, lui aussi.

Épuisée, elle se laissa finalement tomber sur son lit, les paumes plaquées contre ses oreilles. Elle tremblait de froid, une coulée de glace se déversait dans ses veines, et, l'instant d'après, le feu se déchaînait dans son ventre. Elle passa une partie de la nuit à se tordre, à se traîner, à vomir ses tripes dans la cuvette des toilettes, agitée de spasmes. Au plafond, la VMC vrombissait. Le manque était terrible.

Le jour suivant, elle resta assise contre un mur, ou à quatre pattes, ou couchée au sol, suppliant le sommeil de venir la cueillir, les doigts agrippés à la mousse.

— C'est la pire journée. Celle de demain sera encore éprouvante. Ensuite, ça ira mieux.

Des chaussures noires en cuir étaient apparues dans son champ de vision. Julie tenta de s'accrocher aux chevilles, mais elles n'étaient déjà plus là. Elle fixa sa main ouverte, qui lui paraissait détachée de son corps, flottante. Puis elle s'enroula dans les couvertures. Ses mâchoires claquaient. Son front était trempé de sueur. Quelque chose se balançait au-dessus d'elle : une silhouette qui semblait suspendue à un palan, ses membres écartelés, ses chairs à vif. Noémie… Alors qu'il pleuvait des feuilles de roman, celle-ci colla son visage décharné contre le sien. Une voix blanche, jaillie d'outre-tombe, s'invita dans sa tête et répéta en boucle : *Sors-moi de là.* Dans son délire, Julie sentit les odeurs de putréfaction, elle hurla et se terra sous le lit. Là, derrière les lattes du sommier, Noémie l'observait encore. Elle s'empara alors de la photo et la dépiauta avec ses dents avant de sombrer, enfin.

Elle n'aurait su dire combien de temps s'était écoulé, combien de matins avant que la marée ne se retire. Au fil des jours, elle finit par retrouver l'appétit, nettoya la pièce qu'elle avait ravagée – Caleb avait dû ramasser ce qui subsistait du tableau, puisqu'il n'était plus là. Elle fourra les articles déchirés dans la petite poubelle près du lavabo. Se glissa sous le lit et constata avec effroi qu'Anne O'Nyme n'était plus qu'une dérisoire tache par terre. Elle était seule, désormais. C'était absurde, d'avoir de la peine pour une misérable araignée, mais cette bestiole avait été sa compagne de galère et elle s'en voulait de l'avoir écrasée pendant son accès de folie. Quelque part, elle ne valait pas mieux que Traskman : elle avait décidé du sort d'une autre vie…

Pour oublier, elle se réfugia de nouveau dans les livres. Jusqu'à ce que, sans qu'elle l'entende, Caleb lui rende une visite nocturne, et qu'elle trouve à son réveil, un jour, au milieu de sa prison, un talkie-walkie ainsi qu'un jeu d'échecs sur une table en plastique orange. Les trente-deux pièces, blanches et noires, se tenaient face à face, prêtes pour un combat sans merci. Elle frôla du bout des doigts les sculptures en bois. Elles étaient belles, précieuses. Elle ferma les yeux et renifla l'odeur du vernis.

Le talkie-walkie, lui, ressemblait à un solide appareil de l'armée, avec son coffrage en métal gris et son antenne. D'un usage enfantin, il disposait d'un seul bouton que l'on pouvait soit enfoncer au coup par coup, soit bloquer pour des conversations plus longues. Lorsqu'elle le souleva, Julie découvrit une carte en dessous. Elle éprouva une vive appréhension au moment de la retourner.

L'écriture était appliquée. Le message, on ne pouvait plus simple : « Joyeux Noël ».

31

Ça n'était pas un mauvais rêve. Lysine ne se réveillerait pas, un matin, avec des oiseaux babillant dans le jardin pour lui signifier qu'elle venait de faire l'un des pires cauchemars de sa vie. Tout était réel. Alors, à peine rentrée chez elle au Mesnil, elle prit une douche brûlante, comme si l'eau pouvait la purger des horreurs qu'elle avait vues. Après quelques minutes, elle s'assit dans le coin, contre le carrelage, le jet vigoureux lui fouettant la nuque.

Le chemin de l'autre Lysine Bahrt s'était arrêté de la façon la plus brutale qui soit. On l'avait attachée en position christique, puis torturée à mort. On avait filmé son agonie dans les tréfonds d'un cachot sadomasochiste poisseux. Et vu l'état du cadavre, la mort remontait vraisemblablement à plusieurs semaines. Lysine avait déjà lu quelque part que, parfois, grâce à de bonnes conditions d'aération, certains corps ne pourrissaient pas, mais séchaient naturellement comme des momies.

Même s'il manquait des pièces au puzzle, elle devinait dans les grandes lignes ce qui avait pu se passer. Un jour, Mölzer avait été cambriolé et avait constaté le vol de la pellicule. Acte intentionnel ou malencontreux hasard ? Dans tous les cas, il était facile d'imaginer sa panique et celle de ses acolytes. Sans doute s'était-il attendu à voir débarquer la police, mais personne n'était venu. De son côté, l'autre Lysine avait mené ses investigations et remonté la piste de Mölzer, aidée par la fille aux cheveux violets. Avant de se rendre chez lui, en revanche, elle avait caché la bobine dans une boîte postale à Amiens sous un faux nom et mis Ariane en sécurité.

Est-ce qu'elle l'avait affronté ? L'avait-elle fait chanter ? Menacé ? Dans le fond, peu importait, car, malgré ses précautions, le piège s'était refermé sur elle. Elle avait fini à la cave, suppliciée. Ces tarés avaient sûrement essayé de la faire parler. Mais elle n'avait rien lâché, et on l'avait tuée tandis que Mölzer, derrière sa caméra, réalisait probablement un nouveau *snuff* tout aussi monstrueux que le précédent. À leur tour, ses assassins avaient dû enquêter, découvrir qui elle prétendait être et tomber sur l'adresse du Mesnil. Ils avaient alors visité sa maison sans y trouver la bande…

Ses hypothèses tenaient la route, mais de nombreuses interrogations subsistaient. Où se terrait Mölzer ? Pourquoi ne s'était-il pas débarrassé du corps ? Et, encore une fois, pourquoi cette femme l'avait-elle impliquée, elle, dans cette affaire sordide ? Lysine sortit de la douche et observa son visage dans le miroir brisé. Elle ne voyait, en définitive, qu'une réponse plausible à sa dernière question : elle connaissait son usurpatrice. Et si un lien fort les unissait, toutes les deux ? Une relation de confiance qui aurait pu pousser l'autre à lui confier le fruit de ses investigations ? Peut-être sa mémoire lui jouait-elle encore des tours. Peut-être y avait-il un épisode du passé verrouillé et inaccessible au fond de son cerveau. En tout cas, elle en était convaincue, il existait forcément une explication rationnelle à tout ça.

Dans le salon, elle se mit à aller et venir, pensive. Elle était coincée. Elle était entrée dans une propriété de façon illégale. Là-bas, elle était tombée sur un cadavre sans en alerter les autorités. Elle avait même laissé son ADN partout sur place. En définitive, plus le temps passait, plus les ennuis s'amoncelaient au-dessus de sa tête. Alors, parfaitement consciente qu'il était trop tard pour faire machine arrière, elle décida de continuer, malgré les risques.

Et ces risques étaient bel et bien réels. La mort rôdait dans son sillage. Lysine devait faire preuve de prudence. Elle copia le fichier de la clé USB sur son ordinateur portable, histoire d'en avoir une sauvegarde supplémentaire. Puis elle ajouta au contenu de cette clé les photos prises avec son téléphone ces derniers jours. Sur une feuille vierge, elle nota :

Si vous ouvrez cette enveloppe et que vous lisez cette lettre, c'est qu'il m'est arrivé quelque chose de grave. Vous trouverez, joint à ce courrier, un article concernant la disparition d'une certaine Romy. Sur la vidéo enregistrée sur la clé, vous la verrez se faire assassiner par une bande de dégénérés. L'auteur de ce film abominable est vraisemblablement Othmar Mölzer, il habite au 1597 bis, quai de Champignol, à Saint-Maur-des-Fossés. Dans sa cave, vous découvrirez une autre de ses victimes. J'ignore son identité réelle, mais elle a usurpé la mienne. Son numéro de téléphone est le 06 xx xx xx xx. Je regrette d'avoir gardé tout ceci pour moi, mais je devais aller au bout de ma quête. Lysine Bahrt.

Ses poils se hérissèrent : c'était comme écrire sa propre nécrologie. D'une certaine façon, elle reproduisait au détail près les gestes de l'autre Lysine : en cas de malheur, elle léguait le soin à un successeur de faire éclater la vérité. Elle glissa la feuille ainsi que la clé USB et l'article de journal dans une enveloppe. Puis, après avoir noté dessus son nom et son adresse rouennaise, sortit la poster.

De retour chez elle, elle s'installa devant son ordinateur portable et tapa « Othmar Mölzer » dans son navigateur. Les liens ne se bousculèrent pas, mais l'homme disposait néanmoins d'une page Wikipédia. Né en Autriche, il avait aujourd'hui soixante-dix-huit ans. Le portrait en encart montrait un individu photographié de trois quarts avec un cigare entre les doigts, solide, sourcils broussailleux et regard dur. Ses yeux aussi noirs que ses cheveux à l'évidence teintés donnaient l'impression de transpercer l'objectif.

— Alors c'est toi, vieux salopard, murmura Lysine.

Le contributeur de la notice qualifiait Mölzer d'artiste contemporain et de cinéaste expérimental. Il avait étudié à l'université des arts appliqués de Vienne à la fin des années 1950 puis, à peine diplômé, avait réalisé des *Aktionen*, des œuvres picturales plaçant le corps au centre du processus créatif. Dans l'*Aktion*, l'artiste n'était pas seulement une main qui peignait, il devenait le pinceau qui se mouvait, tartiné de peinture, sur d'immenses toiles étalées au sol ou contre les murs. Cette philosophie témoignait d'une volonté forte et immédiate de rompre avec l'art traditionnel et bien-pensant, rupture déjà entamée par Jackson Pollock une décennie plus tôt par ce qu'il appelait l'« *action painting* ».

Mölzer avait ensuite été membre et représentant actif du *Wiener Aktionismus*, « l'actionnisme viennois ». Lysine n'en avait jamais entendu parler. Elle ouvrit un autre onglet et fouina sur le Web. Il s'agissait d'un mouvement radical, indépendant, violent, né en opposition à l'attitude rétrograde de l'Autriche après la Seconde Guerre mondiale. Parmi certains artistes grondait en effet une colère née du fait d'appartenir à un peuple profondément xénophobe et antisémite, peuple qui avait permis à Hitler de « purger » la société des Juifs. Était né alors en eux le désir farouche de s'affranchir des conventions, des idéologies, et de transgresser, de la façon la plus incisive qui fût, les codes établis. Quitte à utiliser les corps nus comme support de leurs œuvres, et à remplacer la peinture par du sang, de la viande crue ou encore des excréments. Ils considéraient comme un devoir de balancer sans filtre les atrocités de leur réalité au visage des spectateurs.

Lysine consulta également le site d'un certain « TheInfiniteArt », qui semblait être un fin connaisseur de Mölzer. Tomba sur des photos en noir et blanc de quelques *Aktionen* qui lui donnèrent envie de vomir. Vulgarité, souillure, humiliation. Sur l'un des clichés, l'artiste, alors jeune, était crucifié à même le sol, intégralement couvert d'entrailles animales – il y en avait des dizaines de kilos. Sur un autre, il était à l'intérieur d'une vache éventrée et recousue : seule sa tête dépassait à la place de celle de la bête. Il existait, d'après les explications de l'internaute, un message artistique puissant dans ces œuvres, mais Lysine n'y voyait rien d'autre qu'une boucherie. Où était l'art, là-dedans ? Comment pouvait-on prétendre délivrer un message avec de telles horreurs ?

Elle nota d'ailleurs que Mölzer et ses congénères avaient eu, à de nombreuses reprises, des soucis avec la justice. Leurs performances publiques étaient souvent interrompues, on les emprisonnait quelques jours pour outrage, exhibitionnisme, atteinte aux mœurs, puis ils recommençaient. De sorte qu'on avait parlé de ce mouvement dans tous les milieux artistiques du monde. Et que Mölzer était devenu une personnalité reconnue avant, finalement, de se détacher du mouvement viennois pour performer seul.

D'après TheInfiniteArt, Mölzer s'était mis, à partir de là, à parcourir la planète en camping-car, vivant de petits cachets. Et, au bout de plusieurs années, avait estimé que la perfection esthétique vers laquelle il tendait avec ses « œuvres » ne pouvait plus se faire en direct devant un public. Il avait alors choisi de s'exprimer par le biais de la pellicule. Filmer ses *Aktionen* de plus en plus controversées permettait non seulement d'atteindre cette fameuse perfection – la pellicule devenait une œuvre à part entière qu'il était possible de retoucher, déchirer, percer – mais également de conserver une trace de sa création une fois celle-ci terminée.

Lysine prit une profonde inspiration. Elle était sidérée. Et, surtout, il n'y avait plus le moindre doute : la bobine qu'elle avait en sa possession était bien le fruit du cerveau détraqué de Mölzer. La bande portait en elle, sur elle, la signature du monstre. Mais s'il se tenait derrière la caméra, qui avait agi ? Qui était ce chef d'orchestre qui se cachait sous le masque de taureau ? Envahie par mille questions, elle poursuivit néanmoins son éprouvante lecture. Découvrit qu'Othmar Mölzer, désormais coté sur le marché de l'art contemporain, s'était enrichi au fil du temps. Qu'il avait vécu dans plusieurs grandes capitales – Berlin, Amsterdam, New York, Londres – avant de s'installer à Paris à la fin des années 1990 avec un de ses modèles dont il était fou amoureux, un jeune Français qui était mort de la mucoviscidose en 2002. Et, enfin, que cette disparition brutale avait anéanti l'Autrichien, le plongeant plus encore dans les ténèbres. C'est à ce moment que ses *Aktionen* avaient viré aux orgies.

Depuis, l'artiste tournait en France, dans des lieux gardés secrets pour éviter les problèmes avec les forces de l'ordre. Il connaissait de toute façon la loi sur le bout des doigts, si bien que ses œuvres, quoique monstrueuses, demeuraient parfaitement légales. Ce qui ne les empêchait pas de susciter l'ire de nombreuses associations – notamment les défenseurs des animaux – ni de soulever, à chaque rétrospective, de vigoureuses polémiques qui remettaient sur la table l'éternel débat sur les limites de l'art. L'art était-il un univers à part où la liberté d'expression pouvait tout permettre, tout représenter ? Censurer la création revenait-il à porter atteinte à la démocratie et aux libertés individuelles ?

Lysine parcourut le reste de la page. Le dernier film officiel de Mölzer datait de cinq ans auparavant, et s'intitulait *Aktion 144 : der Flug des Schwans.* « L'Envolée du cygne ».

— Et le sacrifice de Romy, comment tu l'as appelé ? C'était quoi, le message, putain d'enfoiré ? Tu te prends pour un dieu ? Tu crois que ton art débile te donne tous les droits ?

Elle avait presque crié, cette fois. Ce type lui répugnait. Dire qu'il approchait des quatre-vingts ans et qu'il était encore capable de réaliser ces horreurs... Même si elle n'en avait aucune envie, il fallait à tout prix qu'elle jette un œil aux autres vidéos de ce taré. Peut-être reconnaîtrait-elle, parmi les participants, les bourreaux de Romy. Les invités avec leur masque de porc, l'homme à la tête de taureau... Ces gens faisaient forcément partie du cercle des intimes de Mölzer. On devait pouvoir les identifier.

Sur le site, elle remarqua un lien « médias » sur lequel elle cliqua, mais quelques lignes indiquaient que les captations des *Aktionen* de Mölzer avaient été retirées pour des raisons de droits d'auteur. Un mot avait cependant été laissé par TheInfiniteArt : « N'hésitez pas à m'envoyer un mail *via* l'onglet "Contact" si vous désirez davantage d'informations sur les films d'Othmar Mölzer ou tout autre renseignement. » Lysine ne se fit pas prier et rédigea aussitôt un message demandant à l'administrateur de la recontacter : elle était journaliste indépendante, elle creusait un sujet autour de l'art et de la violence pour un gros dossier, et voulait axer la partie art contemporain sur le travail de l'artiste autrichien. Elle se glissait, en définitive, dans la peau de son usurpatrice.

Après ça, elle quitta la page et poursuivit ses investigations. D'autres articles existaient sur Mölzer, mais moins fournis. Certains mentionnaient simplement la présence de l'artiste dans la programmation de festivals étrangers. Elle écuma aussi YouTube à la recherche des vidéos en question. Ne restaient que des liens morts. Visiblement, des gens veillaient au grain pour que ces enregistrements n'atteignent pas le grand public.

Une notification lui signala l'arrivée d'un e-mail. TheInfiniteArt n'avait pas tardé à lui répondre. Il se prénommait Robert Angier, acceptait de la rencontrer à Paris si ça lui convenait et lui communiquait son numéro. Par prudence, elle tapa son nom dans Google. D'après LinkedIn, le type était manager dans une boîte de conseil parisienne, et se définissait comme un passionné d'art contemporain. La trentaine, costume-cravate, l'allure impeccable. Il ne faisait nulle part mention de son site ni de son pseudo, sans doute afin de ne pas créer de passerelle entre son boulot et ses « hobbies ».

Rassurée, Lysine l'appela dans la foulée avec son téléphone jetable, se présenta de nouveau et demanda :

— Vous auriez la possibilité de me montrer quelques films de Mölzer ?

— C'est faisable, oui. J'en possède une vingtaine sur ordinateur, dont des récents. Ses œuvres n'ont jamais été officiellement numérisées, mais certaines ont été piratées directement dans les festivals grâce à des caméras cachées ou des portables. De temps en temps, ça circule sur Internet, faut juste être là au bon moment. Quand souhaitez-vous qu'on se voie ?

— Aujourd'hui ?

— J'ai une bricole à terminer pour un client. Dix-neuf heures, ça vous irait ? Je vous propose qu'on se retrouve au Train bleu, gare de Lyon, ce n'est pas loin de l'endroit où je travaille. Le *lounge* est sympa et calme, on se mettra dans un coin pour discuter.

Lysine nota les informations sur un morceau de papier. Elle avait déjà envie de le cuisiner, mais elle se contenta de valider l'heure et le lieu.

— Parfait, répliqua-t-il. J'ai tout de même une exigence : que vous ne citiez pas vos sources dans votre dossier. Ni mon nom ni mon pseudo ne devront apparaître, OK ?

— Vous pouvez compter sur moi.

Elle le remercia, raccrocha et se détendit enfin un peu. Jusqu'à ce que son regard se porte sur une photo de Mölzer qui avait le visage couvert de sang et fixait l'objectif d'un air dément, ses yeux grands ouverts, quasi exorbités, et ses lèvres cousues avec du fil en nylon. Le cliché était tiré d'une *Aktion* qui datait de 1967 et s'intitulait *Selbstverstümmelung III*, « Automutilation III ». Elle en frissonna tant l'homme ressemblait à un fou.

La jeune femme éteignit son ordinateur et rabattit le capot d'un geste sec, comme si Mölzer allait jaillir de là et lui attraper le bras pour l'entraîner vers de sordides abysses… pourtant bien réelles.

32

Véra perçut le déclic du magnétophone qu'André mit en route à l'autre bout de la ligne. Puis la voix du gendarme, plus grave que celle de son ami, qui lisait la page 65 des *Recluses*.

… le long de l'étang en forme de cacahuète. C'était un endroit qui, l'été, devait être très lumineux, avec des reflets dansants sur l'étendue d'un vert bouteille, mais l'hiver, il devenait une zone sans vie, dangereuse à cause de la neige et de la glace qui pouvaient dissimuler la surface liquide et vous précipiter dans une eau si froide qu'elle vous tuerait en quelques minutes. Cet endroit sentait la mort.

Aussi, je progressais avec beaucoup de prudence. Depuis ce qui était arrivé à ma fille, l'eau me faisait peur. Je repérais la présence des berges par leur dénivelé et les longeais, m'éloignant toujours plus de mon refuge. J'étais désormais proche du chalet d'un vieux chasseur, j'avais déjà dû marcher plusieurs heures. Les basses températures ralentissaient le moindre de mes gestes, rendaient mes muscles douloureux. Mais il était important que je me laisse guider par mon intuition.

Enfin, la hutte m'apparut sur l'autre rive, dressée sur ses grandes jambes de bois, avec ses petites fenêtres carrées qui offraient une vue à trois cent soixante degrés sur les environs. Un détour s'imposait… Ce que je découvrirais sur place me conduirait sans doute vers ce que j'avais toujours essayé de fuir : la vérité.

Nouveau déclic.

— Alors ? Qu'est-ce que t'en penses ? lâcha André.

Véra était sous le choc. Elle mit quelques secondes avant de répondre :

— Elle parle de moi, de ma phobie de l'eau. Ça veut dire qu'elle sait, pour Emily. Elle me connaît par cœur. Celle qui évolue dans la neige, qui se dirige vers l'étang, ce n'est pas elle, c'est moi. Je suis le personnage principal de son roman.

Véra fixa la photo de sa fille avec angoisse. *Depuis ce qui était arrivé à ma fille, l'eau me faisait peur*. L'évocation de ces souvenirs agissait comme une lame de couteau qu'on aurait enfoncée lentement dans ses tripes. Les images affluèrent. Elle se vit assise sur sa serviette de plage, ne quittant pas des yeux Emily qui jouait dans l'herbe, juste à côté d'un ponton en bois. Le soleil à la verticale. Le ciel sans nuages. L'insouciance d'une magnifique journée d'été. Puis, soudain, ce gamin de sept, huit ans qui avait surgi des pins derrière elle, en pleurs parce qu'il avait perdu son chien, un cocker blanc et noir. Véra l'avait consolé, l'animal ne pouvait pas être loin, il allait finir par le retrouver… Une fois l'enfant parti, elle s'était retournée. Le corps d'Emily flottait déjà au bout du ponton quand elle s'était jetée dans l'eau en hurlant son prénom…

Elle secoua la tête lorsque la radio grésilla.

— Et pour l'étang en forme de cacahuète, le chalet du vieux chasseur, la hutte ? demanda André. Tout ça, c'est à un quart d'heure de chez moi ! Moi aussi, je suis dans son histoire !

Véra voyait à quoi il faisait référence, car il lui avait fait visiter le coin l'été précédent.

— Je ne comprends pas comment elle est au courant, fit-elle.

— Et moi je ne vois qu'une explication : elle est venue ici avant de commencer à écrire ces pages. C'est aussi simple que ça. Elle a dû nous observer, faire des recherches. Elle a omis de te le préciser, je suppose ?

— En effet... Elle a fait comme si tout cet environnement lui était inconnu. Mais quand se serait-elle baladée dans les parages ? Et pourquoi ?

— Va savoir...

— Tu peux me repasser l'enregistrement ?

Il s'exécuta. Et Véra se concentra encore plus lors de cette nouvelle écoute.

— La hutte... Pourquoi elle l'évoque ? dit-elle ensuite. À ton avis, il y a quelque chose à découvrir, là-bas ?

— Non, y a rien hormis mon fauteuil et du matériel que je laisse sur place, comme des gibecières, des couvertures... Tu me promets que tu vas faire gaffe jusqu'à demain, Véra ? Vu la tempête, tu ne crains rien de cet éventuel rôdeur. Mais c'est de l'intérieur que le danger risque d'arriver. Continue à jouer le jeu avec cette folle tant que je ne serai pas là. Et si tu vois que ça dégénère, tu me rappelles. Je ferai envoyer les gendarmes à n'importe quelle heure. Je vais veiller près de ma CB, OK ? Surtout, tu n'hésites pas.

— D'accord. Merci, André.

Elle raccrocha et se rendit compte que ses mains tremblaient. Sa nuit virait au cauchemar. Pourquoi Sophie n'avait-elle pas signalé qu'elle était déjà venue ? Que lui cachait-elle encore ? Et que renfermaient les autres pages de son étrange manuscrit ?

Au moment où elle s'extirpa de ses pensées, elle s'aperçut qu'elle était enveloppée par l'obscurité. Les dernières braises s'éteignaient. Elle avait oublié d'alimenter le feu. Toute cette histoire la perturbait tellement... Elle se leva, puisa une bûche dans le panier près du poêle, et la glissa dans l'âtre avant de fixer le tisonnier en fer. Elle s'empara finalement de ce dernier. Juste au cas où…

Quand elle se retourna, elle crut que son cœur allait lâcher. Sophie se tenait debout, raide comme un piquet, devant la porte de sa chambre grande ouverte.

33

Si elle avait de plus en plus de mal à se représenter le monde de dehors, Julie n'avait pas oublié la manière dont se déroulait la période de Noël en famille. Le premier week-end de décembre, son père l'emmenait, depuis l'âge de six ans, dans un endroit secret où poussaient de jeunes sapins. Il l'appelait « le jardin des rennes ». Elle choisissait l'arbre qu'elle préférait, et ils le sciaient ensemble. Lorsqu'ils rentraient à la maison, sa mère avait descendu du grenier les valises pleines de boules et de guirlandes. Toujours les mêmes décorations, un peu fatiguées à force, mais elles avaient leur charme et replongeaient Julie dans ses plus agréables souvenirs d'enfance. Ils habillaient alors le sapin tous les trois. Définitivement, décembre était le meilleur mois de l'année. La neige transformait les promenades en forêt en tableaux magiques. Les lumières illuminaient les rues, les gens rayonnaient de bonheur…

Aujourd'hui, le sol gris et monotone avait remplacé la neige. Les murs en mousse noire bouchaient son horizon. Julie ne vit qu'une torture supplémentaire dans ce « Joyeux Noël ». Comment son Noël pourrait-il être joyeux ? Des mots comme « joie », « sourire », « chaleur » n'appartenaient plus à son vocabulaire. Ça faisait plus de neuf mois qu'elle errait dans ces vingt mètres carrés. Seule. Traskman ne lui avait même pas signalé la date du 22 septembre, celle de son anniversaire. Elle avait eu dix-huit ans…

Ce bourreau d'écrivain lui avait volé son histoire, son identité, elle était sa page blanche sur laquelle il déversait ses obsessions maladives. Une invisible, voilà ce qu'il avait fait d'elle. On ne la retrouverait plus. Pas après autant de temps. D'ailleurs, peut-être ne la recherchait-on plus à l'heure qu'il était. On devait penser qu'elle était morte et qu'on finirait par découvrir son corps, enterré dans un jardin quelconque, un peu par hasard.

— Non !

Elle s'empara du talkie, appuya sur le bouton et plaqua l'engin contre ses lèvres.

— Ouvre bien tes oreilles, espèce de salopard. Jamais mon père n'arrêtera de te traquer, tu m'entends ? Le jour où tu t'y attendras le moins, il sera là, derrière ta porte. Et tu paieras pour tout ça. Tu croupiras en prison, tu sauras ce que c'est que d'être enfermé.

Elle posa l'appareil, n'espérant aucune réponse de cette ordure. Il écoutait certainement, et c'était ça, le plus important. Qu'est-ce qu'il croyait, avec son putain d'échiquier ? Qu'elle lui baiserait les pieds ? Qu'elle lui serait reconnaissante ? D'un geste brusque, elle retourna cette mocheté de table orange, faisant valser les pièces.

— Va te faire foutre ! J'ai pas peur de toi !

Elle lança le talkie contre la cloison la plus proche. Il rebondit sur la mousse et tomba sur le sol sans se casser. Sa crise terminée, elle se réfugia sur son lit, calmée, mais regrettant d'avoir exprimé ainsi sa colère. Ce feu intérieur, elle ne l'avait plus ressenti depuis des mois. Il brûlait pourtant au fond de son ventre. Fidèle. Il était son arme la plus puissante, et elle devait la garder pour elle. La colère maintenait en vie, faisait réfléchir, donnait des objectifs. La colère poussait le lion à tenter de fuir de sa cage à la moindre erreur du geôlier.

À présent, Caleb avait conscience de sa détermination, de sa hargne. Quand il entrerait ici pour une raison ou une autre, il se méfierait comme au premier jour. Il faudrait, de nouveau, des semaines pour endormir sa vigilance. Mais Julie se le jura : elle s'échapperait. Toute son énergie, toute son intelligence seraient désormais focalisées sur ce but unique qu'elle avait presque fini par perdre de vue.

Pour la remercier, sans doute, du message qu'elle lui avait transmis, elle eut droit à des conserves infectes pendant un certain temps. Julie avalait sans broncher. Elle devinait Traskman, de l'autre côté du mur, dans son bureau, faisant les cent pas comme un prédateur, impatient qu'elle replace les pièces sur l'échiquier et honore son invitation à jouer. Elle se demandait ce qu'il faisait quand il ne s'amusait pas à l'observer. Travaillait-il sur un roman ? Une intrigue qui raconterait, peut-être, le destin d'une pauvre fille retenue prisonnière par son bourreau ? Elle imaginait l'ironie de la situation : Traskman adulé par ses lecteurs qui trouveraient cette histoire géniale, et les rares journalistes à qui il accorderait une interview qui voudraient savoir s'il s'était documenté sur le sujet, s'il avait discuté avec d'anciennes victimes…

À force, elle détesta ces conserves qu'il lui servait froides. Il était temps de céder. Elle remit donc l'échiquier en ordre, orientant le camp blanc en direction de son lit. Et ramassa le talkie-walkie, heureusement toujours fonctionnel. Il grésilla lorsqu'elle enfonça le bouton pour parler.

— d2-d4.

Il ne répondit pas. Pas tout de suite, du moins. Le combat psychologique avait commencé. Elle l'avait fait attendre des jours, alors il lui rendrait la pareille. Au beau milieu de la nuit qui suivit, sa voix grave traversa sa prison comme un vent glacé.

— d7-d5.

Julie se redressa dans l'obscurité. Ça lui fit bizarre, cette voix qui semblait tomber du ciel. Aussi incroyable que cela puisse paraître, c'était la première fois que, d'une certaine façon, Caleb interagissait avec elle. Elle se précipita vers la radio et, sans même voir l'échiquier, répliqua : « c4. » Gambit dame. Si Caleb l'acceptait, il allait délaisser le centre pour s'attaquer à l'aile dame. S'il refusait, il entrait dans un solide jeu défensif. Attaque ou défense ? Julie dut patienter jusqu'au lendemain midi pour être fixée : il défendait.

Les soixante-quatre cases sur lesquelles deux armées s'affrontaient pour capturer le roi adverse revêtirent, pour la jeune fille, un enjeu aussi vital que lorsque Spassky et Fischer se défièrent en pleine guerre froide au cours du championnat du monde. Elle *devait* battre Caleb. Le ridiculiser. L'écraser. Pourtant, elle lui offrit la victoire en moins de quinze coups. Comme une débutante. Elle s'en voulut terriblement. D'autant qu'il n'avait jamais gagné contre elle du temps de Sagas... De rage, elle repositionna aussitôt l'ensemble des pièces.

— Ça fait longtemps que je n'ai pas joué. Mais tu vas voir.

Les semaines s'enchaînèrent, à raison d'un ou deux coups par jour. Elle ne parvenait pas à reprendre le dessus, avait l'impression de foncer en voiture dans un mur. Peut-être avait-il progressé, mais elle avait surtout le sentiment d'avoir régressé. L'enfermement, les drogues, le manque absolu de vie sociale... Tout ça lui avait détruit des neurones, qu'elle le veuille ou non.

Chaque fois qu'elle perdait une partie, il troquait les repas contre des bouquins théoriques sur les échecs. Et elle s'y accrocha pour ne pas sombrer définitivement. Elle potassait, apprenait les combinaisons par cœur, se déplaçait dans son espace en diagonale ou en ligne droite comme les défenseurs du roi. Il fallait que son cerveau tourne en permanence et qu'elle conserve toute sa vivacité, mentale et physique.

Au fur et à mesure, les combats se rallongèrent, de plus en plus disputés, mais basculaient toujours au profit de Caleb. Inlassablement, il dictait ses coups, sans le moindre mot de sympathie, sans encouragement, sans rien. Il y eut aussi un autre anniversaire, un autre Noël qui se passèrent dans l'indifférence. Dans cette pièce hermétique, le temps semblait couler à un rythme singulier, celui de la lente valse des échecs, de la lutte incessante des blancs et des noirs. Le reste du monde se réduisait à un point dans la nuit.

Puis arriva le jour miraculeux où Caleb Traskman commit une faute, au vingt-deuxième coup. Pas une erreur grossière, mais un mouvement suffisamment faible pour déséquilibrer la partie à l'avantage de Julie. Elle exulta : après tout ce temps, elle le tenait enfin. Elle vivait, certainement, le plus beau moment de son interminable détention.

Même si elle était cloîtrée entre ces quatre murs depuis une éternité, elle était là, droite sur ses jambes, avec un esprit qui fonctionnait. Quand elle sortirait d'ici, les gens n'en reviendraient pas : comment une jeune femme d'apparence si fragile avait-elle pu être aussi forte ? Comment avait-elle réussi à se soustraire de l'emprise d'un tel être ? Peut-être même que sa geôle – son enfer – serait filmée par des journalistes, suscitant un peu plus la pitié.

Pour l'instant, elle avait la possibilité de lui faire mal. De le faire saigner intellectuellement. Elle poussa avec jubilation sa pièce, et commenta dans le micro :

— Tour en g8. Tu vas voir ce que ça fait de crever à petit feu. De te débattre comme un pauvre animal, et de ne pas pouvoir t'échapper parce que ton adversaire a le dessus...

Quand elle perçut le déclic de la porte quasiment dans la foulée, elle regretta ses paroles. Elle était sur le point de payer son insolence, d'une façon ou d'une autre.

— Recule-toi. Sur ton lit.

Il pointait son pistolet vers elle. Il était débraillé, en chaussettes. Sa barbe s'était allongée, depuis la dernière fois. Ses iris noirs brillaient. Elle obéit, silencieuse. Il allait se venger, ça ne faisait aucun doute. Mais peu importait : elle l'avait eu. Il pourrait lui faire ce qu'il voulait, il ne lui volerait pas sa victoire. Elle était prête.

Contre toute attente, il s'approcha de la table et se pencha vers l'échiquier. Il resta là peut-être cinq minutes, une main dans la barbe, circonspect, comme s'il avait besoin de constater la position de ses propres yeux. Puis il serra les lèvres, coucha son roi en signe d'abandon et regarda Julie.

— Bien joué.

Et il sortit d'un pas de soldat. Claquant le battant derrière lui. Plus tard, le grésillement du talkie envahit de nouveau son espace.

— À moi les blancs : e4. Prépare-toi, ça va être violent.

Jamais Traskman n'avait aligné tant de mots. En le vainquant à la régulière, Julie avait perturbé son organisation interne, sa logique de dominateur. Désormais, elle devait être subtile. Patiente. Construire sa toile. Le pousser à parler. Le faire revenir ici. Briser sa méfiance.

Et elle y parvint. Bientôt, leurs échanges audio ne se limitèrent plus à de simples énoncés de lettres et de chiffres. Caleb commentait ses coups, menaçait, appréciait quand elle découvrait ses plans. Julie se concentrait pour maintenir avec ruse le fil de la conversation. Le remerciait, le flattait, mais pas trop, le provoquait de temps en temps. Lorsque le coup était bon, déstabilisant, il venait. Il avait apporté un fauteuil dans lequel il restait parfois assis longuement, étudiant le jeu. Il s'agitait, relevait la tête, discutait avec elle. Toujours au sujet des échecs, bien sûr, mais sa langue se déliait. Dans ces moments-là, il semblait humain. Il avait même renoncé à porter son arme. Depuis le lit qu'elle avait interdiction de quitter, Julie voyait, autour de son cou, le cordon au bout duquel pendait la télécommande. Ce boîtier, c'était son ticket pour la liberté.

Ces opportunités ne dureraient pas. Traskman travaillait vraisemblablement ses échecs autant qu'elle et finirait par redevenir meilleur. Il pouvait aussi interrompre les parties sans raison particulière ou sombrer une nouvelle fois dans sa paranoïa qui lui murmurait, jusque-là, de ne jamais se séparer de son pistolet. Il fallait donc agir dès que possible. Mais comment ? En se jetant sur lui ? Elle en avait déjà fait l'expérience amère, ça ne fonctionnait pas. Si elle ne dénichait pas quelque chose pour le blesser, elle n'y arriverait pas. Or, elle avait tout observé à la loupe, le fauteuil, la table, l'échiquier, et même l'intérieur de la chasse d'eau, rien ne lui paraissait assez solide pour espérer l'assommer. Le sommier, quant à lui, était trop lourd pour qu'elle le soulève. Julie ne voyait pas de solution, et ça la rendait dingue.

Une nuit, le talkie grésilla près de son lit, signifiant que le bouton « Parler » de son interlocuteur était enfoncé. Dans l'obscurité, elle s'attendit à ce qu'il lui annonce son coup, mais elle ne perçut que son souffle. Il reniflait…

sanglotait... Puis, soudain, il poussa un long, un interminable cri qui lui glaça le sang.

Le hurlement laissa place au bruit de pas sur un plancher. Après quoi elle devina un grincement de pieds de chaise et des froissements de papier. Julie se leva. Longea la cloison du fond, son talkie contre son oreille. Il se trouvait juste là, de l'autre côté. Elle était certaine qu'il se mettait à écrire. Qu'il s'abîmait dans la noirceur d'une sinistre histoire. Elle l'entendit murmurer, mais ce qu'il racontait n'était pas audible.

Subitement, un nouveau raclement de chaise lui parvint. Des pas, encore. Une respiration rauque. Et sa voix éclata, chargée d'une colère sourde :

— T'écoutes ?

Normalement, il ne pouvait pas capter le moindre son tant qu'elle n'appuyait pas sur le bouton. La prudence lui dictait pourtant de se faire discrète.

— T'écoutes, salope ?

La respiration était de plus en plus bruyante. Le son se coupa net. Alerte. En catastrophe, elle éteignit le talkie et l'abandonna près de l'échiquier. Elle se glissait à peine sous les couvertures que la porte s'ouvrait déjà. La masse sombre de Traskman arriva dans son dos. Accompagnée d'une puissante odeur d'alcool. Tétanisée, elle resta immobile face au mur. Il s'éloigna et revint avec le talkie.

— T'as écouté, c'est ça ?

Elle sursauta quand l'engin se fracassa au sol. Fit volte-face malgré elle. Caleb lui balança le rayon de sa lampe en pleine figure.

— Qu'est-ce que tu voulais que je fasse d'autre ? répliqua-t-elle.

Le visage de Traskman se transforma en une grimace de colère. Il se prit la tête entre les mains, titubant.

Julie aurait dû profiter de l'opportunité, mais elle était incapable de bouger. Penché au-dessus de son lit, son bourreau était immense. Soudain, il la frappa au ventre, si fort qu'elle eut l'impression que tout son intérieur explosait.

34

— … Puis un coup de feu est tiré sur un homme, torse nu. Celui-ci n'est que légèrement blessé, car la balle a seulement traversé son bras. Un drame assez banal, comme on en lit tous les jours dans les journaux, sauf que là, il ne s'agit pas d'un simple fait divers.

Une demi-heure plus tôt, Lysine et Robert Angier s'étaient installés sur une banquette, dans un coin du bar. Lui dégustait son deuxième gin tonic, et elle son deuxième café, histoire de garder l'esprit clair. L'ambiance, alentour, était cosy. Des couples apprêtés prenaient un verre avant de dîner dans le restaurant gastronomique, à quelques mètres de là.

Angier, de ses mains fines, tourna l'écran de son ordinateur portable vers Lysine. Sans être beau, ce type dégageait quelque chose. Ses yeux bleus, notamment, lui donnaient un charme sibyllin.

— Vous avez là une photo amateur de l'*Aktion* 37, intitulée *Gewehrschießen*, « Tir au fusil », qui se déroule à la Gagosian Gallery de Los Angeles en 1987, détailla-t-il. Othmar Mölzer se fait plomber par un complice muni d'une carabine 22 Long Rifle devant une cinquantaine de visiteurs pantois. L'artiste s'effondre, conscient, se tordant de douleur. Un interminable silence s'abat sur l'assemblée, les gens se regardent, sidérés, ne sachant comment réagir. Ils s'attendaient à une performance surprenante, mais pas à ce point-là. Personne ne bouge, sur le coup, puis un spectateur se précipite pour aider Mölzer. Et là, devinez ?

Lysine haussa les épaules.

— Le spectateur se fait intercepter par un vigile, auquel Mölzer a demandé de faire respecter la sacro-sainte consigne : il est strictement interdit de toucher aux œuvres d'art, sous peine de poursuites...

Depuis le début de l'entretien, Lysine avait sorti son carnet et prenait des notes, jouant son rôle jusqu'au bout.

— Pourquoi il fait une chose pareille ? s'étonna-t-elle. Je veux dire, se faire tirer dessus avec un fusil.

— Il estime que l'époque dans laquelle il vit est ennuyeuse. L'être humain, abreuvé d'informations, est apathique et ne se scandalise plus de rien. Là, Mölzer met non seulement sa vie en danger – ce qu'il n'a cessé de faire pendant toute sa carrière –, mais il soulève également des interrogations sur l'espace qu'a conquis la violence dans la société contemporaine. L'*Aktion* a plus de trente ans, mais elle me semble on ne peut plus d'actualité.

Il lui montra d'autres vidéos anciennes, toutes complètement délirantes. Dans l'une d'elles, Mölzer, nu, courait à toute vitesse dans une immense pièce tapissée de côtelettes crues, en direction d'une énorme carcasse suspendue, et la heurtait de plein fouet, sans même se protéger avec les mains. À moitié assommé, il reculait et recommençait, jusqu'à être incapable de se relever. Angier voyait là l'expression artistique des rapports sadomasochistes que l'homme pouvait entretenir avec la chair, avec une question sous-jacente fondamentale : quelles étaient les limites dans la douleur ? Lysine, elle, n'y voyait, encore une fois, que l'œuvre d'un malade mental, mais elle se garda bien de froisser son interlocuteur et préféra recentrer la discussion sur ce qui l'intéressait.

— J'ai lu sur votre site qu'il habitait en France depuis la fin des années 1990, avança-t-elle. Si j'ai bien compris, il a donc continué à produire, mais en arrêtant de parcourir la planète, c'est ça ?

Angier but une gorgée de gin tonic, hochant la tête.

— En fait, il n'a pas continué. Enfin, pas tout de suite. On est en 2002, la disparition brutale du jeune Baptiste qu'il considère comme sa muse le bouleverse. Mölzer quitte alors Paris pour s'installer juste à côté, à Saint-Maur, dans une villa qui borde la Marne. Si un jour vous avez l'occasion de vous y rendre, vous verrez qu'il y a une statue très particulière dans le jardin. Un mortier en forme de phallus...

Il eut un sourire gêné, que Lysine s'efforça de lui rendre.

— Vous y êtes allé ? demanda-t-elle. Vous avez déjà rencontré Mölzer ?

— Je suis passé devant sa maison, comme tous les curieux. Mais je n'ai jamais discuté avec lui, non. Il refuse toute interview, se fiche de ses admirateurs, et encore plus des types comme moi qui tiennent des sites Internet. Tout ce qui le préoccupe, c'est de créer. Bref, à cette époque, Mölzer se terre chez lui la plupart du temps, ne se déplace plus, ne répond plus aux invitations. Par contre, on sait que c'est une période pendant laquelle il se met à fréquenter les clubs échangistes ou sadomasochistes de la capitale, ainsi que des cercles privés où il côtoie d'autres artistes qui partagent ses goûts et ses convictions... Ces milieux-là sont des niches, tout le monde se connaît. On pense que c'est lors d'une de ces soirées qu'a débuté son aventure avec Andreas Abergel. Ce nom vous parle ?

Lysine lui signifia que ce n'était pas le cas. Alors il expliqua :

— C'était également un artiste contemporain transgressif. Abergel était pour ainsi dire le pendant de Mölzer, mais dans le domaine de la photo. L'une de ses séries les plus célèbres s'intitule *Morgue* : Abergel entrait dans les instituts médico-légaux et apprivoisait la mort avec son objectif. Des noyés, des accidentés, même des enfants. Attendez…

Il afficha l'image écœurante d'un cadavre à la tête explosée. Des giclées de sang maculaient sur plusieurs mètres un sol et des murs recouverts de draps blancs.

— Voici Abergel, annonça le jeune cadre. Enfin, ce qu'il en reste…

— Je… Je ne suis pas certaine de comprendre.

— Il s'est volontairement tiré une balle dans le crâne l'année dernière, devant des appareils photo à déclenchement automatique et à très haute capacité d'obturation qui ont immortalisé chaque milliseconde de son suicide. Il signe ici son ultime série et, vous vous en doutez, la plus radicale : *Dans la tête de l'artiste*.

— Vous considérez ça comme de l'art ? Vous plaisantez, n'est-ce pas ?

— Je suis on ne peut plus sérieux. Abergel est allé aussi loin qu'un artiste peut aller dans le dévouement à sa discipline. Les originaux de ces clichés valent aujourd'hui une fortune sur le marché, et Abergel l'avait prévu. En définitive, il a consacré sa carrière à critiquer ce qu'est devenu l'art contemporain : un espace de surenchère de violence.

— Vendre de telles horreurs à prix d'or pour dénoncer la violence… C'est l'hôpital qui se fout de la charité, non ?

— Non, il y a une vraie réflexion derrière tout ça, croyez-moi. Et je vous conseille vivement de vous pencher sur son travail si vous avez une partie consacrée à la photographie dans votre dossier. Certes, ses idées choquent, mais elles ont le mérite d'éveiller les consciences, ou *a minima* de bousculer. Et, comme le disent ces artistes eux-mêmes, ils n'obligent personne à visiter les lieux qui les exposent.

— En effet…

— Vous traitez également de la violence dans la littérature, je présume ? Parce que si c'est le cas, je vous recommande un auteur de thrillers, Caleb Traskman. Je ne sais pas si vous avez déjà lu ses bouquins, mais en plus d'être passionnants, ils soulèvent un questionnement captivant sur le processus d'écriture et sur le besoin de l'artiste d'exprimer la violence à travers un média, en l'occurrence à travers la littérature… Comme Abergel, Traskman ne fait plus partie de ce monde, mais on pense que ces deux hommes, ainsi que Mölzer et d'autres, se fréquentaient assidûment, même si on n'en a pas de preuves formelles.

Lysine se sentit soudain mal. Son rythme cardiaque s'accéléra et, l'espace de quelques secondes, tout se brouilla autour d'elle. La voix de son interlocuteur lui parvenait au ralenti. Elle se redressa, s'excusa, et descendit aux toilettes, agrippée à la rambarde. Une fois en bas, elle s'aspergea le visage d'eau et, quand elle releva la tête vers le miroir, une main – la fameuse main de ses angoisses – lui sortait de la bouche, les doigts rétractés comme des griffes. Elle plaqua ses paumes sur sa gorge, recula d'un pas, ferma puis rouvrit les yeux. La monstruosité avait disparu. Contrairement à son inquiétude…

Que lui arrivait-il, bon sang ?

*
* *

— Je suis désolée, fit Lysine en regagnant sa place.

— Tout va bien ?

— Oui, oui… Juste un peu de surmenage. Mais je vous en prie, reprenons : qu'est-il arrivé à ce Traskman ?

— Il s'est suicidé en 2017, d'une balle dans la tête, lui aussi. Et, malheureusement, avant de conclure l'un de ses meilleurs livres, *Le Manuscrit inachevé*. C'est son fils qui a imaginé la fin de l'histoire, a trouvé ce titre et l'a fait publier. Le livre a connu un beau succès, les fans de Caleb Traskman ont été comblés, même si personne n'a compris pourquoi Traskman n'était pas allé au bout alors qu'il ne restait qu'une dizaine de pages à écrire…

Lysine trempa ses lèvres dans son café devenu tiède. Le liquide ondulait à la surface, elle tremblait encore. Elle ne voyait toujours pas pourquoi elle s'était mise si subitement dans un tel état. Le serveur, qui terminait son service, vint encaisser le règlement de la commande. Angier dégaina avant Lysine.

— C'est pour moi.

Elle le remercia, surprise par ce geste, puis, une fois le garçon éloigné, recadra la discussion :

— Revenons à Mölzer. Vous auriez des choses plus récentes à me faire découvrir ?

Son interlocuteur fouina sur son ordinateur.

— Je peux vous montrer sa dernière *Aktion*, *Der Flug des Schwans*, très représentative de son travail après 2010. Elle remonte à cinq ans, et je dois dire que l'enregistrement a été remarquablement capté lors de la première diffusion à la Biennale de Venise. La qualité est top. Je préfère cependant vous prévenir, cette œuvre dure à peine trois minutes, mais elle n'est pas facile à regarder. Elle peut être choquante.

— Je supporterai...

Il lança la vidéo. Lysine ressentit la même répulsion que lorsqu'elle avait visionné l'autre film de Mölzer. Elle laissa les images frapper son esprit. Des individus parfaitement identifiables et des deux sexes se tenaient debout, en cercle et dénudés – l'intégralité de leurs corps peinte en blanc laiteux. Le seul qui demeurait anonyme était l'homme à la tête de taureau, toujours dans son costume trois pièces immaculé.

Dans la succession effrénée des plans, elle vit une femme dévêtue, la vingtaine, dans ce qui semblait être un vieil entrepôt. Un labyrinthe était dessiné au sol sous la fille qui était mise en scène dans une position provocante, appuyée sur ses coudes, jambes écartées. Cette fois, les zooms sur son visage montraient une « victime » lucide, aguicheuse, réactive à son environnement : rien à voir avec l'état léthargique de Romy.

Immobile, elle était cernée par les participants qui projetaient sur elle, tour à tour, différentes matières colorées et peu ragoûtantes, ainsi que des plumes qui finissaient par lui recouvrir la peau. Puis, du fond du bâtiment surgissait un cygne noir au bec rouge sang – pas un vrai animal, mais une maquette à taille humaine. Tout le monde lui facilitait le passage. Il se glissait dans l'entrecuisse jusqu'à s'accoupler avec la fille, alors qu'autour, encouragés par le Minotaure, les « spectateurs » entreprenaient toutes sortes d'actes sexuels. À un moment, un plan était fait sur une main à l'index coupé qui empoignait la chevelure d'une femme. Lysine ne manqua pas ce détail : sur la bande qu'elle détenait, cette même main avait taillé un morceau de viande dans la carcasse et barbouillé la figure de Romy.

Le court-métrage s'achevait par le départ du cygne, qui abandonnait deux œufs grotesques – des espèces de ballons de baudruche – dans son sillage. Angier releva les yeux vers Lysine.

— Particulier, n'est-ce pas ?

Elle se recula sur la banquette, sonnée. Angier termina son verre.

— Les créations de Mölzer provoquent toujours cet effet-là, cet instant de flottement, cette impression d'avoir perdu ses repères. *Der Flug des Schwans*, c'est en réalité la représentation très singulière d'un volet de la mythologie grecque, celui où Zeus, sous la forme d'un cygne, a abusé de Léda, une reine spartiate qui a ensuite pondu deux œufs, fruits de cette union. Les produits projetés sur notre Léda à nous sont tout ce qu'il y a de plus répugnant, des œufs aux excréments… Mölzer appelle ça des « *Materialaktionen* », des « actions-matériaux », dont le but est de susciter les sensations les plus extrêmes chez les spectateurs, de leur permettre de *ressentir* l'œuvre.

Lysine essaya de garder son calme. Ces hommes et ces femmes étaient peut-être ceux qui avaient participé à la mort de Romy. Qui l'avaient violée, humiliée, torturée.

— Tous ces individus sont consentants ? demanda-t-elle. Y compris la jeune fille qui… qui se fait pénétrer par le cygne ?

— Évidemment. Même si, je l'admets, c'est compliqué à accepter pour un néophyte, il s'agit là d'art, véritablement. Et puis, vous vous doutez bien que Mölzer serait en prison depuis longtemps s'il immortalisait autre chose que des relations entre adultes consentants, aussi trash soient-elles.

— Qui est-elle ? Qui est cette Léda ?

— Une anonyme, une performeuse ou une connaissance de Mölzer. Dans le fond, peu importe. Il faut que vous compreniez que ces gens-là élèvent l'art et la transgression au-dessus de tout. Ils n'ont aucune pudeur, aucun tabou, leur monde est différent du nôtre. La vérité, excusez-moi pour la rudesse de mes propos, c'est qu'il y a des personnes qui aiment se faire pisser dessus et s'envoyer de la merde à la tronche… Cette fille, en l'occurrence, elle prend son pied, et tous ceux qui sont présents aussi.

Et Romy, tu crois qu'elle a pris son pied ? songea Lysine en serrant les dents. Elle mourait d'envie de lui balancer sa pellicule à la figure, de l'emmener dans la cave de la maison de Saint-Maur pour lui montrer quelle espèce de taré était ce type qu'il admirait, mais elle contint sa fureur.

— L'homme à la tête de taureau, c'est Mölzer ? questionna-t-elle.

— Non, Mölzer reste la plupart du temps derrière la caméra. Le Minotaure, lui, apparaît dans toutes les vidéos depuis plusieurs années et joue les maîtres de cérémonie. Mais on ignore qui il est. J'ai déjà mené mon enquête partout sur Internet, j'ai échangé avec des férus des films de l'artiste qui décortiquent chaque plan, mais, si tout le monde se doute qu'il est une relation très proche de Mölzer, le secret est bien gardé… Personne ne connaît son identité, et vous ne le verrez jamais sans son couvre-chef qui est, à l'évidence, une vraie tête de taureau. Ce truc doit peser une vingtaine de kilos.

C'était lui qui avait assassiné Romy. C'était lui que Lysine voulait retrouver. Et elle n'était pas loin, elle le sentait.

— Parmi les autres « acteurs », il y en a des récurrents comme lui ?

— Oui, la majorité le sont. Vu que Mölzer performe désormais dans la plus grande discrétion, il fait à mon avis appel à des gens de confiance. Et des gens disponibles, parce que, ce qu'il ne faut pas perdre de vue, c'est que, si le résultat final ne dure que quelques minutes, il s'agit en réalité d'un montage. Derrière, il y a toute une mise en scène, une mécanique artistique qui s'étend sur des heures et des heures, parfois des journées. Créer une telle œuvre nécessite un réel engagement.

— Et vous pourriez m'aiguiller vers l'un de ces participants ? J'aimerais pouvoir m'entretenir avec. Essayer de comprendre ce qu'il recherche à travers ces… expériences ultimes.

Il sembla hésitant. Lysine perçut sa crainte et le rassura :

— En aucun cas je ne citerai votre nom, bien entendu. Quand je serai sortie d'ici, nous ne nous serons jamais vus.

Angier balaya la salle du regard. Finit par acquiescer, puis fit défiler la vidéo avant de s'arrêter sur l'individu au doigt coupé : un homme d'une quarantaine d'années au crâne chauve. Deux énormes piercings en métal partaient de la lèvre inférieure et se courbaient sous le menton, comme des défenses de morse. Ses yeux, quant à eux, étaient maquillés de noir : Lysine avait l'impression de contempler les orbites d'une tête de mort. Ce visage lui donna un frisson.

— Le seul que j'ai pu identifier, c'est ce fidèle des films de Mölzer, commenta le jeune cadre. Il s'appelle Jérémy Theobald, c'est un performeur spécialisé dans les expériences extrêmes d'enfermement. Il fait un travail très intéressant que j'ai notamment pu observer au Palais de Tokyo, il y a trois ans. Il avait intégralement fendu un rocher, avait creusé la forme assise de son corps à l'intérieur d'une des moitiés et s'y était installé. Après quoi le demi-rocher avait été plaqué contre une grosse vitre en Plexiglas afin que les visiteurs puissent observer l'artiste. Il n'avait ensuite quasiment pas bougé de cette position inconfortable, hormis pour s'alimenter et faire ses besoins à la vue de tous…

— Et où je peux le rencontrer ?

— Il y a plusieurs années, il a performé dans une casse automobile, à Noisy, à l'est de Paris. L'endroit lui appartient. Nous, on achète une maison ou un appartement ; lui, c'est une casse… Si c'est toujours d'actualité, il vit là-bas dans une caravane minuscule au milieu de la boue et des véhicules défoncés. Mais franchement, je vous déconseillerais de vous y rendre. Jérémy Theobald est un marginal. Il ne vous recevra pas.

Lysine nota l'information sur son carnet. Elle lui demanda également s'il pouvait lui fournir quelques films de Mölzer et il s'engagea à en déposer le soir même sur un serveur où elle pourrait les télécharger. Elle se leva et lui tendit la main, reconnaissante.

— Vous m'avez sacrément aidée à défricher le terrain. Je vous en remercie.

— Toujours ravi de pouvoir échanger sur Mölzer et son univers. Vous l'aurez compris, je ne peux pas avoir ce genre de discussion avec n'importe qui…

Quand elle regagna sa voiture, elle était satisfaite. L'entretien avait été fructueux. Les preuves s'accumulaient, les masques tombaient. Elle disposait désormais de noms et de visages. Bientôt, ces monstres allaient payer…

35

Depuis quand Sophie était-elle dans la pièce ? Avait-elle entendu la conversation, et en particulier la façon dont André avait parlé d'elle ? La femme se dressait pieds nus, les cheveux ébouriffés, excessivement pâle. Elle portait un caleçon et un tee-shirt noir sur lequel était dessiné le célèbre serpent se mordant la queue, l'ouroboros. Véra avait l'impression d'être face à une illuminée tout juste sortie d'une rave party qui aurait duré quarante-huit heures.

Enrichz s'avança, les bras le long du corps, les poings serrés.

— Vous comptez me fendre le crâne avec votre barre de fer ?

Véra tenta de garder son calme. Sophie avait de lourds cernes. Était-elle restée éveillée tout ce temps, l'oreille aux aguets ? Elle lorgnait à présent du côté de la radio CB posée au sol près du fauteuil. Releva soudain les yeux vers son hôte.

— On dirait que vous avez vu le diable en personne. Qu'est-ce qui se passe ?

— Assez joué aux devinettes, répliqua Véra. Je veux que vous m'expliquiez ce que vous êtes venue faire ici, et si vous savez quoi que ce soit sur ces empreintes qu'on a aperçues dans la neige dehors.

— On en parle demain. Là, je suis juste venue chercher un verre d'eau. Votre poêle est d'une efficacité redoutable, votre chalet est une vraie fournaise. Je crève de soif.

— Non, pas demain ! Maintenant !

Emportée par sa colère, Véra pointa la radio du doigt.

— Je viens de discuter avec André. Je ne vous apprends rien, je présume ?

— Bien sûr que si. Je ne suis pas du genre à écouter aux portes. Mais vu votre ton, j'imagine que ça me concernait.

— Oui, ça vous concernait. André m'a raconté, pour la chambre que vous avez louée à l'auberge du village. Le miroir cassé, le labyrinthe dessiné au feutre dans la baignoire avec mon chalet en plein milieu… Qu'est-ce que ça veut dire ?

Après un silence, Sophie secoua la tête.

— Ce n'est pas moi qui ai fait ça.

— Bien sûr… Qui alors ? le pape ? Vous étiez la seule cliente de l'établissement, vous avez dormi dans cette chambre. À moins que nous ne soyons tous des menteurs et que nous ne nous liguions tous contre vous…

— Peut-être bien, oui.

— Pas de chance, figurez-vous que, là-bas, une des pages du roman qui se trouve dans votre sac a glissé sous le lit. La page 65. Vous savez, celle où votre *personnage* évolue près des étangs qui se situent à quelques minutes de mon chalet ? Ce personnage, c'est moi. Comment vous avez appris, pour la noyade de ma fille ? Vous avez creusé mon passé pour faire remonter ces… horreurs à la surface ? Qu'est-ce que vous voulez, à la fin ? Me faire du mal ?

Alors qu'elle était jusque-là relativement parvenue à maîtriser ses nerfs, Véra se mit à tout déballer.

— Vous êtes déjà venue ici, vous connaissez le coin, et ne me faites pas encore le coup de la prédiction. Elles ne peuvent pas être élaborées au point de vous donner la forme exacte d'un étang paumé au cœur d'une forêt. C'est impossible.

Face à elle, le visage de la visiteuse se crispait.

— Comment vous êtes au courant que j'ai un roman dans mon sac ? Vous avez fouillé dans mes affaires ?

— Non, mais ça me paraît évident. Je ne vois pas comment vous auriez pu égarer une page d'un manuscrit que vous n'avez pas sur vous. Et vous venez, il me semble, de le confirmer malgré vous.

Sophie la sonda, les paupières mi-closes.

— Bien joué, docteur…

Le calme de sa voix avait quelque chose d'effrayant. Elle s'avança vers la cuisine, faisant un écart comme si la peur avait changé de camp.

— Si vous souhaitez que nous discutions, il va falloir lâcher votre tisonnier. Je ne vous cache pas que ça me crispe.

Véra hésita. Tant que Sophie restait dans son champ de vision, en petite tenue, elle ne risquait pas grand-chose. Alors elle reposa son arme providentielle près du poêle. L'inconnue, elle, alla tirer la chaînette qui alluma l'ampoule. Puis elle plaça une chaise au centre de la pièce.

— Il faudra que je récupère cette page, fit-elle en désignant le fauteuil pour que son hôte s'y installe. J'écris toujours mon premier jet à la main, je n'ai aucune sauvegarde.

— Je demanderai à André de faire le nécessaire. C'est lui qui est en relation avec les gendarmes. Au pire, s'ils l'ont jetée, il en possède la version audio.

Véra avait volontairement évoqué son ami et les forces de l'ordre. Elle voulait montrer que, en dépit de l'isolement, elle n'était pas seule. Des hommes pouvaient débarquer en cas de problème.

— J'ai l'impression que, depuis le début, vous me voyez comme une ennemie, alors que j'ai fait toute cette route pour vous aider, lâcha Sophie.

— M'aider à quoi, bon sang ? Arrêtez, avec vos mystères, et parlez une bonne fois pour toutes.

— Très bien, si vous insistez, on peut faire ça maintenant. Je reviens...

Sophie se rendit dans la chambre, ce qui provoqua un nouveau pic de stress chez Véra. Et si elle déboulait avec un flingue ? Se sentant vulnérable, elle cacha en vitesse le tisonnier entre l'assise et le coussin du fauteuil, de façon à pouvoir s'en saisir en un geste. Sa visiteuse réapparut quelques secondes plus tard, simplement munie de son classeur. L'ancienne psychiatre poussa un soupir : ça n'en finirait donc jamais, cette fichue parano allait recommencer avec ses articles à la mords-moi-le-nœud.

— Par contre, il faut vraiment que je boive, déclara Sophie en posant le classeur sur les genoux de son hôte et en se dirigeant vers la cuisine. Eau pour moi, mais vodka pour vous, je présume ?

— Vous présumez bien.

— Je m'en occupe. En attendant, je vous invite à jeter un œil à la page 73.

Sans entrain, Véra tourna les feuillets du classeur et se retrouva face à un patchwork de drames. Comme sur les autres pages, il y avait une dizaine d'encarts découpés, rassemblés là en un puzzle sordide.

— Et alors ?

— Regardez attentivement, au lieu de survoler. Vous n'avez pas besoin de moi pour comprendre.

Une fois de plus, elle s'exécuta. Jusqu'à ce que, soudain, son cœur fasse un bond dans sa poitrine. En bas, à droite, quelques lignes la heurtèrent au plus profond de son âme.

— Bon Dieu…

36

Il fallait qu'elle le tue. Et vite. Ou c'était elle qui crèverait. Or, dans son accès de colère, Traskman lui avait justement délivré ce qui lui manquait depuis le début : une arme. Le choc du talkie-walkie contre le sol avait en effet provoqué l'éjection de la plaque arrière, qu'il était normalement nécessaire de dévisser pour atteindre le compartiment à piles. Un élément que Julie avait découvert, au matin, sous le lit, alors que Caleb avait ramassé tout le reste en s'éclairant à l'aide de sa lampe, embarquant même le jeu d'échecs avec sa table.

Elle laissa passer cette nouvelle journée sans y toucher. Les plateaux arrivèrent, les repas étaient bons et copieux, comme si son bourreau essayait de se faire pardonner pour sa violence de la veille. *Va te faire foutre*, pensa-t-elle en avalant la nourriture sans appétit. À chaque mouvement, elle grimaçait à cause de l'ecchymose à son abdomen.

Quand l'obscurité tomba, elle récupéra enfin le morceau de métal. En l'étudiant avec ses doigts, elle estima qu'il devait mesurer environ vingt centimètres sur sept, pour quelques millimètres d'épaisseur. Malheureusement, ses bords étaient arrondis. Mais il était solide, et Julie se dit qu'elle pourrait en tirer quelque chose. Eut une idée. Espéra que ça fonctionnerait.

Aussitôt, elle employa toutes ses forces pour tordre la partie supérieure droite du rectangle de métal. Puis, une fois celle-ci repliée, elle la glissa sous le pied de son lit. Après quoi elle s'écrasa de tout son poids sur le matelas. S'ensuivit un claquement sec : la plaque avait cassé net au niveau de la pliure. Julie passa son index à cet endroit. Des rugosités lui entaillèrent la peau. Elle porta son doigt à sa bouche. Et y découvrit, satisfaite, le goût du sang.

Forte de ce succès, elle recommença l'opération sur la partie supérieure gauche, avec davantage de subtilité : il fallait que l'extrémité haute de cette seconde cassure soit au plus près de celle de la première, de manière à former une pointe. Elle palpa dans le noir, ajusta aussi précisément que possible, consciente qu'une telle opportunité ne se représenterait sûrement jamais, et, confiante, s'affala de nouveau sur le lit. *Clac.*

La pointe n'était pas centrée, mais, bonne nouvelle, elle était assez aiguë pour perforer. Les bords irréguliers faits d'éclats de métal arracheraient de surcroît les chairs, comme un couteau de chasse qui, une fois planté, ravage tout dès lors qu'on essaie de le retirer. Ça allait lui faire très, très mal.

Néanmoins, la prise en main de l'arme n'était pas aisée. La partie basse du rectangle utilisée comme manche était large. Et si Julie serrait trop, les bords fins lui cisaillaient la paume. Or, il faudrait qu'elle l'empoigne sans la moindre hésitation quand le moment serait venu. Elle déchira donc une mince bande dans le drap et l'enroula généreusement autour du manche. Ça augmentait encore la largeur, mais elle put cette fois serrer plus franchement. À genoux sur son matelas, elle brandit son couteau artisanal et frappa dans son oreiller. Il s'enfonça comme dans du beurre.

Julie exulta. Elle s'approcha d'un mur, heurta encore à de multiples reprises la mousse. Des coups nets. Déterminés. Dans le silence, elle percevait le sifflement de la lame, puis le bruissement de la matière lors de l'impact. Même dans un matériau solide, ça s'enfonçait sans effort. Elle imagina Traskman en face d'elle. L'instant où elle viserait son foie d'un geste vif, précis, sans tergiversation. Comme ça, *bing*, bras jaillissant devant elle, tel un ressort qu'on détend. L'écrivain expliquait dans l'un de ses romans qu'on mourait quasiment toujours d'une blessure au foie. Que c'était le meilleur endroit pour porter un coup.

Un doute tiraillait cependant Julie : le foie avait la forme d'une virgule, mais où se situait sa partie la plus importante, exactement ? À droite ou à gauche ? De quel côté aurait-elle le plus de chances de toucher l'organe ? Elle essaya de se rappeler ses cours de biologie. Cœur à gauche… Gros lobe du foie à l'opposé… À droite, c'était à droite qu'il se trouvait. Elle le planterait donc côté gauche pour elle. Côté gauche. Ne pas se tromper.

À l'aveugle, elle dissimula les chutes de métal sous le matelas, et le poignard de fortune sous son oreiller : elle devait pouvoir s'en saisir en une fraction de seconde. Quand la lumière automatique revint, elle n'avait pas fermé l'œil de la nuit, trop excitée. La perspective de sortir d'ici lui paraissait presque irréelle, et pourtant plus crédible que jamais. Mais pour ça, surtout, il fallait garder le contrôle, ne pas se trahir. Poursuivre ses rituels le jour. S'entraîner la nuit. À dégainer rapidement pour le prendre par surprise. À mettre de la puissance dans son mouvement. À se préparer à mille scénarios. Parfois, dans son imagination, Traskman lui tournait le dos, elle se jetait sur lui et le frappait à la nuque.

Problème : tant qu'il ne pénétrerait pas dans la pièce, tout cela serait parfaitement inutile. Et, pendant des semaines, il se garda justement de lui rendre visite. Julie ne parvenait plus à lire, à dormir, elle pensait à son évasion en permanence. Les journées devinrent interminables, elle réclamait de nouvelles parties d'échecs lorsqu'il déposait le plateau-repas par la trappe, ou d'autres défis, mais rien n'arrivait. Il était imperméable. Comme s'il pressentait quelque chose.

Quand il lui livra de la nourriture pour plusieurs jours, elle le supplia de ne pas partir, de ne pas la laisser seule, elle voulait qu'ils communiquent de nouveau, tous les deux. Oui, elle l'avait entendu pleurer, et alors ? Elle ne pleurait pas, elle, peut-être ? Tous les êtres humains pleuraient ! Mais son insistance ne servit à rien. Ce type était un roc.

Sans qu'elle se l'explique, la solution lui apparut face à une boîte de légumes de son stock, un midi. Elle tenait enfin le moyen de faire entrer le loup dans la bergerie. Puisqu'il ne lui restait plus de petit déjeuner, ça signifiait que Traskman allait revenir dans la maison probablement dans la nuit, ou le lendemain. Ça avait toujours été ainsi depuis le début de sa détention. Sauf que là, quand il glisserait son œil par l'un des trous, il la découvrirait morte. Du moins le croirait-il.

L'idée effraya autant Julie qu'elle la stimula. C'était risqué, très risqué, mais ça pouvait marcher. Elle imagina une mise en scène. D'abord, l'impact visuel : au premier coup d'œil, Traskman devrait croire qu'il s'était produit quelque chose de grave, voire de fatal, pendant son absence. Il fallait du sang. À l'aide de son couteau artisanal, Julie se fendit la paume de la main. Ça pissa le sang. Elle en étala sur le rebord du lavabo, se frotta aussi le visage. Traskman penserait qu'elle s'était fracassé le crâne contre l'émail. Elle renversa ensuite sa dernière soupe du soir sur le linoléum, pas loin du lit. Déchira de nombreux articles. Chassa le matelas du sommier. Elle devait donner l'impression d'un chaos, d'une ultime crise. D'un désespoir si profond qu'elle avait décidé de mettre fin à ses jours.

Après ça, Julie cacha son arme sous sa veste, la coinçant avec l'élastique du pantalon de jogging. Elle se coucha par terre, face au trou qui offrirait la meilleure vision de la scène, le bras gauche au-dessus de sa tête, mais le droit contre son corps. Traskman la verrait inerte, ensanglantée. Quand elle entendrait le déclic de la porte, elle prendrait vite son couteau dans la main droite sans changer de position. Il arriverait derrière elle, en panique, serait obligé de se pencher pour voir ou chercherait à la retourner. Alors, elle lui transpercerait le ventre.

La jeune fille ferma les yeux. L'épreuve de force commençait. Un interminable combat mental contre elle-même. Demeurer immobile, coûte que coûte, pendant des heures et des heures. Car il suffisait qu'elle bouge au moment où il regarderait par l'orifice, et ce serait fini. Julie raconterait tout ça aussi aux médias, cette façon incroyable dont elle s'en était sortie. Elle ferait beaucoup d'interviews. Il y aurait sûrement des livres qui relateraient son calvaire. Elle leur expliquerait qu'elle ne s'était permis de détendre ses muscles que lorsque l'obscurité était tombée, ne craignant plus, grâce au noir, que Traskman puisse la voir. En tout cas, pas sans se faire repérer lui-même.

Finalement, sa nuit se résuma à une alternance de courtes phases d'endormissement et de réveils en sursaut. Puis la lumière automatique se ralluma d'un coup, la poussant à baisser de nouveau les paupières. C'était le matin, le dernier qu'elle passerait dans cette prison, après combien ? Trois années de séquestration ? Bientôt, elle serait auprès de ses parents, elle respirerait l'air du dehors, verrait briller le soleil. Dans le fond, ça lui paraissait totalement improbable, mais elle s'accrochait à cette idée pour tenir, supporter les tensions dans ses articulations, sa nuque. *Prendre le couteau, et frapper avec énergie. Il sera en face de toi. Son cœur est à sa gauche, la plus grosse partie de son foie, le haut de la virgule, à sa droite. Tu dois viser à gauche, à gauche, à gauche…*

Elle se répéta ces instructions sans s'arrêter. Se représentait, encore et encore, chaque mouvement de son attaque. Les heures où elle resta couchée là lui semblèrent des journées, mais ce seraient les ultimes… Cette pensée lui donna du courage.

Soudain, le déclic.

Il entrait.

37

Dès qu'Angier les lui avait transmis, Lysine s'était empressée de visionner les films. Cinq films récents tournés par Mölzer après son installation à Saint-Maur. Toujours la même mélasse, entre sexe, mutilations, actes dégradants, dans des endroits qui allaient de la fosse d'une piscine vide à des sous-sols aveugles. À vomir, certes, mais rien à voir avec la cruauté de la bobine qu'elle détenait.

Sur ces vidéos, Lysine avait cependant reconnu des visages, notamment celui de Jérémy Theobald, chaque fois très entreprenant. Elle voulait comprendre ce que ces monstres recherchaient. Pourquoi avoir kidnappé et assassiné une pauvre fille ? Parce que les relations consenties ne leur suffisaient plus ? Parce que cette horde d'animaux se croyaient tout-puissants, au-dessus des lois ? Parce qu'ils avaient décidé de franchir une étape dans la violence, l'interdit, la transgression en se payant un meurtre ? Ça les excitait certainement de s'en prendre à une gamine. De voir la vie la quitter après lui avoir tranché la gorge, puis de remettre leur costume et de réintégrer leur domicile comme si de rien n'était. Selon Angier, Mölzer n'avait plus créé d'*Aktion* officielle depuis plusieurs années. Alors, qu'avait-il fait, pendant tout ce temps ? Existait-il d'autres *snuffs* comme celui qu'elle avait en sa possession ? Ces bêtes sauvages avaient-elles fait d'autres victimes avant Romy ?

Alors que toutes ces questions se bousculaient encore dans sa tête, dehors, le soleil se levait déjà. Un astre aux contours flous, blanchi par les gelées matinales. La journée s'annonçait froide et sèche. Lysine descendit et se fit un café, dans un état de fatigue de plus en plus prégnant. Elle prit la photo de ses parents entre ses mains. Ne ressentit rien, en la regardant, qu'un grand vide entre eux et elle, un espace qu'elle avait à présent tellement de peine à combler… D'ici à deux jours, elle retournerait à Rouen où une autre épreuve l'attendrait : comprendre ce qui se passait dans son cerveau. Peut-être lui diagnostiquerait-on une tumeur inopérable, que ses souvenirs allaient continuer à s'effacer, à se mélanger, qu'il ne lui restait que six mois à vivre et qu'elle devrait en profiter pour voyager, accomplir tout ce qu'elle aurait aimé accomplir. *Apporter la vérité aux parents de Romy, c'est ça que je veux… Punir les salopards qui lui ont fait du mal.*

Elle reposa le cadre et feuilleta ses notes sur Jérémy Theobald rassemblées durant la nuit. Un homme aux traits durs, aux yeux toujours maquillés de noir et au physique très sec, nerveux. D'après ses recherches, la main mutilée de ce type n'était pas liée à un accident. En 2017, il s'était en réalité fait couper volontairement l'index par un ami pierceur/tatoueur – un acte chirurgical filmé –, pour les besoins d'une performance réalisée au musée Migros de Zurich et qui avait attiré plusieurs centaines de curieux.

Lysine avait passé des heures à explorer son univers tordu. Elle avait notamment découvert que, en 1999, à l'âge de vingt et un ans, Jérémy, alors étudiant aux Beaux-Arts de Lyon, avait été condamné pour tentative de viol sur une fille de dix-sept ans qui avait refusé ses avances, au terme d'une soirée en boîte de nuit. Il l'avait suivie et agressée au moment où elle rentrait chez elle.

Heureusement, un habitant de l'immeuble avait pu intervenir et donner l'alerte.

Sa peine de prison semblait être à l'origine de sa « vocation ». Peu de temps après sa libération, il avait commencé à s'enfermer et à se lancer des défis tous plus loufoques les uns que les autres. Comme traverser les Pyrénées avec un boulet de dix-neuf kilos enchaîné à la cheville, rester une semaine sur une plate-forme d'un mètre carré au sommet d'un mât, ou encore se cloîtrer cinq jours dans un casier de soixante centimètres de haut, autant de large, et quatre-vingt-dix centimètres de profondeur. L'idée était de se soumettre en permanence à ce qu'il avait vécu en détention : la contrainte et la privation.

La journaliste avait également déniché deux, trois liens où l'on évoquait ses apparitions dans les œuvres de Mölzer, mais guère plus. Après une nuit de fouilles sur le Web, elle ignorait toujours qui étaient les autres participants récurrents. Ce qui importait peu puisqu'elle avait Jérémy et qu'elle connaissait son adresse : la casse de Noisy-le-Grand à une trentaine de kilomètres de là.

Soudain, rompant le silence qui planait dans la bâtisse, son téléphone jetable sonna. Elle reconnut aussitôt le numéro. Henry Cobb, l'étudiant.

— Henry ?

— Oui, bonjour. Je ne vous dérange pas ?

— Je vous écoute.

— Je n'ai pas arrêté de penser à cette histoire depuis notre rencontre. Elle me hante et je me disais que c'était dégueulasse de vous avoir refilé le film comme je l'ai fait. De vous avoir laissée vous démerder seule…

— Ça va, ne vous inquiétez pas.

— Vous avez retrouvé la fille aux cheveux violets ?

Prise au dépourvu par la question, elle demeura muette un instant avant de décider qu'il était inutile de partager les avancées de son enquête avec le jeune homme. En effet, elle n'était pas certaine qu'il puisse supporter ses révélations et préféra opter pour le mensonge.

— Pas encore. J'ai eu pas mal de trucs à régler entre-temps…

— Je comprends. En fait, j'ai une autre piste qui pourra peut-être vous aider. J'ai passé la journée d'hier à parcourir la liste des galeries d'art parisiennes sur Internet, pour voir si leur nom me dirait quelque chose. Et j'ai enfin déniché celle dont m'avait parlé Lysine. Enfin, l'autre… Bref, il s'agit de la Blue Arts Factory, dans le 6e. C'est là-bas qu'elle avait vu les tableaux de la fameuse Ariane dont vous m'avez parlé…

Lysine nota l'information.

— Vous en êtes certain ?

— Absolument. Comme je voulais faire plus pour vous, je me suis rendu sur place et j'ai discuté avec une nana qui se souvenait de ces œuvres. Elle avait organisé une exposition destinée à mettre à l'honneur des artistes de rue. Ça remonte à environ un an.

— Elle se souvenait d'Ariane ?

— Oui. D'après ce qu'elle m'a raconté, Ariane était installée aux Frigos, dans le 13e. C'est un ancien entrepôt frigorifique aujourd'hui totalement dédié à l'art. Il est possible qu'elle y travaille encore.

— C'est génial, Henry, merci.

— Je vous en prie. Faites attention à vous, Lysine…

Les Frigos… Ariane s'était-elle réfugiée dans cet endroit après avoir quitté la maison d'Athis-Mons ? Sans tergiverser, Lysine embarqua ses clés de voiture et sortit de chez elle au pas de course. Ses priorités venaient subitement de changer.

38

Tempête d'adrénaline. Son cœur grimpa dans les tours. Julie crut que son artère jugulaire allait exploser et, durant une fraction de seconde, elle eut envie de tout abandonner. Mais il était trop tard pour reculer. D'un geste aussi vif que silencieux, elle glissa comme prévu ses doigts sous sa veste et s'empara de la lame sans la dévoiler. Retint son souffle alors que les pas de Caleb approchaient rapidement.

Après quelques secondes, elle sentit une pression sur son épaule. Son bourreau se pencha au-dessus d'elle. La retourna. Elle eut à peine le temps de voir ses yeux arrondis par la panique, les trois rides profondes imprimées sur son front, la détresse qui ravageait son visage que, déjà, elle plantait son couteau droit devant elle. La lame traversa le pull, mais heurta presque immédiatement quelque chose de dur avant de riper sur le côté et de lui échapper des mains. Traskman se courba alors dans un grognement, à genoux. Il plaqua ses paumes sur sa plaie au niveau de la poitrine.

Julie avait visé trop haut, dans la cage thoracique… Elle se redressa aussi vite qu'elle le put, chercha à agripper la télécommande autour du cou de Caleb, mais celui-ci se replia sur lui-même pour la protéger. Sans se décourager, elle tira sur la cordelette pour l'étrangler par-derrière. L'homme émit un gargouillis, essaya de la frapper à l'aveugle, puis la corde céda, propulsant Julie vers l'arrière. Le boîtier, lui, atterrit par terre, bien trop près de Traskman pour qu'elle espère pouvoir rivaliser.

— Petite… salope…

Il haletait en appuyant sur le bouton. Julie se précipita vers la sortie alors que le battant était déjà en train de se refermer. Elle hurla. Parvint à se faufiler de profil dans l'entrebâillement. Et atterrit au milieu d'un couloir. Les lumières, incrustées dans le plafond bas et gris, lui firent penser à un abri souterrain. Elle n'avait cependant pas le temps d'analyser la situation et fonça sur la droite. Sur les cloisons serrées, elle distingua un enchevêtrement de dessins monstrueux, de photos de cadavres ou de scènes de crime, de coupures de journaux, comme dans sa prison. Il y en avait des centaines. Des milliers. La folie de Traskman transpirait de partout.

Elle dévala trois marches, en remonta trois quelques mètres plus loin. Tenta d'ouvrir la première porte qui se présenta à elle : verrouillée. Une autre, qui ne dévoila qu'un mur de brique. Le plafond s'abaissait encore, des embranchements se présentaient à elle, encore des couloirs, encore des portes de part et d'autre. Cette maison était gigantesque, anormale, seul un fou pouvait habiter ici. Elle bifurqua au hasard, appelant à l'aide. Cavalant sur le béton noir, oppressée par les couvertures géantes des livres de Traskman affichées tout autour d'elle. Julie avait l'impression d'évoluer dans les coulisses d'un théâtre maudit ou un décor de film gore.

À un moment, elle se retrouva dans un cul-de-sac. *Meeerde !* L'acide brûlait ses muscles atrophiés, plus habitués à l'effort. Demi-tour. À droite. Elle s'engouffra dans une bibliothèque remplie de bouquins jusqu'au plafond. La pièce était circulaire, sans fenêtre, percée de niches avec d'étranges objets dans des bocaux.

Julie crut même apercevoir un agneau à deux têtes dans du formol avant de pousser une nouvelle porte, hors d'haleine. Des murs. Un couloir. Elle ne lâcha rien jusqu'à ce que, soudain, elle discerne du sang au sol, par petites gouttes : Traskman venait de passer par là. Comment était-ce possible ?

Elle avait tourné en rond. Caleb avait fait de cette maison un vrai labyrinthe… Le désespoir la heurta de plein fouet. Ses yeux se remplirent de larmes. Elle errait dans l'antre du Minotaure. Elle ne s'échapperait jamais d'ici. Elle fit encore quelques pas et, juste après un virage, constata qu'elle était exactement de retour à la case départ.

Un souffle, dans son dos, la glaça. Elle fit volte-face. Traskman la pointait avec son pistolet hypodermique. Quand il dévoila ses gencives, elles étaient rouges de sang.

— Tu veux savoir où je disparais, tous ces jours où je m'absente… ? Eh bien, tu vas le découvrir. Et tu vas mourir.

Et il tira.

39

Une fillette de trois ans est morte noyée dans un lac après avoir échappé à la vigilance de sa mère. Selon les sapeurs-pompiers, l'enfant aurait été sortie de l'eau en arrêt cardio-respiratoire par le maître-nageur assurant la surveillance de la baignade dans la piscine naturelle située à une trentaine de mètres de là. Malheureusement, il était trop tard. La mère s'était installée dans une zone ombragée sous les sapins, à gauche de la plage, pour éviter la foule. Un petit garçon recherchant son chien aurait été à l'origine de son manque d'attention.

Véra toucha le papier de ses doigts tremblants. Elle releva des yeux noirs vers Sophie Enrichz.

— Alors c'est comme ça que vous avez su, pour ma fille ? Encore et toujours vos putains de faits divers…

La visiteuse lui tendit son verre de vodka.

— Ce ne sont pas des putains de faits divers, ce sont des…

— Et vous avez eu une vision, là aussi, je suppose ? Qu'est-ce que vous allez me baratiner, cette fois ? Que vous m'avez vue, moi, en train de discuter avec un gamin qui avait perdu son chien, alors qu'Emily coulait comme une brique ? Et tout ça avant que ça se réalise vraiment ? Expliquez-moi, je suis curieuse de savoir.

La romancière s'assit en face d'elle, imperturbable.

— Non, ce n'est pas ainsi que ça s'est passé, se contenta-t-elle de répondre.

Véra serra son verre entre ses mains. Le porta à ses lèvres et but une gorgée pour se redonner une contenance. Il fallait qu'elle retrouve vite son calme, que la psychiatre en elle reprenne le dessus. La femme qui se tenait devant elle était malade et délirante. La braquer ne ferait que renforcer ses défenses psychiques et aggraver la situation. Elle était selon toute vraisemblance prête à parler. Il suffisait de s'y prendre de la bonne manière.

— Je suis désolée de m'être emportée, dit Véra. Je suis un peu sur les nerfs…

— J'avais remarqué. Mais j'accepte vos excuses.

Encore heureux, sale garce.

— Merci beaucoup. Vous voulez bien répondre à mes questions ? Qu'on échange tranquillement, toutes les deux ? J'aimerais qu'on avance. Qu'on essaie de comprendre comment on pourrait… empêcher votre prédiction de se concrétiser. D'accord ?

— D'accord.

— OK. Vous êtes en train d'écrire un nouveau roman, votre second, c'est bien ça ?

— C'est ça.

— Pouvez-vous m'en donner le titre ?

— *Les Recluses.*

— Est-ce que, de la même façon que pour *La Fille venue de l'ombre*, cette histoire tire ses racines d'une vision que vous avez eue ?

Sophie acquiesça et but un coup. Véra l'imita. Il était important de laisser des temps morts pour faire retomber la tension et pour éviter qu'Enrichz ne se referme.

— Les recluses, c'est nous ?

— Exact.

Véra avait vu juste. Ce qui n'était pas pour la rassurer, car ça supposait que cette femme avait prévu de longue date de lui rendre visite. Peut-être même avait-elle surveillé les bulletins météo de ces derniers jours, et choisi la meilleure fenêtre pour rappliquer : celle correspondant à l'arrivée d'une tempête. Ce qui la confortait dans l'idée qu'André et elle avaient raison : Sophie était déjà venue dans les environs pour faire des repérages, même si elle refusait de l'admettre. Son esprit tordu avait-il refoulé ces souvenirs-là ?

Il fallait que Véra trouve la faille, et lui prouve que rien de ce qu'elle racontait ne tenait la route.

— Si nous sommes les recluses, ça veut dire que vous aussi, vous faites partie de la vision ?

— Tout à fait.

— C'est la première fois que vous êtes impliquée dans l'une de vos prédictions ?

La romancière hocha la tête en émettant une drôle d'onomatopée.

— Et quel est le drame que nous devons redouter ? enchaîna Véra.

— Ça, je suis malheureusement incapable de le dire. Je crois que l'histoire est en train de s'écrire en ce moment même…

— D'ordinaire, vous visualisez pourtant nettement ce qui va avoir lieu, non ? Un accident, un suicide, un kidnapping…

— Je présume que, cette fois, comme je contribue au fait qu'elle se réalise, je ne peux pas en connaître l'issue. C'est un peu le serpent qui se mord la queue, répondit-elle en désignant son tee-shirt.

Le discours était aussi délirant que structuré. Sophie suivait sa logique et, dans son raisonnement, il n'y avait aucune brèche. Ce qui rendait la tâche de Véra d'autant plus délicate.

— Dans ce cas, que vous a appris la vision qui vous a poussée à prendre la plume ?

— J'ai vu la forêt, la tempête, le sentier avec les marques sur les troncs. Puis vous, moi, piégées ici, dans ce chalet. J'ai tout de suite reconnu votre visage. C'était à la fois incroyable et effrayant de savoir à l'avance qui était concerné. Ça ne m'était jamais arrivé. C'était une chance inespérée. Il fallait que je vous retrouve pour éviter une tragédie dont j'ignore encore tout, mais qui allait forcément se produire... Alors j'ai commencé à mener mon enquête sur vous, votre passé. Et j'ai découvert l'article sur la noyade.

— Vous avez découvert l'article sur la noyade en menant une enquête sur moi, vous dites. Ça n'avait donc rien à voir avec une vision ?

— Non.

— Dans ce cas, pourquoi avoir collé cet article dans votre classeur ? Ne m'avez-vous pas dit qu'il ne contenait que des prédictions qui s'étaient réalisées ?

Soudain, Sophie parut déstabilisée. Et se gratta le cou d'un geste nerveux.

— Je... C'est la seule exception. C'est vrai, je l'ai collé après qu'il a eu lieu. Mais... j'avais besoin qu'il soit avec les autres pour pouvoir mettre la main dessus facilement. Je l'ai donc placé selon un ordre chronologique. Enfin, bref, c'est un détail. À la suite de mes recherches, je me suis rapprochée de vos anciens collègues pour tenter de vous localiser...

Véra, qui avait réussi à fendiller la structure mentale de la romancière, décida de ne pas lui offrir de répit.

— Je vois... Mais vous avez conscience que, si vous ne m'aviez pas rendu visite, il était impossible que quoi que ce soit se passe ?

— Oui, oui, bien sûr que j'en suis consciente. J'ai longtemps réfléchi avant de venir, vous savez. Mais j'ai pris cette décision parce qu'il était important pour moi que nous réglions de vieux comptes. Vous avez toujours cru que j'étais malade, vous m'avez refilé votre traitement abrutissant. Je voulais vous démontrer que vous vous étiez trompée. Et on dirait que je n'y suis pas parvenue. Vous me prenez encore pour une folle.

— Pourquoi pensez-vous une chose pareille ?

— Votre interrogatoire, là. Vous croyez que je ne le vois pas ? Vous faites tout pour me piéger. Et puis, je sais que vous avez fouillé dans mon sac, sans doute quand j'étais aux toilettes. Vous avez jeté un œil à mon manuscrit, l'enveloppe kraft était rangée à l'envers lorsque j'ai sorti mes affaires dans la chambre. Je suis très observatrice !

— Je suis désolée. En fait, ça m'agace de ne pas me souvenir de votre vraie identité et...

— Encore votre problème de mémoire, vos souvenirs qui ne reviennent pas... Vous vous rappelez, au moins, avoir pris cette enveloppe ?

— Parfaitement.

— Et après, vous avez lu sans en avoir l'autorisation, n'est-ce pas ?

Véra acquiesça. Elle sentait que la situation pouvait dégénérer d'un instant à l'autre.

— Seulement la première page, la rassura-t-elle. La marche dans la forêt, le marquage sur les troncs qui mène jusqu'ici... J'ai eu la sensation qu'il s'agissait de vous, mais, selon toute vraisemblance, c'est de moi qu'il est question. C'est bien ça ?

Sa visiteuse lui adressa un sourire ambigu. Véra avait de plus en plus l'impression de jouer une partie d'échecs contre un adversaire redoutable. Elle termina son verre d'alcool et le garda entre ses mains, silencieuse.

— Oui, c'est bien ça. Exactement. C'est vous que j'ai vue sur le chemin. Ma nouvelle histoire commence avec vous, et vous seule.

Sophie adoptait désormais une posture agressive.

— C'est donc moi que le monstre traque, continua Véra. Mais qui est-il ?

— Je n'en sais rien. Je ne connais pas son visage. Mais je sais qu'il vous cherche et qu'il vous veut du mal.

— Pourquoi ?

— Aucune idée.

— Il est sur mes traces depuis combien de temps ?

— Depuis que vous avez fui, que vous vous êtes réfugiée dans cet endroit… Mais il est là, à présent. Il vous a retrouvée. Il *nous* a retrouvées. Et il nous tuera si on ne fait rien. On doit empêcher ça. Si on reste ensemble, si on fait attention, il ne pourra rien contre nous.

Véra se rendit compte que la situation lui échappait. Elle posa son verre par terre et plaça prudemment sa main droite au niveau de l'assise du fauteuil, ses doigts effleurant l'extrémité du tisonnier, invisible. Elle en avait rencontré, des schizophrènes qui, en une fraction de seconde, basculaient dans la violence, jusqu'à commettre un meurtre parfois. Tout à coup, elle fut envahie par une bouffée de chaleur.

— Il est tard, déclara-t-elle. Je crois que nous aurions tout intérêt à poursuivre notre conversation demain.

— Pourquoi demain ? C'est ce que vous souhaitiez, non, qu'on discute ? Et maintenant, vous voudriez qu'on arrête ? Pourquoi ? Parce que la vérité vous embarrasse ?

— Quelle vérité ?

— J'aimerais que vous regardiez votre bibliothèque, deuxième rangée, derrière *Vol au-dessus d'un nid de coucou.* J'y ai déposé un petit cadeau pour vous. Je l'ai caché là peu de temps après mon arrivée. C'est-à-dire il y a un bon paquet d'heures.

La façon dont elle avait prononcé le mot « cadeau » fit se dresser les poils de Véra. En se levant, celle-ci eut l'impression que ses os pesaient des tonnes. Elle se dirigea vers la bibliothèque, déplaça le livre de Ken Kesey et eut le souffle coupé face à sa découverte : un téléphone portable. Aussitôt, elle recula d'un pas, comme un randonneur qui tombe nez à nez avec un serpent dangereux.

— Qu'est-ce que… vous avez fait ? souffla-t-elle.

Sophie s'approcha. Il n'y avait plus aucune marque de sympathie sur son visage. Juste du sarcasme et de l'animosité.

— Où sont vos plaques de psoriasis ? Et vos migraines et vos vomissements ? Hein ? Alors certes, ce truc ne capte rien ici, mais il est allumé et balance des ondes non-stop.

Les yeux de Véra se troublèrent. Les contours de la frêle silhouette qui se tenait devant elle devinrent flous. Un vertige l'obligea à s'agripper à la bibliothèque. En proie au malaise, elle mit sa main sur son crâne. Il semblait prêt à imploser.

— Qu'est-ce que… ?

Elle fixa son verre d'alcool au sol.

— Vous m'avez…

— Et vous osez me dire que vous n'êtes pas alcoolique… Vous avez vidé la moitié de la bouteille en quelques heures et ça n'a même pas été suffisant pour venir à bout de vous. Vous êtes tenace, je dois bien l'avouer.

Véra fit un effort surhumain pour se redresser, puis pour atteindre la sortie. Là, elle s'accrocha à la poignée et tomba en arrière, provoquant l'ouverture de la porte. Immédiatement, l'air glacé s'engouffra dans le chalet. Elle tenta de ramper jusqu'au fauteuil. Finit par s'effondrer par terre. Tout tournait comme dans un manège infernal. Le visage inversé de Sophie se dessina dans son champ de vision. Le battant, lui, tapait contre le mur au rythme des bourrasques dans un fracas insupportable.

— J'ai simplement ajouté dans votre vodka un de ces machins costauds capables d'assommer un bœuf, fit la voix au-dessus d'elle. Ça n'a pas été compliqué de m'en procurer, j'en avais plein mes tiroirs. Grâce à vous... Ou, plutôt, à cause de vous.

Véra luttait pour ne pas sombrer, mais les vagues étaient trop puissantes. Ses paupières pesaient de plus en plus lourd. Le vent cinglant lui lacérait la figure, les mains.

— Vous le savez depuis le début. Ce n'est pas moi qui fuis le monstre. C'est vous, et vous seule. Mais on dirait qu'il vous a retrouvée...

À cet instant, Véra lâcha prise. Et tout devint noir.

40

L'imposant bâtiment des Frigos était l'expression d'un brin de folie pour certains, une verrue pour d'autres. Il s'ancrait dans un quartier de résidences modernes et de tours de verre abritant de grandes entreprises. Jadis, les trains y faisaient halte pour décharger leurs marchandises, qui alimentaient ensuite le marché des Halles en produits frais. Puis, à la fin des années 1980, ce *no man's land* avait commencé à accueillir des artisans en mal de surface. Après quoi, au fil du temps, des artistes s'y étaient installés. Pour l'heure, ils étaient en moyenne plus d'une centaine à se relayer entre ses murs.

La sonnerie du téléphone jetable de Lysine retentit au moment où elle pénétrait dans la cour pavée. Le numéro ne lui disait rien. Elle décrocha, mais, par précaution, ne prononça pas un mot.

— Allô ? fit une voix d'homme. Docteur Martin à l'appareil. Vous avez laissé un message sur le répondeur de mon cabinet il y a trois jours. Vous disiez que c'était urgent.

Lysine s'immobilisa devant un ensemble de boîtes aux lettres colorées et taguées.

— Oui, docteur. C'est Lysine Bahrt…

Elle espérait que son nom lui évoquerait quelque chose, et elle ne fut pas déçue.

— Lysine ? Bon Dieu, ça fait des mois que tu ne m'as pas donné de nouvelles ! J'ai essayé de t'appeler à plusieurs reprises, en vain. Qu'est-ce qui s'est passé ? Tu as changé de numéro de portable ? Pourquoi cet étrange message sur mon répondeur ? Je ne t'ai même pas reconnue…

— C'est normal, parce que celle que vous pensiez être Lysine Bahrt n'était pas Lysine Bahrt. Elle a usurpé mon identité.

Un lourd silence interrompit leur discussion, si long que Lysine se demanda s'il était encore au bout du fil.

— Docteur ?

— Je suis là. Je… Une usurpation d'identité, vous dites ?

— Tout à fait. Je peux savoir quel genre de docteur vous êtes ?

— Je suis psychiatre dans le privé.

— D'accord… En fait, j'ai trouvé vos coordonnées griffonnées sur un morceau de papier dans une maison abandonnée à Athis-Mons, un message rédigé par celle que vous prenez pour Lysine Bahrt. Il était adressé à une certaine Ariane, une artiste peintre qui a disparu et qui devait vous contacter en cas de problème. J'ai été embarquée malgré moi dans une histoire infernale. J'ai besoin d'y voir clair. Il faut que vous m'aidiez.

Elle perçut un froissement de feuilles, comme si son interlocuteur tournait des pages.

— Vous vivez au Mesnil-Amelot, c'est ça ?

— Exactement. Je suppose que c'est l'adresse qu'elle vous a donnée.

Un soupir dans le combiné. Le médecin semblait agité.

— Où elle est ? Où est la femme qui se faisait passer pour vous ?

— Aucune idée, mentit Lysine.

— Il faudrait que vous veniez dès que possible à mon cabinet. C'est dans le centre-ville de Compiègne. Aujourd'hui, c'est faisable ?

En entendant la panique qui perçait dans la voix de l'homme, Lysine sentit un stress intense l'envahir.

— Oui. Mais pourquoi ? Qu'est-ce qu'il y a ?

— Je ne peux pas vous l'expliquer par téléphone. Mais faites au plus vite, c'est important.

Quand elle eut raccroché, après avoir promis au psychiatre de lui rendre visite rapidement, Lysine reprit sa marche, perturbée. Qu'allait-il lui annoncer ? Qu'y avait-il de si important pour qu'il veuille la voir avec une telle hâte ? Était-elle enfin sur le point de connaître les raisons pour lesquelles on lui avait volé son identité ? La journaliste était tiraillée. D'un côté, elle se rapprochait de la vérité, et c'était une bonne chose. De l'autre, elle était pétrie d'angoisse parce qu'il était évident qu'il n'y aurait rien de réjouissant au bout du chemin. Des gens étaient morts, et elle, elle se retrouvait au milieu de tout ça, avec sa mémoire défaillante.

Elle pénétra dans le bâtiment. D'abord distraite, elle eut ensuite la sensation écrasante de s'engouffrer à l'intérieur d'une œuvre d'art géante. Ici, les artistes avaient creusé la pierre, peint, graffé et dessiné sur le sol, les murs, collé partout toutes sortes de choses, des panneaux de chantier aux carreaux en céramique. Des espaces immenses s'ouvraient à elle et des portes entrebâillées dévoilaient, elles, des ateliers exigus, des studios de musique, des boudoirs encombrés de matériel… Dans une de ces pièces, un jeune homme était occupé à suspendre au plafond des cintres sur lesquels étaient accrochés de petits cartons : « *If you never try, you'll never know* », « *There's no place like home* »… La journaliste l'appela et, dans la foulée, lui montra les photos des tableaux d'Ariane enregistrées sur son téléphone.

— Je cherche une artiste qui s'appelle Ariane. Ce sont ses œuvres. Vous la connaissez ?

Ça ne lui disait rien. Lysine emprunta alors des escaliers, se perdit dans d'interminables couloirs, des salles aux ambiances très différentes. Ce lieu était gigantesque et d'une architecture délirante. Plein de vie, il vibrait comme une ruche. Pourtant, personne ne paraissait être en mesure de la renseigner. Les artistes, français ou étrangers, allaient et venaient entre ces murs, et ne se rencontraient pas forcément…

Elle grimpa encore, jusqu'à une tour cylindrique qui ressemblait un peu à un phare, et, soudain, s'immobilisa. Le labyrinthe était là, devant elle, telle une mygale sur la paroi circulaire. Il se déployait sur plusieurs mètres de haut – Ariane avait dû faire preuve d'une grande agilité pour peindre à un endroit pareil – et se perdait dans la gueule obscure d'un corridor.

Lysine s'enfonça dans les ténèbres, la gorge nouée. Cette fresque l'oppressait. Dans cette partie la plus élevée des Frigos, le dédale s'étalait dans toutes les directions de la même façon qu'à Athis-Mons. Naturellement, il l'entraîna vers un mur où un Minotaure gigantesque était représenté. Ses gros yeux noirs et luisants, ses cornes tordues, ses naseaux fumants, ses mâchoires effroyables qui marquaient l'entrée, peu engageante, d'une nouvelle pièce…

Lysine se laissa avaler par le monstre et atterrit dans un atelier surchargé de matériel et de toiles solaires : des vahinés sur des îles, des océans turquoise, des plages de sable blanc… Rien à voir avec la bête mythologique qui en gardait l'accès ni avec les œuvres particulièrement sombres d'Ariane. Si un jour l'artiste avait squatté ici, elle n'y était plus. Ne restait, *a priori*, que l'empreinte macabre de son passage.

Déçue d'avoir échoué si près du but, la journaliste fit demi-tour. Elle était déboussolée. Qui pouvait-elle interroger, à présent ? Qui pourrait savoir ce qu'était devenue la peintre ? Au moment où elle s'apprêtait à redescendre, une voix retentit dans son dos.

— Ariane ?

Lysine se retourna. Une femme sortait par une autre porte, chaudement vêtue, un tableau emballé calé sous le bras. La quarantaine, un bonnet péruvien sur le crâne, des lunettes vertes à monture carrée. Elle posa son chargement, se précipita vers elle et la serra contre elle.

— Ça me fait tellement plaisir de te revoir !

Lysine ne comprenait pas. Elle recula d'un pas, méfiante.

— Vous devez confondre. Je ne suis pas Ariane. Par contre, je la recherche. Vous savez où elle est ?

L'autre fronça les sourcils, son sourire disparut. À cet instant, un vertige aspira Lysine et un bourdonnement envahit ses oreilles. Elle entendit cependant, comme au loin :

— Si je sais où elle est ? Elle est là, en face de moi. C'est toi, Ariane.

41

Vivante. Morte. Vivante et morte. Ses yeux grands ouverts, immobiles et incapables d'éviter l'éblouissement d'une lampe suspendue au-dessus d'elle. Julie percevait le froid dans son dos, elle était glacée. La surface sur laquelle gisait son corps inerte était dure et, lui semblait-il, en hauteur. Elle ne parvenait pas à bouger le moindre muscle, à émettre ne serait-ce qu'un murmure. Le ressac de sa respiration, la circulation de l'air dans ses poumons lui paraissaient en revanche amplifiés. Rien d'autre n'existait que ces bruits-là, et son cœur qui se démenait pour continuer de battre.

Ses souvenirs remontèrent peu à peu. Elle se rappela la manière dont son couteau artisanal avait ripé sur la poitrine de Traskman, sa fuite dans le labyrinthe, le retour à la case départ… Et les ultimes mots de son bourreau, avant qu'elle perde connaissance : « Et tu vas mourir. »

Maintenant, elle était paralysée dans un lieu où régnait un silence absolu. Ça sentait la poussière, le salpêtre ; le plafond se craquelait partout, laissant même apparaître des traînées de végétation. Sa tête devait être légèrement tournée sur le côté, car elle discernait des carreaux cassés sur le mur. Des casiers en métal. Des draps jaunâtres. Elle pensa à une salle médicale. Peut-être un vieux bloc opératoire, ou… une morgue. Oui, c'était ça, ces tiroirs.

Et elle, elle était installée à l'endroit où on autopsiait les cadavres.

Elle voulut hurler, mais sa langue resta écrasée contre ses lèvres molles. Traskman avait dû lui injecter un sédatif puissant qui l'immobilisait sans pour autant altérer sa conscience. Son esprit tournait à cent à l'heure. C'était insupportable. Elle l'avait blessé, avait tenté de s'enfuir. Il aurait pu la tuer, mais ç'aurait été trop simple. Trop rapide. Il avait une autre idée derrière la tête.

Elle perçut des claquements de pas au loin, comme jaillis du fond d'un rêve. Puis des voix graves de plus en plus proches. On lui redressa la tête, les yeux bien vers le plafond, et un visage se pencha sur elle : un nez épaté, un front très large, disproportionné, et de gros yeux ronds. La paupière gauche était décollée du globe oculaire, de sorte qu'elle distingua nettement un ignoble film rosé de chair fragile et humide. L'horreur incarnée.

— La pupille est dilatée. On la croirait morte. C'est parfait pour moi.

L'homme s'adressait à une autre personne. Il se déplaça ensuite en la fixant toujours du regard, très concentré, à la manière d'un photographe qui cherche le plan le meilleur.

— Je vais avoir besoin de plus de lumière. Et d'un réflecteur, juste là, pour blanchir son teint. Je cadrerai serré sur chaque partie du visage. Les lèvres, l'œil…

Il disparut du champ. Julie n'y comprenait rien. Est-ce que c'était ça, l'enfer ? Elle n'arrivait même pas à pleurer. Il fallait qu'elle sorte d'ici. Elle pensa aussi fort qu'elle le put à ses parents, même si le temps rendait désormais leur souvenir de plus en plus imprécis. Elle savait, au fond d'elle, qu'ils ne l'avaient pas oubliée, qu'elle leur manquait toujours autant. Elle aurait aimé leur dire qu'elle avait essayé de tenir bon, qu'elle s'était battue de toutes ses forces, mais qu'aujourd'hui, c'était terminé. La fin du chemin se profilait.

Le type au front de buffle positionna une lampe sur pied à sa droite, tandis qu'une autre tête surgit sur sa gauche. Tout en os, les pommettes saillantes, un nez fin comme une lame, le crâne orné d'un borsalino. Julie sentit sa main osseuse le long de sa joue, alors qu'un sourire dévoilait des dents trop parfaites pour être vraies.

— On pourrait l'appeler « La joueuse d'échecs ». D'après ce que tu m'as raconté, ça la représenterait bien, non ? Qu'est-ce que t'en dis ?

Il avait la voix roulante, l'accent des pays de l'Est. Caleb apparut soudain à côté. Julie aurait voulu fuir ce regard noir, éclatant de sadisme et de vengeance. Il la contemplait avec sa petite bouche pincée, perdue dans sa barbe.

— C'est une brillante idée, Dmitri.

— Il va y avoir du travail, beaucoup de travail, mais le résultat sera à la hauteur. Je la placerai devant une table transparente sur laquelle reposera un échiquier. J'opterai peut-être pour le marbre plutôt que le bois, le marbre est plus froid, mais il dégage une vraie force. Elle sera assise sur un tabouret, voûtée, en train de réfléchir, ses mains de part et d'autre du plateau, comme si elle voulait s'approprier chacune des soixante-quatre cases… On prendra une partie en cours, ça donnera une impression de mouvement. T'as une préférence sur cette question ?

— L'Immortelle de Kasparov.

— Très bien. Tu m'aurais offensé si tu n'avais pas choisi celle d'un Russe.

Il sourit, puis fit courir son index sur le front de Julie.

— J'ouvrirai le crâne en coupe transversale pour laisser apparaître le cerveau tout en le gardant intact. L'idée, c'est que les visiteurs s'interrogent sur la manière dont un joueur d'échecs décide de ses coups. Qu'ils se plongent dans la complexité de cet organe extraordinaire.

Il la bascula ensuite sans ménagement, comme un morceau de viande. Le nez de Julie était écrasé contre une rigole d'évacuation des fluides. Elle avait envie de mourir. Là, tout de suite.

— Elle n'a pas de tatouage, c'est bien, j'ai horreur de ça. Ce que je ferai, c'est que j'éplucherai le dos, mais je déploierai les pans de chaque côté. Ça fera penser à des ailes d'ange, et ça créera un parallèle subtil avec le nom de la partie… Je dégagerai aussi la colonne vertébrale et mettrai en évidence les nerfs spinaux, le plexus brachial et l'ensemble des nerfs du bras…

Il la remit en place. La tête de Julie pivota, ce qui lui offrit une vue différente. À l'arrière-plan, le photographe installait son matériel et un autre homme, qu'elle n'avait pas encore vu, était en train de dessiner son visage sur une toile blanche posée sur un chevalet. Celui au chapeau s'adressa de nouveau à Traskman :

— Elle est droitière ou gauchère ?

— Droitière.

— Parfait. J'écorcherai donc l'intégralité du bras droit. Possible que je ne touche pas à l'autre membre pour ne pas brouiller le message, je verrai le moment venu. En tout cas, ce que je veux montrer avant tout, c'est comment une connexion neuronale se transforme en un mouvement de main qui fait bouger une pièce en bois.

Il se pencha vers Julie.

— Qu'est-ce que t'en penses, Andreas ? Cette joueuse d'échecs sera saisissante, non ?

Julie voyait les faces immondes se succéder, former une ronde au-dessus d'elle. Quand ce calvaire cesserait-il ? Son corps était une pierre morte qui ne lui appartenait plus, mais elle ressentait tout, jusqu'au contact répugnant des doigts de ces salopards chaque fois qu'ils la touchaient.

— Ça va être une œuvre formidable, répliqua le photographe en terminant ses préparatifs. Et maintenant, si vous permettez, je vais avoir besoin de la place. Laissez-moi une demi-heure seul avec elle, s'il vous plaît. J'ai horreur qu'on me regarde travailler.

Une œuvre… Une écorchée, exposée dans un musée, comme au temps de Fragonard. Julie n'arrivait pas à croire ce qu'elle entendait. Tout cela ne pouvait pas exister. Ces types étaient fous, complices dans le crime, des meurtriers en série. Ils kidnappaient, torturaient, tuaient. Ils étaient des abominations.

Les visages disparurent. Celui qui dessinait grogna en remballant son matériel. L'homme au front de buffle, lui, fit quelques tests avant de se lancer. De puissants flashs illuminèrent la pièce. Julie était son modèle, son cadavre, sa matière première. Muni de son appareil photo, il tournait autour de la table. D'abord, il la photographia dans sa globalité, puis en zoomant sur des parties bien précises. Après quoi il finit par se concentrer exclusivement sur un de ses yeux. Cette grande pupille dilatée, figée. Vide.

— C'est bien, c'est bien… T'es une petite perle…

L'esprit de Julie décrocha et s'envola. Elle voyagea, loin, très loin d'ici, jusqu'à ce que son corps, subitement, glisse le long de l'acier et décolle, qu'elle se retrouve pendue par les pieds, nue, comme une vulgaire carcasse. Ses doigts effleuraient le sol, le monde était inversé. Elle discerna un couloir noir, des murs décrépits, des branches d'arbre qui se tordaient derrière les vitres brisées. Caleb était désormais seul, à quelques mètres d'elle. Il fixait l'extrémité de la corde à la table en métal vissée par terre et grimaçait sous l'effort.

Une fois le nœud effectué, il s'approcha, un scalpel à la main. S'agenouilla devant elle, promena la lame sur sa joue. Ses traits étaient tirés, ses rides profondes.

— Je ne sais pas ce qui me relie à toi. Je ne sais pas pourquoi je me bats pour que tu vives. Dmitri était sur le point de t'embarquer pour t'écorcher, mais je n'ai pas pu… C'est pourtant moi qui les ai convoqués. J'étais prêt à te voir mourir. Je le croyais, du moins…

D'un geste plein de colère, il balança son scalpel à travers la pièce.

— Tu ignores tout ce que ça me coûte ! À quel point j'entame leur confiance en moi. T'es en train de tout ruiner, tu te rends compte de ça ?

Il se redressa, se mit à aller et venir.

— Tu nous prends pour des monstres, hein ? Tu n'es pas la seule. On nous juge, on nous hait, parce que nos œuvres sont brutales, immorales. Mais qui lit mes livres ? Qui entre dans les musées pour s'extasier devant des peintures de violence pure ? Qui s'entasse dans les salles de cinéma pour se complaire, deux heures durant, à regarder des tueurs qui torturent leurs victimes ? Qui se délecte de l'abject et fait semblant d'être extérieur à tout ça ?

Il revint vers elle, excédé.

— Vous vous mettez des œillères, mais vous êtes tous coupables. Et nous, on est là, bien plus nombreux que tu ne l'imagines, pour vous ouvrir les yeux. C'est aussi simple que ça…

Julie n'y comprenait plus rien. Le sang affluait dans sa tête, lui brouillait la vue. Sa respiration devenait difficile.

— Pour le monde du dehors, tu es morte, Julie. Ces photos qu'a prises Andreas, elles vont s'ajouter à celles d'autres cadavres déjà exposées dans des galeries. La plupart sont de véritables dépouilles, des accidentés, des malades, des suicidés, immortalisés dans de vraies morgues... Mais dans cette collection, il y a également des personnes qui menaient une vie normale... Tu te rappelles cette écorchée que je t'ai montrée ? Noémie Clouriot ? Elle s'est retrouvée ici, tout comme toi. Mais elle – ainsi que d'autres – n'a pas eu cette chance que je te donne.

D'autres... Il y en avait eu plusieurs avant elle. Soudain, elle en eut la nausée. Elle prenait conscience, un peu plus encore, de la folie qui ravageait le cerveau de ces types.

— Dmitri, Andreas, Arvel... Tous ces hommes sont célèbres, tu sais ? Les écorchés de Dmitri font le tour de la planète et attirent des centaines de milliers de curieux, les peintures d'Arvel sont accrochées dans les salons les plus chics, les clichés d'Andreas s'arrachent. Mais ce que les gens ignorent, c'est que, peut-être, c'est leur propre nièce, leur propre enfant, qui un jour a disparu, qu'ils ont sous les yeux... Et nous, on est juste là, à côté d'eux, et on observe leurs visages. On se nourrit de ça.

Il se décala derrière elle, sortant quelques secondes de son champ de vision, puis réapparut avec une seringue.

— Je suis ta seule famille, désormais. Tu n'as plus de passé, et ton futur m'appartient. Mais si tu ne cherches plus à me faire du mal, tu seras bien, je te le promets. On va vieillir ensemble. Tu seras ma muse et, grâce à toi, j'écrirai mes meilleures histoires.

Il lui planta l'aiguille dans l'épaule et injecta le produit sans la moindre hésitation.

— Je te ramène à la maison. Je crois qu'après tout ça, tu mérites une longue, une interminable cure de petites pilules vertes.

42

— Ça va mieux ? Tiens, bois ça…

Lysine était assise par terre dans un coin de l'atelier, se remettant à peine du tourbillon qui lui vrillait le crâne. Elle saisit le gobelet que lui tendait la femme.

— Bien sucré comme t'aimes, fit-elle.

Lysine porta le café chaud à ses lèvres. Elle était frigorifiée.

— On dirait que ça s'arrange pas, ton méchant problème de mémoire, poursuivit-elle sans la quitter du regard. Contrairement à la première fois, tu ne te souviens même plus de qui t'es, j'ai l'impression… Moi, je peux te garantir que, même si t'as pris quelques kilos depuis qu'on s'est vues, t'es bien l'Ariane que je connais. Qui crois-tu être ?

Lysine lui tendit sa carte d'identité. L'autre la scruta un long moment, abasourdie.

— Merde… J'y comprends que dalle. Elle a l'air carrément vraie. Comment tu t'es procuré ce truc ?

Lysine ne répondit rien. Son interlocutrice lui rendit sa carte, la fixant dans les yeux avec une tristesse évidente.

— Je suis Élizabeth, mais tout le monde me surnomme Zaz, expliqua-t-elle. On a peint ici, toi et moi, pendant des années. Ça aussi, t'as oublié, je suppose.

— Racontez-moi tout, du début à la fin, articula péniblement Lysine, pétrifiée.

Zaz ôta son bonnet péruvien, dévoilant une cascade de cheveux noirs qui commençaient à grisonner. Elle poussa un chevalet et s'assit contre un mur, face à Lysine. La semelle d'une de ses chaussures était trouée.

— Tout depuis notre rencontre ?

— Depuis notre rencontre...

— Je t'ai ramassée un matin sous le pont Saint-Martin, ça remonte à... mon Dieu, au moins cinq ans... T'étais à même le sol, pas très propre. Tu portais un jean, un tee-shirt et une casquette DHL. Tu sais, les livreurs ? Bref, tu sentais un peu la vase, ou une odeur de ce genre. T'avais visiblement dormi là, et t'étais incapable de me dire d'où tu venais. En fait, t'avais perdu la mémoire, et pas le truc anodin, non, t'avais plus de passé. Tout ce que tu possédais de ton ancienne vie, c'était un billet de dix euros au fond d'une poche. T'avais aucun papier sur toi, rien qui puisse te raccrocher à quoi que ce soit. La seule chose dont tu te souvenais, c'était ton prénom. Ariane.

— Ariane... répéta Lysine, sous le choc.

— Juste Ariane, ouais. J'ai voulu t'emmener chez les flics, sauf que t'as fait une vraie crise, tu refusais. C'était clair que tu crevais de peur et que tu te cachais. T'étais comme une bête traumatisée.

Lysine frissonna. Tout ça était impossible, cette femme se trompait. Elle était Lysine Bahrt, elle habitait à Rouen et travaillait au *Courrier normand*. Elle était simplement de passage au Mesnil pour vendre sa maison et, sans cette maudite enveloppe dans la boîte postale, elle n'aurait jamais mis les pieds dans cet endroit. C'était ça, la vérité.

Zaz s'alluma une cigarette roulée.

— Je t'en propose pas, tu fumes pas, fit-elle en soufflant un nuage blanc avant de poursuivre. T'avais nulle part où aller, alors je t'ai amenée aux Frigos. Tiens, viens voir…

Elle se releva dans une grimace et conduisit Lysine au bout du couloir. Là, elles poussèrent une grille sur le côté et pénétrèrent dans ce qui s'apparentait à un studio sommaire. Un lit pourri contre un mur, des chauffages d'appoint, un endroit vaguement aménagé en cuisine, des toilettes et un semblant de salle de bains. Une fenêtre donnait sur la cour pavée par laquelle Lysine était arrivée.

— C'est chez moi. Je suis la plus ancienne des Frigos, ça fait plus de dix ans qu'on m'autorise à vivre ici. Faut juste que je paie l'eau et l'électricité. C'est pas Byzance, n'importe qui peut entrer, mais ça me dérange pas. Je vais pas me plaindre, je suis en plein Paris, quand même. Et puis, tant que j'ai la chance de peindre, moi, je suis heureuse… Enfin bref, je t'ai acheté quelques fringues et un matelas d'occase et t'as dormi exactement là, sur la gauche, pendant toutes ces années. Je me suis occupée de toi et, je ne vais pas mentir, ta présence me faisait du bien.

Rien de ce qu'elle racontait ne parlait à Lysine. Quand elles revinrent dans le couloir, elle était totalement perdue.

— Ça faisait pas un mois que t'étais installée que tu t'es mise à peindre ce labyrinthe en t'attaquant direct au mur, expliqua Zaz en désignant la fresque devant laquelle elles se trouvaient. T'as commencé par le coin, là-bas, et tu ne t'es plus arrêtée. T'avais aucune technique, mais t'avais la fibre artistique. Moi, j'avais jamais vu un truc pareil. Dans la cage d'escalier, t'étais quasiment en équilibre sur la rampe, t'aurais pu tomber quinze fois, mais tu traçais ce fichu dédale. Sans réfléchir, presque malgré toi. Ça t'a pris trois jours et, le pire, c'est que ça fonctionnait. Je veux dire, on est plusieurs à avoir vérifié, il y avait bien une seule entrée, et une seule sortie. C'était… dément !

Lysine s'efforça d'écouter, parce qu'il le fallait si elle voulait continuer à avancer dans son enquête. Pourtant, elle n'avait qu'une envie : foutre le camp d'ici.

— Après ça, je t'ai enseigné quelques petites astuces et t'as progressé très vite. Il y avait quelque chose dans tes dessins, une noirceur qui ne pouvait pas laisser indifférent…

Elle promena alors ses doigts sur le Minotaure.

— Tu l'as réalisé en une journée, il y a peut-être deux ans de ça. Pour être honnête, je me suis toujours dit que tes œuvres devaient être liées à ton passé, à ce qui avait causé ton amnésie. Et que t'avais dû en baver pour finir comme ça sous un pont. Je suis pas psy, mais, en général, ce genre de trucs arrive aux gens qui ont subi des violences…

Elle tira sur sa clope, faisant grésiller le tabac dans le silence.

— En tout cas, grâce à la peinture, tu crachais toutes les saloperies enfermées en toi. Tu as même tapé dans l'œil de Mathilde.

— Mathilde ?

— Pardon… Mathilde tient une galerie dans le 6e et vient souvent faire un tour aux Frigos ; elle aime donner leur chance aux artistes pas connus. Cette fois-là, elle cherchait des créations tordues. Elle a tout de suite été emballée par ton travail et, l'année dernière, elle t'a exposée. C'était de la balle, t'étais super contente et fière de toi. Et moi aussi, j'étais fière. En plus, ça t'a rapporté de la thune parce que trois de tes tableaux ont été vendus. Le début de la gloire. En fait, on était vraiment cool, toutes les deux, on vivait notre petite vie. Enfin, faut quand même que je te dise qu'il y a un truc bizarre qui s'est passé environ quatre mois après ton arrivée. T'avais oublié que t'avais oublié.

— Je ne comprends pas.

Zaz haussa les épaules.

— J'ai pas compris non plus. Un matin, tu ne te souvenais plus que je t'avais recueillie sous un pont, mais tu te rappelais des événements antérieurs. T'as commencé à me raconter que tu habitais chez tes parents en banlieue, qu'ils t'avaient jetée à la rue parce que t'en foutais pas une, qu'ils en avaient marre, de tes lubies d'artiste. Que c'était pour cette raison que t'avais débarqué aux Frigos et que c'était là qu'on avait sympathisé... Le pire, c'est que t'avais l'air sincère.

Soudain, tout ça fit écho aux lectures que Lysine avait faites au sujet des faux souvenirs, de la confabulation pathologique. « Ne vous fiez pas à votre mémoire », expliquaient les experts. Les personnes atteintes croyaient dur comme fer à des choses qui n'avaient jamais existé. Pourtant, même si elle avait conscience que son cerveau lui jouait des tours, elle était également certaine de ne pas être cette Ariane, ça ne rimait à rien. Et elle ne pouvait pas non plus avoir effacé, dans son intégralité, sa vie d'avant. C'était inconcevable.

— Et ensuite ? Ariane est... Enfin, je suis partie d'ici ?

— L'automne dernier, vers octobre, une femme est venue. Une journaliste. Lysine Bahrt, qu'elle s'appelait, comme sur ta carte d'identité. Une nana avec des cheveux roux, et un attrape-rêves, là, sur la gorge. C'est aussi le *black-out* en ce qui la concerne, je suppose ?

Lysine hocha la tête, silencieuse.

— Ouais, y a pas de raison que ce soit différent... Elle te cherchait parce qu'elle avait vu tes toiles à l'expo de Mathilde l'été d'avant. Elle t'a interrogée sur tes peintures de labyrinthes. Elle voulait à tout prix connaître les sources de ton inspiration, ça l'obsédait. Quand elle a compris que tu ne lui apporterais aucune réponse, elle était désespérée. Alors je l'ai prise à l'écart, je lui ai dit que t'avais plus de mémoire, que t'en avais pas conscience, mais que ça ne t'empêchait pas de vivre et…

Elle se pinça les lèvres, l'air grave.

— Et ?

— Elle m'a appris qu'en réalité elle travaillait depuis des mois sur un dossier traitant de la violence dans l'art, et qu'elle était tombée sur un film où une fille subissait toutes sortes de supplices qu'elle m'a en partie décrits. J'en frissonne encore…

Comme pour lui prouver sa sincérité, elle montra les poils hérissés sur un de ses avant-bras.

— Or, enchaîna-t-elle, sur ce film, on distinguait selon elle exactement le même genre de labyrinthes que ce qu'elle avait eu l'occasion d'observer sur un de tes tableaux à la Blue Arts Factory. C'est de cette manière qu'elle a fait le lien. Et, après mes confidences, elle a aussitôt eu la certitude que ton étrange amnésie avait un rapport avec cette histoire, que t'avais dû surmonter un traumatisme. Une théorie avec laquelle j'étais plutôt d'accord.

Zaz observa l'extrémité de sa cigarette, tira une dernière taffe puis l'écrasa dans un cendrier.

— Elle m'a demandé de te convaincre d'aller t'installer chez elle. M'a promis que tu pourrais y rester et y peindre tout le temps que tu voudrais. Elle était touchante, elle m'a immédiatement mise en confiance. Je savais qu'elle ferait tout pour t'aider à retrouver la mémoire et comprendre ce qui t'était arrivé. Alors, même si j'étais hyper bien avec toi ici, qu'on était un peu comme un couple, tu vois, ça n'aurait pas été honnête de continuer à te laisser te mentir à toi-même. J'étais triste, mais il fallait que tu partes. Je pensais que tu repasserais à l'occasion. Ça n'a pas été le cas. Enfin, jusqu'à aujourd'hui. Et, putain, ton problème, il est loin d'être résolu !

Zaz glissa les mains dans les poches de son gilet multicolore.

— Le truc que je pige pas, c'est le coup de la carte d'identité. On dirait que t'as pris la place de l'autre, la vraie Lysine. Et si t'es à sa place, alors elle est où, elle ? Tu devrais au moins te souvenir de ça, non ? Et puis, où t'habites, maintenant ? T'es encore chez elle ?

Lysine revit le corps crucifié et desséché de la femme au tatouage dans le cou. Recula vers l'escalier en pointant un index menaçant devant elle.

— Tu racontes n'importe quoi. Je ne suis pas ta fichue Ariane, t'entends ? Je n'ai rien à voir avec elle !

— Ariane, écoute…

Mais elle n'écoutait plus. Elle dévala les marches, les yeux brouillés par les larmes, fuyant ce maudit labyrinthe qui l'écrasait. Elle ne pouvait pas l'avoir peint. *Non.*

— Qu'est-ce qui est arrivé à la journaliste ? Dis-le-moi ! cria Zaz par-dessus la rambarde, dans une vaine tentative pour la retenir.

Incapable de s'arrêter, Lysine courut jusqu'à la cour, où elle inspira un grand bol d'air frais. Puis elle s'essuya les yeux du bout des doigts. Tout ça n'était qu'un mauvais rêve et elle comptait trouver, dans *sa* maison du Mesnil, la preuve qu'elle n'était pas folle.

*

* *

Au moment où elle rentrait chez elle, elle se rappela le cambriolage, sa déclaration de vol auprès des autorités. Elle se souvenait encore du visage du flic qui avait tapé sa déposition. « Nom, prénom, adresse, circonstances », lui avait-il demandé.

Ensuite elle avait fait tout un tas de paperasse en ligne. Pour obtenir une nouvelle carte d'identité, notamment, il lui avait fallu un acte de naissance, une photo et un justificatif de domicile, puis elle avait rempli un formulaire CERFA où elle avait dû renseigner de nouveau son état civil, son adresse et divers éléments concernant le vol avant de le signer. Autrement dit, le fait de posséder un tel document au nom de Lysine Bahrt ne prouvait pas qu'elle était Lysine Bahrt. Elle s'était servie de papiers qui n'étaient pas les siens.

Non, non, non. C'est du pur délire, pensa-t-elle. Elle tentait par tous les moyens de se rassurer. Mais le moindre argument qu'elle trouvait pour démontrer l'incohérence de l'histoire de Zaz pouvait être balayé par un contre-argument. Elle aurait aimé téléphoner à quelqu'un, un ami, qui lui garantirait qu'elle était bien Lysine. Le problème, c'était qu'elle avait beau réfléchir, personne ne lui venait en tête à part ses collègues rouennais. Quant au fait qu'elle connût chaque recoin de cette maison, ça n'avait rien d'étonnant si on considérait qu'elle y avait vécu plusieurs semaines.

Elle réfléchit, se remémora les événements des derniers jours et se mit à imaginer un scénario fou, persuadée qu'il aboutirait à une contradiction, à une impossibilité. Il lui fallait établir formellement qu'elle était Lysine Bahrt. Qu'elle n'était pas cette Ariane qui, comme un coucou, se serait installée dans le nid d'un congénère sans même en avoir conscience.

D'accord, donc, partons de l'hypothèse absurde que je sois Ariane et que la femme au tatouage dans le cou soit la vraie Lysine Bahrt...

Dans la chambre, elle ouvrit les placards. Y découvrit des pantalons, quelques robes qu'elle n'avait pas portées. Jusque-là, elle n'avait jamais fait attention au contenu du dressing. Et elle se demanda pourquoi elle n'avait pas embarqué tous ces vêtements à Rouen lorsqu'elle était partie…

Elle vient de me récupérer aux Frigos. On passe nos journées toutes les deux, elle me prend sous son aile, elle veut que je retrouve la mémoire. Elle m'emmène alors chez ce psy, le docteur Martin. En même temps, elle continue ses recherches sur le film. Et puis il y a aussi tous ces journaux dans les cartons… Est-ce qu'une piste l'oriente vers les faits divers ? Est-ce qu'elle tente de tirer de l'anonymat la malheureuse victime du snuff *en parcourant les articles ? Écume-t-elle les fichiers des personnes disparues ? En tout cas, elle finit par identifier Romy. Peut-être que je l'y ai aidée. Peut-être que j'ai participé à son enquête.*

Elle renifla les parfums dans la salle de bains, observa le nécessaire de toilette. Où les avait-elle achetés ? Quand ? Pourquoi n'avait-elle aucun souvenir d'avoir utilisé le sèche-cheveux pourtant branché dans la prise ?

Arrive le moment où les pas de Lysine la conduisent à Mölzer. Elle compte franchir une étape dangereuse. Elle sait que tout peut basculer. Prudente, elle planque la bobine dans une boîte postale qu'elle a simplement louée à son nom, et me met en sécurité à Athis-Mons avec mes peintures, ses archives et tout ce qu'il faut pour survivre quelques jours en autonomie. Elle me laisse un mot : je dois contacter le docteur Martin si elle ne revient pas…

Elle s'arrêta au milieu du couloir, en plein dans son scénario. Quand allait-elle tomber sur cette putain de contradiction ?

Prise au piège, Lysine se fait torturer et assassiner dans la cave de Saint-Maur. Pendant que je suis enfermée dans la baraque d'Athis-Mons, Mölzer ou ses sbires pénètrent dans la maison du Mesnil pour mettre la main sur la bande. Ils retournent tout, peut-être de rage, peut-être pour simuler un véritable cambriolage. En tout cas, ils ignorent que j'existe, ils ignorent qu'on a identifié Romy, et ils repartent bredouilles. Moi, de mon côté, n'ayant pas de nouvelles de Lysine, plutôt que de suivre ses recommandations, je retourne au Mesnil par mes propres moyens. J'entre dans la maison, je découvre l'effraction et…

Et c'était là que le bât blessait. L'incohérence arrivait pile à cet instant : pourquoi aurait-elle tout oublié subitement et se serait-elle glissée dans la peau de Lysine Bahrt ? Pourquoi aurait-elle appelé les flics en leur signalant qu'*elle* venait d'être victime d'une intrusion, faisant du même coup, en une fraction de seconde, une croix sur toute sa vie d'avant ? Bien sûr, que cette histoire ne tenait pas la route.

À moitié rassurée, elle songea tout à coup qu'il n'y avait aucune photo d'elle sur les murs ou dans des cadres. Aucun album de famille nulle part non plus. Elle grimpa au grenier. Se dirigea vers la soupente du fond et ramassa les films de son père. Des Noëls, des anniversaires, des vacances… Elle redescendit aussitôt, le cœur battant, et rebrancha le projecteur. En insérant le film intitulé « Communion de Lysine », elle se rendit compte que, de ce moment, ne lui restaient que des souvenirs imprécis. Des cierges qui brûlaient, des enfants en aube, des sons de cloche… Mais aucun visage. Juste des silhouettes indéfinissables.

La gorge serrée, elle enfonça le bouton « Marche ». Une image floue se dessina, puis les traits d'une femme : sa mère. Elle souriait à la caméra, portait un chapeau à voilette et un élégant tailleur bleu. Elle se tenait debout dans la travée d'une église. Lysine savait qu'il s'agissait de sa mère, pourtant, en la voyant, elle ne ressentait pas la moindre émotion, elle semblait comme extérieure à ces moments de bonheur. La personne qui immortalisait l'événement offrait ensuite un plan large de l'assemblée. Elle ne reconnaissait aucun de ces gens. Qui étaient-ils ?

Un garçon d'une dizaine d'années, cierge à la main, guidait la procession. La caméra zoomait alors sur une fillette, trois rangs derrière. Concentrée, cette dernière adressait un bref regard à l'objectif. Et Lysine dut se retenir au mur le plus proche pour ne pas tomber. Cette gamine, ce n'était pas elle. C'était l'autre. L'autre, avec ses cheveux roux, ses iris noirs. La version jeune de la femme crucifiée à la cave.

D'un coup, elle stoppa la vidéo, sortit la bande de l'appareil sans ménagement et, tremblante, peina à en installer une autre. Le ski, la neige, et encore cette fille, âgée cette fois de seize, dix-sept ans… Sous le choc, Lysine recula de plusieurs pas. Bouscula du coude un portrait de ses parents qui trônait sur un meuble. Ses parents… En réalité, deux parfaits inconnus qui faisaient partie de ses faux souvenirs, mais qui n'avaient rien à voir avec elle.

Car il n'y avait qu'une usurpatrice depuis le début.

Et cette usurpatrice, c'était elle.

43

Véra releva les paupières avec difficulté, la tempe droite plaquée contre le plancher. Elle ne ressentit rien quand elle plissa son visage, comme si ses traits étaient anesthésiés. Voulut ouvrir la bouche et déchanta lorsque la peau de sa lèvre inférieure, collée à celle de sa lèvre supérieure, s'arracha.

Sans tenir compte de la douleur, elle se redressa au ralenti. Poussa un grognement. Tout tourna autour d'elle avant que le monde enfin ne se stabilise. La bouteille de vodka vide gisait près de son épaule. Elle remarqua que le cadran de sa montre était brisé et qu'elle ne fonctionnait plus. Chercha à contracter ses doigts pour attraper le pied du fauteuil, mais n'y arriva pas. De la buée jaillissait de sa gorge à chaque expiration. Elle tenta désespérément de se lever avant de chuter sur ses genoux : plus rien ne répondait.

Les signaux, en elle, se mirent aussitôt en alerte. Elle jeta un regard terrifié vers le poêle, ne distingua plus qu'un lit de cendres grises. L'échiquier était renversé, ses pièces répandues au sol. La porte d'entrée béait, et une langue de givre rampait à l'intérieur du chalet. *Mon Dieu.*

L'hiver avait pris possession de l'habitation et de son corps. En panique, Véra observa le thermomètre accroché au mur juste en face d'elle : moins six degrés dedans, ça voulait dire beaucoup moins dehors. Sans doute pas loin de la température d'un congélateur. Par la fenêtre, le ciel d'un bleu assassin se mêlait désormais aux frondaisons blanches des pins. La tempête était partie, les rayons pâles du soleil se dispersaient dans les branchages. Il faisait jour…

Véra était à quatre pattes. Plus de temps à perdre, il fallait faire du feu en urgence. Chaque minute écoulée glaçait un peu plus son cœur. Elle agrippa une couverture au prix d'une terrible souffrance, s'y enroula, souffla de toutes ses forces dans ses mains pour relancer la circulation. L'extrémité de ses doigts était insensible. Des engelures… Elle le savait, il y avait un point de non-retour avec le froid, et elle s'en approchait dangereusement.

Elle se traîna avec l'énergie du désespoir jusqu'à la porte qu'elle referma de l'épaule, armée d'une certitude : sa visiteuse l'avait laissée ouverte pour la tuer. Puis rampa vers le panier à bûches. Dieu merci, ses muscles n'étaient pas encore atteints. Elle poussa, avec ses avant-bras, les morceaux les plus légers dans la gueule du poêle, ainsi que des feuilles du *DSM-5* qu'elle arracha avec les dents. À commencer par les pages sur la schizophrénie.

Elle eut du mal à saisir la boîte d'allumettes. Dedans, il en restait moins de dix, et la moitié vola par terre lorsqu'elle fit coulisser le compartiment, tant elle tremblait – elle avait la sensation de recevoir de puissants chocs électriques. À maintes reprises, Véra tenta de coincer une des petites tiges en bois entre ses poignets, le grattoir serré entre ses genoux, mais la boule de soufre se dérobait systématiquement au moment crucial. Ce n'était qu'une putain d'allumette à embraser, mais elle n'y arriverait pas. Pas comme ça.

Elle se dirigea vers le portemanteau. Mit plus de cinq minutes à enfiler ses gants fourrés en s'aidant des mâchoires. Les doigts se glissaient dans les mauvais trous, mais peu importait. Ainsi équipée, elle se réfugia dans son lit, se replia sur elle-même, soufflant et soufflant encore dans le nid de chaleur formé par son corps. Puis, au fur et à mesure que ses phalanges se ramollissaient, elle se mit à les frictionner, jusqu'à provoquer un échauffement atrocement douloureux. Ses doigts lui brûlaient, il lui semblait que du verre pilé circulait dans ses veines.

Quand elle s'en sentit la force, elle rejoignit la pièce principale, ôta ses gants et ramassa une allumette. Elle la cassa en deux en l'écrasant contre le grattoir, incapable de doser la force nécessaire. Ce fut seulement au sixième essai qu'elle réussit à faire jaillir une flamme aussi ridicule que miraculeuse. Cette flamme la sauverait, cette flamme, c'était la vie. Mais elle l'avait craquée si près de son visage que le soufre s'introduisit dans ses narines et gagna ses poumons, la faisant tousser : la lueur s'éteignit, réduisant ses efforts à néant.

Véra oscillait entre rage et découragement. Son existence tenait aux trois allumettes intactes qui traînaient encore sur le plancher. Ses mains, toujours engourdies, la rendaient malhabile, mais elle finit par en attraper une qu'elle positionna du mieux possible, un peu inclinée entre son pouce et son index droits. Elle bloqua ensuite avec fermeté le grattoir et frotta, prenant garde, cette fois, de ne pas respirer. Lorsqu'une nouvelle flamme apparut, Véra l'accompagna le plus délicatement du monde et l'abandonna au cœur du poêle. Il y eut un grésillement, puis la langue orange s'intensifia, dansant dans l'air.

— Vas-y, vas-y !

Véra encourageait la flamme alors qu'elle se propageait du papier au bois sec. La danse se transforma aussitôt en une grande valse rougeoyante. Et la survivante poussa un rugissement de joie. Au bout d'une minute, la chaleur vint heurter son corps. Elle s'approcha. Le feu rentrait en elle et entraînait une piqûre à la limite du supportable sur ses plaies, mais elle devait tenir. Son sang se fluidifiait, ses artères se dilataient enfin. La vie revenait, la chair rosissait, même si les ongles demeuraient, eux, d'un blanc presque bleu. Véra vérifia chaque extrémité et appliqua, sur ses engelures, de la pommade cicatrisante dénichée dans sa boîte à pharmacie. Elle avait déjà lu de ces récits où, après avoir été réchauffés, des orteils viraient malgré tout au noir, et qu'il suffisait de les plier pour qu'ils cassent.

Elle s'emmitoufla sans tarder dans plusieurs couches de vêtements, se chaussa, enfila son bonnet, son écharpe, et resta à proximité du feu. Son cerveau quitta l'état d'urgence dans lequel il s'était retranché et se remit à fonctionner à peu près normalement. Elle se dirigea vers l'endroit de la bibliothèque où la schizophrène avait caché le téléphone, mais il ne s'y trouvait plus. Véra revoyait encore son affichage luminescent, ses symboles qui indiquaient une recherche de réseau. Sa panique face à cet objet qu'elle ne supportait plus et qui lui imposait d'être ici.

Soudain, une vague de questions l'assaillit… Pourquoi n'avait-elle pas eu d'abominables maux de tête ? De vomissements ? Pourquoi aucun symptôme ne s'était-il manifesté ? Et puis, où était Sophie Enrichz ? Dans quel but l'avait-elle droguée ? La romancière avait embarqué son sac, son classeur, ses feuilles. Même son exemplaire de *La Fille venue de l'ombre*. Dans la chambre, le miroir posé à côté du lit était brisé. Véra y vit néanmoins, dans le reflet, son visage ravagé par le froid. Cette folle ne pouvait pas être repartie sans raison, cela n'avait pas de sens.

La jeune femme s'assit un instant sur le matelas, histoire de réfléchir, puis se précipita vers la radio.

— Véra à Vieil Ours.

Elle serrait le micro comme une bouée de sauvetage. Elle avait tellement besoin d'entendre sa voix, de s'assurer qu'il allait bien. Mais les secondes s'étirèrent, juste perturbées par des grésillements.

— Véra à Vieil Ours. Véra à Vieil Ours.

Elle renouvela ses appels cinq fois, dix fois. Peut-être était-il sorti ? Ne devait-il pas tenter de résoudre sa panne de voiture ? Et s'il s'était rendu en ville ? Véra essayait de garder son calme, mais elle se souvenait de leur dernière conversation. Les mots d'André résonnaient encore dans ses oreilles : « Demain, si les conditions le permettent, je viendrai te voir à la première heure, on réglera ça et on la foutra dehors… »

— Réponds, André, s'il te plaît !

Rien. Rapidement, elle se convainquit qu'il lui était arrivé malheur. Elle remplit alors sans tarder une casserole d'eau et la plaça sur le feu. Puis elle se posta devant la fenêtre. La couche de neige étincelante lui sembla très épaisse : mieux vaudrait se chausser de raquettes. Elle observa le ciel. À en juger par la position du soleil, la matinée touchait à sa fin. En avançant d'un bon pas, elle pourrait atteindre le chalet d'André en trois heures. Et, de là-bas, utiliser la CB pour prévenir les secours, si nécessaire.

Elle scruta les alentours. Il n'y avait plus aucune trace d'un éventuel rôdeur, ni de Sophie. Elle avait dû s'engager très tôt sur le chemin alors que la tempête n'était pas terminée. Après tout, elle avait déjà prouvé qu'elle était capable de marcher dans des conditions extrêmes. Avait-elle voulu prendre André de vitesse ? Le rejoindre avant qu'il ne se mette lui-même en route ?

Véra retourna à l'intérieur, noya deux sachets de thé dans sa casserole, et laissa infuser. Elle avala ensuite le contenu d'un mug, ce qui lui fit un bien fou, et versa le reste dans une bouteille isotherme. Elle prépara également des biscuits enveloppés dans une serviette pour éviter qu'ils ne gèlent, quelques vêtements et son duvet, au cas où il faudrait dormir sur place. Rechargea le poêle en bûches avant de finir de s'équiper. Elle n'oublia pas, non plus, de glisser un couteau à lame rétractable dans sa poche.

On n'était jamais trop prudent…

44

Plus jamais ils n'avaient reparlé de l'épisode de la morgue. Ce jour-là, Julie était morte. Le point de non-retour avait été atteint dans la souffrance, l'humiliation et la peur. Pendant les semaines, les mois qui suivirent, son esprit s'était détaché de son corps, avait flotté et était parti ailleurs, n'abandonnant, sur le lit en fer de sa geôle, qu'une enveloppe vide, un organisme inerte que les pois magiques avaient achevé d'éteindre.

Et puis ces mois étaient devenus des années. Beaucoup d'années qui s'enchaînèrent entre addictions et sevrages, douleurs insupportables et éternels silences, punitions, récompenses, veille et sommeil. Elle n'était plus qu'une bête dans une cage, à moitié folle, se contentant, la plupart du temps, de s'alimenter, dormir, vieillir.

Vieillir… Il lui arrivait, certaines nuits, après un rêve, de se rappeler son ancienne existence. Le monde libre de son enfance, une sorte de vie antérieure. Elle revoyait alors des scènes, comme cette fois où, installée sur une plage en compagnie de ses parents, elle avait fabriqué un mannequin avec une noix de coco coiffée d'un chapeau de marin en guise de tête, et des bambous pour les jambes et les bras. Et elle avait entendu son père rire, lui qui n'avait pourtant presque plus de visage. Puis, après quelques secondes seulement, tout s'était effacé, laissant place au néant.

En réalité, ce n'était pas son père qui avait ri. C'était Vendredi. Le Vendredi du roman de Tournier. Elle en avait pris conscience plusieurs jours plus tard en découvrant l'intégralité de son souvenir dans le chapitre 23 du livre. Inconsciemment, elle avait volé un bout de l'histoire pour remplir les trous de sa mémoire. Et ça la terrorisait, parce qu'elle n'avait aucun moyen de différencier le vrai du faux. Son passé n'était finalement peut-être que la somme de morceaux de bouquins.

Combien y avait-il eu de Noëls depuis son tout premier, ici ? D'anniversaires ? De cauchemars ? De parties d'échecs jouées, de labyrinthes et énigmes résolus, de plateaux-repas ingurgités et régurgités ? Elle l'ignorait, mais si elle se fiait au rythme de publication de Traskman, ça devait faire au moins six ans. Ou sept. À moins que ça ne fasse déjà huit ? Huit ans à frapper aux portes de l'enfer. À renaître et mourir, en permanence. Qui pouvait survivre ainsi ?

En attendant, Caleb, lui, avait connu un succès retentissant avec *Dans les yeux des autres*, que les médias avaient qualifié de « chef-d'œuvre de la littérature horrifique ». On disait que, après une longue traversée du désert débutée avec *Senones*, l'inspiration de cet écrivain d'ordinaire prolifique était revenue à son meilleur niveau. L'intrigue était centrée sur une jeune fille à qui on avait greffé les yeux d'un homme mort accidenté, Yaël Gotham. Elle se mettait alors à voir les choses abominables – séquestration, tortures – que Gotham avait commises par le passé. Traskman en avait écoulé des centaines de milliers d'exemplaires.

Un passage, en particulier, avait marqué Julie, au point qu'elle pouvait le réciter mot à mot… *La société virerait au chaos sans criminels de la trempe de Gotham. Ils sont les visages du Mal, la négation de l'humain et, au fond, nous rassurent, car nous estimons que nous ne sommes pas comme eux. Nous avons besoin de ces visages, de cette mise en pâture sordide des actes les plus abjects, pour éviter d'avoir à regarder ce qui se passe dans notre propre maison. Mais, en vérité, nous sommes tous le monstre de quelqu'un.*

Traskman avait rédigé une partie de ce roman et des quatre suivants à l'intérieur de sa geôle, désormais aménagée en un véritable petit studio puisqu'elle bénéficiait d'un salon, d'une bibliothèque, d'un réfrigérateur, et même d'un téléviseur, en hauteur, mais qui ne disposait que d'une chaîne diffusant des films policiers ou d'horreur en continu. Dans ces moments où il s'installait dans le fauteuil et inventait ses histoires, Julie n'avait pas le droit de bouger de son lit, mais elle se sentait moins seule. Il lui confiait souvent ses pages manuscrites chapitre après chapitre, au fil de sa création, comme il y avait fort, fort longtemps, au chalet du lac Noir. Et quand elle les parcourait, Traskman s'arrêtait d'écrire. Il se mettait à aller et venir, la fixant tel un fauve à l'affût, dans l'attente de son verdict.

— Alors, c'est bon ? Est-ce que ça fonctionne ? Est-ce que tu penses que ce personnage manque de profondeur ?

Il n'espérait de sa part aucune flatterie, au contraire. Il s'énervait d'ailleurs si elle prétendait que tout était parfait. Sa démarche était sincère, il l'écoutait et ajustait, si nécessaire. Elle lui apportait des idées, un point de vue, il prenait ou il jetait. Il avait besoin d'elle, et elle de lui. Elle conseillait son bourreau, discutait avec son kidnappeur, lisait les livres d'un tueur. Un jour, elle avait même ri à une de ses anecdotes, et ça lui avait déchiré le ventre. Elle s'en était voulu des semaines durant. De la même manière qu'elle s'en était voulu de ressentir une réelle tristesse lorsqu'il lui avait parlé de sa femme folle, de son enfance dans les foyers où il avait subi toutes sortes de maltraitances, de son fils qu'il avait eu beaucoup trop jeune et qui le détestait par-dessus tout.

Ses émotions qui la submergeaient parfois, ça n'était pas explicable, encore moins rationnel. C'était plutôt de la survie. Mais si elle riait ou pleurait devant lui, ça ne l'empêchait pas de s'imaginer en permanence lui enfonçant un couteau dans le cœur. Au plus profond d'elle-même, chaque heure de chaque jour qui passait, elle maudissait son évasion avortée, cette terrible fois où son arme de fortune avait ripé sur les côtes...

Au fil des ans, ses conditions de détention s'étaient donc sensiblement améliorées. Elle était un objet de ce psychopathe et, tant que l'objet restait à sa place, tout allait bien. Il ne la touchait pas, ne la violait pas : une muse était un être sacré qu'il fallait préserver. Ça faisait même plusieurs années qu'il l'emmenait régulièrement sur la plage. Toujours au cours de nuits sans lune. Pour l'occasion, Caleb exigeait qu'elle s'équipe de patins à glace privés de leur lame. Il serrait fort les lacets. Ainsi chaussée, il lui était impossible de fuir. D'autant qu'il attachait également son poignet droit au sien à l'aide d'une cordelette noire.

Ensemble, côte à côte, ils parcouraient alors le labyrinthe dont elle n'avait pas su s'échapper et, si Traskman lui bandait soigneusement les yeux, elle veillait à se concentrer, comptait le nombre de pas, mémorisait les changements de direction, jusqu'à être capable de se représenter mentalement le chemin qu'ils empruntaient. Presque malgré elle, une partie repliée de son esprit continuait à chercher des solutions de fuite.

Une fois dehors, ils marchaient sur du sable, d'abord sec, puis dur, pendant dix longues minutes. Quand il lui ôtait son bandeau, elle se trouvait au bord de l'eau, au milieu de nulle part. Traskman lui avait raconté qu'ici, dans la baie, la mer pouvait se retirer à plus de trois kilomètres. Elle percevait, loin, très loin sur la gauche, la pulsation d'un phare. Quelques scintillements d'une ville accrochée à la côte. La vie… C'était là-bas qu'elle rêvait d'aller…

Même dans l'obscurité la plus complète, Julie avait longtemps prié le Ciel pour qu'il mette sur leur route des promeneurs égarés ou des pêcheurs qui revenaient du large sur leur chalutier. Mais il n'y avait pas davantage d'hommes que de bateaux. Et tout ce qu'elle rapportait dans sa cage, c'étaient des odeurs d'algues et de sel. Parfois, selon la saison, elle entendait le cri des oies sauvages. Il n'y avait pas plus libre qu'une oie sauvage. Julie les aimait autant qu'elle les détestait.

Un jour, Traskman commença à évoquer un projet qu'il avait en tête. Ça faisait un an qu'il n'avait rien écrit, et l'envie de créer l'obsédait de nouveau.

— J'ai peut-être un ersatz d'idée pour mon prochain livre. Je retracerais le parcours d'une romancière dont la fille aurait disparu. Une romancière qui habiterait ici, dans ma maison, sur la côte du Nord. Et cette fille disparue, ce serait toi, Julie. Tu ne t'appellerais pas Julie, bien sûr, je ne vais pas non plus me tirer une balle dans le pied. Mais ça pourrait être notre histoire à tous les deux. Enfin, une certaine vision de notre histoire, quelque chose de totalement différent, de… symbolique. Seuls toi, moi et quelques autres comprendrions…

Quelques autres… Il parlait des sales pervers de sa trempe, ceux de la morgue. Tout ça lui donnait la nausée, pourtant Julie l'encouragea. Elle n'avait pas le choix. Régulièrement, il se pointait, s'installait dans son fauteuil avec un carnet de notes, entamait de longs monologues, se levait et déambulait comme un comédien en pleine répétition. Dans ces moments-là, il lui arrivait de s'énerver. Parce qu'il ne trouvait pas l'angle d'attaque ou qu'il était confronté à un problème de construction.

— L'organisation du réseau criminel est très claire. Ça n'est pas ça, le souci. Mais il me manque quelque chose... Le twist final qui rendra ce bouquin unique, tu vois ? Je veux en faire le plus effrayant des Traskman. Le meilleur, aussi.

— Le précédent était le meilleur, répliqua Julie entre deux pages des *Raisins de la colère*.

— Alors le suivant devra le surpasser.

Ainsi bâtissait-il ses intrigues, par couches successives, renforçant, semaine après semaine, leur structure narrative. Il comparait souvent ce travail à celui d'un horloger suisse : le plus difficile n'était pas d'assembler les pièces, c'était que la montre affiche l'heure exacte une fois les engrenages en place. Il lisait donc beaucoup, se documentait, peaufinait...

Puis il commença à donner vie à cette écrivaine, Léane, qui survivait à peine à la disparition de sa fille Sarah. Après l'agression de son mari dont elle était séparée, elle revenait dans sa maison au bord de la baie de l'Authie pour enquêter... Caleb ne tenait ni le titre ni la fin de son roman. Il racontait que ces détails jailliraient au fil de l'écriture.

Même dans ces périodes de création intense, il continuait à s'absenter plusieurs jours d'affilée et, quand il réapparaissait, il reprenait le cours de sa pensée, comme si de rien n'était. Mais il y avait un maudit éclat dans son regard qui n'échappait pas à la jeune femme. L'éclat du prédateur, du monstre, de cette facette qu'elle essayait de tenir à distance autant que possible.

Un soir, Traskman lui rendit visite. Il était très pâle. Ses épaules étaient voûtées. Il avait pris dix ans d'un coup. Il n'était pas dans son état normal. Une bouteille de whisky à la main, il alla s'effondrer dans le fauteuil. Julie se tut, l'observa. Il plissait son front avec ses doigts, les yeux rivés au sol. Après un instant, il finit par relever la tête vers elle et lâcha d'une voix blanche :

— Quelqu'un est venu ici, dans ma maison. Un… Un homme que… Un homme dont j'ignorais l'existence…

Elle se redressa, alors que son cœur s'affolait. Car elle s'était aperçue que, pour la première fois depuis des siècles, elle n'avait pas entendu le déclic si familier indiquant la fermeture de la porte d'entrée. Son esprit lui avait-il joué un tour, ou était-il possible que Caleb ait laissé ouvert ? S'agissait-il d'un piège ? Avait-il oublié, après toutes ces années sans avoir commis la moindre erreur ?

— Qui est venu ici ? demanda-t-elle.

— Mon frère jumeau…

45

Véra se mit en route par ces températures à pierre fendre. À chaque inspiration, elle avait la sensation que ses poumons allaient se fragmenter. L'air sifflait dans sa gorge et lui provoquait des douleurs au niveau du larynx. La neige, elle, était dure à la surface, molle dessous, si bien que, une fois la fine couche de givre cassée, sa raquette s'enfonçait de quelques centimètres, entravant sa marche. Elle s'engagea dans la montée et, rapidement, retrouva les arbres marqués qui balisaient le chemin.

Elle n'arrêtait pas de songer au téléphone. Les ondes lui déclenchaient d'ordinaire des maux de crâne insupportables. Elle avait d'ailleurs enduré un véritable parcours du combattant pour qu'on lui diagnostique son hypersensibilité. Elle était même allée à l'hôpital de... Quel hôpital, déjà ? Elle se creusa la cervelle, mais rien n'y fit. Elle ne se rappelait plus non plus les examens qu'elle avait subis. Elle n'avait aucun nom de médecin en tête. Juste des silhouettes en blouse blanche qui, un jour, s'étaient occupées d'elle.

Que lui arrivait-il ? Pourquoi était-elle incapable de se remémorer les lieux, les visages, dès qu'elle se référait à son passé ? Et que signifiait son absence de réaction aux ondes de ce fichu portable ? Existait-il un espoir infime pour qu'elle puisse quitter cet enfer et réintégrer la vraie vie ? Ou y avait-il quelque chose de beaucoup plus psychologique qu'elle ne l'imaginait dans sa pathologie ?

Elle rabattit les pattes de son bonnet sur ses oreilles, resserra son cache-nez. Seules ses pommettes affrontaient le vent coupant comme un scalpel. Partout des cristaux de glace scintillaient, les branches des pins semblaient en faïence. Véra avait l'impression d'évoluer au cœur d'une de ces boules souvenirs qu'on secouait, enfermée sous un dôme de verre. Non, elle était condamnée à errer dans un labyrinthe, plutôt. Un dédale d'arbres sans issue, une forêt destinée à la garder prisonnière.

Le soleil n'était plus au zénith lorsqu'elle distingua les grands aplats brillants, en contrebas sur sa gauche. Les étangs… Ça signifiait qu'elle était à une quinzaine de minutes du chalet d'André. Véra repensa aux quelques lignes que son ami lui avait lues, à l'étang en forme de cacahuète, à la hutte. Pourquoi Sophie avait-elle décrit cet endroit particulier dans son manuscrit ? Pourquoi avait-elle parlé de *vérité* ?

Véra bifurqua dans cette direction. Comme l'avait mentionné la page 65 des *Recluses*, un détour s'imposait. Elle était consciente, encore une fois, de coller à la prédiction. De contribuer, en quelque sorte, à sa réalisation. Mais elle n'avait pas le choix, c'était le seul moyen de comprendre. Elle veilla, en avançant, à rester près des arbres. Les berges et une partie des surfaces gelées étaient des champs de coton. Dessous, la couche de glace devait être solide, mais Véra avait toujours à l'esprit son cauchemar, le corps immobile dans l'eau, ce face-à-face avec son propre visage quand elle avait retourné le cadavre. Si elle chutait là-dedans, c'était certain, elle mourrait. Enrichz et ses satanées prémonitions auraient eu raison d'elle.

L'étang qui l'intéressait se dessina finalement derrière une bande serrée de sapins. Il formait un huit presque parfait et, comme lui avait expliqué André l'été précédent, offrait une étape idéale aux oiseaux de passage à l'automne. Véra remarqua le mirador, à l'extrémité de la boucle la plus large du huit. Il était érigé sur une impressionnante structure en bois. Dès lors, un insolite et furtif souvenir lui revint en tête : André et elle, en train de disputer une partie d'échecs au sommet de la tour. Elle baissa les paupières pour tenter d'attraper d'autres images, mais tout avait déjà disparu.

Que se passait-il ? Que lui arrivait-il ? Le froid lui tapait peut-être sur le système. Elle but une gorgée de thé pour se réchauffer et pressa le pas, avec la hutte en ligne de mire. Définitivement, rien de tout ça n'avait de sens… D'ici, elle était à deux heures minimum de marche de la route la plus proche. Personne ne venait en ces lieux si reculés depuis que le hameau avait été déserté, et le Vieil Ours était le seul qui continuait à utiliser cette construction qui datait du temps où la chasse était essentielle à la survie. Alors, bon sang, comment Sophie Enrichz avait-elle fait pour découvrir l'endroit ?

Au prix de gros efforts, Véra parvint au pied de l'affût, qui, tout là-haut, à dix mètres du sol, mesurait environ trois mètres sur trois et était percé de fenêtres sur tous ses côtés. Elle ôta ses raquettes. Respira un instant, observant les environs. Pas la moindre trace de vie, pas un son. Juste une armée de pins, immobile. L'un des paysages les plus beaux et les plus effrayants qu'il lui ait été donné de voir.

Elle s'agrippa aux barreaux en bois de l'échelle et entama une montée prudente, vérifiant chaque fois ses prises. Le verglas se déployait partout, y compris sur la partie arrondie des traverses. Enfin, après une ascension interminable, elle se hissa sur la mince plate-forme, à bout de souffle. Des arbres, encore et toujours des arbres, à l'infini. Loin, très loin à l'horizon, elle devinait à peine les premiers contreforts des montagnes.

Elle ouvrit la porte en rondins. Droit devant, face à une fenêtre, se dressait un vieux fauteuil en cuir noir à moitié éventré. Le sommet d'une casquette en dépassait.

— André ?

C'était sorti tout seul. Véra savait pourtant déjà que celui qui était assis là ne lui répondrait pas. Parce que, aussi certainement que deux et deux font quatre, il était raide mort. L'adrénaline qui envahit ses veines lui fit oublier le froid. Elle s'avança au ralenti. Par terre gisaient par centaines des cadavres de mouches, sur le dos ou recroquevillées, des pupes, des enveloppes vides de larves. Elle ne put éviter de les faire craquer sous ses pas, tant ils étaient nombreux. Elle repéra un pack de canettes, des emballages en papier aluminium qui avaient dû contenir des sandwichs et du matériel de chasse. Puis se figea devant le corps, un cri suspendu aux lèvres.

Le visage avait disparu. Les cheveux s'étaient détachés du crâne par mèches. Ne restaient plus que le masque osseux facial, les orbites creuses ainsi qu'une poignée de tendons et de ligaments, sombres et secs, accrochés aux mâchoires. Une veste à carreaux et un pantalon de treillis habillaient le squelette aux trois quarts décharné et bouffé par la vermine. Un fusil reposait sur ses genoux, couvert d'un film de poussière, et une canette entamée trônait à l'extrémité de l'un des accoudoirs.

Véra se recula jusqu'à buter contre le mur, secouant la tête avec frénésie. Cet individu était selon toute vraisemblance mort depuis des mois. Ça ne pouvait pas être André. C'était impossible, elle avait encore discuté avec lui la veille ! Mais qui habitait ces bois, hormis lui ? Abasourdie, elle se prit la tête entre les mains. Une voix résonna en elle. Un extrait du manuscrit de Sophie. *Ce que je découvrirais sur place me conduirait sans doute vers ce que j'avais toujours essayé de fuir : la vérité.*

— Mais quelle vérité, putain ?

Un nuage blanc s'était échappé de sa gorge. Il fallait qu'elle sorte d'ici, qu'elle se rende vite au chalet d'André pour contacter les gendarmes, il n'y avait que ça à faire. Dans la précipitation, son pied cogna contre un tas de détritus, et quelque chose qui se trouvait dessous roula sur le plancher. Elle ramassa l'objet avec cette sensation affreuse de tanguer sur le pont d'un navire en plein naufrage.

Elle tenait, au creux de son gant, la pièce en bois qui manquait à son échiquier.

Le fou noir.

46

Alors qu'elle rangeait ses affaires dans sa valise, Patrick avait essayé de l'appeler, mais elle n'avait pas répondu. Il lui avait donc laissé un message au sujet du numéro de portable – celui fourni par Henry Cobb – qu'elle lui avait demandé d'analyser. Ce numéro, il n'y avait aucun doute, était celui de Lysine Bahrt, domiciliée au Mesnil-Amelot. Une sentence qui ne fit que confirmer ce qu'elle savait déjà...

Elle était bien Ariane, seule détentrice des clés d'un labyrinthe dans lequel elle s'était elle-même égarée. Et elle refusait de passer une nuit de plus dans une maison qui n'était pas la sienne, une habitation qu'elle avait squattée comme un parasite pendant que sa véritable propriétaire croupissait au fond d'une cave. C'était abominable. Ariane avait honte. Terriblement peur, aussi.

En partant, elle n'eut cependant pas d'autre choix que d'« emprunter », encore une fois, la voiture de Lysine. Elle glissa son bagage, ainsi que son cahier plein de sa documentation sur les HES, dans le coffre. Elle était seule, perdue, sans racines, sans biens, sans rien. Monstrueuse et malade. Il ne lui restait qu'une bouée à laquelle se raccrocher : le psychiatre. Peut-être saurait-il répondre aux innombrables questions qui se bousculaient dans sa tête, la privant du moindre répit.

Elle se gara dans le centre-ville de Compiègne une heure plus tard. Le cabinet d'Olivier Martin était annoncé sur une plaque fixée à la façade d'un immeuble en pierre. Ariane appuya sur un interphone et pénétra à l'intérieur. Après avoir monté l'escalier, elle se présenta à la bonne porte, frappa et attendit, nerveuse. Elle échangea un regard gêné avec une habitante qui descendait promener son chien.

Le battant s'ouvrit sur le visage d'un homme d'une quarantaine d'années. Le genre de type qui inspirait une confiance aveugle, sans doute en partie grâce à son allure décontractée. Il avait visiblement renoncé à sa blouse aseptisée et avait retroussé jusqu'aux coudes les manches de sa chemise qui flottait par-dessus son jean. Des vanités ou de simples anneaux argentés ornaient chaque doigt de sa main droite.

— Entrez…

Il referma derrière elle et la pria de s'asseoir dans un fauteuil, alors qu'il s'installait en face d'elle, l'air inquiet. Une table basse posée sur un tapis clair les séparait. La pièce était sobrement aménagée, dans un style épuré. Carrelage beige au sol, murs blancs sans décoration, une bibliothèque garnie, un bureau entouré de trois chaises, ainsi qu'un divan avec des oreillers dans la partie salon où ils se trouvaient.

— Est-ce que vous avez le souvenir d'être venue ici ? demanda le psy d'une voix calme.

— Je suis désolée, articula-t-elle péniblement, tout ça ne me dit rien. Mais vous, vous savez qui je suis, n'est-ce pas ?

Il acquiesça.

— Je crois que Lysine voulait m'aider, poursuivit Ariane. Mais le problème, le très grave problème, c'est que je viens de découvrir que j'ai pris sa place sans m'en rendre compte…

Elle se massa le front dans un soupir.

— J'habite sa maison, je conduis sa voiture, je dors dans son lit, je… je ne suis même pas certaine que ces vêtements soient les miens. Je me suis approprié son métier. Aujourd'hui, je bosse peut-être dans les faits divers à Rouen simplement parce que j'étais persuadée d'être journaliste. Mais je ne suis pas journaliste, pas plus qu'artiste peintre. Je ne me souviens de rien, docteur, ni de vous ni du reste. Qui suis-je ?

Il parut aussi déstabilisé qu'elle. Après un temps de réflexion, il se pencha en avant, les mains jointes entre ses cuisses.

— Tout d'abord, est-ce que vous savez où est Lysine ? C'est une amie, on a fait notre scolarité ensemble jusqu'au lycée, et je n'ai plus de nouvelles depuis plusieurs mois.

Ariane ne pouvait pas lui révéler la vérité. Pas maintenant, pas aujourd'hui.

— Tout ce que je sais, c'est qu'un jour je suis rentrée d'un footing, raconta-t-elle, et la maison avait été visitée, elle était sens dessus dessous. J'ai téléphoné à la police en étant convaincue de… d'être Lysine. C'est difficile à expliquer, mais, malgré ces trucs bizarres avec ma mémoire, jamais, absolument jamais je n'ai douté de mon identité. Je vous promets que je ne mens pas.

— De quels trucs bizarres parlez-vous ?

Elle lui résuma la situation. Se confiant sur cette impression, récurrente, que tout se mélangeait dans sa tête, ou qu'elle inventait des choses, et puis sur ces objets ou visages qu'elle ne reconnaissait pas… Olivier Martin était de plus en plus perplexe. Mais, ce qui prenait le pas, à présent, c'était son inquiétude pour Lysine.

— Il a dû lui arriver quelque chose de grave… Quand elle est venue ici, avec vous, elle travaillait sur un sujet dont elle ne voulait rien me dire, mais qui semblait très important. Elle était nerveuse et, vous, vous aviez l'air d'être au cœur de ses préoccupations. J'ai vérifié dans mon agenda, on s'est vus, la dernière fois, il y a plus de quatre mois. Je ne peux plus attendre comme ça. Demain, j'irai au commissariat.

Ariane serra les lèvres en acquiesçant. Au fond, cette décision la soulageait. Il fallait que tout cela s'arrête. Le psychiatre lui demanda ce qu'elle avait fait, après le cambriolage, de quelle manière elle avait réussi à découvrir qu'elle était Ariane. Elle relata alors son installation à Rouen, son job au *Courrier normand*, son retour pour vendre la maison, les Frigos, la fresque du labyrinthe, sa rencontre avec Zaz… Mais omit volontairement toute la partie concernant le film.

Après l'avoir écoutée en silence, le thérapeute se leva et alla piocher un bouquin dans sa bibliothèque. Il le lui tendit.

— *Le Voyageur sans bagage*, de Jean Anouilh. Une pièce de théâtre publiée en 1937. C'est l'histoire de Gaston, un blessé de guerre recueilli amnésique dans une gare de triage en 1918… Au fil du récit, on lui apprend qu'il se prénomme Jacques Renaud. Ce que Gaston réfute, tout comme l'environnement familial qu'on lui présente, parce qu'ils ne correspondent à aucun des souvenirs qui sont venus combler sa mémoire… Pour le convaincre, il faudra lui apporter des preuves formelles que tout ce qu'il a en tête est faux, et que, à cause des traumatismes qu'il a subis, il s'est en réalité inventé une vie qui n'était pas la sienne…

Ariane observa la couverture du livre. Un homme et son reflet, avec un bandeau noir sur les yeux.

— La première fois que je vous ai rencontrée, vous m'avez immédiatement fait penser à ce personnage, poursuivit le psy. On vous avait trouvée sous un pont, sans bagage, au sens propre comme au figuré. Vous vous rappeliez uniquement votre prénom et vous dessiniez des labyrinthes, ce qui m'a amené à imaginer que ce prénom, Ariane, était également un écran de fumée destiné à vous éloigner encore plus de votre passé. À le rendre inaccessible…

La jeune femme recevait chaque mot du spécialiste comme un coup de poing. Avant d'avoir été Lysine, elle avait été Ariane. Et avant Ariane, sans doute une autre personne encore. Où se nichait sa véritable identité ? Dans quel repli de son cerveau ? Elle eut alors l'image de ces poupées gigognes qui en cachaient toujours une supplémentaire, même quand on croyait que c'était la dernière.

— Selon vous, ma pathologie découle d'un choc, c'est ça ? De quelque chose que j'aurais essayé d'enfouir ?

— Probablement…

Son regard se perdit un instant dans le vague. Ses cauchemars… La main aux doigts recroquevillés qui remontait du fond de sa gorge… Toutes ses angoisses inexplicables…

— Mais vous ne souffrez pas seulement d'amnésie. Dans le jargon, on parle de « fugue dissociative ». C'est-à-dire que le malade, en plus d'avoir oublié son passé, fuit sa famille, ses amis, son emploi, parcourt parfois des centaines de kilomètres pour se retrouver dans un environnement nouveau. Bien que ce ne soit pas prémédité, la fugue psychique est comme un moyen de se redonner une chance puisque plus rien ne le raccroche à sa vie d'avant. Ensuite, le cerveau détestant le vide, dans de nombreux cas, il comble la mémoire défaillante en inventant. Et l'illusion est si parfaite que, la plupart du temps, les autres n'y voient que du feu. D'autant que, si quelqu'un décèle une incohérence, le malade s'adapte ou ment en croyant dire la vérité. L'inconscient veille en permanence pour que rien ne trahisse ce monumental hold-up identitaire. Vous habitez la maison de Lysine. Je suppose qu'il n'y a aucune photo d'elle exposée, n'est-ce pas ?

Ariane secoua la tête.

— C'est normal. Vous avez probablement tout jeté ou remisé dans un coin, mais sans mauvaises intentions. Ces photos représentaient juste un grain de sable dans la mécanique de la maladie mentale, alors vous les avez écartées. Il arrive parfois que l'usurpation dure des années avant que quiconque s'aperçoive de quoi que ce soit.

La jeune femme pensait aux mots de Zaz. L'oubli de l'oubli. Les faux souvenirs créés pour justifier son installation aux Frigos. Elle n'avait alors plus été une amnésique sans passé. Elle était devenue une artiste peintre chassée de chez elle par ses parents.

— Pourquoi je ne suis pas restée Ariane ? J'ai fait une seconde fugue psychique ?

— C'est ma théorie. Vous avez agi tel un bernard-l'ermite qui change de coquille lorsque la précédente n'est plus assez grande ou solide. Ariane devait être dans une situation qui la mettait en danger ou qui risquait de la rapprocher du trauma originel. Le jour du cambriolage, vous avez subi un choc en même temps que vous avez trouvé une coquille vide. Alors vous vous y êtes fait votre nid, naturellement. Un objet, un visage, un événement peut suffire à provoquer la bascule.

— À ce moment, j'ai pris la place de Lysine...

— Instantanément. Comme si quelqu'un avait actionné un interrupteur dans votre tête. C'est très rare qu'une fugue psychique succède à une autre. Ce que vous avez vécu doit être d'une violence inouïe pour que votre esprit verrouille tout ainsi.

Ariane se sentait impuissante. Elle avait la sensation que le mal était ancré en elle. Qu'elle vivait avec un parasite dont elle n'arriverait jamais à se débarrasser.

— Avec Lysine, vous ne partiez pas d'une identité vierge inventée de toutes pièces, enchaîna le docteur Martin. Vous aviez habité chez elle, aviez vécu à ses côtés, l'aviez observée, et ce durant plusieurs mois. Quand vous avez prévenu la police, vous étiez elle. Sincèrement. Vous pensiez qu'on vous avait volé vos papiers, votre téléphone portable… Mais vous n'en aviez tout simplement pas. Cette effraction a gommé les incohérences qui auraient pu vous faire douter. D'autant qu'elle vous a également offert un prétexte pour fuir. Une nouvelle vie dans une autre ville, un nouveau métier. Là-bas, personne ne vous connaissait. L'illusion était parfaite…

Tout ça était complètement fou, mais ça tenait la route. Car les incohérences et les événements étranges s'étaient bien multipliés dès son retour au Mesnil.

— Ça expliquerait notamment cette histoire d'accident de ceux que j'imaginais être mes parents, marmonna-t-elle comme pour elle-même. J'ai dû lire le fait divers de la chute du bus alors que j'étais Ariane… Mon cerveau aurait pris ce souvenir-là et l'aurait seulement un peu transformé pour en faire celui que j'ai aujourd'hui en tête…

— Exactement. Les parents de Lysine sont bien morts, il y a cinq ans, mais c'était dans un carambolage sur l'autoroute A1. Lysine a certainement eu l'occasion de se confier à vous à ce sujet. Lorsque vous êtes devenue elle, vous vous êtes ni plus ni moins réapproprié ce souvenir extérieur, qu'on vous avait rapporté, afin qu'il soit profondément ancré en vous et que rien ne le remette en question.

La jeune femme était à deux doigts de craquer. En effet, si les inexactitudes à propos de l'accident s'expliquaient, il n'y avait pas que ça. Il y avait aussi les images et d'autres scènes liées à ce drame. Elle était, par exemple, encore certaine d'être allée sur place, à Laffrey, d'avoir vu la rambarde défoncée, les corps alignés dans une morgue. Et elle peinait à accepter que tout cela n'ait été que fantasmé, inventé pour combler des vides. Que tout cela soit faux.

— J'ai peur, docteur. Peur de… de celle qui se cache au fond de moi. Qui est-elle ? Qui suis-je ? Pourquoi est-ce que je vis ce calvaire ? Comment on s'en sort ?

— Il n'y a malheureusement pas de solution miracle. On peut essayer la psychothérapie pour tenter d'accéder à la personnalité initiale. Ou l'hypnose, associée à l'administration de médicaments. Mais la réalité, c'est que vous souffrez d'une maladie extrêmement rare et complexe. Une maladie peu documentée. Et il faut bien comprendre que votre inconscient dressera toutes les barrières possibles et imaginables pour vous empêcher d'atteindre la vérité.

Ariane, ou qui qu'elle fût, était de plus en plus perdue. Elle tripota sa carte d'identité, observa son visage photographié dans un Photomaton. Tout le monde avait été trompé, elle la première. Elle releva les yeux vers le psychiatre.

— Est-ce que ça va se reproduire ? Est-ce que je vais oublier Ariane, Lysine et… changer de coquille, de nouveau ?

— Je vous mentirais si je vous garantissais que ça n'arrivera pas, répondit le spécialiste. Un état de stress intense, l'angoisse sont des facteurs susceptibles de pousser votre esprit à vous fournir une énième enveloppe protectrice. Vous pourriez très bien vous réveiller, un jour, en étant quelqu'un d'autre, oui. Et fuir encore une fois…

Sur ces paroles, son interlocuteur se dirigea vers son bureau.

— Je travaille aussi au service psychiatrique du centre hospitalier de Compiègne, deux jours par semaine. Je vais vite vous fixer un rendez-vous là-bas. Nous commencerons par une batterie d'examens neurologiques. Je voudrais avant tout m'assurer qu'il n'y a pas de lésions cérébrales ou de dysfonctionnements purement physiques des zones liées à la mémoire. Selon les résultats, nous envisagerons ensuite différentes voies thérapeutiques.

Il revint vers elle et lui tendit sa carte.

— Gardez-la sur vous. Je me renseigne sur la disponibilité du scanner et je vous rappelle dès que j'ai un créneau. Je m'occupe aussi de contacter la police pour Lysine et de leur expliquer clairement ce qui vous arrive. Il est probable qu'ils viennent vous voir, mais je serai là. Je ne vous abandonnerai pas, d'accord ?

Ariane serra le rectangle cartonné dans le creux de sa main. Elle avait envie de lâcher toute la vérité sur le film, sur le meurtre de Romy, de lui révéler qu'il ne reverrait plus son amie d'enfance, parce qu'elle avait été torturée et assassinée par des monstres. Pourtant, elle se tut. Car auparavant, il lui restait une dernière étape à franchir : Jérémy Theobald. Elle se devait d'aller aussi loin que possible. Pour Lysine qui avait voulu lui venir en aide, qui l'avait accueillie chez elle, qui, peut-être, était morte en essayant de la protéger…

C'était le moins qu'Ariane pût faire. Et puis, de toute façon, elle n'avait plus rien à perdre.

47

— Ce jumeau ignorait que j'existais, comme moi j'ignorais qu'il existait...

Penché en avant sur le fauteuil, à proximité de l'échiquier, Caleb Traskman observa l'étiquette de la bouteille de whisky. Puis il dévissa le bouchon et en but une bruyante gorgée. Il ne faisait jamais ça, boire au goulot. Julie, elle, était obnubilée par la télécommande accrochée à son cou. Comment aurait-il pu oublier de refermer derrière lui ? C'était improbable. Et pourtant, elle en était convaincue : elle n'avait pas entendu le déclic...

— Il m'a retrouvé à cause de l'un de mes livres, *Visages en miroir*, continua-t-il. Il date de 1993 et c'est le seul sur lequel il y a une photo de moi. Il l'a vue. Et il s'est vu !

Julie s'efforça de conserver son calme. La bête qui sommeillait en elle, tapie au fond de son ventre, mettait ses sens en éveil. Elle était assise en tailleur sur son lit. De là, elle ne distinguait rien du couloir. En plus, elle ne devait pas détourner le regard de Caleb, c'était trop risqué. Ils se connaissaient par cœur, tous les deux. La moindre variation dans les habitudes de l'un ou de l'autre était un signal.

— Il s'est renseigné, il a déniché mon adresse, et il est venu frapper à ma porte. Tu ne peux pas imaginer ce que ça fait. C'était comme si le titre de ce putain de roman, *Visages en miroir*, était prédestiné. J'étais face à moi-même, Julie. Physiquement, à quelques détails près, j'étais lui, et il était moi.

Il se perdit un instant dans ses pensées et reprit :

— Ce... Martial, il... il est magasinier du côté de Toulon. Au chômage, célibataire, pas d'enfants, bientôt à la retraite. Il habite dans une barre HLM, tu te rends compte ? Une vie de merde. Et il se pointe ici, brut de fonderie, pour me déverser toute l'histoire de mes origines. Me raconter ce que son père – enfin, *notre* père – lui a confié avant de mourir d'un cancer, il y a cinq ans. Même moi, je n'aurais pas eu l'idée d'inventer un truc pareil.

Julie patientait, silencieuse. Traskman poussa un soupir.

— On est nés d'un déni de grossesse. Ma... Ma mère biologique m'a expulsé sur le sol de sa chambre, comme une chienne, elle m'a foutu dans un sac et elle est allée me jeter dans une poubelle, à quelques kilomètres de l'endroit où elle vivait...

D'un geste sec il posa sa bouteille au centre de l'échiquier, faisant valser plusieurs pièces.

— Ce qu'elle n'avait pas prévu, c'est qu'il existait un deuxième bébé, encore au chaud dans son ventre, attendant son heure pour pointer le bout de son nez. Quand mon géniteur est rentré, cette garce était couchée dans une mare de sang, un autre fils prêt à sortir d'entre ses cuisses abjectes. Il l'a immédiatement conduite à l'hôpital. Évidemment, il ne se doutait pas qu'elle était enceinte, parce qu'elle n'avait pas grossi d'un kilo. Et c'est là-bas, au bloc, que mon jumeau est arrivé...

Julie s'était assise sur le bord de son matelas, naturellement, comme elle le faisait chaque fois qu'il était avec elle. Elle rajusta sa veste de survêtement et le fixa, attentive, les lèvres serrées. Si seulement il avait pu crever parmi ces ordures !

— Sur son lit de mort, mon père biologique a reconnu devant ce Martial qu'il avait été au courant pour moi, mais qu'il n'avait pas eu le courage de venir me rechercher. Alors je suis resté, pour sa femme et lui, leur secret inavouable. Bien sûr, ils ne me pensaient pas vivant… Comment un être si fragile aurait-il pu survivre ? De mon côté, j'ignore toujours qui m'a tiré de cette poubelle, j'ignore ce qui s'est passé lors des premiers jours de ma vie. En revanche, je sais que je suis né privé de nom, de date de naissance, de généalogie, au milieu de la merde… C'est ça, la vérité.

Pendant qu'il continuait à monologuer ou presque, Julie, elle, étudiait ses gestes, essayait de déceler un instant propice à la fuite. Elle ne se leurrait pas, elle n'aurait droit qu'à une tentative, parce que, si elle échouait encore, il la tuerait de ses propres mains.

— Et tu ne connais pas la meilleure ? Mon jumeau a le culot de se pointer ici, de tout me déballer, de pleurer en m'annonçant qu'il est mon frère, qu'il n'a plus personne hormis moi, et qu'il veut renouer le contact. Tu devines pourquoi, je présume.

— L'argent.

Il reprit la bouteille et s'envoya une nouvelle lampée. Julie remarqua sa perte de vigilance à ce moment-là, et son mouvement lorsqu'il buvait : il s'enfonçait dans son siège. Il mettrait donc plus de temps à s'en extraire. Après s'être frotté la bouche, il reposa le whisky et sortit un bout de papier de sa poche, qu'il balança devant lui.

— L'argent… Il me fait même chanter, ce salaud. Jusque-là, il a tenu sa langue, mais il sait que c'est le genre de révélations qui intéressera les médias. « Les origines poisseuses de Caleb Traskman », un truc dans ce goût. J'aurais dû l'étrangler sur-le-champ au lieu de le laisser repartir. Enfin, ce n'est pas grave. Je saurai bien m'occuper de lui en temps voulu. D'autant qu'il a commis l'erreur de me donner son adresse.

Il fulminait. N'importe quand, il pouvait se relever et se rendre compte que la porte n'était peut-être pas verrouillée. Il fallait que Julie le retienne, qu'elle le fasse parler.

— Intègre ça à l'histoire que tu es en train d'écrire, fit-elle.

— Quoi ?

— Sers-toi de ce que ton frère t'a raconté pour enrichir l'intrigue sur laquelle tu travailles en ce moment. Je ne sais pas comment, un jumeau qui débarque dans la vie d'un autre, ou qui le tue avant de prendre sa place. Il doit bien y avoir un moyen de mêler ce fil à la trajectoire de ta romancière et de son mari amnésique, non ?

Caleb resta immobile quelques secondes, puis se pencha vers la table.

— C'est intéressant. Oui, oui, c'est très intéressant. Ça nécessiterait un gros boulot vu que je suis aux trois quarts du récit, mais… je trouve l'idée excellente.

Il allait boire. Julie analysa chacun de ses gestes, les mains crispées, les muscles frissonnants, prêts à se détendre d'un coup. Elle fixa le bouchon qu'il fit tourner entre le pouce et l'index. Observa l'ample mouvement de son corps lorsqu'il bascula au fond du fauteuil, amena la bouteille à lui et inclina la tête en arrière. Ce fut à ce moment exact qu'elle poussa de toutes ses forces sur ses mollets. Elle n'avait plus la puissance ni la précision de sa première et unique tentative, il y avait des années de cela, mais le moteur de sa jeunesse rugissait toujours.

Quand elle constata que la porte était bel et bien ouverte, un nouveau flux d'adrénaline irrigua ses artères. Elle n'avait plus qu'un objectif : s'arracher à cet enfer. Dans son dos résonna un terrible fracas accompagné d'un grognement. Surpris, Traskman avait certainement jeté la bouteille et renversé la table en se redressant. Julie, elle, courait déjà dans le dédale. Et cette fois, elle connaissait le chemin. *Sept pas, virage à gauche. Trois pas, à droite. Encore cinq*... Elle atteignit rapidement le couloir avec les affiches de livres. N'eut pas une hésitation sur la direction à emprunter.

— Juliiiiie !

Cri déchirant. Coulée glacée le long de sa colonne vertébrale. Surtout, rester concentrée. *Huit pas. Trois marches à descendre, cinq pas, puis remonter*. Julie avait le cœur au bord des lèvres. Après d'autres couloirs, elle découvrit un hall qu'elle n'avait jamais vu de sa vie. Des tableaux, une entrée circulaire avec des portes toutes semblables, sauf celle d'en face, fermée par des verrous. Elle se précipita sur les molettes d'acier qu'elle tourna en essayant de reprendre son souffle, les poumons prêts à éclater. Elle n'était décidément plus la sportive d'autrefois...

— Juliiiie ! Je vais te tueeer !

Le hurlement était si proche qu'elle se demanda comment il avait pu se déplacer si vite. Ça glissait entre ses doigts, mais elle garda son calme et, d'un coup, le système céda enfin. Julie tira alors sur la poignée, des gouttes d'eau tiède vinrent embrasser son visage. Elle entendait le roulement des vagues, au loin. L'air était une caresse – on devait être à la fin du printemps, ou en été.

Aussitôt, elle fonça droit devant, chuta dans le sable, se releva et se dirigea vers la gauche dès qu'elle fut sur la plage. Elle n'y voyait rien. Ça impliquait que lui non plus. À moins que… Soudain, le faisceau d'une lampe illumina une dune au cœur des ténèbres. Elle fit volte-face sans cesser de courir : il était à ses trousses, et la lumière s'agitait au rythme de ses pas.

Il n'abandonnerait jamais. Il la traquerait, encore et toujours, jusqu'à en crever.

— Juliiiiiie !

En écho à la colère de Traskman, elle lança un appel au secours haché, emporté par la pluie et le vent. La mer lui semblait à des kilomètres de là, pourtant, elle progressait, vaillante, l'œil rivé sur son point de repère : les scintillements de la ville. Un phoque lui répondit dans un cri lugubre, quelque part, à côté. Dans la foulée, le sol se déroba sous ses pieds, une pente l'aspira et elle se retrouva au bord d'un large cours d'eau noire. Le fleuve côtier lui barrait le passage.

Piégée au milieu de la baie, il lui était désormais impossible d'aller plus en avant. Traskman lui-même lui avait expliqué la puissance des marées, dans le coin. Se confronter à ce courant revenait à accepter d'être embarquée vers le large et, sans doute, de mourir. *Il n'y a rien de plus douloureux que la noyade. C'est la pire des morts.*

À en croire le mouvement de la torche, son bourreau marchait à présent, à une cinquantaine de mètres. Il la savait coincée, et Julie imaginait le sort qu'il lui réserverait. Il était hors de question, cette fois, qu'elle lui offre le plaisir de l'attraper vivante. Elle comptait bien le détruire, comme lui l'avait détruite.

Oui, elle n'en réchapperait pas. Mais sa souffrance ne durerait plus que quelques secondes. Sa décision était prise.

Elle sauta dans le fleuve et se laissa engloutir par les flots.

48

Véra était déjà venue dans la hutte. Elle y avait disputé une partie d'échecs contre André, un beau jour d'été. Ils avaient ri, bu des bières, s'étaient raconté des histoires. Ils avaient observé les colverts et les grues atterrir avec grâce. Elle se souvenait de son ami lui indiquant que c'était ça, le bonheur, qu'il n'existait pas de meilleur endroit au monde que celui-ci. Puis elle avait remballé ses affaires et ils s'étaient quittés, chacun empruntant une direction différente pour rentrer.

Comment avait-elle pu oublier un tel moment ? Pourquoi, d'ailleurs, l'avoir oublié ? Et comment pouvait-elle échanger quotidiennement avec André s'il était mort depuis des lustres ? Qui était derrière la radio ? Et si... *Et si quoi ? Et s'il n'y avait personne à l'autre bout de la ligne ? C'est à ça que tu penses ? Que toutes ces conversations n'ont eu lieu que dans ta tête ?*

Véra ne pouvait pas s'y résoudre. Impossible. Elle n'était pas schizo. Enrichz était folle, Enrichz inventait des choses, elle avait été diagnostiquée il y avait des années et avait suivi un traitement. Pas elle. Elle, elle était psy. Elle soignait ces gens-là. « Est-ce que vous croyez qu'un psy pourrait se soigner lui-même ? » avait demandé Sophie. Pourquoi avoir balancé une question pareille ? Une explication. Il *devait* y avoir une explication. Ça ne pouvait pas être ça. Pas elle.

Elle distingua, en contrebas d'une pente bordée de rochers, le chalet d'André. Ses mollets lui brûlaient, son équipement pesait des tonnes. Véra savait qu'elle serait incapable de faire le trajet en sens inverse aujourd'hui. Une fois là-bas, elle appellerait les secours et attendrait qu'ils arrivent. Elle était sûre que tout finirait par s'expliquer. *Ce n'est pas moi qui fuis le monstre. C'est vous, et vous seule.*

— Ferme-la, grommela-t-elle à voix haute. Qui que tu sois, ferme ta gueule.

Arrivée à destination, elle planta ses raquettes dans la poudreuse, contre l'abri à bûches. Les fenêtres de la façade étaient recouvertes de neige. Des stalactites translucides pendaient de l'arête du toit, certaines longues d'une dizaine de centimètres. Elle pénétra à l'intérieur, son couteau à la main. Ce chalet était plus spacieux que le sien, mais il ne comportait qu'une pièce. Il n'y avait personne. Elle ne détecta aucune trace de pas, alors qu'elle-même laissait des paquets de neige derrière elle. Ça la rassura à moitié : Sophie n'était pas entrée ici.

Le plancher craquait sous son poids, et il faisait aussi froid dedans que dehors. Elle se précipita vers la radio, qui était posée au milieu de la table de la cuisine. Elle était poussiéreuse, comme tout le reste. Les lieux n'étaient plus habités depuis longtemps… Véra avait la sensation de sombrer au fond d'un gouffre. *La plupart du temps, les schizophrènes paranoïdes n'ont pas conscience de leur maladie, leurs hallucinations ou leurs délires sont, pour eux, réels. Ils peuvent avoir des discussions très élaborées avec des gens qui n'existent que dans leur tête, manger, vivre en leur compagnie…*

Elle chassa ces maudites pensées. Un morceau de papier, scotché à une des faces latérales de la CB, indiquait les canaux des deux seuls contacts d'André.

Celui du gendarme Christian Nolan, et le sien. Il avait barré, d'ailleurs, l'identité du psychiatre qui vivait dans le chalet avant elle pour y inscrire « Véra ».

Elle décrocha le micro et brancha l'alimentation. Aucune aiguille ne bougea. *Quelle conne !* Bien sûr, que ça ne fonctionnait pas, puisque le groupe électrogène était à l'arrêt. Elle ressortit, se dirigea vers le générateur protégé par une sorte de niche. Tenta de le mettre en marche en tirant sur le cordon du démarreur. En vain. Ôta le bouchon du réservoir et, grâce à une lampe qu'elle prit dans son sac, découvrit qu'il était vide. Pas de carburant. Pas d'électricité. Pas d'appel radio. Le cauchemar se poursuivait…

Refusant de se laisser abattre, Véra fit un tour du côté de l'abri à bois. Mais les rondins étaient humides et complètement gelés. Inutilisables. Elle retourna à l'intérieur et constata avec effroi que le panier ne contenait plus que du petit bois. Si elle restait ici cette nuit, elle allait finir congelée, même enroulée dans son duvet et des couvertures. Il devait faire pas loin de moins dix degrés.

Elle se laissa choir, dévastée, tripotant le fou noir qu'elle avait récupéré dans la hutte. Puis se redressa dans la foulée et lorgna la table près du lit. L'échiquier d'André affichait bien une partie en cours, mais pas celle que Véra avait jouée ces derniers temps. Une éphéméride reposait à gauche du plateau de jeu. Plus aucun feuillet n'avait été arraché depuis le 21 septembre. Le sien indiquait pourtant qu'on était le 14 février.

Cette fois, Véra en avait une preuve sous les yeux : l'homme à qui elle s'adressait tous les jours, celui qu'elle écoutait lui raconter des anecdotes, était mort, et ça ne datait pas d'hier. Tout cela n'avait été que le fruit de son imagination. Aussitôt, un autre engrenage s'enclencha, renforçant la puissance de la machine à broyer qui était en train de l'anéantir. En effet, comment Sophie avait-elle pu entendre, dans le haut-parleur de la radio, André lui annoncer son coup – cavalier en b5 – s'il n'était plus de ce monde ? Comment aurait-elle pu être aiguillée jusqu'à son chalet, à cinq kilomètres de là, s'il ne lui avait pas dicté les instructions ? La conclusion était simple : Sophie ne pouvait pas être réelle.

Non, non, non... Véra n'avait pas tout inventé. C'était impossible. Elle avait connu cette femme des années plus tôt, dans le service psychiatrique de l'hôpital de Metz. Comment aurait-elle soigné quelqu'un qui n'existait pas ? Comment aurait-elle trouvé son roman dans l'ancienne boulangerie, si l'autrice n'était qu'une vue de son esprit ?

Réponse : le livre était lui aussi une vue de son esprit. C'était la seule explication. Rien de ce qu'elle avait vécu cette nuit n'était vrai. Un mauvais trip. Un délire. Voilà ce dont il s'agissait. En fait, il n'y avait jamais eu de manuscrit intitulé *Les Recluses*. Ni de prédictions ni d'album rempli de faits divers. Il n'y avait eu que des hallucinations, des souvenirs oubliés, et d'autres transformés, mélangés. Un labyrinthe de folie creusé dans les méandres de son cerveau.

Elle qui pensait être malade des ondes, elle s'était trompée. Sa pathologie était ailleurs. Au fond de son crâne. Et celle-ci l'avait entraînée, un jour, au cœur de cette forêt infernale. Finalement, elle n'avait aucune raison d'être là. Il fallait qu'elle retourne à la civilisation. Qu'elle consulte. Qu'on lui dise ce qui lui arrivait. Peut-être atterrirait-elle dans un institut, mais elle devait savoir.

Elle observa le soleil par la fenêtre. À vue de nez, il était aux alentours de 14 heures. L'épreuve que cela représenterait pour son corps fatigué serait terrible, mais elle pourrait atteindre son chalet avant qu'il fasse nuit et, au pire, elle finirait à la lampe frontale. Sur place, elle appellerait le gendarme. C'était son unique possibilité. Elle cessa donc de tergiverser et arracha le papier collé à la CB, avec la fréquence radio permettant de joindre Nolan. Avant de partir, elle coucha le roi noir sur l'échiquier. La partie était terminée. Quelle tristesse... Durant tout ce temps, elle avait joué contre elle-même, seule face à sa radio. Elle s'était raconté des histoires. André, celui dans sa tête, l'avait d'ailleurs dit : la solitude pouvait rendre fou.

Elle était sur le point de se mettre en route quand son regard accrocha, posé à l'extrémité droite de la table, un roman d'Agatha Christie, *Dix Petits Nègres*. Celui qu'elle avait prêté à son voisin des mois plus tôt, et qu'il ne lui avait jamais rapporté. Et pour cause... Des pages de l'exemplaire étaient cornées. André l'avait visiblement étudié de près. En s'en emparant pour jeter un coup d'œil, elle découvrit, sous le livre, un carnet. Sur la couverture était écrit, à l'encre bleue, « Affaire Vera Claythorne », avec son nom de famille mal orthographié. Quelle affaire ? Qu'est-ce que ça signifiait, encore ? Qu'André avait enquêté sur elle ? Avant de s'occuper du mystérieux carnet, elle ouvrit le bouquin à l'un des repères. André avait souligné une phrase au stylo Bic.

Ce qu'elle lut l'acheva.

49

Elle était Ariane. Celle qui dessinait des labyrinthes identiques à ceux visibles dans les films de Mölzer. Une sans-origines avec la mémoire en miettes à cause d'un traumatisme. Et ça, ça n'était pas un hasard. Ces gens qui portaient des masques de porc avaient dû lui faire si mal qu'elle avait fui son identité. Elle ne savait pas réellement ce qui s'était passé, mais ils avaient bousillé sa vie. Ce soir, c'était la dernière ligne droite. Elle irait aussi loin qu'il le faudrait avec Theobald pour qu'il lui crache la vérité.

D'après le GPS, la casse automobile de ce Jérémy Theobald était située à la périphérie de Noisy, au bout d'une zone industrielle déserte et faiblement éclairée par une rangée de lampadaires vétustes. On approchait de 22 heures. Le ciel déversait de grosses gouttes froides. À travers les essuie-glaces, Ariane repéra, derrière un mur en béton à moitié défoncé, des empilements de voitures. Elle passa devant une grille verte et branlante, continua sur une centaine de mètres et se gara dans une rue adjacente, près d'un entrepôt. Avant de quitter l'habitacle, elle vérifia son Taser, en ôta la sécurité et le fourra dans la poche de son manteau.

Dehors, elle rabattit sa capuche et alla ouvrir le coffre, d'où elle sortit un antivol de vélo acheté après sa visite chez le psychiatre. Elle le glissa sous son blouson.

Remonta le trottoir. Longea une partie grillagée qui donnait sur une des extrémités de la propriété. Les piquets en fer tenaient à peine, et étaient même presque à terre à certains endroits. Elle les franchit sans difficulté, mais se retrouva aussitôt devant une barrière de ronces et de végétation. Contrainte de faire demi-tour, elle tenta ensuite sa chance par un autre accès, se faufilant entre des montagnes de déchets métalliques, pataugeant dans des flaques où l'eau et la rouille se mélangeaient.

Le lieu était gigantesque. Partout, elle ne voyait que des crêtes d'acier, des lacs sombres. La pluie se fracassait sur les tôles perforées et décochait des notes sinistres. Après avoir enjambé des portières tordues et des fauteuils arrachés, elle gagna le cimetière de carcasses au milieu desquelles zigzaguaient parfois des ombres rapides comme l'éclair : des rats. Là, dans toutes les directions, des voitures gisaient, privées de toit, de roues, de vitres. Des barres en acier, des pointes en verre, des pièces tranchantes jaillissaient de la boue. À gauche, un palan soutenait une impressionnante boule accrochée au bout d'une chaîne. Au-delà, elle devina, dans l'obscurité, une énorme pince suspendue à dix mètres et retenant entre ses griffes une fourgonnette écrabouillée. Elle visitait le terrain de jeux de Theobald. Elle foulait son territoire de folie.

Ariane se figea quand elle perçut les aboiements d'un chien. D'où provenaient-ils ? De l'intérieur de la casse ou du parking d'une entreprise alentour ? Elle n'avait pas pensé au coup du molosse susceptible de se jeter sur elle. Elle serra dans sa paume son Taser. *Usage unique*, songea-t-elle. Si elle tirait sur l'animal, elle n'aurait plus rien pour affronter le maître.

N'écoutant que son courage et sa colère, elle avança pourtant et discerna, plus loin dans les ténèbres, une timide lueur. L'antre du performeur, de cette bête abjecte qui avait barbouillé de sang le visage de Romy, lui avait fourré sa culotte dans la bouche et avait participé à son agonie... Elle se faufila aussitôt dans une allée parallèle moins large, avança en silence et marqua un arrêt lorsqu'elle distingua clairement le gros véhicule garé devant la caravane : un pick-up noir avec une benne ouverte. Celui, à coup sûr, qu'elle avait vu circuler devant sa maison deux nuits plus tôt. Elle n'avait pas rêvé. La horde la traquait. Ce n'était donc qu'une question de temps avant qu'ils ne débarquent chez elle...

Elle ramassa un boulon qui traînait. Progressa courbée jusqu'à l'habitation sommaire de Theobald près de laquelle s'amoncelaient, dans des caisses, sur des bâches, toutes sortes d'outils, des cageots, des sacs de sable et de ciment. Protégée par la pénombre et le rideau de pluie, elle lança un regard par une vitre. L'homme était seul, assis sur une banquette, en train de dessiner ou d'écrire. Il portait un blouson en cuir sur son torse nu et tatoué. Ses piercings en forme de pointe et le maquillage autour de ses yeux le faisaient ressembler à une étrange créature hybride.

Ariane respira. Ce qu'elle s'apprêtait à faire était fou, dangereux, mais c'était maintenant ou jamais. Elle se plaqua contre la tôle juste à gauche de la porte, dans un angle mort au cas où il jetterait un œil par la fenêtre, et lança le boulon sur une carcasse. Comme escompté, le fracas du métal fut suivi de pas lourds et précipités sur le plancher de la caravane, puis par un bruit de verrou qu'on ouvre. Le type apparut sur le seuil. Dans la seconde, Ariane se décala, dégaina son Taser et tira. Les électrodes se plantèrent en plein sur la poitrine de Theobald sans qu'il ait pu lever le petit doigt. Il y eut alors un grésillement, la fine silhouette musclée s'effondra sur le marchepied, s'arqua, les veines de son cou se gonflèrent, ses dents se serrèrent à s'en faire exploser les mâchoires.

Ariane crut qu'il allait mourir, mais le corps se détendit soudain. Elle disposait de peu de temps avant que l'influx nerveux ne se rétablisse. Elle lâcha donc son arme et entreprit de traîner la masse inerte jusqu'à l'autre bout de la caravane, au niveau de la table vissée dans le sol. Elle lui passa l'antivol autour de la gorge, fit le tour du pied, et ajusta à la limite de l'étrangler. Après quoi elle s'empressa de refermer la porte.

Elle était morte de trouille. Elle avait franchi le point de non-retour et, pour tenir, pour éviter de flancher, elle devait se concentrer sur Romy, Lysine, la souffrance qu'on leur avait infligée, et rien d'autre.

50

« L'approvisionnement ne doit pas être facile, pensa Vera Claythorne. C'est ça, le pire, sur une île. Les problèmes domestiques prennent des proportions effarantes. » En parcourant ces lignes, Véra songea qu'elle ne pouvait pas tomber plus bas. C'était comme si son identité avait été construite à partir d'un personnage d'Agatha Christie. Mais bon Dieu, qu'est-ce que ça signifiait ? Elle était Véra ! Véra Clétorne, fille d'Odette et Jean-Pierre Clétorne. Elle ne l'avait pas inventé.

Hasard. Il devait s'agir d'un gros, d'un incroyable hasard. Et puis, ça ne s'écrivait pas de la même manière. Subitement, elle se remémora la bibliothèque dans le salon de ses parents, les dos noirs collés les uns aux autres. Des romans policiers. Son père adorait. Alors oui, c'était certainement ça : lui dont le nom était si proche de celui de ce personnage imaginé par la reine du crime, il avait appelé sa fille Véra. Véra Clétorne. Comme un clin d'œil. Un hommage.

Elle tourna les pages. Des phrases, régulièrement, étaient soulignées. Et furent autant de chocs qui l'enfoncèrent davantage dans l'incompréhension. « Ça ne doit pas être commode d'accoster ici par gros temps, fit observer Philip Lombard. » Son ancien collègue psychiatre, à Metz, s'appelait Philippe Lombard. Elle fronça les sourcils et poursuivit. Plus loin : « Quant à miss Emily Brent, elle était manifestement en train de se demander si elle n'exécrait pas, au fond, les coloniaux dans leur ensemble. » Le prénom Emily, celui de sa fille, était entouré. Véra, Philippe, Emily…

Elle jeta le bouquin de toutes ses forces contre le mur en poussant un cri. Comment André avait-il pu faire une chose pareille ? Qu'avait-il cherché à prouver en annotant un putain de livre ? Qu'elle était folle ? Est-ce que lui avait vu son propre enfant se noyer sous ses yeux ? Est-ce qu'il se réveillait en pleine nuit, trempé de sueur, terrorisé par la violence de ses cauchemars ?

Non, il n'avait pas vécu un centième des souffrances qu'elle avait endurées, lui qui s'était terré dans cette forêt. Et pourtant, il s'était permis d'enquêter sur elle alors que, à la radio, il avait été mielleux, à débiter ses fichues anecdotes de chasseurs de baleine dont pas un mot n'était vrai… Il aurait pu au moins lui parler de tout ça. Venir au chalet en discuter avec elle.

À ce moment-là, elle le détesta. Bien fait pour lui, s'il était mort. Son cœur d'alcoolique avait lâché. Il n'avait eu que ce qu'il méritait. Elle s'empara alors du carnet. *Affaire Vera Claythorne.* Tout de suite, elle vit des flèches, des dates, des écrits brouillons. Des trucs du genre :

13 juillet : à la hutte, Véra s'est confiée sur le drame terrible qui a coûté la vie à sa fille, Emily. Emily avec un y, a-t-elle précisé. Sur le coup, je n'ai pas tilté, mais, l'autre fois, elle a évoqué un type de son ancien boulot à l'hôpital, Philippe. Plus tard, elle a précisé son nom. Lombard. Un personnage de Dix Petits Nègres. *Encore un… Ça fait beaucoup de coïncidences.*

Il avait dessiné des carrés, des cercles, des gribouillis, comme lorsqu'on réfléchit avec un crayon à la main. Ces informations avaient dû lui mettre la puce à l'oreille et lui faire entamer ses investigations. Il avait ensuite tout soigneusement consigné là-dedans, à commencer, en date du 27 juillet, par une photocopie de l'article consacré à la noyade de sa fille. Véra imaginait bien André s'être rendu à la ville, peut-être à la bibliothèque ou à la gendarmerie, pour fouiller dans des archives. Ça avait dû lui prendre des heures, de dénicher cet encart avec le peu d'éléments dont il disposait. Dessus, il avait tiré une flèche depuis « Une fillette de trois ans » et avait inscrit « Mélissandre » au bout. À côté de « échappé à la vigilance de sa mère », il avait noté, cette fois, « Bénédicte Lamordière ». En lettres capitales, tout en bas, il avait ajouté : « QUI EST VÉRA CLÉTORNE ? »

Elle se posait la même question que lui. Qui était-elle ? La page suivante lui apporta une réponse. Le 2 août, André avait fait une recherche *via* l'immatriculation de sa Ford. « Véhicule appartenant à Lysine Bahrt, domiciliée au Mesnil-Amelot, en Seine-et-Marne. » Dans la foulée, elle tomba sur une copie de la carte d'identité de cette Lysine Bahrt. Pas d'équivoque, c'était elle sur la photo. Plus ronde et les cheveux beaucoup plus courts, mais c'était bien elle. Elle scruta ce visage de longues minutes, abasourdie. Lysine Bahrt, elle était Lysine Bahrt, elle avait habité à des centaines de kilomètres d'ici, dans un bled aux alentours de Paris.

À en croire ses notes, André avait immédiatement creusé cette piste et avait appris que cette femme était journaliste au *Courrier normand*, à Rouen. En ville, il avait téléphoné à la rédaction, s'était fait passer pour un cousin qui souhaitait la recontacter et s'était entretenu avec un de ses collègues. D'après lui, Lysine avait pris des congés pour mettre en vente sa maison du Mesnil, mais n'était jamais revenue. Ils avaient essayé de la joindre, en vain, avant de signaler sa disparition. Véra était sidérée par ce qu'elle lisait… Elle n'avait donc pas exercé la psychiatrie à Metz, y avait encore moins soigné de patiente du nom de Sophie Enrichz. Tout cela n'était que pure invention.

Pourquoi ? De quoi souffrait-elle ? Comment avait-elle pu se glisser dans une vie qui n'était pas la sienne et intégralement oublier son existence d'avant ? Elle avait des visions, elle entendait des voix. Et elle avait vécu des mois dans cet état, dans cette peau étrangère, sans se rendre compte de rien. Alors qu'André, lui, avait su dès l'été. Il était simplement mort avant d'avoir pu la confronter à la réalité.

En continuant à feuilleter le carnet, elle découvrit avec effroi les clichés d'un miroir brisé. Ainsi que ceux d'un labyrinthe dessiné dans une baignoire, et qui grimpait jusqu'au carrelage mural. Ils étaient accompagnés de commentaires.

17 août : Véra avait loué une chambre chez les Degrim, la veille de son arrivée au hameau en avril dernier. Après son départ, les propriétaires ont pris des photos des dégradations commises, juste au cas où, mais ils ne voulaient pas de problèmes et n'en ont parlé à personne.

Plus loin…

22 août : Je viens de me renseigner auprès de la responsable de l'association « Zéro onde » sur la manière dont Véra a intégré le programme. Elle m'a raconté que leur rencontre s'était faite de façon complètement impromptue. Véra a débarqué, elle semblait en grande détresse psychologique, elle avait les chaussures ainsi que le bas du pantalon pleins de boue, un léger hématome à la tête. Elle ne voulait plus retourner à la ville. Elle lui a décrit avec précision les symptômes provoqués par son hypersensibilité et l'a suppliée de l'aider.

La responsable m'a expliqué que tout ce qui restait à Véra de sa vie d'avant était un petit bagage dans le coffre de sa voiture. Et comme, l'hiver précédent, il se trouve que l'ancien psychiatre qui logeait dans le chalet proche de la rivière avait dû quitter les lieux à cause d'un cancer, elle lui a proposé de s'y installer. Véra n'en revenait pas, car elle était également psychiatre. Aussitôt, avec beaucoup de naturel, elle s'est mise à aider pour les travaux, comme ça, comme si elle était là depuis toujours. Ça s'est fait aussi simplement que ça.

Autres feuillets. Autres révélations. Et encore des pages noircies d'observations, de communications radio entre eux qu'il avait retranscrites en soulignant les incohérences. Elle tourna, tourna jusqu'au bout. 5 septembre, 8, 13…

13 septembre : Je m'étonne de jour en jour de l'ampleur de cette histoire incompréhensible. Rien de ce que Véra me raconte n'est vrai, tout n'est qu'invention. Et le pire, c'est que j'ai la certitude qu'elle ne sait même pas qui elle est elle-même. Elle pense vraiment être Véra Clétorne, une hypersensible. Elle continue à me raconter des anecdotes de l'époque où elle était psy (elle doit les puiser inconsciemment dans les bouquins de sa bibliothèque), elle chiale quand elle évoque la petite noyée qu'elle prend pour sa fille. Merde, comment c'est possible ? Il a dû se produire quelque chose d'extrêmement grave dans sa vie d'avant pour en arriver là. Un truc qui a dû lui griller une partie de la caboche.

21 septembre : Je ne sais pas quoi faire, je dors mal. Nolan n'est pas au courant de tout ce bordel, ça fait des semaines qu'on ne s'est pas appelés. On ne s'est pas réconciliés après cette connerie d'histoire de permis de chasse. Mais il va falloir que je discute de ça avec quelqu'un…

C'était la dernière phrase qu'André avait écrite. Ensuite, il avait dû rendre l'âme, installé au fond de son fauteuil dans la hutte, l'œil rivé sur la surface de l'étang.

La jeune femme se concentra de nouveau sur la copie de sa carte d'identité. Cette autre elle, Lysine, ne pouvait pas avoir complètement disparu. Elle devait être repliée, recroquevillée quelque part dans un coin obscur de son cerveau, apeurée. Véra savait que nombre de maladies psychiques provenaient d'un traumatisme. Mais quel monstre avait bien pu contraindre Lysine à s'effacer ainsi ? Quel être maléfique rôdait autour de son chalet, dans la forêt ? Était-il le fruit de son imagination, lui aussi, ou existait-il vraiment ?

Elle ignorait combien de temps elle était restée immobile face au reflet de son désespoir, mais quand elle releva ses yeux humides, les rayons du soleil se dispersaient déjà entre les troncs, légèrement inclinés. On devait avoir passé le milieu d'après-midi. Dans une heure, les ténèbres tomberaient. Elle ne pouvait plus s'attarder davantage dans ce congélateur. Elle se redressa, glissa le carnet dans sa poche et enfila son sac à dos.

Un long et douloureux chemin de croix l'attendait.

51

Le temps que Jérémy Theobald reprenne ses esprits, Ariane alla fouiller l'espace exigu et encombré qui lui servait de salon et de chambre. Visiblement, elle l'avait interrompu alors qu'il dessinait les plans de ce qui ressemblait à une sorte de tonneau aménagé, destiné à être immergé. Une future performance, sans doute. Ariane retourna un meuble rempli de DVD porno et de magazines. Sur une étagère, à côté, traînait un paquet de photos. Des photos d'elle. En train de quitter la maison du Mesnil. En train de monter dans sa voiture, téléphone à l'oreille... Des clichés très récents.

Elle ouvrit ensuite la porte d'une armoire en pin collée au lit, et découvrit, derrière les vêtements suspendus, un masque de porc. Elle s'en saisit avec écœurement. C'était bien celui du film. Une immondice en latex trouée au niveau des yeux, des narines et de la bouche.

Derrière elle, Theobald gesticulait, à présent, les doigts repliés sur la chaîne.

— À quoi tu joues, espèce de petite pute ?

Ariane s'approcha et s'accroupit devant lui. Elle le fixa avec mépris.

— Combien vous avez mutilé, violé ou tué de pauvres filles ? Est-ce que je suis censée faire partie de vos victimes ?

L'antivol était tellement serré autour de son cou qu'une grosse veine bleue saillait sur sa tempe. Ariane n'avait peut-être pas laissé assez de jeu, mais peu importait. Il pouvait crever.

— Va te faire foutre… cracha-t-il.

— Explique-moi pourquoi vous faites ça. Toi, Mölzer, toutes les autres ordures qu'on voit sur les vidéos. Pourquoi vous avez torturé, assassiné et abandonné cette femme dans une cave sordide… ?

Malgré la situation, le type réussissait encore à afficher un sourire malsain. Elle aurait pu jurer qu'il jubilait.

— Je vois que t'es allée chez Mölzer… Mais apparamment t'as pas vu le vieux à l'étage ! Il doit être dans un sale état, lui aussi… On s'est arrangés pour qu'il crève bien sagement dans son lit. Une injection de potassium, et *bye bye*. Y en a qui savent faire, tu sais ? Tromper les flics et la science… Mölzer avait fait une connerie en paumant sa putain de bobine. Fallait qu'il emporte ses secrets. Et qu'il paie. Comme toi, tu vas payer.

En un éclair, il écarta les jambes et les referma sur la nuque d'Ariane. La précipita au sol. Lui agrippa les cheveux avec les mains. Elle se débattit et poussa de toutes ses forces vers l'arrière. Jusqu'au moment où elle perçut un borborygme. Aussitôt, la pression se relâcha. Le visage de Theobald était devenu cramoisi. Son larynx produisait un étrange sifflement. On aurait dit un poisson échoué sur une berge essayant de récupérer de l'oxygène.

Lorsqu'il respira de nouveau normalement, il lui adressa un regard chargé de haine.

— Salope. On va te buter, tu l'as pas compris, ça ?

— Qui, « on » ? Qui est l'homme à la tête de taureau ?

— Tu le sauras bientôt… Tu l'auras même en face de toi. Et tu le supplieras de te tuer dès que tu pigeras ce qu'il est capable de te faire.

Ariane sut à cet instant qu'il n'en dirait pas plus. Ce mec avait l'habitude de se cloîtrer des journées entières dans des espaces confinés et de tenir dans des positions impossibles. Sans compter qu'il n'avait pas peur d'elle. La jeune femme observa alors autour d'elle, réfléchit. Se rendit dans le coin cuisine, remplit une casserole d'eau et la mit sur le vieux brûleur alimenté par une bouteille de gaz. Theobald ne la quittait pas des yeux, collé à son piquet. Quand l'eau se mit à bouillir, elle prit une large inspiration, revint vers lui d'un pas décidé et versa, impassible, une gerbe sur son pied nu. Il hurla. S'étrangla encore plus. De l'écume apparut à la commissure de ses lèvres.

— Combien ? Combien de pauvres filles ? Réponds, ou je te balance le reste à la figure.

Il toussa longuement. Il grimaçait.

— À quoi ça va te servir de savoir, putain ! Tu te prends pour qui ? Une justicière, comme l'autre ? T'as vu comment elle a fini ?

Sans s'énerver, elle plaça la casserole juste au-dessus de sa tête.

— Combien ?

— Cinq, six, qu'est-ce que j'en sais, moi ? Elles étaient rien, elles avaient pas de nom. C'étaient simplement des… des objets de plaisir, de colère, de tout ce que tu veux. On le fait parce que ça nous botte. Parce qu'on peut se le permettre. Cherche pas d'explication à ça. Y en a pas.

Des objets… Cinq, six, il ne savait même pas… Autant de familles détruites, de gens qui attendaient, depuis des années, un signe de leurs disparus. Et lui, il en riait. Ariane empoigna plus fermement le manche de la casserole. Un nuage de vapeur s'en échappait encore.

— Et moi ? Qui je suis ? Pourquoi je dessine le labyrinthe du film ?

— T'as perdu la mémoire, hein ? C'est ça, tu te souviens plus de rien ?

Ariane acquiesça. Theobald plaqua l'arrière de son crâne contre le piquet, libérant la pression sur sa trachée.

— Tu le dessines, parce que t'es déjà allée là-bas. Il t'a forcée à assister à une de nos petites soirées, un jour… T'étais sa chose.

De nouveau, ce sourire.

— T'aurais vu sa tronche, quand je lui ai montré les photos que j'ai prises de toi, il y a deux jours. Il était scié. C'était comme… un miracle, pour lui. Ça faisait des plombes qu'il essayait de te retrouver. Il nous avait parlé de toi, de votre relation, de ce qu'il avait fait…

Ariane sentait la peur la submerger. La peur de savoir. De découvrir la vérité que son esprit lui cachait avec tant de force.

— Et, aussi incroyable que ça puisse paraître, t'étais là, dans la baraque de celle qui détenait la bobine capable de nous faire tous plonger. C'était comme, je sais pas, moi, une espèce de boucle improbable qui se refermait.

— Qui ça, « il » ? Qui m'a forcée à assister à ces monstruosités ?

— Ton homme à la tête de taureau. Le Minotaure…

Ariane se recula pour être hors d'atteinte et posa la casserole par terre. La sensation oppressante au fond de sa gorge revenait. Il fallait qu'elle se calme, qu'elle respire. Son cœur battait trop fort, trop vite. Soudain, à travers le claquement des gouttes sur la tôle, il lui sembla percevoir un bruit de moteur. Puis un faisceau de lumière balaya l'intérieur de la caravane avant de se figer sur la cloison au-dessus du lit. Le bruit s'interrompit. Theobald la scruta avec une jouissance manifeste.

— Ils viennent me chercher. Parce que c'est ce soir qu'on devait débarquer chez toi et te tuer. L'avantage, c'est qu'on n'aura même pas à se déplacer.

Ariane se précipita vers la fenêtre fouettée par la pluie. Deux phares immobiles trouaient les ténèbres, à une dizaine de mètres. Aussitôt, elle bascula sur le côté, s'élança pour fuir, mais Theobald tendit une de ses jambes et la faucha. Elle s'écrasa sur le sol, sa tempe gauche heurta le linoléum. Elle se redressa, à moitié assommée. Le type riait aux éclats. Animée par la haine, Ariane s'empara de la casserole et lui envoya le contenu bouillant au visage. Le hurlement de douleur qui envahit l'espace fut inhumain.

Elle se jeta sur la porte et l'ouvrit. Éblouie, elle dut plisser les yeux pour discerner, plantée entre les phares, une imposante silhouette noire. Deux cornes luisantes s'élevaient vers le ciel. Il était l'objet de ses cauchemars, cette main recroquevillée qui, depuis son ventre, remontait jusqu'à sa trachée. Derrière, les portières claquèrent, la tirant de sa sidération. Le monstre à tête de taureau fondit sur elle. Des ombres lui emboîtèrent le pas. Ariane se rua alors sur le côté de la caravane et s'enfonça dans les allées de ferraille. Coup de fouet immédiat de l'adrénaline dans ses artères. Elle courait pour sa survie.

Elle gagna les premiers alignements de véhicules, slaloma entre les épaves, à droite, à gauche, tourna à quatre-vingt-dix degrés, s'engagea dans des gorges d'acier. Elle avançait courbée quand elle se sentait à découvert, reprenait de la vitesse entre les murailles de tôles empilées. Elle aperçut la griffe suspendue, puis la boule, retrouva un second souffle en sautant par-dessus une flaque et accéléra encore. Dissimulée par le squelette d'un van, elle tenta un bref regard vers ses poursuivants, distingua, en dépit du rideau de pluie, une silhouette lointaine d'un côté, une lampe balayant les voitures d'un autre. Elle entendait les voix qui communiquaient entre elles. Ces types la traqueraient jusqu'en enfer s'il le fallait.

Elle ne s'attarda pas plus, enjamba des fauteuils et d'autres choses qu'elle n'identifia pas, puis tomba sur le chemin qui conduisait au grillage branlant. Un instant plus tard, elle traversait la route, hors d'haleine. L'endroit était désespérément vide. Ariane essuya l'eau qui ruisselait sur son visage et sprinta jusqu'à l'entrepôt le long duquel elle s'était garée. Les images s'entrechoquaient dans sa tête, comme des flashs douloureux, aveuglants, jaillis d'un stroboscope. Carcasse animale, sang, labyrinthe, cornes, cadavres… Tout ça défilait à un rythme fou, tel un film dépourvu de sens qu'on se passe en avance rapide.

Enfin, sa voiture. Elle s'y engouffra et démarra en trombe. Au bout d'un kilomètre, les maisons réapparurent. Elle s'engagea dans une rue, sans ralentir, grilla un feu rouge, tourna, et donna un violent coup de freins quand une berline surgit à sa droite en provenance d'une rue perpendiculaire. Le crissement fut aussi infernal qu'interminable, et un gros *boum* claqua à l'intérieur de son coffre. Ariane crut qu'elle allait mourir. Les deux véhicules finirent nez à nez. L'autre conductrice sortit, livide. Elle se dirigea vers la portière d'Ariane.

— Ça va pas ou quoi ? Vous avez failli nous tuer !

Ariane était chancelante. Perdue. Elle sortit à son tour, titubante, observa les alentours. Qu'est-ce qu'elle fichait ici, en pleine ville ? Est-ce qu'elle s'était trompée de direction ?

— Je… Je suis désolée, je n'ai pas fait attention. Excusez-moi, mais… On est où, là ?

La femme écarquilla les yeux. La scruta de la tête aux pieds. Ses vêtements trempés, la boue sur ses chaussures…

Puis elle se recula, regagna son siège et se remit en route sans demander son reste, abandonnant Ariane au milieu de la chaussée.

Déboussolée, celle-ci ouvrit son coffre pour voir ce qui avait provoqué un tel bruit. Constata que sa valise à roulettes avait valdingué au moment du freinage. Elle ramassa le cahier et la documentation imprimée qui s'était dispersée sur la moquette. *Naufragés des ondes. Hameau déserté. Zéro onde*, *HES*... Elle rangea tout, veilla à refermer correctement chaque poche de son bagage et, une fois derrière le volant, consulta son GPS. La dernière adresse enregistrée était celle d'une casse de Noisy-le-Grand. C'était quoi, ce bordel ? Elle ne comprenait pas. Et qu'est-ce que cet appareil faisait là, dans sa voiture ? Ces trucs étaient pourtant dangereux pour elle...

Elle le balança vite par la fenêtre, puis rejoignit l'autoroute A4. Dans cette nuit pluvieuse d'avril 2021, elle s'engagea plein est. De longues heures l'attendaient avant qu'elle atteigne le hameau du Bout du Croc.

Là-bas, enfin, elle allait peut-être pouvoir retrouver une vie normale, loin de ces ondes qui lui étaient devenues insupportables.

52

L'obscurité était arrivée bien plus tôt que Véra ne l'avait imaginé, alors qu'il devait lui rester la moitié du chemin à parcourir. Les cristaux de neige avaient scintillé jusqu'à ce que la lumière s'essouffle, que les ombres allongées des sapins se meurent et que, progressivement, le rose du ciel laisse place à l'armée noire des ténèbres. Seul subsistait, vers l'est, un timide croissant de lune, qui peignait d'une infime couche de clarté le sinistre paysage resserré autour d'elle.

Véra progressait au courage. La torture physique qu'elle subissait dépassait largement le seuil de douleur qu'elle se croyait capable de tolérer, mais il fallait avancer. En situation de survie, elle en avait conscience, tout était question de temps. D'autant que, malgré ses multiples paires de chaussettes, ses pieds étaient gelés. Et puis ses lèvres se fendaient. L'acide lactique empoisonnait ses muscles et transformait chaque pas en calvaire. Une sueur glacée imbibait ses habits. Sans compter qu'elle crevait de soif, mais il était totalement exclu qu'elle boive.

À l'aide de sa lampe frontale, elle guettait les marques rouges qui lui indiquaient la bonne direction. Ça n'en finissait pas. Des marques rouges, des troncs. Des marques rouges, des troncs. Dans un monde ordinaire, les forêts murmuraient, il s'élevait toujours un cri d'animal, un chant d'oiseau, un bruissement de feuilles ou le clapotis d'un cours d'eau. Pas ici. Dans cet univers hostile, le gel emprisonnait tout ce qui rappelait la vie, jusqu'aux gouttelettes expulsées de sa gorge sifflante. Elle était une proie idéale. Elle le savait, si elle s'arrêtait, ne fût-ce qu'un instant, le froid la dévorerait.

Elle crut ne pas réussir, mais elle arriva, enfin, à la bifurcation où les marques passaient du rouge au rose fluorescent. À droite, le hameau, à vingt minutes. À gauche, son chalet, à dix minutes. Elle avait fait le plus dur. Elle tourna à gauche et remarqua alors de profondes empreintes orientées dans cette direction. Elle se pencha pour éclairer les motifs : des zigzags. Le rôdeur était revenu. Et c'était tout récent.

Véra nota que l'inconnu avait piétiné au niveau de l'embranchement. Il avait dû voir ses traces à elle sur l'autre sentier, et avait pourtant décidé de continuer son chemin. Ça voulait dire qu'il était chez elle. Qu'il l'y attendait. Et cette fois, il ne s'agissait plus d'un murmure dans sa tête. Ni d'une construction de son esprit. Le monstre était là. L'objet de ses cauchemars. Le responsable de son malheur.

Véra éteignit sur-le-champ sa lampe frontale. La lueur de la lune suffirait à la guider. Dans le silence absolu de la forêt, elle avait l'impression que la neige craquant sous ses pas s'entendait jusqu'aux confins de l'univers. Soudain, après un virage, elle distingua, au loin, la source rougeoyante du poêle qui dansait par les fenêtres de son chalet. Une épaisse fumée blanche s'échappait du toit. Ça faisait plus de sept ou huit heures qu'elle était partie. Les braises n'auraient pas tenu aussi longtemps. C'était donc sûr, à présent : il était là, dans son foyer, et il avait ranimé le feu.

Elle ôta ses raquettes et les abandonna contre un tronc. Avant que le sentier ne commence à descendre, elle discerna subitement une forme noire, droit devant elle, qui semblait flotter au-dessus de la neige. Elle pensa à un animal, mais comprit vite que c'était impossible. Parce qu'il n'y avait pas d'animaux. Parce que ce truc ne bougeait pas. Elle hésita, puis avança au ralenti. Sur le coup, elle crut que son cerveau lui jouait un nouveau tour. Que ces maudites hallucinations reprenaient. Mais elle ne rêvait pas. Une tête de taureau trônait sur une bûche posée verticalement. Elle était énorme, avec ses naseaux couverts de givre, ses yeux remplacés par des billes en verre, ses cornes tordues et immenses qui pointaient vers le ciel. Véra manqua de vomir quand, du pied, elle rompit l'équilibre de l'ensemble et que la tête se renversa et dévoila son intérieur évidé jusqu'à l'os.

Elle vit alors le Minotaure et un gigantesque labyrinthe dessinés au bout d'un pinceau qu'elle tenait dans sa main. Elle aperçut des visages penchés sur elle, et un type avec un chapeau. Elle distingua, dans un flash qu'elle fut incapable de décrypter, des corps écorchés, ignobles. Elle entendit le claquement d'une bobine de film – ce bruit si caractéristique de la pellicule qui s'enclenche dans la crémaillère. Et ce puzzle de sons et d'images stoppa net, plongeant Véra dans un abîme d'interrogations. Les souvenirs de son ancienne vie étaient visiblement là, affleurant, aux portes de sa conscience. Ils ne demandaient qu'à jaillir, mais quelque chose encore les empêchait d'en franchir le seuil…

Elle fixa son chalet. Le monstre devait être rivé à la fenêtre et guetter son retour, comme elle l'avait fait, folle qu'elle était, lorsqu'elle avait cru que Sophie Enrichz allait débarquer. De sa poche elle sortit son couteau dont elle tira la lame glacée avec les dents. Ça lui parut une arme dérisoire au cœur de son gros gant fourré, mais c'était mieux que rien. Elle avait peur, bien sûr, elle était même terrorisée et, malgré la douleur, l'épuisement, tout en elle lui criait de faire demi-tour, de se rendre au hameau, d'appeler à l'aide. Elle avait pourtant besoin de réponses. De croiser le regard de ce type et de comprendre le mal qu'il lui avait fait.

Elle estima que l'espèce de taré qui avait posé cette horreur sur la bûche ne pouvait l'avoir vue, dans l'obscurité. Elle quitta donc le sentier et s'enfonça dans la forêt afin de contourner l'habitation. À plusieurs reprises elle trébucha, avalée par des trous, déstabilisée par des rochers ensevelis sous la neige. Elle était à bout de forces quand, enfin, le ronflement du groupe électrogène se fit entendre et finit par couvrir le bruit de ses halètements. Elle se glissa près des toilettes, respira, épuisée, et observa les alentours.

Dès qu'elle en fut capable, elle s'avança, sa lame brandie, puis se jeta brusquement sur la porte, comptant sur l'effet de surprise. Une grande silhouette masculine se tenait de dos, repliée dans l'ombre, là-bas, près de la radio, au-dessus de son jeu d'échecs. Elle se figea soudain.

— Tu ne peux pas savoir à quel point nos parties m'ont manqué…

Cette voix… C'était comme une aiguille qu'on lui plantait dans le cerveau. Véra sentit une chaleur bienfaitrice couler le long de ses cuisses. Une flaque se forma à ses pieds. Elle dut s'accrocher à la poignée pour ne pas chanceler.

À cet instant, l'homme fit volte-face. Des poches sombres entouraient ses yeux protégés par d'épais sourcils noirs. Des yeux qui ébranlèrent, en elle, le barrage de sa conscience et libérèrent le violent flot de ses souvenirs refoulés depuis des mois, des années.

Il braqua sur elle un pistolet, et il tira.

53

Lorsqu'elle écumait la côte d'Opale en camping-car, de Boulogne à Saint-Valery, Catherine Lamortier aimait passer la nuit dans la baie de l'Authie. Elle avait son coin secret à elle, loin des aires convenues où s'entassaient ses congénères. Son trésor caché, c'était un port minuscule, La Madelon, méconnu des voyageurs, où gisaient trois ou quatre petits bateaux de pêche. Elle se garait sur un parking en retrait, déchargeait son matériel photo et partait, avant le coucher ou le lever du soleil, dans les immensités herbeuses.

Malheureusement, son samedi à explorer les bords de mer, les falaises et les caps plus au sud avait été gâché par la météo : la pluie s'était invitée toute la journée. À part quelques clichés d'oiseaux et de chars à voile du côté d'Ambleteuse, elle était rentrée quasiment bredouille. Mais ce dimanche-là, quand elle se réveilla, le ciel était dégagé, et les cirrus rosissaient déjà. La séance s'annonçait formidable.

Casquette kaki sur le crâne, pantalon treillis et chaussures montantes, Catherine s'enfonça donc, à l'aube, aux alentours de 5 h 45, dans cet espace infini de liberté. La baie était extraordinaire, on pouvait y marcher sur des kilomètres dans toutes les directions, alternant entre sable dur, vase, veines d'eau et larges étendues végétales. Sur la partie la plus reculée dans les terres, celle que la marée n'atteignait jamais, c'était la période des lavandes de mer. Entre fin juin et mi-juillet, des milliers de fleurs violettes apparaissaient. Une sorte de miracle de la nature. Au moment où les premiers rayons du soleil jaillissaient au ras de l'horizon, le spectacle était idyllique.

Ici, Catherine se sentait seule au monde, en compagnie des mouettes rieuses, des avocettes au bec tordu et des élégants hérons. Et elle adorait cette sensation de plénitude qui l'envahissait chaque fois qu'elle s'y trouvait. Elle dénicha un excellent point de vue et immortalisa, grâce à son Pentax, cette éternelle source d'émerveillement. Avec les gouttelettes de condensation, la lumière, les nuages et la lavande, le paysage semblait tout droit sorti d'un rêve.

Elle plaçait son trépied pour un nouveau shooting lorsqu'elle fut interrompue par un message de son chef : elle devait impérativement renvoyer par mail un bilan comptable avant le lendemain matin. Le client était très important, hors de question de le décevoir. Contrariée, elle termina ses prises de vue, tout en sachant qu'elle n'aurait pas le temps de pousser jusqu'à l'embouchure de l'Authie, comme elle l'avait prévu, pour s'intéresser à la colonie de phoques et de veaux de mer.

Quand elle remballa, elle était toujours en train de ruminer. Elle en prenait pour minimum six heures de boulot. Le droit à la déconnexion, tu parles ! Même au milieu de nulle part, un dimanche, on venait l'emmerder. Elle rejoignit d'un bon pas son camping-car, fourra son matériel côté passager et reprit la route qui slalomait à travers les charmantes villes prisonnières de la baie : Conchil, Waben, Groffliers… Son aigreur se dissipait, et elle se prit même à faire des plans sur la comète. Si elle en avait les moyens, un jour, elle achèterait l'une de ces maisons. Elle s'imaginait bien couler une retraite paisible ici.

Trente minutes plus tard, elle roulait sur l'autoroute. La journée s'annonçait chaude, et elle la passerait enfermée dans son appartement. Elle n'en pouvait plus, du travail. Elle n'aspirait qu'à une chose : ses congés à venir, durant lesquels elle sillonnerait cette fois la côte nord de la Bretagne. En attendant, après une heure et demie de trajet, elle s'arrêta sur l'aire de Survilliers Est, à une quarantaine de kilomètres de Paris, pour faire le plein. Elle alla payer à la caisse et, alors qu'elle s'apprêtait à remonter dans son véhicule, elle entendit un claquement à l'arrière, à l'intérieur de la partie habitable. Sa gorge se serra : il lui sembla qu'il y avait quelqu'un dedans. Elle se positionna devant la porte, respira et baissa la poignée. C'était ouvert.

Prenant son courage à deux mains, elle grimpa et s'immobilisa lorsqu'elle se retrouva face à un visage aussi surpris que le sien. Deux yeux ronds et méfiants la fixaient. Une inconnue était en train d'enfiler l'une de ses chaussures de marche. Dans un coin, Catherine remarqua des fringues mouillées et entassées, des serviettes éponge trempées et couvertes de sable. Une odeur de vase avait envahi l'espace. La jeune femme, qui avait fouillé dans ses affaires, était vêtue d'un jean et d'un tee-shirt qui lui appartenaient. Ses cheveux courts étaient hirsutes et sales. Elle n'avait pas l'air dans un état normal.

Catherine recula, sur ses gardes.

— Vous êtes dans mon camping-car. Foutez le camp immédiatement, ou j'appelle la police.

Aussitôt, l'inconnue tira à elle, par le lacet, la seconde chaussure, s'élança, la bouscula et bondit dehors, tel un animal sauvage. Catherine referma vite derrière elle, son cœur battant à cent à l'heure. L'intruse avait dû s'introduire ici lors de sa séance photo du matin. Mais d'où sortait-elle ? De la baie ?

*

* *

Elle observait les alentours, mais ne reconnaissait rien. Il faisait beau et chaud, on devait être l'été. Mais quand précisément ? Qu'est-ce qu'elle faisait ici ? Où est-ce qu'elle était ? Elle ne savait plus, ne se souvenait plus. Elle ignorait jusqu'à sa propre identité.

Elle fouilla dans les poches du pantalon qu'elle avait emprunté, y dénicha un billet de dix euros, c'était toujours ça. Elle se précipita entre deux voitures, scruta son visage dans un rétroviseur, fit courir ses doigts sur ses joues, soutint son regard, effrayée par ce qu'elle voyait. Elle força sa mémoire, tenta de remonter le temps, en vain. La seule image qui émergeait, c'était elle, trempée, cachée et silencieuse au fond du camping-car.

Elle toussa longuement, recroquevillée, les mains sur le ventre. Vomit un mélange noirâtre de sable et d'eau salée. Elle avait mal aux articulations. Bon sang, que lui était-il arrivé ? Pourquoi expulsait-elle de ses entrailles cette matière infecte ? La femme à la casquette kaki devait pouvoir l'aider, lui apporter des réponses. Il suffisait de lui demander, et de retourner sur place : peut-être que quelque chose rejaillirait là-bas...

Elle courut en direction des pompes à essence, mais il était trop tard : l'imposant véhicule s'éloignait déjà. La panique lui comprima la cage thoracique. L'unique lien avec son passé venait de se briser. Elle était là, seule, perdue dans cet endroit qui lui était inconnu. Hagarde, elle alla voir les panneaux de signalisation. Autoroute A1, direction Paris. Elle débarquait donc du nord.

— Oh, mademoiselle ?

Elle se retourna. Un homme, plus jeune qu'elle, vêtu d'un pantalon bleu, d'une chemisette blanche et d'une casquette DHL, s'était approché. Il était grand et maigre, des lunettes de soleil trônaient sur son crâne. Il pointa du doigt la chaussure qu'elle tenait encore par le lacet.

— Y a un truc qui va pas ? Faut pas rester au milieu de la route. C'est dangereux.

Elle fixa son pied nu sur le macadam. Releva les yeux.

— Oui, il y a un truc qui ne va pas. Je ne sais pas où je suis. Je ne sais pas qui je suis… Je ne me souviens de rien. Rien du tout.

Il haussa les épaules, sans trop savoir quoi faire.

— Ben… allez peut-être voir dans la boutique ? Y a bien quelqu'un qui pourra vous filer un coup de main. Au pire, vous téléphonerez à la police. Désolé… faut que j'y aille. Mais pour votre sécurité, décalez-vous au moins sur le trottoir.

Il fit demi-tour et rejoignit sa camionnette DHL, dont les warnings clignotaient. Elle courut derrière lui et lui attrapa le poignet.

— Aidez-moi. S'il vous plaît.

Il secoua la tête, ennuyé.

— Je ne peux pas. Ma journée est hyper-chargée, j'ai un tas de livraisons à faire, et si j'ai le moindre retard, je… Écoutez, je vois bien que vous êtes pas dans votre assiette, mais je suis vraiment débordé. Je vous l'ai dit, dans la boutique, vous tr…

— Vous allez dans quelle direction ?

— Paris. Je commence par le 11e, du côté du canal Saint-Martin. Mais je doute que…

— C'est là-bas que je vais, moi aussi. Je monte avec vous.

Elle grimpa sur le siège passager. L'homme ne dit rien et mit le contact.

— On est quel jour ? demanda-t-elle.

— Mais d'où est-ce que vous sortez ? On est le 29 juin !

Elle tendit sa paume sous la minuscule araignée qui glissait le long d'un fil accroché au rétroviseur intérieur et semblait flotter devant elle.

— Quelle année ?

— Putain... On est en 2016. En quelle année vous croyez qu'on est ?

— Aucune idée.

La petite bête se faufila entre ses doigts écartés.

— Ariane... Je crois que je m'appelle Ariane.

54

Véra avait déjà connu ce genre de réveil, de ceux qui laissent un goût de plâtre au fond de la gorge. C'était une sensation que l'organisme ne pouvait oublier. Elle était installée dans son fauteuil. Sur la table face à elle, à hauteur de poitrine, son jeu d'échecs, chaque camp paré à l'attaque. À gauche du plateau en bois, un roman à la couverture grise et verte : *Le Manuscrit inachevé*. Caleb Traskman était assis sur une chaise, du côté des pièces blanches. Il avait joué son premier coup et l'observait comme on scrute un animal dans une cage.

Ce regard la transperça de part en part et la ramena à ses journées les plus sombres. Elle revit subitement, de manière désordonnée, la geôle où il l'avait séquestrée, le lit en fer, les repas qui arrivaient par la fente de la porte, le labyrinthe dont elle avait eu toutes les peines du monde à s'échapper. Elle se revit également courir sur la plage, grimper dans un camping-car, dormir sous un pont. Et puis ses peintures, Zaz, Lysine – ce corps martyrisé retrouvé dans une cave sordide. Elle perçut des voix, des exclamations, des odeurs dont elle ne saisissait pas le sens, le tout s'écrasant comme un train à grande vitesse sur le mur de son esprit.

C'était lui. Le monstre qui l'avait retenue prisonnière pendant des années. Le bourreau qui l'avait contrainte à résoudre des énigmes, des jours et des jours durant, ce qui expliquait qu'elle continuait à dessiner ces foutus dédales, même après avoir oublié, oublié qu'elle avait oublié, et oublié qu'elle avait oublié qu'elle avait oublié. Il était Caleb Traskman. L'homme à la tête de taureau. Le Minotaure. *Son* Minotaure.

Son visage différait cependant de celui qui était remonté à la surface de sa mémoire. Plus carré, plus sec, les pommettes plus hautes, les traits moins tirés. Était-ce parce qu'elle le voyait pour la première fois sans son épaisse barbe de légionnaire ? La forme de son nez avait également changé, tout comme la couleur de ses cheveux, passés du gris au brun foncé. Il paraissait beaucoup plus jeune que dans ses souvenirs. Ça n'avait aucun sens.

— Tu es morte, et je suis mort, expliqua-t-il paisiblement. Nous sommes deux cadavres qui disputons notre ultime partie d'échecs, dans cette forêt qui pourrait être autant le paradis que l'enfer. Il n'y aura pas d'autre affrontement. C'est ici que notre chemin s'achève.

Elle s'appelait Julie. Julie Moscato. On l'avait arrachée à sa famille alors qu'elle avait dix-sept ans et qu'elle faisait tranquillement du vélo dans la montagne. Dix-sept ans… Aujourd'hui, elle en avait trente.

— C'est donc dans ce trou que tu t'es réfugiée, fit Caleb Traskman. Je suis sur tes traces depuis le soir où tu as fait la rencontre de Theobald. Il a survécu, tu sais, et je peux t'assurer que lui aussi, il t'a cherchée, en sortant de ses quatre mois d'hospitalisation au service des grands brûlés, à souffrir le martyre…

Il cala un poing sous son menton, dans la position du *Penseur*.

— Après ton départ, j'ai fouillé de fond en comble la maison du Mesnil. J'ai réussi à retrouver ton adresse à Rouen, mais il n'y avait rien dans cet appartement, pas de piste, tu t'étais volatilisée. Grâce à mes relations, j'ai pu récupérer un certain nombre de tes contacts. J'ai fait le tour, j'ai posé des questions à tout le monde, ça m'a pris une éternité… Jusqu'à ce que je tombe sur ce type de Mont-Saint-Aignan, un hypersensible, qui m'a dit que tu t'étais mise en relation avec lui et que tu travaillais sur le sujet de l'électrosensibilité. Il m'a expliqué, pour le hameau, l'association « Zéro onde »… J'ai tenté ma chance, au cas où, et bingo : une certaine Véra Clétorne, psychiatre à Metz, avait débarqué en avril dernier… Ça correspondait exactement au moment où tu nous avais échappé…

Une lueur inquiétante faisait briller ses yeux. Il poussa dans sa direction un article qui datait de 2017. Un gros titre annonçait : « Caleb Traskman, le célèbre auteur de romans policiers, s'est suicidé ».

— Quand tu t'es jetée dans l'Authie, cette nuit-là, ça a été le pire jour de ma vie. J'ai cru que je t'avais définitivement perdue, que tout était fini. Chaque matin, je parcourais la baie, je scrutais les informations locales, la peur au ventre. Ton corps avait sûrement dérivé vers Fort-Mahon, ou plus loin encore. Il n'empêche que les marées auraient dû le ramener sur la plage… Ça a duré des semaines. Des semaines à angoisser. Puis je me suis dit que, peut-être, tu avais réussi à t'en sortir. Que tu étais vivante, quelque part. Mais si tel était le cas, pourquoi les flics n'avaient-ils pas déjà enfoncé ma porte ? Pourquoi ton histoire ne faisait-elle pas la une de tous les médias ? Huit ans que tu avais disparu, ça méritait bien un peu de bruit, non ? Je n'y comprenais rien.

Julie se concentrait. Des images continuaient d'affluer : elle avait roulé dans les courants, avalé de l'eau salée et de la vase. L'instant d'après, elle se voyait errer au milieu des grandes étendues de la baie…

— T'avais survécu, mais t'avais tout oublié. C'était ça, en réalité, la solution. Et c'est pour ça que…

Il agita la main et secoua la tête.

— Attends, attends, on va y revenir, on doit faire les choses dans l'ordre.

Il pointa l'article de son index.

— Il faut que je te parle de ma propre résurrection, de mon fils, de mon livre posthume, *Le Manuscrit inachevé*. Mais vas-y, joue ton coup. Joue-le, et applique-toi. Je vois que tu as continué à disputer des parties d'échecs, même dans ce trou. C'est bien, Julie. C'est très bien. Vas-y.

La jeune femme avait l'impression de marcher au bord d'un gouffre. La folie était partout. En elle, face à elle, et dans chaque recoin de ce fichu chalet. *C'est ici que notre chemin s'achève*. Il ne comptait pas repartir. Ils allaient mourir ensemble au cœur de cette forêt. Instinctivement, elle poussa un pion. Traskman eut un sourire.

— La défense Pirc. Ça a toujours été ton ouverture préférée. Un clin d'œil à l'Immortelle de Kasparov… J'y fais d'ailleurs référence dans *Le Manuscrit inachevé*…

Il poussa à son tour son pion en d4.

— Tu te rappelles ce que tu m'as dit, la nuit où tu t'es échappée ? L'histoire du jumeau qui prend la place de son frère ? Je l'ai fait, Julie. Je l'ai intégrée à l'intrigue que j'étais en train d'écrire. Et je suis allé au bout du truc, parce que, pour que ça fonctionne vraiment, pour que le secret en reste un, il fallait absolument que celui dont on usurpait l'identité meure. Dans la fiction, comme dans la réalité…

Elle répliqua avec son cavalier d'un geste mécanique, cherchant une solution pour s'en sortir. Il bougea le sien dans la foulée.

— C'était l'occasion de réaliser le crime le plus parfait qui soit, celui où on est soi-même la victime, puis de renaître ailleurs. J'ai tout préparé. Ça a mûri longuement. J'avais un plan incroyable. Après avoir terminé mon roman, qui mettait largement en scène ta disparition, mon frère jumeau et ma fausse mort, une sorte de manifeste, si tu veux, j'ai organisé mon « suicide ». J'ai mis la quasi-totalité de mon tapuscrit dans le coffre-fort, comme je le faisais systématiquement, et j'ai laissé le dernier chapitre sur mon bureau. C'était ma manière de dire au revoir. Je savais bien que mon fils allait trouver l'ensemble et le publier. L'ultime œuvre de Caleb Traskman, c'était la garantie de faire exploser les ventes…

Au fond de son ventre, la haine brûlait aussi fort que le feu devant elle. Cet homme l'avait détruite, brisée. Elle lui devait ses années d'errance, sa vie de misère ici. Elle ne lui permettrait pas de recommencer. Elle avança un pion en essayant de contenir le tremblement de ses doigts : elle venait de se souvenir que le tisonnier était, normalement, toujours caché sous le coussin de son fauteuil.

— Entre parenthèses, le destin de ce livre est très curieux, parce que ma maison a été cambriolée juste après ma « mort », continua-t-il, et les pages que j'avais disposées en évidence ont été dérobées avant que mon fils ne mette la main dessus. Ce qui fait qu'il s'est retrouvé avec un bouquin dans mon coffre, mais sans la fin. Un thriller sans dénouement, tu imagines ? Mon fils, malgré sa médiocrité, a dû l'inventer lui-même. D'où le titre, *Le Manuscrit inachevé*. Je dois avouer que c'était plutôt bien vu…

Il joua avec nonchalance. Elle enchaîna. Fit retomber, avec beaucoup de naturel, son bras entre ses jambes. Il ne fallait pas éveiller les soupçons. Ensuite, elle glissa sa paume sous le coussin et sentit avec soulagement le métal froid.

— Quand tout était enfin prêt pour ma « disparition », j'ai demandé à mon jumeau, que j'avais réussi à museler quelques mois en lui envoyant de l'argent, de revenir me voir à la villa. J'allais devenir lui. Prendre sa place. Je l'ai tué dans la pièce insonorisée où je t'avais enfermée. Une balle en pleine tête. J'ai échangé nos vêtements, nos papiers, exactement comme c'est relaté dans *Le Manuscrit inachevé*...

Il se pencha sur l'échiquier, étudia le plateau. Julie était partie dans une variante qu'il semblait ne pas connaître. Il toucha le bouchon qui faisait office de fou. Y renonça finalement. Opta pour son second cavalier.

— J'ai porté son cadavre, le même soir, jusqu'à la mer, là où il y a une langue de rochers, à une centaine de mètres de la digue, côté Berck-sur-Mer. Je l'ai balancé à la flotte, et j'ai attendu qu'il y ait des promeneurs nocturnes. Il y en a toujours qui finissent par passer, au loin, sous les lampadaires. Et ça n'a pas manqué. Dès que mes précieux témoins sont arrivés, j'ai tiré un coup de feu vers le large et je me suis enfui. C'était une nuit sans lune, j'étais complètement invisible. J'ai regagné mon domicile, je suis monté dans la voiture de mon jumeau et j'ai pris possession du taudis qui lui servait de logement pendant quelques semaines... Quand les flics ont découvert le corps entre les rochers, ils n'ont eu aucun doute ni sur le scénario ni sur son identité. L'ADN et mon fils ont parlé pour moi. Caleb Traskman était dépressif, il recevait des lettres de menaces anonymes et il s'était suicidé. Point barre.

Julie réfléchissait à l'enchaînement qu'il lui faudrait suivre pour ne pas le rater. Le premier coup de tisonnier devait faire mouche. En attendant, Traskman, lui, était happé par son récit. Gonflé de fierté.

— Mais ce n'était que la première phase d'un plan beaucoup plus vaste. Je ne comptais pas mener une vie de misère, je devais récupérer ce qui m'était dû. Mon argent, mes biens, tout mon héritage. Caleb Traskman était prêt à renaître de ses cendres et à continuer son Œuvre…

Concentré, il agita les doigts en l'air au-dessus de l'échiquier. Il hésitait.

— Je crois t'avoir déjà dit que j'avais eu mon fils très jeune, à dix-sept ans. Et, une chance pour moi, il me ressemblait. Sans compter que, avec un peu de chirurgie esthétique et les bons contacts, on peut faire des miracles. Nos caractères étaient assez proches, aussi. Il était solitaire, comme moi. Il passait son temps à écrire, comme moi. Pas marié, pas d'enfants… Tu me vois venir…

— Tu l'as tué. Tu as tué ton propre enfant.

— J'ai fait disparaître le corps, j'ai pris sa place, et j'ai déménagé pour changer de cercle de connaissances… C'était tellement bien fichu que même le collègue de ton père, un gendarme qui est venu m'interroger il y a environ un an, n'y a vu que du feu. Il enquêtait sur moi. Ils ont su, Julie. Ils ont su que je, enfin, que *Caleb Traskman* t'avait kidnappée. Ils étaient sur tes traces, douze ans après, tu imagines ? Ils n'ont jamais lâché. L'ironie, c'est que, à ce moment-là, toi, tu gambadais dans la nature…

Son père… Julie en eut les larmes aux yeux. Elle avait été libre, mais prisonnière de son subconscient. Elle avait dormi des années sur un matelas, à même le sol, dans les Frigos, alors qu'elle aurait pu regagner la chaleur de son foyer. C'était un véritable cauchemar.

— Tu te rappelles, l'homme au borsalino, cette fameuse fois où tu aurais dû mourir ? Celui qui voulait faire de toi sa *Joueuse d'échecs* en t'écorchant ? Il était obsédé par cette idée. Au point qu'il a fini par trouver une autre candidate… Une autre malheureuse victime. Bref, figure-toi que son musée a mystérieusement brûlé, quelques jours après la visite de ce gendarme chez moi. Dmitri était à l'intérieur, il a été littéralement carbonisé. Et l'endroit où nous nous réunissions occasionnellement, lui, moi et quelques amis, en Pologne, avait été fouillé. Étrange coïncidence, non ? Il est bien possible que ton père ait cru t'avoir reconnue là-bas, parmi tous les écorchés de son expo, et qu'il se soit vengé…

Il déploya son fou.

— De mon côté, depuis que tu t'es enfuie dans la baie, je t'ai traquée sans relâche, continua-t-il. Mais en réalité, tu n'es jamais sortie du labyrinthe puisqu'il a fini par te ramener sur mon chemin. Quelque part, si on est ici aujourd'hui, unis comme au bon vieux temps, c'est un peu grâce à l'imprudence de Mölzer qui a laissé traîner sa bobine.

À cet instant, Julie releva les yeux parce qu'elle avait discerné du mouvement au-dessus de l'épaule de Traskman. Sophie se tenait là.

— Qu'est-ce que t'attends pour lui refaire le portrait, bordel ? lâcha-t-elle. Qu'il crame ce chalet et qu'il vous flambe tous les deux avec ? Je précise que c'est ce qu'il compte faire, si jamais t'as pas encore saisi.

Traskman attrapa son regard et fut sans doute persuadé qu'il y avait quelqu'un derrière lui, car il se retourna. D'un coup, tout s'accéléra. Julie s'empara du tisonnier, le brandit le plus haut possible pour prendre de l'élan et frappa une première fois. Traskman tenta de se protéger avec les bras, mais la barre lui explosa la main droite. Il tomba à terre dans un hurlement de douleur, renversant au passage le jeu d'échecs et toutes les pièces. Sans lui offrir l'occasion de réagir, l'instrument vint lui heurter le milieu du dos si fort qu'elle entendit un craquement. Il s'effondra à plat ventre, le menton écrasé sur le plancher. Sa main valide agrippa le pied de la table, les muscles de son avant-bras frissonnèrent, mais ses doigts se détendirent soudain quand la partie courbée du tisonnier pénétra de plusieurs centimètres dans l'arrière de son crâne.

La pluie de coups dura une minute. Au moins. Lorsque Julie cessa de crier, essoufflée, elle était à genoux, surplombant le corps martyrisé et méconnaissable de Caleb Traskman. Elle avait la peau arrachée au niveau des paumes, et elle dut se frotter le visage pour y voir quelque chose, tant le sang avait giclé de partout.

Elle lâcha subitement son arme, comme si elle lui brûlait la chair. Observa autour d'elle. Sophie avait disparu. Elle se redressa en titubant et dut faire un gros effort pour atteindre sa radio CB maculée, elle aussi, de gouttelettes rougeâtres. Un goût de cuivre lui tapissait le fond de la gorge.

Elle décrocha le micro et dut s'y prendre à maintes reprises pour réussir à trouver la fréquence de Christian Nolan.

— Ici Julie Moscato. À l'aide ! S'il vous plaît, à l'aide !

Au bout de quelques secondes, une voix résonna dans le silence.

— Christian Nolan. Que se passe-t-il ? Qui êtes-vous ?

— Je suis l'habitante de l'ancien abri de chasse situé à une demi-heure de marche, au nord-ouest du hameau. Vous devez venir. J'ai tué un homme.

55

— Comment va-t-elle, docteur ?

Camille Nijinski avait ôté ses gants fourrés et se massait doucement les mains. D'un geste, le docteur Fibonacci lui intima de ne pas s'avancer davantage dans la chambre. Face à eux, la patiente dormait ; le bip lent de l'électrocardiogramme indiquait un sommeil paisible qu'il n'était pas question de perturber.

— D'après ses médecins, physiquement, il n'y a pas de risques. Les analyses biologiques révèlent des carences, mais rien de grave. Quant à ses engelures, même si certaines sont assez profondes, elles ne laisseront pas de séquelles. Psychologiquement, en revanche, c'est une autre histoire. Je vais faire au plus simple : tout a disparu de sa mémoire.

— Quand vous dites tout…

— L'intégralité de sa vie d'avant. Elle ne se souvient de rien. Une page blanche.

Marc Fibonacci étudia la réaction de son interlocutrice, qui sortit de sa poche un stylo et un carnet. Tous deux étaient neufs, comme l'identité dans laquelle elle s'était réveillée quelques jours plus tôt dans le service de psychiatrie. C'était impressionnant de voir à quelle vitesse elle était passée d'une personnalité à une autre. Comme ça, en un claquement de doigts. Fibonacci n'aurait pas imaginé qu'il puisse y avoir une nouvelle fugue psychique, mais la maladie avait brusquement refait surface, éloignant encore plus Julie Moscato de ses origines. Elle était désormais lieutenant de police, et si elle avait émergé ici, un matin, c'était simplement parce que, selon elle, elle était tombée de fatigue. La faute à ces interminables journées qu'elle consacrait à une enquête complètement folle et qui impliquait en premier lieu la femme alitée devant eux.

— Il va falloir que vous m'expliquiez, docteur. Je ne vois pas comment elle a pu « oublier » soudain toute sa vie, alors qu'elle est allongée sur un lit d'hôpital et que vous m'affirmez que, physiquement, elle n'a rien de grave. Cette femme a été retrouvée couverte de sang, dans les bois, à proximité d'un cadavre, elle n'a pas prononcé un seul mot depuis, et maintenant vous m'annoncez qu'elle ne se rappelle rien ?

Fibonacci emmagasinait les informations, de plus en plus stupéfait. Des souvenirs subsistaient dans les profondeurs de son cerveau, mais ils étaient modifiés, incohérents, et se mélangeaient avec le présent. En effet, c'était elle qui avait été découverte à côté d'un cadavre, dans son chalet au cœur de la forêt. Quant à cette patiente, devant eux, elle n'avait aucun rapport avec cette histoire. Juste une parfaite inconnue qui s'était perdue en randonnée et était restée bloquée une nuit dans le froid.

Camille ouvrit son carnet d'un geste sec.

— On n'a rien ! Ni sur elle, ni sur la victime, ni sur les circonstances de cet horrible drame. Personne ne connaît cette femme, personne ne l'a jamais vue. On ignore d'où elle sort. Se réfugier derrière une amnésie est peut-être un moyen de nous dissimuler qui elle est, ou de fuir ses responsabilités.

— Croyez-moi, elle ne simule pas.

— Dans ce cas, expliquez-moi, convainquez-moi, afin que je puisse moi-même convaincre mes supérieurs. Ils vont avoir besoin de réponses.

Fibonacci l'invita à rejoindre le couloir, referma la porte et pointa du doigt les deux hommes qui patientaient un peu plus loin.

— Lequel est votre supérieur ?

— Aucun. Ce ne sont que mes coéquipiers et ils sont assez hermétiques aux affaires compliquées. Tous les deux n'attendent que la retraite. Et puis, pour tout vous avouer, on n'a pas vraiment l'habitude de ce genre de trucs, dans notre patelin. Alors, qu'est-ce qu'on fait ? On met la nouvelle sur le coup. Une sorte de test, vous comprenez ?

Les deux hommes ne les lâchaient pas des yeux, les traits tendus. Le thérapeute nota l'incroyable capacité que son interlocutrice avait développée : elle nourrissait le présent à partir d'un passé complètement inventé, et ce en temps réel. À chaque heure, jour écoulé, la peau dans laquelle elle s'était glissée gagnait en épaisseur. En réalité, elle n'était pas seulement persuadée d'être flic. Elle *était* flic.

— Je vais nous chercher des cafés, répondit simplement Fibonacci. Noir et très sucré ?

— Vous savez lire dans les pensées.

— C'est un peu mon métier. En attendant, installez-vous dans la chambre à côté, la 21, nous serons au calme pour discuter.

Il alla rejoindre son confrère, ainsi que le lieutenant de police qui menait l'enquête. Les psychiatres avaient cinq semaines pour établir une expertise. Le problème, c'était que le meurtre avait eu lieu un mois plus tôt, et que tout, dans cette affaire, posait question. À commencer par la victime au crâne défoncé à coups de tisonnier. Caleb Traskman, censé être mort depuis des années.

— Comment ça se présente ? demanda le flic.

— Mal, admit Fibonacci. Tout l'édifice s'est bel et bien effondré. Elle est incapable de se rappeler l'histoire qu'elle nous a elle-même racontée. Sa fenêtre de clairvoyance qui lui a permis d'accéder à ses différentes identités n'a été que de courte durée, malheureusement.

— Plus le moindre souvenir, donc, de Véra, de Lysine, d'Ariane, ni de Julie Moscato ?

— Non. La fugue dissociative est une fois de plus aux commandes et elle est bel et bien Camille Nijinski, lieutenant de police. Camille, comme Camille Claudel. Et Nijinski, comme Vaslav Nijinski, le danseur russe. Aucun mystère de ce côté : le parcours de ces deux personnalités est retracé dans *La Folie de l'artiste*, un bouquin qui se trouvait dans le chalet. Nijinski était schizophrène, Claudel souffrait de délires chroniques paranoïaques et de psychose.

— Les livres semblent d'ailleurs avoir toujours joué un rôle important dans la constitution de ses identités, précisa son collègue.

— Les livres et les articles de journaux en sont en effet les fondations, continua Fibonacci. Elle est par exemple devenue psychiatre dans son costume précédent, parce qu'un psy avait réellement habité là et qu'il y avait tous ces manuels, toutes ces bibles dans la bibliothèque : la mue était logique, évidente. Plus elle lisait, plus elle était à l'aise dans son rôle. Ensuite, à partir d'un fait divers, sûrement l'un de ceux affichés sur les murs de sa cellule lorsqu'elle était entre les mains de Traskman, elle s'est inventé une fille noyée. Et puisque le prénom de la gamine n'avait pas été cité dans l'encart, elle lui en a donné un…

— Emily… Un des personnages de *Dix Petits Nègres*.

— Tout comme Vera Claythorne : là aussi, probablement un vieux souvenir remonté à la surface quand il lui a fallu un nouveau nom.

Fibonacci se décala vers la machine à café, glissa des pièces dans la fente et sélectionna les boissons. Ce qu'il était en train de vivre, avec Julie Moscato, c'était le cas d'une vie. Et il devait en être de même pour le flic. Cette affaire était hors du commun.

— Je tiens malgré tout à souligner que cette nouvelle fugue dans la peau d'un policier l'a, *a priori*, débarrassée de ses hallucinations et de cette phase intense de paranoïa qu'elle semble avoir vécue dans la forêt. Sophie Enrichz n'était alors qu'une voix et qu'un visage qui, en permanence, lui envoyait des messages sur son propre état mental. D'une certaine façon, Sophie Enrichz est apparue, le temps d'une nuit, pour lui révéler la terrible vérité : celle d'une jeune femme retenue prisonnière pendant des années par un monstre, et qui ne s'était réfugiée dans ces bois que pour fuir. J'ignore s'il s'est agi d'un incroyable signe du destin, ou d'autre chose, mais c'est pile à ce moment-là que Caleb Traskman l'a retrouvée. Et ça, ce n'était pas le fruit de son imagination.

— On exclurait donc le diagnostic de schizophrénie ? demanda son collègue.

— Il va falloir creuser. Dans son chalet, Véra Clétorne voyait des individus et des objets qui n'existaient pas, avait des conversations élaborées avec eux, qui engendraient des réactions et des actes complètement aberrants. Elle jouait quand même seule aux échecs, pensant disputer une partie par radio avec un homme mort depuis des mois, et a lu un roman que son cerveau a construit de toutes pièces sur la base du drame vécu par la jeune Romy. Elle cochait de nombreuses cases de la schizophrénie paranoïde. Mais est-ce pour autant que Lysine, sa personnalité précédente, était atteinte de cette pathologie ? Que Camille Nijinski l'est aujourd'hui ?

— Je ne comprends pas, fit le lieutenant. Elle aurait deux maladies mentales ? Une schizophrénie et, en même temps, des fugues psychiques ?

— *Véra* avait bien deux maladies mentales, oui. Mais les autres personnalités, nous n'en avons aucune idée…

Son confrère secoua la tête.

— Les délais que nous avons sont trop courts pour rendre notre rapport.

Il se tourna vers le policier.

— Au fait… Vous avez téléphoné à ses parents ? Pauvres gens… On a beaucoup entendu parler de cette histoire d'enlèvement, à l'époque. La disparition de Julie Moscato a été très médiatisée, et puis chacun a repris sa vie. Mais pas eux…

— Nous voulons d'abord nous assurer de points importants. Nous les préviendrons ensuite. On ne veut pas les contacter avant d'avoir démêlé le plus gros de ce sac de nœuds et d'avoir des certitudes à leur communiquer. On doit pouvoir être clairs face à ce père et cette mère qui pensent leur fille morte depuis treize ans, et qui vont la retrouver dans cet état. Treize ans, vous vous rendez compte ?

Un silence pesant s'abattit sur le couloir. Puis le flic poursuivit :

— Je vous rappelle que tous les documents officiels qu'on a pu récolter au Mesnil-Amelot indiquent sans ambiguïté qu'elle est Lysine Bahrt, et non Julie Moscato. Et que, parce qu'il ne faut pas oublier l'essentiel dans tout ça, cette femme a sauvagement tué un homme à coups de tisonnier.

— Un homme qui l'a séquestrée pendant presque le quart de son existence... Qui a dû lui faire subir des tortures et des humiliations inimaginables... Et, dans le fond, qui a tué cet homme ? Julie ? Véra ? Aucune d'entre elles ? Celle qui m'attend dans l'autre pièce avait-elle vraiment conscience de ses actes ?

Le policier ne répondit pas. L'enquête allait être longue et fastidieuse. Et il ne parlait même pas des ramifications, des autres individus impliqués... Il était déjà épuisé. Et vu les visages qu'il avait en face de lui, il n'était pas le seul.

— J'y retourne, annonça pourtant Marc Fibonacci en s'emparant des boissons. Je vais essayer de la confronter à ce qu'elle nous a elle-même confié avant de replonger. Peut-être y aura-t-il des éléments qui créeront une nouvelle brèche dans laquelle je pourrai m'engouffrer.

Il s'éloigna, entra dans la chambre avec deux gobelets fumants et repoussa la porte du talon. Camille parcourait la chambre en long, en large.

— Asseyez-vous, mademoiselle Nijinski, je vous en prie. J'espère que vous avez du temps. Ce que je vais vous raconter, c'est comme ouvrir un roman à suspense particulièrement sombre et en prendre pour cinq cents pages de montagnes russes.

— J'ai tout le temps qu'il faudra. Il est important que nous établissions la vérité sur cette affaire.

— Ah, la vérité...

Fibonacci marcha jusqu'à la fenêtre où elle se trouvait quelques minutes plus tôt. Il garda un moment le silence, son gobelet au bord des lèvres. De là, il avait une vue plongeante sur le cabriolet Ford de couleur verte qui avait été retrouvé au hameau abandonné et avait appartenu, en réalité, à la véritable Lysine Bahrt. Évidemment, Camille Nijinski n'était pas libre de circuler, mais le thérapeute avait demandé aux enquêteurs de garer le véhicule sur le parking. Tout devait être mis en place comme dans un décor de théâtre – d'où le carnet et le stylo sortis de l'armoire à fournitures du secrétariat –, afin de mesurer la profondeur de la fugue et de tenter de comprendre comment sa patiente fonctionnait et affrontait les contradictions qu'elle rencontrait en permanence. Quelques instants plus tard, il se tourna vers elle.

— Le cerveau humain peut déployer les plus incroyables stratagèmes pour protéger l'esprit. Il s'adapte sans cesse, se reconstruit sur ses ruines... Il est même capable de se piéger lui-même. De faire passer des souvenirs inventés pour réels. De nous persuader, par exemple, que nous avons été agressés à la cantine quand nous étions collégiens, même si cela ne s'est jamais produit. Savez-vous comment on appelle ce phénomène ?

— Absolument pas, je ne suis que policière...

— La paramnésie de certitude. La conviction du déjà-vu, du déjà-vécu... Une pure invention de l'esprit. Alors où se situe la vérité, là-dedans, à partir du moment où vous croyez que le passé que vous avez en mémoire est le vrai passé ?

Il s'installa en face d'elle après avoir pioché un objet dans sa poche.

— Vous jouez aux échecs, mademoiselle Nijinski ?

— J'en connais les règles, tout au plus...

— Elle portait ceci sur elle. Un fou du camp noir.

Camille manipula la pièce en bois, haute de cinq centimètres. Fibonacci l'observait avec fascination. Elle avait sincèrement l'air de la découvrir, et elle réagirait sûrement de la même manière face au carnet de notes d'André Lambert. Mais comment se débrouillerait-elle s'il lui proposait une partie ? Quel niveau aurait-elle ? Celui de Julie Moscato, de Véra Clétorne, ou serait-elle juste une débutante comme elle le prétendait ? Il y avait tellement de pistes à explorer, et si peu de temps pour le faire.

— Où ça, sur elle ? Nous n'avons rien trouvé et…

— Elle m'a parlé, l'interrompit Fibonacci d'un air grave. Avant d'oublier, la patiente m'a expliqué ce qui s'est passé, de A à Z.

Camille manifesta sa stupéfaction, se demandant probablement pourquoi il ne les avait pas avisés plus tôt de cette information capitale.

— Elle a avoué le meurtre ?

— C'est… plus compliqué que ça. Je dois vous confier que, au cours de ma carrière, je n'ai jamais été confronté à un cas pareil. J'en ai pourtant croisé, des patients. Mais elle, elle est hors du commun.

Il reprit la pièce d'échecs et désigna le carnet que son interlocutrice venait de poser sur ses genoux.

— Vous avez raison, écrivez, écrivez tout ce que vous pourrez, même si l'histoire que je vais vous raconter est longue et complexe. Elle est certainement la plus extraordinaire que vous entendrez de toute votre vie. De celles qu'on ne lit que dans les romans. Et encore.

Camille rouvrit son carnet vierge. Première page.

— Au fait, petite parenthèse, ajouta Fibonacci, j'aime beaucoup l'opéra et la musique classique, et votre nom de famille m'intrigue depuis notre rencontre. Ôtez-moi d'un doute : aucun lien avec Vaslav Nijinski, le célèbre danseur russe du siècle dernier qui fut atteint de schizophrénie ?

— Mon arrière-grand-père venait de Slovaquie. Il était ouvrier. Pas grand-chose à voir avec l'opéra. Enfin, je pense que je l'aurais su, si ce danseur figurait parmi mes ancêtres.

Elle créait de toutes pièces, sans même s'en rendre compte, pareille à un auteur qui se lancerait dans la rédaction de son manuscrit avant de connaître le chemin de son intrigue. Et ce qu'elle inventait aujourd'hui allait devenir un faux souvenir demain. À chaque heure qui s'écoulait, Camille Nijinski devenait un peu plus Camille Nijinski.

— Si ça vous intéresse, je serais ravi de vous parler de Nijinski, un de ces jours…

Il la vit simplement hocher la tête. Elle n'avait pas l'air très enthousiaste à cette idée.

— Revenons à notre affaire, continua-t-il. Vous devez savoir qu'il y a cinq protagonistes dans le récit que je vais partager avec vous. Toutes des femmes. Écrivez, c'est important pour la suite : « la journaliste », « la psychiatre », « la kidnappée », « la romancière »…

Elle inscrivit scrupuleusement, les unes sous les autres, les identités. Sembla réfléchir. Marc Fibonacci ne la lâchait pas des yeux, comme s'il cherchait à pénétrer dans son esprit.

— La journaliste, la psychiatre, la kidnappée, la romancière, répéta-t-elle en relisant ses notes. Il me manque la cinquième personne…

Le médecin se cala au fond de sa chaise dans une longue inspiration. Ça allait être une histoire complexe. Très complexe.

— Elle n'apparaît que plus tard, elle est la clé de tout, répondit-il. Son identité ne pourra vous être révélée qu'à la fin de mon récit. À présent, écoutez jusqu'au bout ce que j'ai à vous raconter…

Il brandit le fou noir devant lui.

— Et concentrez-vous, parce que cette histoire est un vrai labyrinthe où tout s'entremêle. Quant à cette cinquième personne, elle est le fil dans le dédale qui, j'en suis sûr, apportera les réponses à toutes vos questions.

Saurez-vous trouver le chemin ?

Pour poursuivre l'aventure et accéder à quelques-uns
de mes secrets d'auteur,
rendez-vous sur https://labyrinthes-livre-franck-thilliez.lisez.com/

Composition et mise en pages
Nord Compo à Villeneuve-d'Ascq

Imprimé en France par CPI
en août 2022
N° d'impression : 3049770

R15555/04